汉烙马印「灵丘骑马」

大字本

天龙八部

五

金庸

朗聲圖書

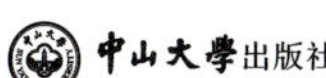

朗聲圖書

图书在版编目（CIP）数据

天龙八部 / 金庸著 . — 广州 : 中山大学出版社，2024.1
ISBN 978-7-306-08002-8

Ⅰ . ①天…　Ⅱ . ①金…　Ⅲ . ①侠义小说－中国－当代　Ⅳ . ① I247.5

中国国家版本馆 CIP 数据核字（2024）第 019335 号

敬告读者

为了维护读者、著作权人和出版发行者的合法权益，本书采用了新型数码防伪技术。正版图书的定价标示处及外包装盒上均贴有完好的防伪标签。刮开涂层，可见到一组数码，您可以通过两种途径查验真伪。

1. 拨打全国免费电话4008301315，按语音提示从左到右依次输入相应数码并按＃键结束。
2. 扫描防伪标上的二维码，按提示输入相应数码。

读者如发现盗版图书，可向当地“扫黄打非”办公室、新闻出版局、公安机关、市场监督管理局等部门举报，或直接与我们联系。

联系电话：020-34297719　13570022400

我们对举报盗版、盗印、销售盗版图书等侵权行为的有功人员将予以重奖。

广州市朗声图书有限公司

衬页印章／汉烙马印「灵丘骑马」：此印汉代用以烙于马身，以资识别。传世古印中的珍品。灵丘在山西省东北，距雁门关不远。萧峰、耶律洪基等自辽国南京（今北京）至雁门关，须经灵丘一带。灵丘自来为我国北方边防要地，赵武灵王墓葬处。

左图／宋人绘契丹人掳掠图：原图本为描绘东汉末年蔡文姬为匈奴人所掳，但画家所反映的，其实是宋代契丹人杀掠宋人的情景。左上角宋人被杀死在地，掳掠的官兵均作契丹装束，马匹披甲。本书（香港版）五集封面，分别选用大理、契丹、吐蕃、西夏、宋五国画家所绘之图，代表本书的历史背景。

宋人绘契丹人掳掠图：本图与首页录自同一图卷。

吐蕃高僧图：绢画，图中高僧题为班禅二世。

持皮酒袋胡人（陶器）：
唐代彩陶，胡人表情生动，手持大皮酒袋。
萧峰及燕云十八骑以皮酒袋盛酒，载于马上，
为中亚及北方民族流行之风习，至今犹存。

灵州附近之烽火台：宋时为西夏国所在地。后世「宁夏」之名由此而来。

宋哲宗像：宋哲宗赵煦，神宗之子，徽宗之兄，太皇太后逝世后亲政，排斥贤良，复行新政。

宋英宗皇后像：高氏，小字「滔滔」。神宗生母，哲宗祖母。神宗逝，高氏遵神宗遗诏辅立幼主，被尊为太皇太后，垂帘听政。反对王安石变法，但亦具有十分优秀的执政才能。主政期间励精图治，政治清明，经济繁荣，百姓安康，后人誉为「女中尧舜」。

司马光像：
画家不详。

目　录

四十一　燕云十八飞骑　奔腾如虎风烟举 …………………… 1535

四十二　老魔小丑　岂堪一击　胜之不武 …………………… 1573

四十三　王霸雄图　血海深恨　尽归尘土 …………………… 1607

四十四　念枉求美眷　良缘安在 …………………………… 1645

四十五　枯井底　污泥处 ………………………………… 1685

四十六　酒罢问君三语 ………………………………… 1725

四十七　为谁开　茶花满路 ……………………………… 1767

四十八　王孙落魄　怎生消得　杨枝玉露 …………………… 1797

四十九　敝屣荣华　浮云生死　此身何惧 …………………… 1839

五　十　教单于折箭　六军辟易　奋英雄怒 ………………… 1875

后　记　………………………………………………… 1909

附　录　陈世骧先生书函 ……………………………… 1911

（四十一至五十回回目调寄《水龙吟》。）

萧峰拔下皮袋塞子，将皮袋高举过顶，微微倾侧，一股白酒激泻而下，萧峰仰头而饮。

四十一

燕云十八飞骑
奔腾如虎风烟举

丁春秋杀害玄痛、玄难二僧，乃少林派大仇。少林群僧听说他到了少室山上，登时便鼓噪起来。玄生大呼："今日须当人人奋勇，活捉丁老怪，为玄难、玄痛两位师兄报仇。"

玄慈朗声道："远来是客，咱们先礼后兵。"群僧齐道："是。"玄慈又道："众位师兄，众位朋友，大家便出去瞧瞧星宿派和慕容氏的高招如何?"

群雄早已心痒难搔，正在等他这句话。辈份较低、性子较急的青年英豪一窝蜂的奔了出去。跟着四大恶人、各路好汉、大理国段氏、诸寺高僧，纷纷快步而出。但听得乒乓呛啷之声不绝，慧字辈的少林僧将师父、师伯叔的兵刃送了出来。

玄慧虚空四代少林僧各执兵刃，列队出寺。刚到山门门口，派在半山守望的僧人便奔来报讯："星宿派徒众千余人，在半山亭中将慕容公子等团团围住，恶斗不休。"玄慈点了点头，走到石板路上向山下望去，但见黑压压的都是人头，只怕尚不止千余之数。

呼喝之声，随风飘上山来："星宿老仙今日亲自督战，自然百战百胜！""你们几个幺魔小丑，竟敢顽抗老仙，当真大胆之极！""快快抛下兵刃，哀求星宿老仙饶命！""星宿老仙驾临少室山，小指头儿一点，少林寺立即塌倒。"

新入星宿派的门人，未学本领，先学谄谀师父之术，千余人颂声盈耳，少室山上一片歌功颂德。少林寺建刹千载，历代群僧所念的“南无阿弥陀佛”之声，千年总和，说不定还不及此刻星宿派众门人对师父的颂声洋洋如沸。丁春秋捋着白须，眯起了双眼，薰薰然，飘飘然，有如饱醉醇酒。

玄生气运丹田，大声叫道：“结罗汉大阵！”五百名僧众应声道：“结罗汉大阵！”红衣闪动，灰影翻滚，五百名僧众东一簇、西一队，漫山遍野散了开来。

群雄久闻少林派罗汉大阵之名，但一百多年来，少林派从未在外人之前施展过，除了本寺僧人之外，谁也未克得见。这时但见群僧衣帽分色，或红或灰，或黄或黑；兵刃不同，或刀或剑，或杖或铲，人人奔跑如飞，顷刻间便将星宿派门人围在垓心。

星宿派人数远较少林僧为多，但大多数是新收的乌合之众，单独接战，多少也各自有点儿技艺。这等列阵合战的阵仗，却从来没经历过，不由得都慌了手脚，歌颂星宿老仙的声音也不免大大减弱，不少人默不作声，心中暗打改而歌颂“少林圣僧”的主意。

玄慈方丈说道：“星宿派丁先生驾临少室山，是与少林派为敌。各路英雄，便请作壁上观，且看少林寺抗击西来高人何如？”

河朔、江南、川陕、湖广各路英雄纷纷呼叫：“星宿老怪为害武林，大伙儿敌忾同仇，诛杀此獠！”各人抽出兵刃，欲与少林派并肩杀敌。

这时慕容复、邓百川等已杀伤了二十余名星宿派门人，眼见大援已到，当即跃开数丈，暂且罢手不斗。星宿派众门人中心栗六，也不上前进迫。

段誉东一窜，西一晃，冲入人丛，奔到了王语嫣身旁，说道：“王姑娘，待会倘若情势凶险，我再负你出去。”

王语嫣脸上一红，道："我既没受伤，又不是给人点中穴道，我……我自己会走……"向慕容复瞧了一眼，说道："我表哥武功高强，护我绰绰有余。段公子，你还是出去罢。"

段誉心中老大不是味儿，心想："我有什么本领，怎及得上你表哥武功高强？"但说就此出去，却又如何舍得？讪讪的道："这个……这个……啊，王姑娘，我爹爹也到了，便在外面。"他和王语嫣数度共经患难，长途同行，相处的时日不浅，但段誉从不向她提到自己的身份来历。在他心目中，王语嫣乃是天仙，自己是尘世俗人，自己本来就不以王子为荣，而在天仙眼中，王子和庶人又有什么分别？

王语嫣对段誉数度不顾性命的相救自己，内心也颇念其诚，意存感激，但对他这个人本身却从来不放在心上，只知他是个学会了一门巧妙步法的书呆子，有几手时灵时不灵的气功剑法，为了怕表哥多心，只盼他离得越远越好。这时忽听他说爹爹来了，微觉好奇，说道："令尊是从大理来的么？你们父子俩有好久不见了，是不是？"

段誉喜道："是啊！王姑娘，我带你见我爹爹好不好？我爹爹见了你一定很欢喜。"王语嫣脸上又一红，摇头道："我不见。"段誉道："为什么不见？"他见王语嫣不答，一心讨她欢喜："王姑娘，我的把兄虚竹也在这里，他又做了和尚。还有，我的徒弟也来了，真是热闹得紧。"王语嫣知道他的徒弟便是"南海鳄神"，但他为什么会收了这天下第三恶人"凶神恶煞"为徒，却从来没问过他，想起南海鳄神的怪模怪样，嘴角边不禁露出笑意。段誉见引得她微笑，心中大喜，此刻虽身处星宿派的重围之中，但得王语嫣与之温言说笑，天大的事也都置之度外。

少林群僧布就罗汉大阵，左右翼卫，前后呼应。有几名星宿派门人向西方冲击，稍一交锋，便即纷纷负伤。丁春秋道："大家暂且别动。"朗声说道："玄慈方丈，你少林寺自称为中原武林首领，依我看来，实是不足一哂。"

众弟子群相应和："是啊，星宿老仙驾到，少林寺和尚一个个死无葬身之地。""天下武林，都是源出于我星宿一派，只有星宿派的武功，才是真正正统，此外尽是邪魔外道。""你们不学星宿派武功，终不免是牛鬼蛇神，自取灭亡。"突然有人放开喉咙，高声唱了起来："星宿老仙，德配天地，威震寰宇，古今无比！"千余人依声高唱，更有人取出锣鼓箫笛，或敲或吹，好不热闹。群雄大都没有见过星宿派的排场，无不骇然失笑。

金鼓丝竹声中，忽然山腰里传来群马奔驰之声。蹄声越来越响，不久四面黄布大旗从山崖边升起，四匹马奔上山来，骑者手中各执一旗，临风招展。四面黄旗上都写着五个大黑字："丐帮帮主庄"。四乘马在山崖边一立，骑者翻身下马，将四面黄旗插在崖上最高处。四人都是丐帮装束，背负布袋，手扶旗杆，不发一言。

群雄都道："丐帮帮主庄聚贤到了。"眼见这四面黄旗傲视江湖的声势，擎旗人矫捷剽悍的身手，比之星宿派的自吹自擂，显然更令人心生肃然之感。

黄旗刚竖起，一百数十匹马疾驰上山，乘者最先的是百余名六袋弟子，其后是三四十名七袋弟子、十余名八袋弟子。稍过片刻，是四名背负九袋的长老，一个个都默不作声的翻身下马，分列两旁。丐帮中人除了身有要事之外，从不乘马坐车，眼前这等排场，已与寻常江湖豪客无异。许多武林耆宿见了，都暗暗摇头。

但听得蹄声答答，两匹青骢健马并辔而来。左首马上是个身穿紫衫的少女，明艳文秀，一双眼珠子却黯然无光。阮星竹一见，脱口叫道："阿紫！"她忘了自己改穿男装，这一声叫，是本来的女子声音。

右首马上乘客身穿百结锦袍，脸上神色木然，俨如僵尸。群雄中见多识广之士一见，便知他戴了人皮面具，不欲以本来面目示人，均想："这人想来便是丐帮帮主庄聚贤了。他要和少林派争夺武林盟主，却又如何不显露真相?"有的猜想："看来此人是武林中的成名人物，庄聚贤只是个化名。他既能做到丐帮帮主，岂是名不见经传的泛泛之辈?"有的猜想："多半这一战他并无多大把握，倘若败于少林僧之手，便仍然遮脸而退，以免面目无光。"更有人猜想："莫非他便是丐帮的前任帮主乔峰?他重掌丐帮大权，便来和少林派及中原群雄为难?"虽然也有人从"庄聚贤"三字联想到了"聚贤庄"，但只由此而推想到乔峰，聚贤庄游氏兄弟已双双命丧乔峰之手，后来连庄子也给人放火烧成了白地，谁也料想不到，这个丐帮新帮主竟是聚贤庄当年的少庄主游坦之。

阿紫听到了母亲的呼叫，她此刻身有要事，不欲即和母亲相会，婆婆妈妈的述说别来之情，当下只作没听见，说道："贤哥，这里人多得很啊，我好像听到有人在大唱什么'星宿老仙，德配天地，威震寰宇，古今无比。'丁春秋这小子和他的虾兵蟹将，也都来了么?"游坦之道："不错，他门下人数着实不少。"阿紫拍手笑道："那好极了，倒省了我一番跋涉，不用千里迢迢的到星宿海去找他算账。"这时步行的丐帮帮众络绎不绝的走上山来，都是五袋、四袋、三袋的弟子，列队站在游坦之和阿紫身后。

阿紫向身后一挥手，两名丐帮弟子各从怀内取出一团紫色物事，缚上木棍，迎风抖动，原来是两面紫绸大旗，在空中平平铺了开来，每面旗上都绣着六个殷红如血的大字："星宿派掌门段"。

这两面紫旗一展开，星宿派门人登时大乱，立时便有人大声呼叫："星宿派掌门乃是丁老仙，四海周知，哪里有什么姓段的来作掌门人了?""胡混冒充，好不要脸!""掌门人之位，难道是自封的么?""哪一个小妖怪自称是本派掌门，快站出来，老子不把你捣成肉酱才怪！”说这些话的，都是星宿派新入门的弟子，至于狮吼子、天狼子等旧人，自然都知道阿紫的来历，想起她背后有萧峰撑腰，都不禁暗生惧意。

一众僧侣和俗家英雄忽见多了个星宿派掌门人出来，既感骇异，也暗暗称快，均想这干邪魔窝里反，那是再好也没有了。

阿紫双手拍了三拍，朗声说道：“星宿派门下弟子听者：本派向来规矩，掌门人之位，有力者居之。本派之中，谁的武功最强，便是掌门。半年之前，丁春秋和我一战，给我打得一败涂地，跪在地下向我磕了十八个响头，拜我为师，将本派掌门人之位，双手恭恭敬敬的奉上。难道他没告知你们么？丁春秋，你忒也大胆妄为了，你是本派大弟子，该为众师弟的表率，怎可欺师灭祖，瞒骗一众师弟？”她语音清脆，一字一句说来，遍山皆闻。

众人一听，无不惊奇万分，瞧她只不过是个十六七岁的幼女，双目又盲了，怎能做什么掌门人？段正淳和阮星竹更相顾骇然。他们知道这个女儿出于丁春秋门下，刁钻古怪，顽劣无比，但武功却是平平，居然胆敢反徒为师，去捋丁春秋的虎须，这件事只怕难以收场。以大理国在少室山上的寥寥数人，实不足以与星宿派相抗，救她脱险。

丁春秋眼见在群雄毕集、众目睽睽之下，阿紫居然打出“星宿派掌门”的旗号来，是可忍孰不可忍？他胸中怒发如狂，脸上却仍笑嘻嘻地一派温厚慈和的模样，说道：“小阿紫，本派掌门人之位，唯有力者居之，这句话倒也不错。你觊觎掌门大位，想必是有些真实功夫了，那便过来接我三招如何？”

突然间眼前一花，身前三尺处已多了一人，正是游坦之。这一下来得大是出其不意，以丁春秋眼力之锐，竟也没瞧清楚他是如何来的，心惊之下，不由得退了一步。

他这一步跨中带纵，退出了五尺，却见游坦之仍在自己身前三尺之处，可知便在自己倒退这一步之时，对方同时踏上了一步，当然他是见到自己后退之后，这才迈步而前，后发齐至，不露形迹，此人武功之高，当真令人畏怖。丁春秋眼见他一张死沉沉的木黄脸皮，伸手可触，已来不及开口质问："我是要和阿紫比武，干么要你来横加插手？"立即倒窜出去，一反手，抓住一名门人，便向他掷了过去。

游坦之应变奇速，立即倒跃丈许，也是反手一抓，抓到一名丐帮三袋弟子，运劲推出。那三袋弟子竟如是一件极大暗器，向丁春秋扑去，和那星宿派门人在半空中砰的一撞。旁人瞧了这般劲道，均想："这两名弟子只怕要撞得筋断骨碎而死。"

哪知二人一撞之下，只听得嗤嗤声响，跟着各人鼻中闻到一股焦臭，直是中人欲呕，群雄有的闭气，有的后退，有的伸手掩鼻，有的立服解药，均知丁春秋和庄聚贤都是以阴毒内劲使在弟子身上。那两人一撞，便即软垂垂的摔在地下，动也不动，早已毙命。

丁春秋和游坦之一招相交，不分高下，心中都是暗自忌惮，同时退开数尺，跟着各自反手，又抓了一名弟子，向前掷出。那两名弟子又是在半空中一撞，发出焦臭，一齐毙命。

两人所使的均是星宿派的一门阴毒武功"腐尸毒"，抓住一个活人向敌人掷出，其实一抓之际，先已将该人抓死，手爪中所喂的剧毒渗入血液，使那人满身都是尸毒，敌人倘若出掌将那人掠开，势非沾到尸毒不可。就算以兵刃拨开，尸毒亦会沿兵刃沾上手掌。甚至闪身躲避，或是以劈空掌之类武功击打，亦难免受到毒气的侵袭。

游坦之那日和全冠清结伴同行，他心无城府，阅历又浅，不到一两天便给全冠清套出了真相。全冠清心想："这人内力虽强劲无比，武功却平庸之极，终究无甚大用。"其后查知阿紫是星宿老怪丁春秋的门徒，灵机一动，便撺掇游坦之向阿紫习学星宿派武功，对着阿紫之面，却将游坦之的武功夸得地上少有，天下无双，要阿紫一一将所学武功试演出来，好让游坦之指点。

游坦之和阿紫年纪都轻，一个痴，一个盲，立时堕入计中。阿紫将本门武功一项项的演将出来，并详述修习之法。游坦之的"腐尸毒"功夫便由此学来。"腐尸毒"功夫的要旨，全在练成带有剧毒的深厚内力，能将人一抓而毙，尸身上随即沾毒，功夫本身却并无别般巧妙。这道理星宿派门人个个都懂，就是练不到如此内力而已。阿紫在南京城外捉些毒蛇毒虫来修练，连毒掌功夫也未练成，更不用说这"腐尸毒"了。

阿紫虽然玲珑剔透，但眼睛盲了，瞧不到游坦之脸上神情，而自己性命又确是这庄公子从丁春秋手下抢救出来的，再听全冠清巧舌如簧，为游坦之大肆吹嘘，凭她聪明绝顶，也决计猜不到这位"武功盖世的庄公子"，竟会来向自己偷学武艺。

阿紫每说一招，游坦之便依法试演，他身上既有冰蚕寒毒，又有易筋经的上乘内功，兼具正邪两家之所长，内力非同小可，同样的一招到了他手中，发出来时便断树裂石、威力无穷，阿紫听在耳中，只有钦佩无已的份儿。游坦之也传授她一些易筋经上的修习内功之法。阿紫照练之后，虽无多大进境，却也觉身轻体健，筋骨灵活，料想假以时日，必有神效。

其时游坦之早已明白，自己所以有此神功，与那本怪书上裸僧的图像大有关连，为了要在阿紫跟前逞能，每日里在无人之处勤练不辍。有一日，正自照着图中线路运功，突然间一阵劲风过去，那怪书飘了起来，飞出数丈之外。游坦之正倒转了身子，内息在数处经脉中急速游走，一抬头，但见那怪书已抓在一个中年僧人手中。游坦之大急，叫道："是我的，快还我……"突然之间惊怒交集，内息登时岔了，就此动弹不得，眼见那和尚笑吟吟的转身而去，越是焦急，四肢百骸越是僵硬木直。

夺去这《易筋经》的，正是鸠摩智。他精通梵文，明慧妙悟，比之萧峰和阿朱瞠目不识、游坦之误打误撞方得湿书见图，自是不可同日而语了。

游坦之直过了六个时辰，穴道方解，呕出一大滩鲜血，便如大病了一场。好在他于书中图像已练了十之六七，习练已久，倒也尽数记得，此后继续修习，内功仍得与日俱增。

其后全冠清设法替游坦之除去头上铁罩，以人皮面具遮住他给热铁罩烫得稀烂的脸孔，然后携同他去参与洞庭湖君山丐帮大会。以游坦之如此深厚内力、怪异武功，丐帮中自无人可与相抗，轻而易举的便夺到了帮主之位。同时全冠清亦正式复归丐帮，升为九袋长老。游坦之虽然当上帮主，帮中事务全凭全冠清吩咐安排。全冠清眼见帮中不服游坦之的长老、弟子仍然不少，大是隐忧，总不能一个个都杀了，于是献议与少林派争夺中原武林盟主，使丐帮帮主庄聚贤成为天下武林第一人，凭此功绩威望，自可压服丐帮中心怀不平之人。

阿紫喜事好胜的性情，虽盲不改，全冠清这一献议，大投所好。游坦之本不想做什么武林盟主，但阿紫既力赞其事，他便也依从遵行。全冠清精心策划，缜密部署。邀请各路英雄好汉同时于六月十五聚集少林寺，便是他的杰作。

阿紫心想既有武功天下第一的庄聚贤撑腰，更何惧于区区星宿老怪，当即自封为“星宿派掌门人”，命人做起紫旗，到少室山来耀武扬威。

丐帮一行来到少室山上，眼见山头星宿派门人大集，这一着倒不在全冠清意料之中，便向游坦之进言，丁春秋一出口，立即上前动手，以免阿紫为难。

丁春秋眼见对方厉害，立时便使出最阴毒的“腐尸毒”功夫来。这功夫每使一招，不免牺牲一个门人弟子，但对方不论闪避或是招架，都难免荼毒，任你多么高明的武功，只有施展绝顶轻功，逃离十丈之外，方能免害。但一动手便即逃之夭夭，这场架自然是打不成了。不料游坦之已从阿紫处学会了这门功夫，便牺牲丐帮弟子性命，抵御丁春秋的进袭。他二人掷出一名弟子，跟着又掷一名弟子。但听得砰砰砰响声不绝，片刻之间，双方已各掷了九名弟子，十八具尸体横卧地上，脸上均是一片乌青，神情可怖，惨不忍睹。

星宿派弟子人人惊惧，拼命躲缩，以防给师父抓到，口中歌颂之声仍是不断，只是声音发颤，哪里还有什么欢欣鼓舞之意？

丐帮弟子见帮主突然使这等阴毒武功，虽说是被迫而为，却也大感骇异，均想：“本帮行事，素以仁义为先，帮主如何能在天下英雄之前，施展这等为人不齿的功夫，那岂不是和星宿派同流合污了么？”更有人想：“倘若乔帮主仍是咱们帮主，必会循正道以抵挡星宿老怪的邪术。”

丁春秋反手想再抓第十人时，一抓抓了个空，回头一看，只见群弟子都已远远躲开，却听得呼的一声，游坦之的第十人却掷了过来。丁春秋又惊又怒，危急中飞身而起，跃入了门人群中。那丐帮弟子的尸体疾射而至，星宿派众弟子欲待逃窜，已然不及，七八人大呼“我的妈啊”声中，已给尸首撞中。这具尸首剧毒无比，这七八人脸上立时蒙上一片黑气，滚倒在地，抽搐了几下，便即毙命。

阿紫听了身旁全冠清述说情状，只乐得格格娇笑，叫道：“丁春秋，庄帮主是我星宿派掌门人的护法，你打败了他，再来和你掌门人动手不迟。你是输了，还是赢了？”

丁春秋懊丧已极，适才这一仗，决不是自己在功夫上输了，从庄聚贤掷尸的方位劲力看来，他内力虽强，每一次所用手法却都一模一样，可见他只是从阿紫处学得一些本门的粗浅功夫，其中种种精奥变化，全然不知。这一仗是输在星宿派门人比丐帮弟子怕死，一个个远远逃开，不像丐帮弟子那样慷慨赴义，临危不避。他心念一转，计上心来，仰天大笑。

阿紫皱眉道："笑！亏你还笑得出？有什么好笑？"

丁春秋仍是笑声不绝，突然之间，呼呼呼风声大作，八九名星宿派门人被他以连珠手法抓住掷出，一个接着一个，迅速无伦的向游坦之飞去，便如发射连珠箭一般。

游坦之却不会使这一门"连珠腐尸毒"的功夫，只抓了三名丐帮帮众掷出，第四招便措手不及，紧急之际，一跃向上，冲天而起，这般避开了掷来的毒尸，却不必向后逃窜，可说并未输招。

丁春秋正是要他闪避，左手一招。阿紫一声惊呼，向丁春秋身前飞跃过去。

旁观众人一见，无不失色。"擒龙功"、"控鹤功"之类功夫如练到上乘境界，原能凌空取物，但最多不过隔着四五尺远近擒敌拿人，夺人兵刃。武术中所谓"隔山打牛"，原是形容高手的劈空掌、无形神拳能以虚劲伤人，但就算是绝顶高手，也决不能将内力运之于二丈之外。丁春秋其时与阿紫相距六七丈之距离，居然能一招手便将她拖下马来，擒将过去，武功之高，当真是匪夷所思。旁观群雄中着实不乏高手，自忖和丁春秋这一招相比，那是万万不及，骇异之余，尽皆钦服。

却不知丁春秋擒拿阿紫，所使的并非真实功夫，乃是靠了他"星宿三宝"之一的"柔丝索"。这柔丝索以星宿海旁的雪蚕之丝制成。那雪蚕野生于雪桑之上，形体远较冰蚕为小，也无毒性，吐出来的蚕丝却韧力大得异乎寻常，一根单丝便已不易拉断。只是这种雪蚕不会做茧，吐丝也极有限，乃是极难寻求之物。那日阿紫以一只透明渔网捉住褚万里，逼得他羞愤自尽，渔网之中便渗得有少量雪蚕丝。丁春秋这根柔丝索尽数以雪蚕丝绞成，微细透明，几非肉眼所能察见，他掷出九名门人之时，同时挥出了柔丝索。他掷出九具毒尸，一来逼开游坦之，二来是障眼之术，令人人眼光都去注视于他“连珠腐尸毒”上，柔丝索挥将出去，更是谁都难以发觉。

待得阿紫惊觉得柔丝缠到身上，已被丁春秋牵扯过去。虽说丁春秋有所凭借，但将这一根细若无物的柔丝挥之于六七丈外，在众高手全不知觉之下，一招手便将人擒到，这份功力自也非同凡俗。他左手抓住了阿紫背心，右手点了她穴道，柔丝索早已缩入了大袖之中。他掷尸、挥索、招手、擒人，一直在哈哈大笑，待将阿紫擒到手中，笑声仍未断绝。这大笑之声，也是引人分散目光的“障眼术”。

游坦之身在半空，已见阿紫被擒，惊惶之下向前急扑，六具毒尸已从足底飞过。他左足一着地，右掌猛力便向丁春秋击去。

丁春秋左手向前一探，便以阿紫的身子去接他这一招开碑裂石的掌力。游坦之此刻武功虽强，临敌应变的经验却是半点也无，眼见自己一掌便要将阿紫打得筋骨折断，立即便收回掌力。可是发掌时使了全力，急切间却哪里能收得回来？本来中等武功之人，也知只须将掌力偏在一旁，便伤不到阿紫，可是游坦之对阿紫敬爱太过，一见势头不对，只知收掌回力，不暇更思其他，将这股偌大掌力尽数收回，等如以此掌力当胸猛击自己。他一个跄踉，哇的一声，喷出一口鲜血。

若是内力稍弱之人，这一下便已要了他的性命，饶是他修习易筋经有成，这一掌究竟也不好受，正欲缓过一口气来，丁春秋哪容他有喘息的余裕，呼呼呼呼，连续拍出四掌。游坦之丹田中内息提不上来，只得挥掌拍出，连接了他四掌，接一掌，吐一口血，连接四掌，吐了四口黑血。丁春秋得理不让人，第五掌跟着拍出，要乘机制他死命。

只听得旁边数人齐声呼喝："丁老怪休得行凶！""住手！""接我一招！"玄慈、观心、道清等高僧，以及各路英雄的侠义之士，都不忍这丐帮帮主如此死于丁春秋手下，呼喝声中，纷纷抢出相救。

不料丁春秋第五掌击出，游坦之回了一掌，丁春秋身形微晃，竟退开了一步。众高手一见，便知这一招是丁春秋吃了点小亏，当即止步，不再上前应援。原来游坦之吐出四口瘀血后，内息已畅，第五掌上已将冰蚕奇毒和易筋经内力一并运出。丁春秋以掌力硬拼，便不是敌手。若不是丁春秋占了先机，将游坦之击伤，令他内力大打折扣，则刚才双掌较量，丁春秋非连退五步不可。

丁春秋气息翻涌，心有不甘，运起十成功力，大喝一声，须发戟张，呼的一掌又向前推去。游坦之踏上一步，接了他这一掌，叫道："快放下段姑娘！"呼呼呼呼，连出四掌，每出一掌，便跨上一步。这五步一踏出，已与丁春秋面面相对，再一伸手，便能抢夺阿紫。

丁春秋掌力不敌，又见到他木然如僵尸的脸孔，心生惧意，微笑道："我又要使腐尸毒功夫了，你小心着！"说着左手提起阿紫身子，摆了几摆。

游坦之急呼："不，不！万……万万不可！"声音发颤，惊恐已达极点，知道丁春秋"腐尸毒"功夫一施，阿紫立时便变成了一具毒尸。

丁春秋听得他话声如此惶急，登时明白："原来你这小子给这臭花娘迷住了，哈哈，妙极，当真再好不过。"他擒获阿紫，本想当众将她处死，免得她来争星宿派掌门人之位，这时见了游坦之的情状，似可将阿紫作为人质，胁制这个武功高出于己的丐帮帮主庄聚贤，便道："你不想她死么？"

游坦之叫道："你……你……你快将她放下来，这个……危险之极……”丁春秋哈哈一笑，说道：“我要杀她，不费吹灰之力，为什么要放她？她是本派叛徒，目无尊长，这种人不杀，却去杀谁？”游坦之道：“这个……她是阿紫姑娘，你无论如何不能害她，你已射瞎了她一双眼睛，那个，求求你，快放她下来，我……重重有谢。”他语无伦次，显是对阿紫关心已极，却哪里还有半分丐帮帮主的风度？

丁春秋见他内力阴寒强劲，听他说话声音，在在与那铁头人十分相似，可是他明明头上并无铁罩，而且那铁头人又怎能是丐帮帮主？当下也无暇多想，说道：“要我饶她小命也不难，只是须得依我几件事。”

游坦之忙道：“依得，依得。便一百件、一千件也依你。”丁春秋听他这般说，心下更喜，点头道：“很好！第一件事，你立即拜我为师，从此成为星宿派弟子。”

游坦之毫不迟疑，立即双膝跪倒，说道：“师父在上，弟子……弟子庄聚贤磕头！”他想：“我本来就是你的弟子，早已磕过了头，再拜一次，又有何妨？”

他这一跪，群雄登时大哗。丐帮自诸长老以下，无不愤慨莫名，均想：“我帮是天下第一大帮，素以侠义自居，帮主却去拜邪名素著的星宿老怪为师。咱们万万不能再奉此人为帮主。”

猛听得锣鼓丝竹响起，星宿派门人大声欢呼，颂扬星宿老仙之声，响彻云霄，种种歌功颂德、肉麻不堪的言辞，直非常人所能想像，总之日月无星宿老仙之明，天地无星宿老仙之大，自盘古氏开天辟地以来，更无第二人能有星宿老仙的威德。周公、孔子、佛祖、老君，以及玉皇大帝、十殿阎王，无不甘拜下风。

当阿紫被丁春秋一擒获，段正淳和阮星竹便相顾失色，但自知本领不敌星宿老怪，决难从他手中救女儿脱险，及后见庄聚贤居然肯为女儿屈膝事敌，却也是大出意料之外。阮星竹既惊且喜，低声道："你瞧人家多么情义深重！你……你……你哪及得上人家的万一。"

段誉斜目向王语嫣看了一眼，心想："我对王姑娘一往情深，自忖已是至矣尽矣，蔑以加矣。但比之这位庄帮主，却又大大不如了。人家这才是情中圣贤！倘若王姑娘被星宿老怪擒去，我肯不肯当众向他下跪呢？"想到此处，突然间血脉贲张，但觉为了王语嫣，纵然万死亦所甘愿，区区在人前受辱之事，真是何足道哉，不由得脱口而出："肯的，当然肯！"王语嫣奇道："你肯什么？"段誉面上一红，嗫嚅道："嗯，这个……"

游坦之磕了几个头站起，见丁春秋仍是抓着阿紫不放，阿紫脸上肌肉扭曲，大有苦痛之色，忙道："师父，你老人家快放开了她！"丁春秋冷笑道："这小丫头大胆妄为，哪有这么容易便饶了她？除非你将功赎罪，好好替我干几件事。"游坦之道："是，是！师父要弟子立什么功劳？"丁春秋道："你去向少林寺方丈玄慈挑战，将他杀了。"

游坦之迟疑道："弟子和少林方丈无怨无仇，丐帮虽然要跟少林派争雄，却似乎不必杀人流血。"丁春秋面色一沉，怒道："你违抗师命，可见拜我为师，全属虚假。"游坦之只求阿紫平安脱险，哪里还将什么江湖道义、是非公论放在心上，忙道："是！不过少林派武功甚高，弟子尽力而为……师父，你……你说过的话可不能不算，不得加害阿紫姑娘。"丁春秋淡淡的道："杀不杀玄慈，全在于你；杀不杀阿紫，权却在我。"

游坦之转过身来，大声道："少林寺玄慈方丈，少林派是武林中各门派之首，丐帮是江湖上第一大帮，向来并峙中原，不相统属。今日咱们却要分个高下，胜者为武林盟主，败者服从武林盟主号令，不得有违。"眼光向群豪脸上扫去，又道："天下各位英雄好汉，今日都聚集在少室山下，有哪一位不服，尽可向武林盟主挑战。”言下之意，竟如自己已是武林盟主一般。

丁春秋和游坦之的对答，声音虽不甚响，但内功深厚之人却早将一字一句都听在耳里。少林寺众高僧听丁春秋公然命这庄聚贤来杀玄慈方丈，无不大怒，但适才见到两人所显示的功力，这庄聚贤的功力既强且邪，玄慈在武功上是否能敌得住，已是难言，而各种毒功邪术更是不易抵挡。

玄慈雅不愿和他动手，但他公然在群雄之前向自己挑战，又势无退避之理，当下双掌合什，说道：“丐帮数百年来，乃中原武林的侠义道，天下英雄，无不瞻仰。贵帮前任帮主汪剑通帮主，与敝派交情着实不浅。庄施主新任帮主，敝派得讯迟了，未及遣使道贺，不免有简慢之罪，谨此谢过。敝派僧俗弟子向来对贵帮极为尊敬，丐帮和少林派数百年的交情，从未伤了和气。却不知庄帮主何以今日忽兴问罪之师，还盼见告。天下英雄，俱在此间，是非曲直，自有公论。”

游坦之年轻识浅，不学无术，如何能和玄慈辩论？但他来少林寺之前，曾由全冠清教过一番言语，当即说道：“我大宋南有辽国，西有西夏、吐蕃，北有大理，四夷虎视眈眈，这个……这个……”他将“北有辽国、南有大理”说错了方位，听众中有人不以为然，便发出咳嗽嗤笑之声。

游坦之知道不对，但已难挽回，不由得神态十分尴尬，幸好他戴着人皮面具，别人瞧不到他面色。他“嗯”了几声，继续说道：“我大宋兵微将寡，国势脆弱，全赖我武林义士，江湖同道，大伙儿一同匡扶，这才能外抗强敌，内除奸人。”

群雄听他这几句话甚是有理，都道：“不错，不错！”

游坦之精神一振，继续说道：“只不过近年来外患日深，大伙儿肩头上的担子，也一天重似一天，本当齐心合力，共赴艰危才是。可是各门各派，各帮各会，却你争我斗，自己人跟自己人打架，总而言之，是大家不能够齐心。契丹人乔峰单枪匹马的来一闹，中原豪杰便打了个败仗，又听说西域星宿海的星宿老……星宿老……星宿老……那个星宿老……嗯，他曾连杀少林派的两名高僧……这个……那个……”

全冠清本来教他说“西域星宿老怪曾到少林寺来连杀两名高僧，少林派束手无策”，游坦之原已将这些话背得十分纯熟，突然间话到口边，才觉得不对，连说了几个“星宿老”，却“老”不下去了。

群雄中有人叫道：“他是星宿老怪，你是星宿小妖！”人丛中哄笑大作。

星宿派门人齐声唱道：“星宿老仙，德配天地，威震寰宇，古今无比！”千余人齐声高唱，登时将群豪的笑声压了下去。

唱声甫歇，人丛中忽有一个嘶哑难听的声音大声唱道：“星宿老仙，德配天地，威震寰宇……”曲调和星宿派所唱一模一样。星宿派门人听到别派之中居然有人颂赞本派老仙，此事十分难得，那是远胜于本派弟子的自称自赞。群相大喜之下，锣鼓丝竹出力伴奏，不料第四句突然急转直下，只听他唱道：“……大放狗屁！”众门人相顾愕然之际，锣鼓丝竹半途不及收科，竟尔一直伴奏到底，将一句“大放狗屁”衬托得甚是悠扬动听。

群雄只笑得打跌，星宿派门人俱都破口大骂。王语嫣嫣然微笑，说道：“包三哥，你的嗓子好得紧啊！”包不同道：“献丑，献丑！”这四句歌正是包不同的杰作。

游坦之乘着众人扰攘之际，和全冠清低声商议了一阵，又朗声道：“我大宋国步艰危，江湖同道却又不能齐心合力，以致时受番邦欺压。因此丐帮主张立一位武林盟主，大伙儿听奉号令，有什么大事发生，便不致乱成一团了。玄慈方丈，你赞不赞成？”

玄慈缓缓的道：“庄帮主的话，倒也言之成理。但老衲有一事不解，却要请教。”游坦之道：“什么事？”玄慈道：“庄帮主已拜丁先生为师，算是星宿派门人了，是也不是？”游坦之道：“这个……这是我自己的事，与你无关。”玄慈道：“星宿派乃西域门派，非我大宋武林同道。我大宋立不立武林盟主，可与星宿派无涉。就算中原武林同道要推举一位盟主，以便统筹事功，阁下是星宿派门人，却也不便参与了。”

众英雄纷纷说道：“不错！”“少林方丈之言甚是。”“你是番邦门派的走狗奴才，怎可妄想做我中原武林的盟主？”

游坦之无言可答，向丁春秋望望，又向全冠清瞧瞧，盼望他们出言解围。

丁春秋咳嗽一声，说道：“少林方丈言之差矣！老夫乃山东曲阜人氏，生于圣人之邦，星宿派乃老夫一手创建，怎能说是西域番邦的门派？星宿派虽居处西域，那只不过是老夫暂时隐居之地。你说星宿派是番邦门派，那么孔夫子也是番邦人氏了，可笑啊可笑！说到西域番邦，少林武功源于天竺达摩祖师，连佛教也是西域番邦之物，我看少林派才是西域的门派呢！”此言一出，玄慈和群雄都感不易抗辩。

全冠清朗声道：“天下武功，源流难考。西域武功传于中土者有之，中土武功传于西域者亦有之。我帮庄帮主乃中土人氏，丐帮素为中原门派，他自然是中原武林的领袖人物。玄慈方丈，今日之事，当以武功强弱定胜负，不以言辞舌辩定输赢。丐帮与少林派到底谁强谁弱，只须你们两位首领出手较量，高下立判，否则便是说上半天，又有何益？倘若你有自知之明，不是敝帮庄帮主的敌手，那么只须甘拜下风，推戴我庄帮主为武林盟主，倒也不是非出手不可的。”这几句话，显然认定玄慈是明知不敌，胆怯推委。

玄慈向前走了几步，说道：“庄帮主，你既非要老衲出手不可，老衲若再顾念贵帮和敝派数百年的交情，坚不肯允，倒是对贵帮不敬了。”眼光向群雄缓缓掠过，朗声道：“天下英雄，今日人人亲眼目睹，我少林派决无与丐帮争雄斗胜之意，实是丐帮帮主步步见逼，老衲退无可退，避无可避。”

群雄纷纷说道：“不错，咱们都是见证，少林派并无丝毫理亏之处。”

游坦之只是挂念着阿紫的安危，一心要尽快杀了玄慈，好得向丁春秋交差，大声说道：“比武较量，强存弱亡，说不上谁理亏不理亏，快快上来动手罢！”

他幼年时好嬉不学，本质虽不纯良，终究是个质朴少年。他父亲死后，浪迹江湖，大受欺压屈辱，从无一个聪明正直之士好好对他教诲指点，近年来和阿紫日夕相处，所谓近朱者赤，近墨者黑，何况他一心一意的崇敬阿紫，一脉相承，是非善恶之际的分别，学到的都是星宿派那一套。星宿派武功没一件不是以阴狠毒辣取胜，再加上全冠清用心深刻，助他夺到丐帮帮主之位，教他所使的也尽是伤人不留余地的手段，日积月累的浸润下来，竟将一个系出中土侠士名门的弟子，变成了善恶不分、唯力是视的暴汉。

玄慈朗声道：“庄帮主的话，和丐帮数百年来的仁侠之名，可太不相称了。”

游坦之身形一晃，倏忽之间已欺近了丈余，说道：“要打便打，不打便退开了罢。”说话间又向丁春秋与阿紫瞧了一眼，心下甚是焦急不耐。

玄慈道：“好，老衲今日便来领教庄帮主降龙十八掌和打狗棒法的绝技，也好让天下英雄好汉，瞧瞧丐帮帮主数百年来的嫡传功夫。”

游坦之一怔，不由自主的退了两步。他虽接任丐帮帮主，但这降龙十八掌和打狗棒法两绝技，却是一招也不会。只是他曾听帮中长老们冷言冷语的说过，这两项绝技是丐帮的“镇帮神功”。降龙十八掌偶尔也有传与并非出任帮主之人，打狗棒法却必定传于丐帮帮主，数百年来，从无一个丐帮帮主不会这两项镇帮神功的。

玄慈说道：“老衲当以本派大金刚掌接一接帮主的降龙十八掌，以降魔禅杖接一接帮主的打狗棒。唉，少林派和贵帮世代交好，这几种武功，向来切磋琢磨则有之，从来没有用以敌对过招，老衲不德，却是愧对丐帮历代帮主和少林派历代掌门了。”双掌一合，正是大金刚掌的起手式“礼敬如来”，脸上神色蔼然可亲，但僧衣的束带向左右笔直射出，足见这一招中蕴藏着极深的内力。

游坦之更不打话，左手凌空劈出，右掌跟着迅捷之极的劈出，左手掌力先发后至，右手掌力后发先至，两股力道交错而前，诡异之极，两人掌力在半途相逢，波的一声响，相互抵消，却听得嗤嗤两声，玄慈腰间束带的两端同时断截，分向左右飞出丈许。游坦之这两掌掌力所及范围甚广，攻向玄慈身子的劲力被“礼敬如来”的守势消解，但玄慈飘向身侧的束带却为他掌力震断。

少林派僧侣和群雄一见，登时纷纷呼喝：“这是星宿派的邪门武功！”“不是降龙十八掌！”“不是丐帮功夫！”丐帮弟子之中竟也有人叫道：“咱们和少林派比武，不能使邪派功夫！”“帮主，你该使降龙十八掌才是！”“使邪派功夫，没的丢了丐帮脸面。”

游坦之听得众人呼喝之声大作，不由得心下踌躇，第二招便使不出去。

星宿派门人却纷纷大叫：“星宿派神功比丐帮降龙十八掌强得多，干么不使强的，反使差劲的？”“庄师兄，再上！当然要用恩师星宿老仙传给你的神功，去宰了老和尚！”“星宿神功，天下第一，战无不胜，攻无不克。降龙臭掌，狗屁不值！”

一片喧哗叫嚷之中，忽听得山下一个雄壮的声音说道：“谁说星宿派武功胜过了丐帮的降龙十八掌？”

这声音也不如何响亮，但清清楚楚的传入了众人耳中，众人一愕之间，都住了口。

但听得蹄声如雷，十余乘马疾风般卷上山来。马上乘客一色都是玄色薄毡大氅，里面玄色布衣，但见人似虎，马如龙，人既矫捷，马亦雄骏，每一匹马都是高头长腿，通体黑毛，奔到近处，群雄眼前一亮，金光闪闪，却见每匹马的蹄铁竟然是黄金打就。来者一共是一十九骑，人数虽不甚多，气势之壮，却似有如千军万马一般，前面一十八骑奔到近处，拉马向两旁一分，最后一骑从中驰出。

丐帮帮众之中，大群人猛地里高声呼叫："乔帮主，乔帮主！"数百名帮众从人丛中疾奔出来，在那人马前躬身参见。

这人正是萧峰。他自被逐出丐帮之后，只道帮中弟子人人视他有如寇雠，万没料到敌我已分，竟然仍有这许多旧时兄弟如此热诚的过来参见，陡然间热血上涌，虎目含泪，翻身下马，抱拳还礼，说道："契丹人萧峰被逐出帮，与丐帮更无瓜葛。众位何得仍用旧日称呼？众位兄弟，别来俱都安好？"最后这句话中，旧情拳拳之意，竟是难以自已。

过来参见的大都是帮中的三袋、四袋弟子。一二袋弟子是低辈新进，平素少有机会和萧峰相见，五六袋以上弟子却严于夷夏之防，年长位尊，不如年青的热肠汉子那么说干便干，极少顾虑。这数百名弟子听他这么说，才省起行事太过冲动，这位"乔帮主"乃是大对头契丹人，帮中早已上下均知，何以一见他突然现身，爱戴之情油然而生，竟将这大事忘了？有些人当下低头退了回去，却仍有不少人道："乔……乔……你老人家好，自别之后，咱们无日不……不想念你老人家。"

那日阿紫突然外出不归，连续数日没有音讯，萧峰自是焦急万分，派出大批探子寻访。过了数月，终于得到回报，说她陷身丐帮，那个铁头人也与她在一起。

萧峰一听之下，甚是心惊，心想丐帮恨己切齿，这次将阿紫掳去，必是以她为质，向自己胁迫，须当立时将她救回。当下奏知辽帝，告假两月，将南院军政事务交由南院枢密使耶律莫哥代拆代行，径自南来。

萧峰这次重到中原，乃是有备而来，所选的“燕云十八骑”，个个是契丹族中顶尖儿的高手。他上次在聚贤庄中独战群雄，若非有一位大英雄突然现身相救，难免为人乱刀分尸，可见不论武功如何高强，真要以一敌百，终究不能，现下偕燕云十八骑俱来，每一人都能以一当十，再加胯下坐骑皆是千里良马，危急之际，倘若只求脱身，当非难事。

一行人来到河南，萧峰擒住一名丐帮低袋弟子询问，得知阿紫双目已盲，每日与新帮主形影不离，此刻已随同新帮主前赴少林寺。萧峰惊怒更增，心想阿紫双目为人弄瞎，则在丐帮中所遭种种惨酷的虐待拷打，自是可想而知，当即追向少林寺来，只盼中途遇上，径自劫夺，不必再和少林寺诸高僧会面。

来到少室山上，远远听到星宿派门人大吹，说什么星宿派武功远胜降龙十八掌，不禁怒气陡生。他虽已不是丐帮帮主，但那降龙十八掌乃恩师汪剑通所亲授，如何能容旁人肆意诬蔑？纵马上得山来，与丐帮三四袋群弟子厮见后，一瞥之间，见丁春秋手中抓住一个紫衣少女，身材婀娜，雪白的瓜子脸蛋，正是阿紫。但见她双目无光，瞳仁已毁，已然盲了。

萧峰心下又是痛惜，又是愤怒，当即大步迈出，左手一划，右手呼的一掌，便向丁春秋击去，正是降龙十八掌的一招“亢龙有悔”，他出掌之时，与丁春秋相距尚有十五六丈，但说到便到，力自掌生之际，两人相距已不过七八丈。

天下武术之中，任你掌力再强，也决无一掌可击到五丈以外的。丁春秋素闻“北乔峰，南慕容”的大名，对他决无半点小觑之心，然见他在十五六丈之外出掌，万料不到此掌是针对自己而发。殊不料萧峰一掌既出，身子已抢到离他三四丈处，又是一招“亢龙有悔”，后掌推前掌，双掌力道并在一起，排山倒海的压将过来。

只一瞬之间，丁春秋便觉气息窒滞，对方掌力竟如怒潮狂涌，势不可当，又如是一堵无形的高墙，向自己身前疾冲。他大惊之下，哪里还有余裕筹思对策，但知若是单掌出迎，势必臂断腕折，说不定全身筋骨尽碎，百忙中将阿紫向上急抛，双掌连划三个半圆护住身前，同时足尖着力，飘身后退。

萧峰跟着又是一招“亢龙有悔”，前招掌力未消，次招掌力又至。丁春秋不敢正面直撄其锋，右掌斜斜挥出，与萧峰掌力的偏势一触，但觉右臂酸麻，胸中气息登时沉浊，当即乘势纵出三丈之外，唯恐敌人又再追击，竖掌当胸，暗暗将毒气凝到掌上。萧峰轻伸猿臂，将从半空中堕下的阿紫接住，随手解开了她的穴道。

阿紫虽然目不能视物，被丁春秋制住后又口不能说话，于周遭变故却听得清清楚楚，身上穴道一解，立时喜道：“好姊夫，多亏你来救了我。”

萧峰心下一阵难过，柔声安慰：“阿紫，这些日子来可苦了你啦，都是姊夫累了你。”他只道丐帮首脑人物恨他极深，偏又奈何他不得，得知阿紫是他世上唯一的亲人，便到南京去掳了来，痛加折磨，却决计料想不到阿紫这一切全是自作自受。

萧峰来到山上之时，群雄立时耸动。那日聚贤庄一战，他孤身一人连毙数十名好手，当真是威震天下。中原群雄恨之切齿，却也是闻之落胆，这时见他突然又上少室山来，均想恶战又是势所难免。当日曾参与聚贤庄之会的，回思其时庄中大厅上血肉横飞的惨状，兀自心有余悸，不寒而栗。待见他仅以一招“亢龙有悔”，便将那不可一世的星宿老怪打得落荒而逃，心中更增惊惧，一时山上群雄面面相觑，肃然无语。

只有星宿派门人中还有十几人在那里大言不惭："姓乔的，你身上中了我星宿派老仙的仙术，不出十天，全身化为脓血而亡！""星宿老仙见你是后生小辈，先让你三招！""星宿老仙是什么身份，怎屑与你动手？你如不悔悟，立即向星宿老仙跪倒求饶，日后势必死无葬身之地。"只是声音零零落落，绝无先前的嚣张气焰。

游坦之见到萧峰，心下害怕，待见他伸臂将阿紫搂在怀里，而阿紫满脸喜容，对他神情亲密，再也难以忍耐，纵身而前，说道："你快……快放下阿紫姑娘！"萧峰将阿紫放在地下，问道："阁下何人？"游坦之和他凛然生威的目光相对，气势立时怯了，嗫嚅道："在下……在下是丐帮帮主……帮主庄……那个庄帮主。"

丐帮中有人叫道："你已拜入星宿派门下，怎么还能是丐帮帮主？"

萧峰怒喝："你干么弄瞎了阿紫姑娘的眼睛？"游坦之为他威势所慑，倒退两步，说道："不……不是我……真的不是……"阿紫道："姊夫，我的眼睛是丁春秋这老贼弄瞎的，你快挖了丁老贼的眼珠出来，给我报仇。"

萧峰一时难以明白其间真相，目光环扫，在人丛中见到了段正淳和阮星竹，胸中一酸，又是一喜，朗声道："大理段王爷，令爱千金在此，你好好的管教罢！"携着阿紫的手，走到段正淳身前，轻轻将她一推。

阮星竹早已哭湿了衫袖，这时更加泪如雨下，扑上前来，搂住了阿紫，道："乖孩子，你……你的眼睛怎么样了？"

段誉见到萧峰突然出现，大喜之下，便想上前厮见，只是萧峰掌击丁春秋、救回阿紫、会见游坦之，没丝毫空闲。待见阮星竹抱住了阿紫大哭，段誉不由得暗暗纳罕："怎地乔大哥说这盲眼少女是我爹爹的令爱千金?”但他素知父亲到处留情，心念一转之际，便已猜到了其中关窍，快步而出，叫道：“大哥，别来可好？这可想煞小弟了。”

萧峰自和他在无锡酒楼中赌酒结拜，虽然相聚时短，却是倾盖如故，肝胆相照，意气相投，当即上前握住他双手，说道：“兄弟，别来多事，一言难尽，差幸你我俱都安好。”

忽听得人丛中有人大叫：“姓乔的，你杀了我兄长，血仇未曾得报，今日和你拼了。”跟着又有人喝道：“这乔峰乃契丹胡虏，人人得而诛之，今日可再也不能容他活着走下少室山去。”但听得呼喝之声，响成一片，有的骂萧峰杀了他的儿子，有的骂他杀了父亲。

萧峰当日聚贤庄一战，杀伤着实不少。此时聚在少室山上的各路英雄中，不少人与死者或为亲人戚属，或为知交故友，虽对萧峰忌惮惧怕，但想到亲友血仇，忍不住向之叫骂。喝声一起，登时越来越响。众人眼见萧峰随行的不过一十八骑，他与丐帮及少林派均有仇怨，而适才数掌将丁春秋击得连连退避，更成为星宿派的大敌，动起手来，就算丐帮两不相助，各路英雄、少林僧侣，再加上星宿派门人，以数千人围攻萧峰一十九骑契丹人马，就算他真有通天的本领，那也决计难脱重围。声势一盛，各人胆气也便更加壮了。

群雄人多口杂，有些粗鲁之辈、急仇之人，不免口出污言，叫骂得甚是凶狠毒辣。数十人纷纷拔出兵刃，舞刀击剑，便欲一拥而上，将萧峰乱刀分尸。

萧峰一十九骑快马奔驰的来到中原，只盼忽施突袭，将阿紫救归南京，绝未料到竟有这许多对头聚集在一起。他自幼便在中原江湖行走，与各路英雄不是素识，便是相互闻名，知道这些人大都是侠义之辈，所以与自己结怨，一来因自己是契丹人，二来是有人从中挑拨，出于误会。聚贤庄之战实非心中所愿，今日若再大战一场，多所杀伤，徒增内疚，自己纵能全身而退，携来的“燕云十八骑”不免伤亡惨重，心下盘算：“好在阿紫已经救出，交给了她父母，阿朱的心愿已了，我得急谋脱身，何必跟这些人多所纠缠？”转头向段誉道：“兄弟，此时局面恶劣，我兄弟难以多叙，你暂且退开，山高水长，后会有期。”他要段誉避在一旁，免得夺路下山之时，旁人出手误伤了他。

段誉眼见各路英雄数逾千人，个个要击杀义兄，不由得激起了侠义之心，大声道：“大哥，做兄弟的和你结义之时，说什么来？咱俩有福同享，有难同当，不愿同年同月同日生，但愿同年同月同日死。今日大哥有难，兄弟焉能苟且偷生？”他以前每次遇到危难，都是施展凌波微步的巧妙步法，从人丛中奔逃出险，这时眼见情势凶险，胸口热血上涌，决意和萧峰同死，以全结义之情，这一次是说什么也不逃的了。

一众豪杰大都不识段誉是何许人，见他自称是萧峰的结义兄弟，决意与萧峰联手和众人对敌，这么一副文弱儒雅的模样，年纪又轻，自是谁也没将他放在心上，叫嚷得更加凶了。

萧峰道：“兄弟，你的好意，哥哥甚是感谢。他们想要杀我，却也没这么容易。你快退开，否则我要分手护你，反而不便迎敌。”段誉道：“你不用护我。他们和我无怨无仇，如何便来杀我？”萧峰脸露苦笑，心头感到一阵悲凉之意，心想：“倘若无怨无仇便不加害，世间种种怨仇，却又从何而生？”

段正淳低声向范骅、华赫艮、巴天石诸人道：“这位萧大侠于我有救命之恩，待会危急之际，咱们冲入人群，助他脱险。”范骅道：“是！”向拔刃相向的数千豪杰瞧了几眼，说道：“对方人多，不知主公有何妙策？”段正淳摇摇头，说道：“大丈夫恩怨分明，尽力而为，以死相报。”大理众士齐声道：“原当如此！”

这边姑苏燕子坞诸人也在轻声商议。公冶乾自在无锡与萧峰对掌赛酒之后，对他极是倾倒，力主出手相助。包不同和风波恶对萧峰也十分佩服，跃跃欲试的要上前助拳。慕容复却道：“众位兄长，咱们以兴复为第一要务，岂可为了萧峰一人而得罪天下英雄?”邓百川道：“公子之言甚是。咱们该当如何?”

慕容复道：“收揽人心，以为己助。”突然间长啸而出，朗声说道：“萧兄，你是契丹英雄，视我中原豪杰有如无物，区区姑苏慕容复今日想领教阁下高招。在下死在萧兄掌下，也算是为中原豪杰尽了一分微力，虽死犹荣。”他这几句话其实是说给中原豪杰听的，这么一来，不论胜败，中原豪杰自将姑苏慕容氏视作了生死之交。

群豪虽有一拼之心，却谁也不敢首先上前挑战。人人均知，虽然战到后来终于必能将他击毙，但头上数十人却非死不可，这时忽见慕容复上场，不由得大是欣慰，精神为之一振。“北乔峰，南慕容”二人向来齐名，慕容复抢先出手，就算最后不敌，也已大杀对方凶焰，耗去他不少内力。霎时间喝采之声，响彻四野。

萧峰忽听慕容复挺身挑战，也不由得一惊，双手一合，抱拳相见，说道：“素闻公子英名，今日得见高贤，大慰平生。”

段誉急道：“慕容兄，这可是你的不是了。我大哥初次和你相见，素无嫌隙，你又何必乘人之危?何况大家冤枉你之时，我大哥曾为你分辩?”慕容复冷冷一笑，说道：“段兄要做抱打不平的英雄好汉，一并上来赐教便是。”他对段誉纠缠王语嫣，不耐已久，此刻乘机发作了出来。段誉道：“我有什么本领来赐教于你?只不过说句公道话罢了。”

丁春秋被萧峰数掌击退，大感面目无光，而自己的种种绝技并未得施，当下纵身而前，打个哈哈，说道：“姓萧的，老夫看你年轻，适才让你三招，这第四招却不能让了。”

游坦之上前说道：“姓庄的多谢你救了阿紫姑娘，可是杀父之仇，不共戴天。姓萧的，咱们今日便来作个了断。”

少林派玄生大师暗传号令：“罗汉大阵把守各处下山的要道。这恶徒害死了玄苦师兄，此次决不容他再生下少室山。”

萧峰见三大高手以鼎足之势围住了自己，而少林群僧东一簇，西一撮，看似杂乱无章，其实暗含极厉害的阵法，这情形比之当日聚贤庄之战又更凶险得多。忽听得几声马匹悲嘶之声，十九匹契丹骏马一匹匹翻身滚倒，口吐白沫，毙于地下。

十八名契丹武士连声呼叱，出刀出掌，刹那间将七八名星宿派门人砍倒击毙，另有数名星宿门人却逃了开去。原来丁春秋上前挑战，他的门人便分头下毒，算计了契丹人的坐骑，要萧峰不能倚仗骏马脚力冲出重围。

萧峰一瞥眼间，看到爱马在临死之时眼望自己，流露出恋主的凄凉之色，想到乘坐此马日久，千里南下，更是朝夕不离，不料却于此处丧于奸人之手，胸口热血上涌，激发了英雄肝胆，一声长啸，说道：“慕容公子、庄帮主、丁老怪，你们便三位齐上，萧某何惧?”他恼恨星宿派手段阴毒，呼的一掌，向丁春秋猛击出去。

丁春秋领教过他掌力的厉害，双掌齐出，全力抵御。萧峰顺势一带，将己彼二人的掌力都引了开来，斜斜劈向慕容复。慕容复最擅长本领是“斗转星移”之技，将对方使来的招数转换方位，反施于对方，但萧峰一招挟着二人的掌力，力道太过雄浑，同时掌力急速回旋，实不知他击向何处，势在无法牵引，当即凝运内力，双掌推出，同时向后飘开了三丈。

萧峰身子微侧，避开慕容复的掌力，大喝一声，犹似半空响了个霹雳，右拳向游坦之击出。他身材魁伟，比游坦之足足高了一个头，这一拳打将出去，正对准了他面门。游坦之对他本存惧意，听到这一声大喝宛如雷震，更是心惊。萧峰这一拳来得好快，掌击丁春秋，斜劈慕容复，拳打游坦之，虽说有先后之分，但三招接连而施，快如电闪，游坦之待要招架，拳力已及面门，总算他勤练“易筋经”后，体内自然而然的生出反应，脑袋向后急仰，两个空心筋斗向后翻出，这才在间不容发之际避开了这千斤一击。

游坦之脸上一凉，只听得群雄“咦”的一声，但见一片片碎布如蝴蝶般四散飞开。游坦之蒙在脸上的面幕竟被萧峰这一拳击得粉碎。旁观众人见这丐帮帮主一张脸凹凹凸凸，一块红，一块黑，满是创伤疤痕，五官糜烂，丑陋可怖已极，无不骇然。

萧峰于三招之间，逼退了当世的三大高手，豪气勃发，大声道：“拿酒来！”一名契丹武士从死马背上解下一只大皮袋，快步走近，双手奉上。萧峰拔下皮袋塞子，将皮袋高举过顶，微微倾侧，一股白酒激泻而下。他仰起头来，骨嘟骨嘟的喝之不已。皮袋装满酒水，少说也有二十来斤，但萧峰一口气不停，将一袋白酒喝得涓滴无存。只见他肚子微微胀起，脸色却黑黝黝地一如平时，毫无酒意。群雄相顾失色之际，萧峰右手一挥，余下十七名契丹武士各持一只大皮袋，奔到身前。

萧峰向十八名武士说道：“众位兄弟，这位大理段公子，是我的结义兄弟。今日咱们陷身重围之中，寡不敌众，已然势难脱身。”他适才和慕容复等各较一招，虽然占了上风，却已试出这三大高手每一个都身负绝技，三人联手，自己便非其敌，何况此外虎视眈眈、环伺在侧的，又有千百名豪杰。他拉着段誉之手，说道：“兄弟，你我生死与共，不枉了结义一场，死也罢，活也罢，大家痛痛快快的喝他一场。”

段誉为他豪气所激，接过一只皮袋，说道：“不错，正要和大哥喝一场酒。”

少林群僧中突然走出一名灰衣僧人，朗声说道：“大哥，三弟，你们喝酒，怎么不来叫我？”正是虚竹。他在人丛之中，见到萧峰一上山来，登即英气逼人，群雄黯然无光，不由得大为心折；

又见段誉顾念结义之情，甘与共死，当日自己在缥缈峰上与段誉结拜之时，曾将萧峰也结拜在内，大丈夫一言既出，生死不渝，想起与段誉大醉灵鹫宫的豪情胜概，登时将什么安危生死、清规戒律，一概置之脑后。

萧峰从未见过虚竹，忽听他称自己为“大哥”，不禁一呆。

段誉抢上去拉着虚竹的手，转身向萧峰道：“大哥，这也是我的结义哥哥。他出家时法名虚竹，还俗后叫虚竹子。咱二人结拜之时，将你也结拜在内了。二哥，快来拜见大哥。”虚竹当即上前，跪下磕头，说道：“大哥在上，小弟叩见。”

萧峰微微一笑，心想：“兄弟做事有点呆气，他和人结拜，竟将我也结拜在内。我死在顷刻，情势凶险无比，但这人不怕艰危，挺身而出，足见是个重义轻生的大丈夫、好汉子。萧峰和这种人相结为兄弟，却也不枉了。”当即跪倒，说道：“兄弟，萧某得能结交你这等英雄好汉，欢喜得紧。”两人相对拜了八拜，竟然在天下英雄之前，义结金兰。

萧峰不知虚竹身负绝顶武功，见他是少林寺中的一名低辈僧人，料想功夫有限，只是他既慷慨赴义，若教他避在一旁，反而小觑他了，提起一只皮袋，说道：“两位兄弟，这一十八位契丹武士对哥哥忠心耿耿，平素相处，有如手足，大家痛饮一场，放手大杀罢。”拔开袋上塞子，大饮一口，将皮袋递给虚竹。虚竹胸中热血如沸，哪管他什么佛家的五戒六戒、七戒八戒，提起皮袋便即喝了一口，交给段誉。段誉喝一口后，交了给一名契丹武士。众武士一齐举袋痛饮烈酒。

虚竹向萧峰道：“大哥，这星宿老怪害死了我后一派的师父、师兄，又害死我先一派少林派的太师叔玄难大师和玄痛大师。兄弟要报仇了！”萧峰心中一奇，道：“你……”第二个字还没说下去，虚竹双掌飘飘，已向丁春秋击了过去。

萧峰见他掌法精奇，内力浑厚，不由得又惊又喜，心道："原来二弟武功如此了得，倒是万万意想不到。"喝道："看拳！"呼呼两拳，分向慕容复和游坦之击去。游坦之和慕容复分别出招抵挡。十八名契丹武士知道主公心意，在段誉身周一围，团团护卫。

虚竹使开"天山六阳掌"，盘旋飞舞，着着进迫。丁春秋那日潜入木屋，曾以"逍遥三笑散"对苏星河和虚竹暗下毒手，苏星河中毒毙命，虚竹却安然无恙，丁春秋早已对他深自忌惮，此刻便不敢使用毒功，深恐虚竹的毒功更在自己之上，那时害人不成，反受其害，当即也以本门掌法相接，心想："这小贼秃解开珍珑棋局，竟然得了老贼的传授，成为我逍遥派的掌门人。老贼鬼计多端，别要暗中安排下对付我的毒计，千万不可大意。"

逍遥派武功讲究轻灵飘逸，闲雅清隽，丁春秋和虚竹这一交上手，但见一个童颜白发，宛如神仙，一个僧袖飘飘，泠若御风。两人都是一沾即走，当真便似一对花间蝴蝶，蹁跹不定，于这"逍遥"二字发挥到了淋漓尽致。旁观群雄于这逍遥派的武功大都从未见过，一个个看得心旷神怡，均想："这二人招招凶险，攻向敌人要害，偏生姿式却如此优雅美观，直如舞蹈。这般举重若轻、潇洒如意的掌法，我可从来没见过，却不知哪一门功夫？叫什么名字？"

那边厢萧峰独斗慕容复、游坦之二人，最初十招颇占上风，但到十余招后，只觉游坦之每一拳击出、每一掌拍来，都是满含阴寒之气。萧峰以全力和慕容复相拼之际，游坦之再向他出招，不由得寒气袭体，大为难当。这时游坦之体内的冰蚕寒毒得到易筋经内功的培养，正邪为辅，火水相济，已成为天下一等一的厉害内功，再加上慕容复"斗转星移"之技奥妙莫测，萧峰此刻力战两大高手，比之当日在聚贤庄与数百名武林好汉对垒，凶险之势，实不遑多让。但他天生神武，处境越不利，体内潜在勇力越是发皇奋扬，将天下阳刚第一的"降龙十八掌"一掌掌发出，竟使慕容复和游坦之无法近身，而游坦之的冰蚕寒毒便也不致侵袭到他身上。但萧峰如此发掌，内力消耗着实不小，到后来掌力势非减弱不可。

游坦之看不透其中的诀窍，慕容复却心下雪亮，知道如此斗将下去，只须自己和这庄帮主能支持得半个时辰，此后便能稳占上风。但“北乔峰，南慕容”素来齐名，今日首次当众拼斗，自己却要丐帮帮主相助，纵然将萧峰打死，“南慕容”却也显然不及“北乔峰”了。慕容复心中盘算数转，寻思：“兴复事大，名望事小。我若能为天下英雄除去了这个中原武林的大害，则大宋豪杰之士，不论识与不识，自然对我怀恩感德，看来这武林盟主一席，便非我莫属了。那时候振臂一呼，大燕兴复可期。何况其时乔峰这厮已死，就算‘南慕容’不及‘北乔峰’，也不过往事一件罢了。”转念又想：“杀了乔峰之后，庄聚贤便成大敌，倘若武林盟主之位终于被他夺去，我反而要听奉他号令，却又大大的不妥。”是以发招出掌之际，暗暗留下几分内力，只是面子上似乎全力奋击，勇不顾身，但萧峰“降龙十八掌”的威力，却大半由游坦之受了去。慕容复身法精奇，旁人谁也瞧不出来。

转瞬之间，三人翻翻滚滚的已拆了百余招。萧峰连使巧劲，诱使游坦之上当。游坦之经验极浅，几次险些着了道儿，全仗慕容复从旁照料，及时化解，而对萧峰所击出刚猛无俦的掌力，游坦之却以深厚内功奋力承受。

段誉在十八名契丹武士围成的圈子之中，眼看二哥步步进逼，丝毫不落下风，大哥以一敌二，虽然神威凛凛，但见他每一掌都是打得狂风呼啸，飞沙走石，只怕难以持久，心想：“我口口声声说要和两位哥哥同赴患难，事到临头，却躲在人丛之中，受人保护，那算得什么义气？算得是什么同生共死？左右是个死，咱结义三兄弟中，我这老三可不能太不成话。我虽然全无武功，但以凌波微步去和慕容复纠缠一番，让大哥腾出手来先打退那个丑脸庄帮主，也是好的。”

他思念已定，闪身从十八名契丹武士的圈子中走了出来，朗声说道：“慕容公子，你既和我大哥齐名，该当和我大哥一对一的比拼一番才是，怎么要人相助，方能苦苦撑持？就算勉强打个平手，岂不是已然贻羞天下？来来来，你有本事，便打我一拳试试。”说着身子一晃，抢到了慕容复身后，伸手往他后颈抓去。

慕容复见他来得奇快，反手啪的一掌，正击在他脸上。段誉右颊登时皮破血流，痛得眼泪也流了下来。他这凌波微步本来甚为神妙，施展之时，别人要击打他身子，确属难能，可是这一次他是出手去攻击旁人。这么毛手毛脚的一抓，焉能抓得到武功绝顶的姑苏慕容？被他一掌击来，段誉又不会闪避，立时皮开肉绽，苦不堪言。

但慕容复的手掌只和他面颊这么极快的一触，立觉自身内力向外急速奔泻，就此无影无踪，而手臂手掌也不由得一麻，登时大吃一惊：“星宿派妖术流毒天下，这小子居然也学上了，倒须小心。”骂道：“姓段的小子，你几时也投入星宿派门下了？”

段誉道：“你说什……”一言未毕，冷不防慕容复飞起一脚，将他踢了个筋斗。慕容复没料得这下偷袭，竟如此容易得手，心中一喜，当即飞身而上，右足踩住了他胸口，喝道：“你要死是要活？”段誉一侧头，见萧峰还在和庄聚贤恶斗，心想自己倘若出言挺撞，立时便给他杀了，他空出手来又去相助庄聚贤，大哥又即不妙，还是跟他拖延时刻的为是，便道：“死有什么好？当然是活在世上做人，比较有些儿味道。”

慕容复听这小子在这当儿居然还敢说俏皮话，脸色一沉，喝道：“你若要活，便……”他想叫段誉向自己磕一百个响头，当众折辱于他，但转念便想到这人步法巧妙，这次如放开了他，要再制住他可未必容易，随即转口道：“……便叫我一百声‘亲爷爷’！”段誉笑道：“你又大不了我几岁，怎么能做我爷爷？好不害臊！”慕容复呼的一掌拍出，击在段誉脑袋右侧，登时泥尘纷飞，地下现出一坑，这一掌只要偏得数寸，段誉当场便脑浆迸裂。慕容复喝道：“你叫是不叫？”

段誉侧过了头，避开地下溅起来的尘土，一瞥眼，看到远处王语嫣站在包不同和风波恶身边，双眼目不转睛的注视着自己，然而脸上却无半分关切焦虑之情，显然她心中所想的，只不过是：“表哥会不会杀了段公子？”倘若表哥杀了段公子，王姑娘自然也不会有什么伤心难过。他一看到王语嫣的脸色，不由得万念俱灰，只觉还是即刻死于慕容复之手，免得受那相思的无穷折磨，便凄然道：“你干么不叫我一百声‘亲爷爷’？”

慕容复大怒，提起右掌，对准了段誉面门直击下去，倏见两条人影如箭般冲来。一个叫道：“别伤我儿！”一个叫道：“别伤我师父。”两人身形虽快，其势却已不及阻止他掌击段誉，但段正淳和南海鳄神都是武功极高之士，两股掌力一前一后的分击慕容复要害。

慕容复若不及时回救，虽能打死段誉，自己却非身受重伤不可。他立即收回右掌，挡向段正淳拍来的双掌，左掌在背后画个圆圈，化解南海鳄神的来势。三人掌力相激荡，各自心中一凛，均觉对方武功着实了得。段正淳急于解救爱子，右手食指一招“一阳指”点出，招数正大，内力雄浑。

王语嫣叫道：“表哥小心，这是大理段氏一阳指，不可轻敌。”

南海鳄神哇哇大叫：“你奶奶的，我这他妈的师父虽然不成话，总是我岳老二的师父。你打我师父，便如打我岳老二一般。我师父要是贪生怕死，叫了你一句亲爷爷，我岳老二今后还能做人么？见了你如何称呼？你岂不是比岳老二还大上三辈？我不成做了你的灰孙子？实在欺人太甚，今日跟你拼了。”一面叫骂，一面取出鳄嘴剪来，左一剪，右一剪，不断向慕容复剪去。他生平最怕的便是辈份排名低于别人，连“四大恶人”中老二、老三的名次，还要和叶二娘争个不休。今日段誉倘若叫了慕容复一声“亲爷爷”，南海鳄神这现成“灰孙子”可就做定了，那当真陷入了万劫不复的境地，宁可脑袋落地，灰孙子是万万不做的。

慕容复不知他叫嚷些什么，右足牢牢踏定了段誉，双手分敌二人。拆到十余招后，觉得南海鳄神虽有一件厉害兵刃，倒还容易抵敌，段正淳的一阳指却着实不能小觑了，是以正面和段正淳相对，凝神拆招，于南海鳄神的鳄嘴剪却只以余力化解，百忙中还得一两招，便将南海鳄神逼跃出数丈以外相避。段誉被他踏住了，出力挣扎，想爬起身来，却哪里能够？

段正淳见爱子受制，心想这慕容复脚下只须略一加力，儿子便会给他踩得呕血身亡，眼前情势利于速战，只有先将儿子救脱险境才是道理，当下将那一阳指使得虎虎生风，着着进迫。忽听得一个阴阳怪气的声音说道：“大理段氏一阳指讲究气象森严，雍容肃穆，于威猛之中不脱王者风度。似你这般死缠烂打，变成丐帮的没袋弟子了，还成什么一阳指？嘿嘿，嘿嘿，这不是给大理段氏丢人么？”段正淳听得说话的正是大对头段延庆，他这番话原本不错，但爱子有难，关心则乱，哪里还有余暇来顾及什么气象、什么风度？一阳指出手越来越重，这一来，变成狠辣有余，沉稳不足，倏然间一指点出，给慕容复就势一移一带，嗤的一声响，点中了南海鳄神的肩窝。

南海鳄神哇哇怪叫，骂道：“你奶……”呛啷一声，鳄嘴剪落地，剪身一半砸在他脚骨之上。他又痛又怒，便欲破口大骂，但转念一想：“他是师父的老子，我若骂他，不免乱了辈份，此人可杀不可骂，日后若有机缘，我悄悄将他脑袋瓜子剪去便是……”

便在此时，慕容复乘着段正淳误伤对手、心神微分之际，左手中指直进，快如闪电般点中了段正淳胸口的中庭穴。

这中庭穴在膻中穴之下一寸六分。膻中穴乃人身气海，百息之所会，最当冲要，一着敌指，立时气息闭塞。慕容复知道对方了得，百忙中但求一指着体，已无法顾及非点中膻中穴不可，但饶是如此，段正淳已感胸口一阵剧痛，内息难行。

王语嫣见表哥出指中敌，拍手喝采：“表哥，好一招‘夜叉探海’！”本来要点中对方膻中气海，才算是“夜叉探海”，但她对意中人自不免要宽打几分，他这一指虽差了一寸六分，却也马马虎虎的称之为“夜叉探海”了。

慕容复知道这一指并未点中对方要害，立即补上一招，右掌推出，直击段正淳胸口。段正淳一口气还没换过，无力抵挡，给慕容复一掌猛击，一口鲜血喷了出来。他爱子心切，不肯退开，急忙运气，慕容复第二招又已拍出。

段誉身处慕容复足底，突见父亲口中鲜血直喷，慕容复第二掌又将击出，心下大急，右手食指向他急指，叫道：“你敢打我爹爹？”情急之下，内力自然而然从食指中涌出，正是“六脉神剑”中“商阳剑”的一招，嗤的一声响，慕容复一只衣袖已被无形剑切下，跟着剑气与慕容复的掌力一撞。慕容复只感手臂一阵酸麻，大吃一惊，急忙向后跃开。

段誉身得自由，一骨碌翻身站起，左手小指点出，一招“少泽剑”又向他刺去。慕容复忙展开左袖迎敌，嗤嗤两剑，左手袖子又已被剑气切去。邓百川叫道：“公子小心，这是无形剑气，用兵刃罢！”拔剑出鞘，倒转剑柄，向慕容复掷去。

段誉听得王语嫣在慕容复打倒自己父亲之时大声喝采，心中气苦，内力源源涌出，一时少商、商阳、中冲、关冲、少冲、少泽六脉剑法纵横飞舞，使来得心应手，有如神助。

段誉这路剑法大开大阖，气派宏伟，每一剑刺出，都有石破天惊、风雨大至之势，慕容复一笔一钩，渐感难以抵挡。

四十二

老魔小丑　岂堪一击
胜之不武

慕容复接过邓百川掷来的长剑，精神一振，使出慕容氏家传剑法，招招连绵不绝，犹似行云流水一般，瞬息之间，全身便如罩在一道光幕之中。武林人士向来只闻姑苏慕容氏武功渊博，各家各派的功夫无所不知，殊不料剑法精妙如斯。

但慕容复每一招不论如何凌厉狠辣，总是递不到段誉身周一丈之内。只见段誉双手点点戳戳，便逼得慕容复纵高伏低，东闪西避。突然间啪的一声响，慕容复手中长剑为段誉的无形剑气所断，化为寸许的二三十截，飞上半空，斜阳映照，闪出点点白光。

慕容复猛吃一惊，却不慌乱，左掌急挥，将二三十截断剑化作暗器，以满天花雨手法向段誉激射过来。段誉大叫："啊哟！"手足无措，慌作一团，急忙伏地。数十枚断剑都从他头顶飞过，高手比武，竟出到形如"狗吃屎"的丢脸招数，实在难看已极。慕容复长剑虽被截断，但败中求胜，潇洒自如，反较段誉光采得多。

风波恶叫道："公子，接刀！"将手中单刀掷了过去。慕容复接刀在手，见段誉已爬起身来，笑道："段兄这招'恶狗吃屎'，是大理段氏的家传绝技么？"段誉一呆，道："不是！"右手小指一挥，一招"少冲剑"刺了过去。

慕容复舞刀抵御，但见他忽使"五虎断门刀"，忽使"八卦刀法”，不数招又使“六合刀”，顷刻之间，连使八九路刀法，每一路都能深中窍要，得其精义，旁观的使刀名家尽皆叹服。可是他刀法虽精，始终无法欺近段誉身旁。段誉一招“少冲剑”从左侧绕了过来，慕容复举刀一挡，当的一声，一柄利刃又被震断。

公冶乾手一抬，两根判官笔向慕容复飞去。慕容复抛下断刀，接过判官笔来，一出手，招招点穴招数，笔尖上嗤嗤有声，隐隐然也有一股内力发出。

段誉百余招拆将下来，畏惧之心渐去，记起伯父和天龙寺枯荣大师所传的内功心法，将那六脉神剑使得渐渐的圆转融通。忽听得萧峰说道：“三弟，你这六脉神剑尚未纯熟，六种剑法齐使，转换之时中间留有空隙，对方便能乘机趋避。你不妨只使一种剑法试试。”

段誉道：“是，多谢大哥指点！”侧眼一看，只见萧峰负手旁站，意态闲逸，庄聚贤却躺在地下，双足断折，大声呻吟。

原来萧峰少了慕容复一个强敌，和游坦之单打独斗，立时便大占上风，只是和他硬拼数掌，每一次双掌相接，都不禁机伶伶的打个冷战，感到寒气袭体，说不出的难受，当即呼呼呼猛击数掌，乘游坦之举掌全力相迎之际，倏地横扫一腿。游坦之所长者乃是冰蚕寒毒和易筋经内功，拳脚上功夫全是学自阿紫，那是稀松平常之极，但觉腿上一阵剧痛，喀喇一声，两只小腿胫骨同时折断，便即摔倒。萧峰朗声道：“丐帮向以仁侠为先，你身为一帮之主，岂可和星宿派的妖人同流合污？没的辱没了丐帮数百年来的侠义美名！”

游坦之所以得任丐帮帮主，全仗着过人的武功，见识气度，却均不足以服众，何况戴起面幕，神神秘秘，鬼鬼祟祟，一切事务全听阿紫和全冠清二人调度，众丐早已甚感不满。这日连续抓死本帮帮众，当众向丁春秋磕头，投入星宿派门下，众丐更不将他当帮主看待了。萧峰踢断他的双腿，众丐反而心中窃喜，竟无一个上来相助。全冠清等少数死党纵然有心趋前救援，但见到萧峰威风凛凛的神情，有谁敢上来送死？

萧峰打倒游坦之后，见虚竹和丁春秋相斗，颇居优势，段誉虽会六脉神剑，有时精巧，有时笨拙无比，许多取胜的机会都莫名其妙的放了过去，忍不住出声指点。

段誉侧头观看萧峰和游坦之二人，心神略分，六脉神剑中立时出现破绽。慕容复机灵无比，左手一挥，一枝判官笔势挟劲风，向段誉当胸射到，眼见便要穿胸而过。段誉见判官笔来势惊人，不由得慌了手脚，急叫："大哥，不好了！"

萧峰一招"见龙在田"，从旁拍击过去，判官笔为掌风所激，笔腰竟尔弯曲，从段誉脑后绕了个弯，向慕容复射了回去。

慕容复举起右手单笔，砸开射来的判官笔，当的一声，双笔相交，只震得右臂发麻，不等那弯曲了的判官笔落地，左手一抄，已然抓住，使将开来，竟然是单钩的钩法。

群雄既震于萧峰掌力之强，又见慕容复应变无穷，钩法精奇，忍不住也大声喝采，都觉今日得见当世奇才各出全力相拼，实是大开眼界，不虚了此番少室山一行。

段誉逃过了飞笔穿胸之险，定一定神，大拇指按出，使动"少商剑法"。这路剑法大开大阖，气派宏伟，每一剑刺出，都有石破天惊、风雨大至之势，慕容复一笔一钩，渐感难以抵挡。段誉得到萧峰的指点，只是专使一路少商剑法，果然这路剑法结构严谨，再无破绽。本来六脉神剑六路剑法回转运使，威力比之单用一剑自是强大得多，但段誉不懂其中诀窍，单使一剑反更圆熟，十余剑使出，慕容复已然额头见汗，不住倒退，退到一株大槐树旁，倚树防御。段誉将一路少商剑法使完，拇指一屈，食指点出，变成了"商阳剑法"。

这商阳剑的剑势不及少商剑宏大，轻灵迅速却远有过之，他食指连动，一剑又一剑的刺出，快速无伦。使剑全仗手腕灵活，但出剑收剑，不论如何迅速，总是有数尺的距离，他以食指运那无形剑气，却不过是手指在数寸范围内转动，一点一戳，何等方便？何况慕容复被他逼在丈许之外，全无还手余地。段誉如果和他一招一式的拆解，使不上第二招便给慕容复取了性命，现下只攻不守，任由他运使从天龙寺中学来的商阳剑法，自是占尽了便宜。

王语嫣眼见表哥形势危急，心中焦虑万分，她虽熟知天下各家各派的武功招式，于这六脉神剑却一窍不通，无法出声指点，唯有空自着急的份儿。

萧峰见段誉的无形剑气越出越神妙，既感欣慰，又是钦佩，蓦地里心中一酸，想起了阿朱："阿朱那日所以甘愿代她父亲而死，实因怕我杀她父亲之后，大理段氏必定找我复仇，深恐我抵敌不住他们的六脉神剑。三弟剑法如此神奇，我若和慕容复易地而处，确也难以抵敌。阿朱以她的性命来救我一死，我……我契丹一介武夫，怎配消受她如此深情厚恩？"

群雄眼见慕容复被段誉逼得窘迫已极，有人便想上前相助，忽听得西南角上无数女子声音喊道："星宿老怪，你怎敢和我缥缈峰灵鹫宫主人动手？快快跪下磕头罢。"众人侧头看去，见山边站着数百名女子，分列八队，每一队各穿不同颜色衣衫，红黄青紫，鲜艳夺目。八队女子之旁又有数百名江湖豪客，服饰打扮，大异常人。这些豪客也纷纷呼叫："主人，给他种下几片'生死符'！""对付星宿老怪，生死符最具神效！"

虚竹的武功内力均在丁春秋之上，本来早可取胜，只是一来临敌经验实在太浅，本身功力发挥不到六七成；二来他心存慈悲，许多取人性命的厉害杀手，往往只施一半便即收回；三来丁春秋周身剧毒，虚竹颇存顾忌，不敢轻易沾到他身子，却不知自己身具深厚内力，丁春秋这些剧毒早就害他不得，是以剧斗良久，还是相持不下。忽听得一众男女齐声大呼，为自己呐喊助威，虚竹向声音来处看去，不禁又惊又喜，但见灵鹫宫九天九部诸女中倒有八部到了，余下一部鸾天部想是在灵鹫宫留守。那些男子则是三十六洞洞主、七十二岛岛主及其部属，人数着实不少，各洞主、岛主就算并非齐到，也已到了八九成。

虚竹叫道："余婆婆，乌先生，你们怎么也来了？"余婆婆说道："启禀主人，属下等接到梅兰竹菊四位姑娘传书，得知少林寺贼秃们要跟主人为难，因此知会各洞各岛部属，星夜赶来。天幸主人无恙，属下不胜之喜。"虚竹道："少林派是我师门，你言语不得无礼，快向少林寺方丈谢罪。"他口中说话，天山折梅手、天山六阳掌等仍是使得妙着纷呈。

余婆脸现惶恐之色，躬身道："是，老婆子知罪了。"走到玄慈方丈之前，双膝跪倒，恭恭敬敬的磕了四个头，说道："灵鹫宫主人属下昊天部余婆，言语无礼，冒犯少林寺众位高僧，谨向方丈磕头谢罪，恭领方丈大师施罚。"她这番话说得甚是诚恳，但吐字清朗，显得内力充沛，已是一流高手的境界。

玄慈袍袖一拂，说道："不敢当，女施主请起！"这一拂之中使上了五分内力，本想将余婆托起，哪知余婆只是身子微微一震，竟没给托起。她又磕了个头，说道："老婆子冒渎主人师门，罪该万死。"这才缓缓站起，回归本队。

玄字辈众老僧曾听虚竹述说入主灵鹫宫的经过，得知就里，其余少林众僧和旁观群雄却都大奇："这老婆子内力修为着实了得，其余众男女看来也非弱者，怎么竟都是这少林派小和尚的部下，真是奇哉怪也。"有人眼见虚竹相助萧峰，而他有大批男女部属到来，萧峰陡增强助，要杀他已颇不易，不由得担忧。

星宿派门人见到灵鹫八部诸女中有不少美貌少妇少女，言语中当即不清不楚起来。众洞主、岛主都是粗豪汉子，立即反唇相稽，一时山头上呼喝叱骂之声，响成一片。众洞主、岛主纷纷拔刀挑战。星宿派门人未得师父吩咐，不敢出阵应战，口中的叫骂可就加倍污秽了。有的眼见师父久战不利，局面未必大好，便东张西望的察看逃奔下山的道路。

段誉心不旁骛，于灵鹫宫众人上山全不理会，凝神使动商阳剑法，着着向慕容复进逼。慕容复这时已全然看不清无形剑气的来路，唯有将一笔一钩使得风雨不透，护住全身。

陡然间嗤的一声，段誉剑气透围而入，慕容复帽子被削，登时头发四散，狼狈不堪。王语嫣惊叫："段公子，手下留情！"段誉心中一凛，长叹一声，第二剑便不再发出，回手抚胸，心道："我知你心中所念，只有你表哥一人，倘使我失手将他杀了，你悲痛无已，从此再无笑容。段某敬你爱你，决不愿令你悲伤难过。"

慕容复脸如死灰，心想今日少室山上斗剑而败，已是奇耻大辱，再因一女子出言求情，对方才饶了自己性命，今后在江湖上哪里还有立足的余地？大声喝道："大丈夫死则死耳，谁要你卖好让招？"舞动钢钩，向段誉直扑过来。

段誉双手连摇，说道："咱们又无仇怨，何必再斗？不打了，不打了！"

慕容复素性高傲，从没将天下人放在眼内，今日在当世豪杰之前，被段誉逼得全无还手余地，又因王语嫣一言而得对方容让，这口忿气如何咽得下去？他钢钩挥向段誉面门，判官笔疾刺段誉胸膛，只想："你用无形剑气杀我好了，拼一个同归于尽，胜于在这世上苟且偷生。"这一下扑来，已将自己生死置之度外。

段誉见慕容复来势凶猛，若以六脉神剑刺他要害，生怕伤了他性命，一时手足无措，竟然呆了，想不起以凌波微步避让。慕容复这一纵志在拼命，来得何等快速，人影一晃之际，噗的一声，右手判官笔已插入段誉身子。总算段誉在危急之间向左一侧，避过胸膛要害，判官笔却已深入右肩，段誉"啊"的一声大叫，只吓得全身僵立不动。慕容复左手钢钩疾钩他后脑，这一招“大海捞针”，乃是北海拓跋氏“渔叟钩法”中的一招厉害招数，系从深海钩鱼的钩法之中变化出来，的是既准且狠。

段正淳和南海鳄神眼见情势不对，又再双双扑上，此外又加上了巴天石和崔百泉。这一次慕容复决意要杀段誉，宁可自己身受重伤，也决不肯有丝毫缓手，因此竟不理会段正淳等四人的攻击，眼见钢钩的钩尖便要触及段誉后脑，突然间背后“神道穴”上一麻，身子被人凌空提起。“神道穴”要穴被抓，登时双手酸麻，再也抓不住判官笔和钢钩，只听得萧峰厉声喝道：“人家饶你性命，你反下毒手，算什么英雄好汉？”

原来萧峰见慕容复猛扑而至，门户大开，破绽毕露，料想段誉无形剑气使出，一招便取了他性命，万没想到段誉竟会在这当儿住手，慕容复来势奇速，虽以萧峰出手之快，竟也不及解救那一笔之厄。但慕容复跟着使出那一招“大海捞针”时，萧峰便即出手，一把抓住他后心的“神道穴”。本来慕容复的武功虽较萧峰稍弱，也不至一招之间便为所擒，只因其时愤懑填膺，一心一意要杀段誉，全没顾到自身。萧峰这一下又是精妙之极的擒拿手法，一把抓住了要穴，慕容复再也动弹不得。

萧峰身形魁伟，手长脚长，将慕容复提在半空，其势直如老鹰捉小鸡一般。邓百川、公冶乾、包不同、风波恶四人齐叫：“休伤我家公子！”一齐奔上。王语嫣也从人丛中抢出，叫道：“表哥，表哥！”慕容复恨不得立时死去，免受这难当羞辱。

萧峰冷笑道：“萧某大好男儿，竟和你这种人齐名！”手臂一振，将他掷了出去。

慕容复直飞出七八丈外，腰板一挺，便欲站起，不料萧峰抓他神道穴之时，内力直透诸处经脉，他无法在这瞬息之间解除手足的麻痹，砰的一声，背脊着地，只摔得狼狈不堪。

邓百川等忙转身向慕容复奔去。慕容复运转内息，不待邓百川等奔到，已然翻身站起。他脸如死灰，一伸手，从包不同腰间剑鞘中拔出长剑，跟着左手划个圈子，将邓百川等挡在数尺之外，右手手腕翻转，横剑便往脖子中抹去。王语嫣大叫："表哥，不可……"

便在此时，只听得破空声大作，一件暗器从十余丈外飞来，横过广场，撞向慕容复手中长剑，铮的一声响，慕容复长剑脱手飞出，手掌中满是鲜血，虎口已然震裂。

慕容复震骇莫名，抬头往暗器来处瞧去，只见山坡上站着一个灰衣僧人，脸蒙灰布。

那僧人迈开大步，走到慕容复身边，问道："你有儿子没有？"语音颇为苍老。

慕容复道："我尚未婚配，何来子息？"那灰衣僧森然道："你有祖宗没有？"慕容复甚是气恼，大声道："自然有！我自愿就死，与你何干？士可杀不可辱，慕容复堂堂男子，受不得你这些无礼的言语。"灰衣僧道："你高祖有儿子，你曾祖、祖父、父亲都有儿子，便是你没有儿子！嘿嘿，大燕国当年慕容皝、慕容恪、慕容垂、慕容德何等英雄，却不料都变成了断种绝代的无后之人！"

慕容皝、慕容恪、慕容垂、慕容德诸人，都是当年燕国的英主名王，威震天下，创下轰轰烈烈的事业，正是慕容复的列祖列宗。他在头昏脑胀、怒发如狂之际突听得这四位先人的名字，正如当头淋下一盆冷水，心想："先父昔年谆谆告诫，命我以兴复大燕为终生之志，今日我以一时之忿，自寻短见，我鲜卑慕容氏从此绝代。我连儿子也没有，还说得上什么光宗复国？"不由得背上额头全是冷汗，当即拜伏在地，说道："慕容复识见短绌，得蒙高僧指点迷津，大恩大德，没齿难忘。"

灰衣僧坦然受他跪拜，说道："古来成大功业者，哪一个不历尽千辛万苦？汉高祖有白登求和之困，唐高祖有降顺突厥之辱，倘若都似你这么引剑一割，只不过是个心窄气狭的自了汉罢了，还谈得上什么开国建基？你连勾践、韩信也不如，当真是无知无识之极。”

慕容复跪着受教，悚然惊惧：“这位神僧似乎知道我心中抱负，居然以汉高祖、唐高祖这等开国之主来相比拟。”说道：“慕容复知错了！”灰衣僧道：“起来！”慕容复恭恭敬敬磕了三个头，站起身来。

灰衣僧道：“你姑苏慕容氏的家传武功神奇精奥，举世无匹，只不过你没学到家而已，难道当真就不及大理国段氏的‘六脉神剑’了？瞧仔细了！”伸出食指，凌虚点了三下。

这时段正淳和巴天石二人站在段誉身旁，段正淳已用一阳指封住段誉伤口四周穴道，巴天石正要将判官笔从他肩头拔出来，不料灰衣僧指风点处，两人胸口一麻，便即摔倒，跟着那判官笔从段誉肩头反跃而出，啪的一声，插入地下。段正淳和巴天石摔倒后，立即翻身跃起，不禁骇然。这灰衣僧显然是手下留情，否则这两下虚点便已取了二人性命。

只听那灰衣僧朗声说道：“这便是你慕容家的‘参合指’！当年老衲从你先人处学来，也不过一知半解、学到一些皮毛而已，慕容氏此外的神妙武功不知还有多少。嘿嘿，难道凭你少年人这一点儿微末道行，便创得下姑苏慕容氏‘以彼之道，还施彼身’的大名么？”

群雄本来震于“姑苏慕容”的威名，但见慕容复一败于段誉，再败于萧峰，心下都想：“见面不如闻名！虽不能说浪得虚名，却也不见得惊世骇俗，艺盖当代。”待见那灰衣僧显示了这一手神功，又听他说只不过学得慕容氏“参合指”的一些皮毛，不禁对“姑苏慕容”四字重生敬意，只是人人心中奇怪：“这灰衣僧是谁？他和慕容氏又有什么干系？”

灰衣僧转过身来，向着萧峰合什说道：“乔大侠武功卓绝，果然名不虚传，老衲想领教几招！”萧峰早有提防，当他合什施礼之时，便即抱拳还礼，说道：“不敢！”两股内力一撞，二人身子同时微微一晃。

便在此时，半空中忽有一条黑衣人影，如一头大鹰般扑将下来，正好落在灰衣僧和萧峰之间。这人蓦地里从天而降，突兀无比，众人惊奇之下，一齐呼喊起来，待他双足落地，这才看清，原来他手中拉着一条长索，长索的另一端系在十余丈外的一株大树顶上。只见这人光头黑衣，也是个僧人，黑布蒙面，只露出一双冷电般的眼睛。

黑衣灰衣二僧相对而立，过了好一阵，始终谁都没开口说话。群雄见这二僧身材都是甚高，只是黑衣僧较为魁梧，灰衣僧则极瘦削。

只有萧峰却又是喜欢，又是感激，他从这黑衣僧挥长索远掠而来的身法之中，已认出便是那日在聚贤庄救他性命的黑衣大汉。当时那黑衣大汉头戴毡帽，身穿俗家衣衫，此刻则已换作僧装。此刻聚在少室山上的群雄之中，颇有不少当日曾参与聚贤庄之会，只是其时那黑衣大汉一瞥即逝，谁都没看清他的身法，这时自然也认他不出。

又过良久，黑衣灰衣二僧突然同时说道：“你……”但这“你”字一出口，二僧立即住口。再隔半晌，那灰衣僧才道：“你是谁？”黑衣僧道：“你又是谁？”

群雄听黑衣僧说了这四个字，心中都道：“这和尚声音苍老，原来也是个老僧。”

萧峰听到这声音正是当日那大汉在荒山中教训他的声调，一颗心剧烈跳动，只想立时便上去相认，叩谢救命之恩。

那灰衣僧道：“你在少林寺中一躲数十年，为了何事？”

黑衣僧道："我也正要问你，你在少林寺中一躲数十年，又为了何事？"

二僧这几句话一出口，少林群僧自玄慈方丈以下无不大感诧异，各人面面相觑，都想："这两个老僧怎么在本寺已有数十年，我却丝毫不知？难道当真有这等事？"

只听灰衣僧道："我藏身少林寺中，为了找寻一些东西。"黑衣僧道："我藏身少林寺中，也为了找寻一些东西。我要找的东西，已经找到了，你要找的，想来也已找到。否则的话，咱们三场较量，该当分出了高下。"灰衣僧道："不错。尊驾武功了得，实为在下生平罕见，今日还再比不比？"黑衣僧道："兄弟对阁下的武功也十分佩服，便再比下去，只怕也不易分出胜败。"

众人忽听这二僧以"阁下、兄弟"口吻相称，不是出家人的言语，更加摸不着头脑。

灰衣僧道："你我互相钦服，不用再较量了。"黑衣僧道："甚好。"二僧点了点头，相偕走到一株大树之下，并肩而坐，闭上了眼睛，便如入定一般，再也不说话了。

慕容复又是惭愧，又是感激，寻思："这位高僧识得我的先人，不知相识的是我爷爷，还是爹爹？今后兴复大事，势非请这高僧详加指点不可，今日可决不能交臂失之。"当下退在一旁，不敢便去打扰，要待那灰衣僧站起身来，再上去叩领教益。

王语嫣想到他适才险些自刎，这时候兀自惊魂未定，拉着他的衣袖，泪水涔涔而下。慕容复心感厌烦，不过她究是一片好意，却也不便甩袖将她摔开。

灰衣黑衣二僧相继现身，直到偕赴树下打坐，虚竹和丁春秋始终在剧斗不休。这时群雄的目光又都转到他二人身上来。

灵鹫四姝中的菊剑忽然想起一事，走向那十八名契丹武士身前，说道：“我主人正在和人相斗，须得喝点儿酒，力气才得大增。”一名契丹武士道：“这儿酒浆甚多，姑娘尽管取用。”说着提起两只大皮袋。菊剑笑道：“多谢！我家主人酒量不大，有一袋也就够了。”提起一袋烈酒，拔开了袋上木塞，慢慢走近虚竹和丁春秋相斗之处，叫道：“主人，你给星宿老怪种生死符，得用些酒水罢！”横转皮袋，用力向前一送，袋中烈酒化作一道酒箭，向虚竹射去。梅兰竹三姝拍手叫道：“菊妹，妙极！”

忽听得山坡后有一个女子声音娇滴滴的唱道：“一枝秾艳露凝香，云雨巫山枉断肠。我乃杨贵妃是也，好酒啊好酒，奴家醉倒沉香亭畔也！”

虚竹和丁春秋剧斗良久，苦无制他之法，听得灵鹫宫属下男女众人叫他以“生死符”对付，见菊剑以酒水射到，当即伸手一抄，抓了一把，只见山后转出八个人来，正是琴癫康广陵、棋魔范百龄、书呆苟读、画狂吴领军、神医薛慕华、巧匠冯阿三、花痴石清露、戏迷李傀儡等“函谷八友”。这八人见虚竹和丁春秋拳来脚往，打得酣畅淋漓，当即齐声大叫助威：“掌门师叔今日大显神通，快杀了丁春秋，给我们祖师爷和师父报仇！”

其时菊剑手中烈酒还在不住向虚竹射去，她武功平平，一部份竟喷向丁春秋。星宿老怪恶斗虚竹，辗转打了半个时辰，但觉对方妙着层出不穷，给他迫住了手脚，种种邪术无法施展，陡然见到酒水射来，心念一动，左袖拂出，将酒水拂成四散飞溅的酒雨，向虚竹泼去。这时虚竹全身功劲行开，千千万万酒点飞到，没碰到衣衫，便已给他内劲撞了开去，蓦听得“啊啊”两声，菊剑翻身摔倒。丁春秋将酒水化作雨点拂出来时，每一滴都已然染上剧毒。菊剑站得较近，身沾毒雨，当即倒地。

虚竹关心菊剑，甚是惶急，却不知如何救她才是，更听得薛慕华惊叫：“师叔，这毒药好生厉害，快制住老贼，逼他取解药救治。”虚竹叫道：“不错！”右掌挥舞，不绝向丁春秋进攻，左掌掌心中暗运内功，逆转北冥真气，不多时已将掌中酒水化成七八片寒冰，右掌飕飕飕连拍三掌。

丁春秋乍觉寒风袭体，吃了一惊：“这小贼秃的阳刚内力，怎地陡然变了？”忙凝全力招架，猛地里肩头“缺盆穴”上微微一寒，便如碰上了一片雪花，跟着小腹“天枢穴”、大腿“伏兔穴”、上臂“天泉穴”三处也觉凉飕飕地。丁春秋加催掌力抵挡，忽然间后颈“天柱穴”、背心“神道穴”、后腰“志室穴”三处也是微微一凉，丁春秋大奇：“他掌力便再阴寒，也决不能绕了弯去袭我背后，何况寒凉处都是在穴道之上，到底小贼秃有什么古怪邪门？可要小心了。”双袖拂处，袖间藏腿，猛力向虚竹踢出。

不料右脚踢到半途，突然间“伏兔穴”和“阳交穴”上同时奇痒难当，情不自禁的“啊哟”一声，叫了出来。右脚尖明明已碰到虚竹僧衣，但两处要穴同时发痒，右脚自然而然的垂了下来。他一声“啊哟”叫过，跟着又是“啊哟、啊哟”两声。

众门人高声颂赞：“星宿老仙神通广大，双袖微摆，小妞儿便身中仙法倒地！”“他老人家一蹬足天崩地裂，一摇手日月无光！”“星宿老仙大袖摆动，口吐真言，叫你旁门左道牛鬼蛇神，一个个死无葬身之地。”歌功颂德声中，夹杂着星宿老仙“啊哟”又“啊哟”的一声声叫唤，实在大是不称。众门人精乖的已愕然住口，大多数却还是放大了嗓门直嚷。

丁春秋霎时之间，但觉缺盆、天枢、伏兔、天泉、天柱、神道、志室七处穴道中同时麻痒难当，直如千千万万只蚂蚁同时在咬啮一般。这酒水化成的冰片中附有虚竹的内力，寒冰入体，随即化去，内力却留在他的穴道经脉之中。丁春秋手忙脚乱，不断在怀中掏摸，一口气服了七八种解药，通了五六次内息，穴道中的麻痒却只有越加厉害。若是换作旁人，早已滚倒在地，丁春秋神功惊人，苦苦撑持，脚步踉跄，有如喝醉了酒一般，脸上一阵红，一阵白，双手乱舞，情状可怖已极。虚竹这七枚生死符乃烈酒所化，与寻常寒冰又自不同。

星宿派门人见到师父如此狼狈，一个个静了下来，有几个死硬之人仍在叫嚷："星宿老仙正在运使大罗金仙舞蹈功，待会小和尚便知道厉害了。""星宿老仙一声'啊哟'，小和尚的三魂六魄便给叫去了一分！"但这等死撑面子之言，已说得毫不响亮。

李傀儡大声唱道："五花马，千金裘，呼儿将出换美酒，与尔同消万古愁。哈哈，我乃李太白是也！饮中八仙，第一乃诗仙李太白，第二乃星宿老仙丁春秋！"群雄见到丁春秋醉态可掬的狼狈之状，听了李傀儡的言语，一齐轰笑。

过不多时，丁春秋终于支持不住，伸手乱扯自己胡须，将一丛银也似的美髯扯得一根根随风飞舞，跟着便撕裂衣衫，露出一身雪白的肌肤，他年纪已老，身子却兀自精壮如少年，手指到处，身上便鲜血迸流，用力撕抓，不住口的号叫："痒死我了，痒死我了！"又过一刻，左膝跪倒，越叫越是惨厉。

虚竹颇感后悔："这人虽然罪有应得，但所受的苦恼竟然这等厉害。早知如此，我只给他种上一两片生死符，也就够了。"

群雄见这个童颜鹤发、神仙也似的武林高人，霎时间竟然形如鬼魅，嘶唤有如野兽，都不禁骇然变色，连李傀儡也吓得哑口无言。只有大树下的黑衣灰衣二僧仍是闭目静坐，直如不闻。

玄慈方丈说道："善哉，善哉！虚竹，你便解去了丁施主身上的苦难罢！"虚竹应道："是！谨遵方丈法旨！"玄寂忽道："且慢！方丈师兄，丁春秋作恶多端，我玄难、玄痛两位师兄都命丧其手，岂能轻易饶他？"康广陵道："掌门师叔，你是本派掌门，何必去听旁人言语？我师祖、师父的大仇，焉可不报？"

虚竹一时没了主意，不知如何是好。薛慕华道："师叔，先要他取解药要紧。”虚竹点头道：“正是。梅剑姑娘，你将镇痒丸给他服上半粒。”梅剑应道：“是！”从怀中取出一个绿色小瓶，倒出一粒豆大的丸药来，然见到丁春秋如癫如狂的神态，不敢走近身去。

虚竹接过药丸，劈成两半，叫道：“丁先生，张开口来，我给你服镇痒丸！”丁春秋荷荷而呼，张大了口，虚竹手指轻弹，半粒药丸飞将过去，送入他喉咙。药力一时未能行到，丁春秋仍是痒得满地打滚，过了一顿饭时分，奇痒稍戢，这才站起身来。

他神智始终不失，知道再也不能反抗，不等虚竹开口，自行取出解药，乖乖的去交给薛慕华，说道：“红色外搽，白色内服！”他号叫了半天，说出话来已是哑不成声。薛慕华料他不敢作怪，依法给菊剑敷搽服食。

梅剑朗声道：“星宿老怪，这半粒止痒丸可止三日之痒。过了三天，奇痒又再发作，那时候我主人是否再赐灵药，要瞧你乖不乖了。”丁春秋全身发抖，说不出话来。

星宿派门人中登时有数百人争先恐后的奔出，跪在虚竹面前，恳请收录，有的说：“灵鹫宫主人英雄无敌，小人忠诚归附，死心塌地，愿为主人效犬马之劳。”有的说：“这天下武林盟主一席，非主人莫属。只须主人下令动手，小人赴汤蹈火，万死不辞。”更有许多显得赤胆忠心，指着丁春秋痛骂不已，骂他“灯烛之火，居然也敢和日月争光”，说他“心怀叵测，邪恶不堪”，又有人要求虚竹速速将丁春秋处死，为世间除此丑类。只听得丝竹锣鼓响起，众门人大声唱了起来：“灵鹫主人，德配天地，威震当世，古今无比。”除了将“星宿老仙”四字改为“灵鹫主人”之外，其余曲词词句，便和“星宿老仙颂”一模一样。

虚竹虽为人质朴，但听星宿派门人如此颂赞，却也不自禁的有些飘飘然起来。

兰剑喝道：“你们这些卑鄙小人，怎么将吹拍星宿老怪的陈腔滥调、无耻言语，转而称颂我主人？当真无礼之极。”星宿门人登时大为惶恐，有的道：“是，是！小人立即另出机杼，花样翻新，包管让仙姑满意便是。”有的道：“四位仙姑，花容月貌，胜过西施，远超贵妃。”星宿众门人向虚竹叩拜之后，自行站到诸洞主、岛主身后，一个个得意洋洋，自觉光采体面，登时又将中原群豪、丐帮帮众、少林僧侣尽数不放在眼下了。

玄慈说道：“虚竹，你自立门户，日后当走侠义正道，约束门人弟子，令他们不致为非作歹，祸害江湖，那便是广积福德资粮，多种善因，在家出家，都是一样。”虚竹哽咽道：“是。虚竹愿遵方丈教诲。”玄慈又道：“破门之式不可废，那杖责却可免了。”

忽听得一人哈哈大笑，说道：“我只道少林寺重视戒律，执法如山，却不料一般也是趋炎附势之徒。嘿嘿，灵鹫主人，德配天地，威震当世，古今无比。”众人向说话之人瞧去，却是吐蕃国师鸠摩智。

玄慈脸上变色，说道：“国师以大义见责，老衲知错了。玄寂师弟，安排法杖。”玄寂道：“是！”转身说道：“法杖伺候！”向虚竹道：“虚竹，你目下尚是少林弟子，伏身受杖。”虚竹躬身道：“是！”跪下向玄慈和玄寂行礼，说道：“弟子虚竹，违犯本寺大戒，恭领方丈和戒律院首座的杖责。”

星宿派众门人突然大声鼓噪：“尔等少林僧众，岂可冒犯他老人家贵体？”“你们若是碰了他老人家的一根寒毛，我非跟你们拼个你死我活不可。我为他老人家粉身碎骨，虽死犹荣。”“我忠字当头，一身血肉，都要献给灵鹫宫主人！”

余婆婆喝道：“‘我家主人’四字，岂是你们这些妖魔鬼怪叫得的？快些给我闭上了狗嘴。”星宿派众人听她一喝，登时鸦雀无声，连大气也不敢喘上一口了。

少林寺戒律院执法僧人听得玄寂喝道："用杖！"便即捋起虚竹僧衣，露出他背上肌肤，另一名僧人举起了"守戒棍"。虚竹心想："我身受杖责，是为了罚我种种不守戒律之罚，每受一棍，罪业便消去一分。倘若运气抵御，自身不感痛楚，这杖却是白打了。"

忽听得一个女子尖锐的声音叫道："且慢，且慢！你……你背上是什么？"

众人齐向虚竹背上瞧去，只见他腰背之间竟整整齐齐的烧着九点香疤。僧人受戒，香疤都是烧在头顶，不料虚竹除了头顶的香疤之外，背上也有香疤。背上的疤痕大如铜钱，显然是在他幼年时所烧炙，随着身子长大，香疤也渐渐增大，此时看来，已非十分圆整。

人丛中突然奔出一个中年女子，身穿淡青色长袍，左右脸颊上各有三条血痕，正是四大恶人中的"无恶不作"叶二娘。她疾扑而前，双手一分，已将少林寺戒律院的两名执法僧推开，伸手便去拉虚竹的裤子，要把他裤子扯将下来。

虚竹吃了一惊，转身站起，向后飘开数尺，说道："你……你干什么？"叶二娘全身发颤，叫道："我……我的儿啊！"张开双臂，便去搂抱虚竹。虚竹一闪身，叶二娘便抱了个空。众人都想："这女人发了疯？"叶二娘接连抱了几次，都给虚竹轻轻巧巧的闪开。她如痴如狂，叫道："儿啊，你怎么不认你娘了？"

虚竹心中一凛，有如电震，颤声道："你……你是我娘？"叶二娘叫道："儿啊，我生你不久，便在你背上、两边屁股上，都烧上了九个戒点香疤。你这两边屁股上是不是各有九个香疤？"

虚竹大吃一惊，他双股之上确是各有九点香疤。他自幼便是如此，从来不知来历，也羞于向同侪启齿，有时沐浴之际见到，还道自己与佛门有缘，天然生就，因而更坚了向慕佛法之心。这时陡然听到叶二娘的话，当真有如半空中打了个霹雳，颤声道："是，是！我……我两股上各有九点香疤，是你……是娘……是你给我烧的？"

叶二娘放声大哭，叫道："是啊，是啊！若不是我给你烧的，我怎么知道？我……我找到儿子了，找到我亲生乖儿子了！"一面哭，一面伸手去抚虚竹的面颊。虚竹不再避让，任由她抱在怀里。他自幼无爹无娘，只知是寺中僧侣所收养的一个孤儿，他背心双股烧有香疤，这隐秘只有自己一个人知道，叶二娘居然也能得悉，哪里还有假的？突然间领略到了生平从所未知的慈母之爱，眼泪涔涔而下，叫道："娘……娘，你是我妈妈！"

这件事突如其来，旁观众人无不大奇，但见二人相拥而泣，又悲又喜，一个舐犊情深，一个至诚孺慕，群雄之中，不少人为之鼻酸。

叶二娘道："孩子，你今年二十四岁，这二十四年来，我白天也想你，黑夜也想念你，我气不过人家有儿子，我自己儿子却给天杀的贼子偷去了。我……我只好去偷人家的儿子。可是……可是……别人的儿子，哪有自己亲生的好？"

南海鳄神哈哈大笑，说道："三妹！你老是去偷人家白白胖胖的娃儿来玩，玩够了便捏死了他，原来为了自己儿子给人家偷去啦。岳老二问你什么缘故，你总是不肯说！很好，妙极！虚竹小子，你妈妈是我义妹，你快叫我一声'岳二伯'！"想到自己的辈份还在这武功奇高的灵鹫宫主人之上，这份乐子可真不用说了。云中鹤摇头道："不对，不对！虚竹子是你师父的把兄，你得叫他一声师伯。我是他母亲的义弟，辈份比你高了两辈，你快叫我'师叔祖'！"南海鳄神一怔，吐了一口浓痰，骂道："你奶奶的，老子不叫！"

叶二娘放开了虚竹头颈，抓住他肩头，左看右瞧，喜不自胜，转头向玄寂道："他是我的儿子，你不许打他！"随即向虚竹大声道："是哪一个天杀的狗贼，偷了我的孩儿，害得我母子分离二十四年？孩儿，孩儿，咱们走遍天涯海角，也要找到这个狗贼，将他千刀万剐，斩成肉酱。你娘斗他不过，孩儿武功高强，正好给娘报仇雪恨。”

坐在大树下一直不言不动的黑衣僧人忽然站起身来，缓缓说道：“你这孩儿是给人家偷去的，还是抢去的？你面上这六道血痕，从何而来？”

叶二娘突然变色，尖声叫道：“你……你是谁？你……你怎知道？”黑衣僧道：“你难道不认得我么？”叶二娘尖声大叫：“啊！是你，就是你！”纵身向他扑去，奔到离他身子丈余之处，突然立定，伸手戟指，咬牙切齿，愤怒已极，却已不敢近前。

黑衣僧道：“不错，你孩子是我抢去的，你脸上这六道血痕，也是我抓的。”叶二娘叫道：“为什么？你为什么要抢我孩儿？我和你素不相识，无怨无仇。你……你……害得我好苦。你害得我这二十四年之中，日夜苦受煎熬，到底为什么？为……为什么？”黑衣僧指着虚竹，问道：“这孩子的父亲是谁？”叶二娘全身一震，道：“他……他……我不能说。”

虚竹心头激荡，奔到叶二娘身边，叫道：“妈，你跟我说，我爹爹是谁？”

叶二娘连连摇头，道：“我不能说。”

黑衣僧缓缓说道：“叶二娘，你本来是个好好的姑娘，温柔美貌，端庄贞淑。可是在你十八岁那年，受了一个武功高强、大有身份的男子所诱，失身于他，生下了这个孩子，是不是？”叶二娘木然不动，过了好一会儿，才点头道：“是。不过不是他引诱我，是我去引诱他的。”黑衣僧道：“这男子只顾到自己的声名前程，全不顾念你一个年纪轻轻的姑娘，未嫁生子，处境是何等的凄惨。”叶二娘道：“不，不！他顾到我的，他给了我很多银两，给我好好安排了下半世的生活。”黑衣僧道：“他为什么让你孤零零的飘泊江湖？”

叶二娘道：“我不能嫁他的。他怎么能娶我为妻？他是个好人，他向来待我很好。是我自己不愿连累他的。他……他是好人。”言辞之中，对这个遗弃了她的情郎，仍是充满了温馨和思念，昔日恩情，不因自己深受苦楚、不因岁月消逝而有丝毫减退。

众人均想：“叶二娘恶名素著，但对她当年的情郎，却着实情深义重。只不知这男人是谁？”

段誉、阮星竹、范骅、华赫艮、巴天石等大理一系诸人，听二人说到这一桩昔年的风流事迹，情不自禁的都偷眼向段正淳瞄了一眼，都觉叶二娘这个情郎，身份、性情、处事、年纪，无一不和他相似。更有人想起：“那日四大恶人同赴大理，多半是为了找镇南王讨这笔孽债。”连段正淳也是大起疑心：“我所识女子着实不少，难道有她在内？怎么半点也记不起来？倘若当真是我累得她如此，纵然在天下英雄之前声名扫地，段某也决不能丝毫亏待了她。只不过……只不过……怎么全然记不得了？”

黑衣僧人朗声道：“这孩子的父亲，此刻便在此间，你干么不指他出来？”叶二娘惊道：“不，不！我不能说。”黑衣僧问道：“你为什么在你孩儿的背上、股上，烧了三处二十七点戒点香疤？”叶二娘掩面道：“我不知道，我不知道！求求你，别问我了。”

黑衣僧声音仍是十分平淡，一似无动于中，继续问道：“你孩儿一生下来，你就想要他当和尚么？”叶二娘道：“不是，不是的。”黑衣僧人道：“那么，为什么要在他身上烧这些佛门的香疤？”叶二娘道：“我不知道，我不知道！”黑衣僧朗声道：“你不肯说，我却知道。只因为这孩儿的父亲，乃是佛门弟子，是一位大大有名的有道高僧。”

叶二娘一声呻吟，再也支持不住，晕倒在地。

群雄登时大哗，眼见叶二娘这等神情，那黑衣僧所言显非虚假，原来和她私通之人，竟然是个和尚，而且是有名的高僧。众人交头接耳，议论纷纷。

虚竹扶起叶二娘，叫道：“妈，妈，你醒醒！”过了半晌，叶二娘悠悠醒转，低声道："孩儿，快扶我下山去。这……这人是妖怪，他……什么都知道。我再也不要见他了。这仇也……也不用报了。"虚竹道："是，妈，咱们这就走罢。"

黑衣僧道："且慢，我话还没说完呢。你不要报仇，我却要报仇。叶二娘，我为什么抢你孩儿，你知道么？因为……因为有人抢去了我的孩儿，令我家破人亡，夫妇父子，不得团聚。我这是为了报仇。"

叶二娘道："有人抢你孩儿？你是为了报仇？"

黑衣僧道："正是，我抢了你的孩儿来，放在少林寺的菜园之中，让少林僧将他抚养长大，授他一身武艺。只因为我自己的亲生孩儿，也是给人抢了去，抚养长大，由少林僧授了他一身武艺。你想不想瞧瞧我的真面目？"不等叶二娘意示可否，黑衣僧伸手便拉去了自己的面幕。

群雄"啊"的一声惊呼，只见他方面大耳，虬髯丛生，相貌十分威武，约莫六十岁左右年纪。

萧峰惊喜交集，抢步上前，拜伏在地，颤声叫道："你……你是我爹爹……"

那人哈哈大笑，说道："好孩儿，好孩儿，我正是你的爹爹。咱爷儿俩一般的身形相貌，不用记认，谁都知道我是你的老子。"一伸手，扯开胸口衣襟，露出一个刺花的狼头，左手一提，将萧峰拉了起来。

萧峰扯开自己衣襟，也现出胸口那张口露牙、青郁郁的狼头来。两人并肩而行，突然间同时仰天而啸，声若狂风怒号，远远传了出去，只震得山谷鸣响，数千豪杰听在耳中，尽感不寒而栗。"燕云十八骑"拔出长刀，呼号相和，虽然一共只有二十人，但声势之盛，直如千军万马一般。

萧峰从怀中摸出一个油布包打开，取出一块缝缀而成的大白布，展将开来，正是智光和尚给他的石壁遗文的拓片，上面一个个都是空心的契丹文字。

那虬髯老人指着最后几个字笑道："'萧远山绝笔，萧远山绝笔！'哈哈，孩儿，那日我伤心之下，跳崖自尽，哪知道命不该绝，堕在谷底一株大树的枝干之上，竟得不死。这一来，为父的死志已去，便兴复仇之念。那日雁门关外，中原豪杰不问情由，便杀了你不会武功的妈妈。孩儿，你说此仇该不该报？"

萧峰道："父母之仇，不共戴天，焉可不报？"

萧远山道："当日害你母亲之人，大半已为我当场击毙。智光和尚以及那个自称'赵钱孙'的家伙，已为孩儿所杀。丐帮前任帮主汪剑通染病身故，总算便宜了他。只是那个领头的'大恶人'，迄今兀自健在。孩儿，你说咱们拿他怎么办？"

萧峰急问："此人是谁？"

萧远山一声长啸，喝道："此人是谁？"目光如电，在群豪脸上一一扫射而过。

群豪和他目光接触之时，无不栗栗自危，虽然这些人均与当年雁门关外之事无关，但见到萧氏父子的神情，谁也不敢动上一动，发出半点声音，唯恐惹祸上身。

萧远山道："孩儿，那日我和你妈怀抱了你，到你外婆家去，不料路经雁门关外，数十名中土武士突然跃将出来，将你妈妈和我的随从杀死。大宋与契丹有仇，互相斫杀，原非奇事，但这些中土武士埋伏山后，显有预谋。孩儿，你可知那是为了什么缘故？"

萧峰道："孩儿听智光大师说道，他们得到讯息，误信契丹武士要来少林寺夺取武学典籍，以为他日辽国谋夺大宋江山的张本，是以突出袭击，害死了我妈妈。"

萧远山惨笑道："嘿嘿，嘿嘿！当年你老子并无夺取少林寺武学典籍之心，他们却冤枉了我。好，好！萧远山一不做，二不休，人家冤枉我，我便做给人家瞧瞧。这三十年来，萧远山便躲在少林寺中，将他们的武学典籍瞧了个饱。少林寺诸位高僧，你们有本事便将萧远山杀了，否则少林武功非流入大辽不可。你们再在雁门关外埋伏，可来不及了。”

少林群僧一听，无不骇然变色，均想此人之言，多半不假，本派武功倘若流入了辽国，令契丹人如虎添翼，那便如何是好？连同武林群豪，也人人都想：“今日说什么也不能让此人活着下山。”

萧峰道：“爹爹，这大恶人当年杀我妈妈，还可说是事出误会，虽然鲁莽，尚非故意为恶。可是他却去杀了我义父义母乔氏夫妇，令孩儿大蒙恶名，那却是大大不该了。到底此人是谁，请爹爹指出来。”

萧远山哈哈大笑，道：“孩儿，你这可错了。”萧峰愕然道：“孩儿错了？”萧远山点点头，道：“错了。那乔氏夫妇，是我杀的！”

萧峰大吃一惊，颤声道：“是爹爹杀的？那……那为什么？”

萧远山道：“你是我的亲生孩儿，本来我父子夫妇一家团聚，何等快乐？可是这些南朝武人将我契丹人看作猪狗不如，动不动便横加杀戮，将我孩儿抢了，去交给别人，当作他的孩儿。那乔氏夫妇冒充是你父母，既夺了我的天伦之乐，又不跟你说明真相，那便该死。”

萧峰胸口一酸，说道：“我义父义母待孩儿极有恩义，他二位老人家实是大大的好人。然则放火焚烧单家庄、杀死谭公、谭婆等等，也都是……”

萧远山道：“不错！都是你爹爹干的。当年带头在雁门关外杀你妈妈的是谁，这些人明明知道，却偏不肯说，个个袒护于他，岂非该死？”

萧峰默然，心想：“我苦苦追寻的‘大恶人’，却原来竟是我的爹爹，这……这却从何说起？”缓缓的道：“少林寺玄苦大师亲授孩儿武功，十年中寒暑不间，孩儿得有今日，全蒙恩师栽培……”说到这里，低下头来，已然虎目含泪。

萧远山道：“这些南朝武人阴险奸诈，有什么好东西了？这玄苦是我一掌震死的。”

少林群僧齐声诵经：“阿弥陀佛，阿弥陀佛！”声音十分悲愤，虽然一时未有人上前向萧远山挑战，但群僧在这念佛声中所含的沉痛之情，显然已包含了极大决心，决不能与他善罢干休。各人均想：“过去的确是错怪了萧峰，但他父子同体，是老子作的恶，怪在儿子头上，也没什么不该。”

萧远山又道：“杀我爱妻、夺我独子的大仇人之中，有丐帮帮主，也有少林派高手，嘿嘿，他们只想永远遮瞒这桩血腥罪过，将我儿子变作了汉人，叫我儿子拜大仇人为师，继大仇人为丐帮的帮主。嘿嘿，孩儿，那日晚间我打了玄苦一掌之后，隐身在旁，不久你又去拜见那个贼秃。这玄苦见我父子容貌相似，只道是你出手，连那小沙弥也分不清你我父子。孩儿，咱契丹人受他们冤枉欺侮，还少得了么？”

萧峰这时方始恍然，为什么玄苦大师那晚见到自己之时，竟然如此错愕，而那小沙弥又为什么力证是自己出手打死玄苦。却哪里想得真正行凶的，竟是个和自己容貌相似、血肉相连之人？说道：“这些人既是爹爹所杀，便和孩儿所杀没有分别，孩儿一直担负着这名声，却也不枉了。那个带领中原武人在雁门关外埋伏的首恶，爹爹可探明白了没有？”

萧远山道：“嘿嘿，岂有不探查明白之理？此人害得我家破人亡，我若将他一掌打死，岂不是便宜他了。叶二娘，且慢！”

他见叶二娘扶着虚竹，正一步步走远，当即喝住，说道：“跟你生下这孩子之人是谁，你若不说，我可要说出来了。我在少林寺中隐伏三十年，什么事能逃得过我的眼去？你们在紫云洞中相会，他叫乔婆婆来给你接生，种种事情，要我一五一十的当众说出来么？”

叶二娘转身过来，向萧远山奔近几步，跪倒在地，说道：“萧老英雄，请你大仁大义，高抬贵手，放过了他。我孩儿和你公子有八拜之交，结为金兰兄弟，他……他……他在武林中这么大的名声，这般的身份地位……年纪又这么大了，你要打要杀，只对付我，可别……可别去难为他。”

群雄先听萧远山说道虚竹之父乃是个“有道高僧”，此刻又听叶二娘说他武林中声誉甚隆，地位甚高，几件事一凑合，难道此人竟是少林寺中一位辈份甚高的僧人？各人眼光不免便向少林寺一干白须飘飘的老僧射了过去。

忽听得玄慈方丈说道：“善哉，善哉！既造业因，便有业果。虚竹，你过来！”虚竹走到方丈身前屈膝跪下。玄慈向他端相良久，伸手轻轻抚摸他的头顶，脸上充满温柔慈爱，说道：“你在寺中二十四年，我竟始终不知你便是我的儿子！”

此言一出，群僧和众豪杰齐声大哗。各人面上神色之诧异、惊骇、鄙视、愤怒、恐惧、怜悯，形形色色，实是难以形容。玄慈方丈德高望重，武林中人无不钦仰，谁能想到他竟会做出这等事来？过了好半天，纷扰声才渐渐停歇。

玄慈缓缓说话，声音仍是安详镇静，一如平时：“萧老施主，你和令郎分离三十余年，不得相见，却早知他武功精进，声名鹊起，成为江湖上一等一的英雄好汉，心下自必安慰。我和我儿日日相见，却只道他为强梁掳去，生死不知，反而日夜为此悬心。”

叶二娘哭道：“你……你不用说出来，那……那便如何是好？可怎么办？”玄慈温言道：“二娘，既已作下了恶业，反悔固然无用，隐瞒也是无用。这些年来，可苦了你啦！”叶二娘哭道：“我不苦！你有苦说不出，那才是真苦。”

玄慈缓缓摇头，向萧远山道："萧老施主，雁门关外一役，老衲铸成大错。众家兄弟为老衲包涵此事，又一一送命。老衲今日再死，实在已经晚了。"忽然提高声音，说道："慕容博慕容老施主，当日你假传音讯，说道契丹武士要大举来少林寺夺取武学典籍，以致酿成种种大错，你可也曾有丝毫内咎于心吗？"

众人突然听到他说出"慕容博"三字，又都是一惊。群雄大都知道慕容公子的父亲单名一个"博"字，听说此人已然逝世，怎么玄慈会突然叫出这个名字来？难道假报音讯的便是慕容博？各人顺着他的眼光瞧去，但见他双目所注，却是坐在大树底下的灰衣僧人。

那灰衣僧一声长笑，站起身来，说道："方丈大师，你眼光好生厉害，居然将我认了出来。"伸手扯下面幕，露出一张神清目秀、白眉长垂的脸来。

慕容复惊喜交集，叫道："爹爹，你……你没有……没有死？"随即心头涌起无数疑窦：那日父亲逝世，自己不止一次试过他心停气绝，亲手入殓安葬，怎么又能复活？那自然他是以神功闭气假死。但为什么要装假死？为什么连亲生儿子也要瞒过？

玄慈道："慕容老施主，我和你多年交好，素来敬重你的为人。那日你向我告知此事，老衲自是深信不疑。其后误杀了好人，老衲可再也见你不到了。后来听到你因病去世了，老衲好生痛悼，一直只道你当时和老衲一般，也是误信人言，酿成无意的错失，心中内疚，以致英年早逝，哪知道……唉！"他这一声长叹，实是包含了无穷的悔恨和责备。

萧远山和萧峰对望一眼，直到此刻，他父子方知这个假传音讯、挑拨生祸之人竟是慕容博。萧峰心中更涌出一个念头："当年雁门关外的惨事，虽是玄慈方丈带头所为，但他是少林寺方丈，关心大宋江山和本寺典籍，倾力以赴，原是义不容辞。其后发觉错失，便尽力补过。真正的大恶人，实是慕容博而不是玄慈。”

慕容复听了玄慈这番话，立即明白：“爹爹假传讯息，是要挑起宋辽武人的大斗，我大燕便可从中取利。事后玄慈不免要向我爹爹质问。我爹爹自也无可辩解，以他大英雄、大豪杰的身份，又不能直认其事，毁却一世英名。他料到玄慈方丈的性格，只须自己一死，玄慈便不会吐露真相，损及他死后的名声。”随即又想深一层：“是了。我爹爹既死，慕容氏声名无恙，我仍可继续兴复大业。否则的话，中原英豪群起与慕容氏为敌，自存已然为难，遑论纠众复国？其时我年岁尚幼，倘若得知爹爹乃是假死，难免露出马脚，因此索性连我也瞒过了。”想到父亲如此苦心孤诣，为了兴复大燕，不惜舍弃一切，更觉自己肩负之重。

玄慈缓缓的道：“慕容老施主，老衲今日听到你对令郎劝导的言语，才知你姑苏慕容氏竟是帝王之裔，所谋者大。那么你假传音讯的用意，也就明白不过了。只是你所图谋的大事，却也终究难成，那不是枉自害死了这许多无辜的性命么？”

慕容博道：“谋事在人，成事在天！”

玄慈脸有悲悯之色，说道：“我玄悲师弟曾奉我之命，到姑苏来向你请问此事，想来他言语之中得罪了你。他又在贵府见到了若干蛛丝马迹，猜到了你造反的意图，因此你要杀他灭口。却为什么你隐忍多年，直至他前赴大理，这才下手？嗯，你想挑起大理段氏和少林派的纷争，料想你向我玄悲师弟偷袭之时，使的是段家一阳指，只是你一阳指所学不精，奈何不了他，终于还是用慕容氏‘以彼之道，还施彼身’的家传本领，害死了我玄悲师弟。”

慕容博嘿嘿一笑，身子微侧，一拳打向身旁大树，喀喇喇两响，树上两根粗大的树枝落了下来。他打的是树干，竟将距他着拳处丈许的两根树枝震落，实是神功非凡。

少林寺十余名老僧齐声叫道：“韦陀杵！”声音中充满了惊骇

之意。

玄慈点头道：“你在敝寺这许多年，居然将少林七十二绝技之一的‘韦陀杵’神功也练成了。但河南伏牛派那招‘天灵千裂’，以你的身份武功，想来还不屑花功夫去练。你杀柯百岁柯施主，使的才真正是家传功夫，却不知又为了什么？”

慕容博阴恻恻的一笑，说道：“老方丈精明无比，足不出山门，江湖上诸般情事却了如指掌，令人好生钦佩。这件事倒要请你猜上一……”话未说完，突然两人齐声怒吼，向他急扑过去，正是金算盘崔百泉和他的师侄过彦之。慕容博袍袖一拂，崔过两人摔出数丈，躺在地下动弹不得，在这霎眼之间，竟已被他分别以“袖中指”点中了穴道。

玄慈道：“那柯施主家财豪富，行事向来小心谨慎。嗯，你招兵买马，积财贮粮，看中了柯施主的家产，想将他收为己用。柯施主不允，说不定还想禀报官府。”

慕容博哈哈大笑，大拇指一竖，说道：“老方丈了不起，了不起！只可惜你明察秋毫之末，却不见舆薪。在下与这位萧兄躲在贵寺这么多年，你竟一无所知。”

玄慈缓缓摇头，叹了口气，说道：“明白别人容易，明白自己甚难。克敌不易，克服自己心中贪嗔痴三毒大敌，更是艰难无比。”

慕容博道：“老方丈，念在昔年你我相交多年的故人之谊，我一切直言相告。你还有什么事要问我？”

玄慈道：“以萧峰萧施主的为人，丐帮马大元副帮主、马夫人、白世镜长老三位，料想不会是他杀害的，不知是慕容老施主呢，还是萧老施主下的手？”

萧远山道：“马大元是他妻子和白世镜合谋所害死，白世镜是我杀的。其间过节，大理段王爷亲眼目睹、亲耳所闻。方丈欲知详情，待会请问段王爷便是。”

萧峰踏上两步，指着慕容博喝道："慕容老贼，你这罪魁祸首，上来领死罢！"

慕容博一声长笑，纵身而起，疾向山上窜去。萧远山和萧峰齐喝："追！"分从左右追上山去。这三人都是登峰造极的武功，晃眼之间，便已去得老远。慕容复叫道："爹爹，爹爹！"跟着也追上山。他轻功也甚了得，但比之前面三人，却显得不如了。但见慕容博、萧远山、萧峰一前二后，三人竟向少林寺奔去。一条灰影，两条黑影，霎时间都隐没在少林寺的黄墙碧瓦之间。

群雄都大为诧异，均想："慕容博和萧远山的武功难分上下，两人都再加上个儿子，慕容氏便决非敌手。怎么慕容博不向山下逃窜，反而进了少林寺去？"

邓百川、公冶乾、包不同、风波恶，以及一十八名契丹武士，都想上山分别相助主人，刚一移动脚步，只听得玄寂喝道："结阵拦住！"百余名少林僧齐声应诺，一列列排在当路，或横禅杖，或挺戒刀，不令众人上前。玄寂厉声说道："我少林寺乃佛门善地，非私相殴斗之场，众位施主，请勿擅进。"

邓百川等见了少林僧这等声势，知道无论如何冲不过去，虽然心悬主人，也只得停步。包不同道："不错，不错！少林寺乃佛门善地……"他向来出口便"非也，非也！"这次居然改作"不错，不错！"识得他的人都觉诧异，却听他接下去说道："……乃是专养私生子的善地。"

他此言一出，数百道愤怒的目光都向他射了过来。包不同胆大包天，明知少林群僧中高手极多，不论哪一个玄字辈的高僧，自己都不是敌手，但他要说便说，素来没什么忌惮。数百名少林僧对他怒目而视，他便也怒目反视，眼睛霎也不霎。

玄慈朗声说道："老衲犯了佛门大戒，有玷少林清誉。玄寂师弟，依本寺戒律，该当如何惩处？"玄寂道："这个……师兄……"

玄慈道："国有国法，家有家规。自来任何门派帮会，宗族寺院，都难免有不肖弟子。清名令誉之保全，不在求永远无人犯规，在求事事按律惩处，不稍假借。执法僧，将虚竹杖责一百三十棍，一百棍罚他自己过犯，三十棍乃他甘愿代业师所受。"

执法僧眼望玄寂。玄寂点了点头。虚竹已然跪下受杖。执法僧当即举起刑杖，一棍棍的向虚竹背上、臀上打去，只打得他皮开肉绽，鲜血四溅。叶二娘心下痛惜，但她素惧玄慈威严，不敢代为求情。

好容易一百三十棍打完，虚竹不运内力抗御，已痛得无法站立。玄慈道："自此刻起，你破门还俗，不再是少林寺的僧侣了。"虚竹垂泪道："是！"

玄慈又道："玄慈犯了淫戒，与虚竹同罪，身为方丈，罪刑加倍。执法僧重重责打玄慈二百棍。少林寺清誉攸关，不得循私舞弊。"说着跪伏在地，遥遥对着少林寺大雄宝殿的佛像，自行捋起了僧袍，露出背脊。

群雄面面相觑，少林寺方丈当众受刑，那当真是骇人听闻、大违物情之事。

玄寂道："师兄，你……"玄慈厉声道："我少林寺千年清誉，岂可坏于我手？"玄寂含泪道："是！执法僧，用刑。"两名执法僧合什躬身，道："方丈，得罪了。"随即站直身子，举起刑杖，向玄慈背上击了下去。二僧知道方丈受刑，最难受的还是当众受辱，不在皮肉之苦，倘若手下容情，给旁人瞧了出来，落下话柄，那么方丈这番受辱反而成为毫无结果了，是以一棍棍打将下去，啪啪有声，片刻间便将玄慈背上、股上打得满是杖痕，血溅僧袍。群僧听得执法僧"一五，一十"的呼着杖责之数，都是垂头低眉，默默念佛。

普渡寺道清大师突然说道："玄寂师兄，贵寺尊重佛门戒律，方丈一体受刑，贫僧好生钦佩。只是玄慈师兄年纪老迈，他又不肯运功护身，这二百棍却是经受不起。贫僧冒昧，且说个情，现下已打了八十杖，余下之数，暂且记下。”

群雄中许多人都叫了起来，道：“正是，正是，咱们也来讨个情。”

玄寂尚未回答，玄慈朗声说道：“多谢众位盛意，只是戒律如山，不可宽纵。执法僧，快快用杖。”两名执法僧本已暂停施刑，听方丈语意坚决，只得又一五、一十的打将下去。

堪堪又打了四十余杖，玄慈支持不住，撑在地下的双手一软，脸孔触到尘土。叶二娘哭叫：“此事须怪不得方丈，都是我不好！是我受人之欺，故意去引诱方丈。这……这……余下的棍子，由我来受罢！”一面哭叫，一面奔将前去，要伏在玄慈身上，代他受杖。玄慈左手一指点出，嗤的一声轻响，已封住了她穴道，微笑道：“痴人，你又非佛门女尼，勘不破爱欲，何罪之有？”叶二娘呆在当地，动弹不得，只是泪水簌簌而下。

玄慈喝道：“行杖！”好容易二百下法杖打完，鲜血流得满地，玄慈勉提真气护心，以免痛得昏晕过去。两名执法僧将刑杖一竖，向玄寂道：“禀报首座，玄慈方丈受杖完毕。”玄寂点了点头，不知说什么才好。

玄慈挣扎着站起身来，向叶二娘虚点一指，想解开她穴道，不料重伤之余，真气难以凝聚，这一指竟不生效。虚竹见状，忙即给母亲解开了穴道。玄慈向二人招了招手，叶二娘和虚竹走到他身旁。虚竹心下踌躇，不知该叫“爹爹”，还是该叫“方丈”。

玄慈伸出手去，右手抓住叶二娘的手腕，左手抓住虚竹，说道：“过去二十余年来，我日日夜夜记挂着你母子二人，自知身犯大戒，却又不敢向僧众忏悔，今日却能一举解脱，从此更无挂罣恐惧，心得安乐。”说偈道：“人生于世，有欲有爱，烦恼多苦，解脱为乐！”说罢慢慢闭上了眼睛，脸露祥和微笑。

叶二娘和虚竹都不敢动，不知他还有什么话说，却觉得他手掌越来越冷。叶二娘大吃一惊，伸手探他鼻息，竟然早已气绝而死，变色叫道："你……你……怎么舍我而去了?"突然一跃丈余，从半空中摔将下来，砰的一声，掉在玄慈脚边，身子扭了几下，便即不动。

虚竹叫道："娘，娘！你……你……不可……"伸手扶起母亲，只见一柄匕首插在她心口，只露出个刀柄，眼见是不活了。虚竹急忙点她伤口四周的穴道，又以真气运到玄慈方丈体内，手忙脚乱，欲待同时救活两人。

薛慕华奔将过来相助，但见二人心停气绝，已无法可救，劝道："师叔节哀。两位老人家是不能救的了。"

虚竹却不死心，运了好半晌北冥真气，父母两人却哪里有半点动静？虚竹悲从中来，忍不住放声大哭。二十四年来，他一直以为自己是个无父无母的孤儿，从未领略过半分天伦之乐，今日刚找到生父生母，但不到一个时辰，便即双双惨亡。

群雄初闻虚竹之父竟是少林寺方丈玄慈，人人均觉他不守清规，大有鄙夷之意，待见他坦然当众受刑，以维少林寺的清誉，这等大勇实非常人所能，都想他受此重刑，也可抵偿一时失足了。万不料他受刑之后，随即自绝经脉。本来一死之后，一了百了，他既早萌死志，这二百杖之辱原可免去，但他定要先行忍辱受杖，以维护少林寺的清誉，然后再死，实是英雄好汉的行径。群雄心敬他的为人，不少人走到玄慈的遗体之前，躬身下拜。

南海鳄神道："二姊，你人也死了，岳老三不跟你争这排名啦，你算老二便了。"这些年来，他说什么也要和叶二娘一争雄长，想在武功上胜过她而居"天下第二恶人"之位，此刻竟肯退让，实是大大不易，只因他既伤痛叶二娘之死，又敬佩她的义烈。

那老僧在二人掌风推送之下，便如纸鸢般向前飘出数丈，双手抓着两具尸身，三个身子轻飘飘地，浑不似血肉之躯。

四十三

王霸雄图　血海深恨
尽归尘土

丐帮群丐一团高兴的赶来少林寺，雄心勃勃，只盼凭着帮主深不可测的武功，夺得武林盟主之位，丐帮从此压倒少林派，为中原武林的领袖。哪知庄帮主拜丁春秋为师于前，为萧峰踢断双腿于后，人人意兴索然，面目无光。

吴长老大声道："众位兄弟，咱们还在这里干什么？难道想讨残羹冷饭不成？这就下山去罢！"群丐轰然答应，纷纷转身下山。

包不同突然大声道："且慢，且慢！包某有一言要告知丐帮。"陈长老当日在无锡曾与他及风波恶斗过，知道此人口中素来没有好话，右足在地下一顿，厉声道："姓包的，有话便说，有屁少放。"包不同伸手捏住了鼻子，叫道："好臭，好臭。喂，会放臭屁的化子，你帮中可有一个名叫易大彪的老化子？"

陈长老听他说到易大彪，登时便留上了神，问道："有便怎样？没有又怎样？"包不同道："我是在跟一个会放屁的叫化子说话，你搭上口来，是不是自己承认放臭屁？"陈长老牵挂本帮大事，哪耐烦跟他作这等无关重要的口舌之争，说道："我问你易大彪怎么了？他是本帮的弟子，派到西夏公干，阁下可有他的讯息么？"包不同道："我正要跟你说一件西夏国的大事，只不过易大彪却早已见阎王去啦！"陈长老道："此话当真？请问西夏国有什么大事？”包不同道：“你骂我说话如同放屁，这回儿我可不想放屁了！”

陈长老只气得白须飘动，但心想以大事为重，当即哈哈一笑，说道：“适才说话得罪了阁下，老夫赔罪。”包不同道：“赔罪倒也不必，以后你多放屁，少说话，也就是了。”陈长老一怔，心道：“这是什么话？”只是眼下有求于他，不愿无谓纠缠，微微一笑，并不再言。包不同忽然道：“好臭，好臭！你这人太不成话。”陈长老道：“什么不成话？”包不同道：“你不开口说话，无处出气，自然须得另寻宣泄之处了。”陈长老心道：“此人当真难缠。我只说了一句无礼之言，他便颠三倒四的说了没完。我只有不出声才是上策，否则他始终言不及义，说不上正题。”当下又是微微一笑，并不答话。

包不同摇头道：“非也，非也！你跟我抬杠，那你错之极矣！”陈长老微笑道：“在下口也没开，怎能与阁下抬杠？”包不同道：“你没说话，只放臭屁，自然不用开口。”陈长老皱起眉头，说道：“取笑了。”

包不同见他一味退让，自己已占足了上风，便道：“你既然开口说话，那便不是和我抬杠了。我跟你说了罢。几个月之前，我随着咱们公子、邓大哥、公冶二哥等一行人，在甘凉道上的一座树林之中，见到一群叫化子，一个个尸横就地，有的身首异处，有的腹破肠流，可怜啊可怜。这些人背上都负了布袋，或三只，或四只，或五只焉，或六只焉！”陈长老道：“想必都是敝帮的兄弟了？”包不同道：“我见到这群老兄之时，他们都已死去多时，那时候啊，也不知道喝了孟婆汤没有，上了望乡台没有，也不知在十殿阎王的哪一殿受审。他们既不能说话，我自也不便请教他们尊姓大名，仙乡何处，何帮何派，因何而死。否则他们变成了鬼，也都会骂我一声‘有话便说，有屁少放！’岂不是冤哉枉也？”

陈长老听到涉及本帮兄弟多人的死讯，自是十分关心，既不敢默不作声，更不敢出言顶撞，只得道："包兄说得是!"

包不同摇头道："非也，非也！姓包的生平最瞧不起随声附和之人，你口中说道'包兄说得是'，心里却在破口骂我'直娘贼，乌龟王八蛋'，这便叫做'腹诽'，此是星宿一派无耻之徒的行径。至于男子汉大丈夫，是则是，非则非，旁人有旁人的见地，自己有自己的主张，'自反而缩，虽千万人，吾往矣!'特立独行，矫矫不群，这才是英雄好汉!"

他又将陈长老教训了一顿，这才说道："其中却有一位老兄受伤未死，那时虽然未死，却也去死不远了。他自称名叫易大彪，他从西夏国而来，揭了一张西夏国国王的榜文，事关重大，于是交了给我们，托我们交给贵帮长老。"

宋长老心想："陈兄弟在言语中已得罪了此人，还是由我出面较好。"当即上前深深一揖，说道："包先生仗义传讯，敝帮上下，均感大德。"包不同道："非也，非也！未必贵帮上下，都感我的大德。"宋长老一怔，道："包先生此话从何说起？"包不同指着游坦之道："贵帮帮主就非但不承我情，心中反而将我恨到了极处!"宋陈二长老齐声道："那是什么缘故？要请包先生指教。"

包不同道："那易大彪临死之前说道，他们这伙人，都是贵帮庄帮主派人害死的，只因他们不服这个姓庄的小子做帮主，因此这小子派人追杀，唉，可怜啊可怜。易大彪请我们传言，要吴长老和各位长老，千万小心提防。"

包不同一出此言，群丐登时耸动。吴长老快步走到游坦之身前，厉声喝问："此话是真是假？"

游坦之自被萧峰踢断双腿，一直坐在地下，不言不动，潜运内力止痛，突然听包不同揭露当时秘密，不由得甚是惶恐，又听吴长老厉声质问，叫道："是全……全冠清叫我下的号令，这不……不关我事。"

宋长老不愿当着群雄面前自暴本帮之丑，狠狠向全冠清瞪了一瞪，心道："帮内的账，慢慢再算不迟。"向包不同道："易大彪兄弟交付先生的榜文，不知先生是否带在身边。"包不同回头道："没有!"宋长老脸色微变，心想你说了半天，仍是不肯将榜文交出，岂不是找人消遣？包不同深深一揖，说道："咱们青山不改，绿水长流，后会有期。"说着便转身走开。

吴长老急道："那张西夏国的榜文，阁下如何不肯转交？"包不同道："这可奇了！你怎知易大彪是将榜文交在我手中？何以竟用'转交'二字？难道你当日是亲眼瞧见么？"

宋长老强忍怒气，说道："包兄适才明明言道，敝帮的易大彪兄弟从西夏国而来，揭了一张西夏国国王的榜文，请包兄交给敝帮长老。这番话此间许多英雄好汉人人听见，包兄怎地忽然又转了口？"

包不同摇头道："非也，非也！我没这样说过。"他见宋长老脸上变色，又道："素闻丐帮诸位长老都是铁铮铮的好汉子，怎地竟敢在天下英豪之前颠倒黑白、混淆是非，那岂不是将诸位长老的一世英名付诸流水么？"

宋陈吴三长老互相瞧了一眼，脸色都十分难看，一时打不定主意，立时便跟他翻脸动手呢，还是再忍一时。陈长老道："阁下既要如此说，咱们也无法可施，好在是非有公论，单凭口舌之利而强辞夺理，终究无用。"包不同道："非也，非也！你说单凭口舌之利，终究无用，为什么当年苏秦凭一张利嘴而佩六国相印？为什么张仪以口舌之利，施连横之计，终于助秦并吞六国？"宋长老听他越扯越远，只有苦笑，说道："包先生若是生于战国之际，早已超越苏张，身佩七国、八国的相印了。"

包不同道："你这是讥讽我生不逢辰、命运太糟么？好，姓包的今后若有三长两短，头痛发烧、腰酸足麻、喷嚏咳嗽，一切惟你是问。”

陈长老怫然道：“包兄到底意欲如何，便即爽爽快快的示下。”

包不同道：“嗯，你倒性急得很。陈长老，那日在无锡杏子林里，你跟我风四弟较量武艺，你手中提一只大布袋，大布袋里有一只大蝎子，大蝎子尾巴上有一根大毒刺，大毒刺刺在人身上会起一个大毒泡，大毒泡会送了对方的小性命，是也不是？”陈长老心道：“明明一句话便可说清楚了，他偏偏要什么大、什么小的啰里啰唆一大套。”便道：“正是。”

包不同道：“很好，我跟你打个赌，你赢了，我立刻将易老化子从西夏国带来的讯息告知于你。若是我赢，你便将那只大布袋、大布袋中的大蝎子，以及装那消解蝎毒之药的小瓶子，一古脑儿的输了给我。你赌不赌？”陈长老道：“包兄要赌什么？”包不同道：“贵帮宋长老向我栽赃诬陷，硬指我曾说什么贵帮的易大彪揭了西夏国王的榜文，请我转交给贵帮长老。其实我的的确确没说过，咱二人便来赌一赌。倘若我确是说过的，那是你赢了。倘若我当真没说过，那么是我赢了。”

陈长老向宋吴二长老瞧了一眼，二人点了点头，意思是说：“这里数千人都是见证，不论凭他如何狡辩，终究是难以抵赖。跟他赌了！”陈长老道：“好，在下跟包兄赌了！但不知包兄如何证明谁输谁赢？是否要推举几位德高望重的公证人出来，秉公判断？”

包不同摇头道：“非也，非也！你说要推举几位德高望重的公证人出来秉公判断，就算推举十位八位罢，难道除了这十位八位之外，其余千百位英雄好汉，就德不高、望不重了？既然德不高、望不重，那么就是卑鄙下流的无名小卒了？如此侮慢当世英雄，你丐帮忒也无礼。”

陈长老道：“包兄取笑了，在下决无此意。然则以包兄所见，该当如何？”

包不同道："是非曲直，一言而决，待在下给你剖析剖析。拿来！"这"拿来"两字一出口，便即伸出手去。陈长老道："什么？"包不同道："布袋、蝎子、解药！"陈长老道："包兄尚未证明，何以便算赢了？"包不同道："只怕你输了之后，抵赖不给。"

陈长老哈哈一笑，道："小小毒物，何足道哉？包兄既要，在下立即奉上，又何必赌什么输赢？"说着除下背上一只布袋，从怀中取出一个瓷瓶，递将过去。

包不同老实不客气的便接了过来，打开布袋之口，向里一张，只见袋中竟有七八只花斑大蝎，忙合上了袋口，说道："现下我给你瞧一瞧证据，为什么是我赢了，是你输了。"一面说，一面解开长袍的衣带，抖一抖衣袖，提一提袋角，叫众人看到他身边除了几块银子、火刀、火石之外，更无别物。宋陈吴三长老兀自不明他其意何居，脸上神色茫然。包不同道："二哥，你将榜文拿在手中，给他们瞧上一瞧。"

公冶乾一直挂念慕容博父子的安危，但眼见无法闯过少林群僧的罗汉大阵，也只有干着急的份儿，当下取出榜文，提在手中。群雄向榜文瞧去，但见一张大黄纸上盖着朱砂大印，写满密密麻麻的外国文字，虽然难辨真伪，看模样似乎并非赝物。

包不同道："我先前说，贵帮的易大彪将一张榜文交给了我们，请我们交给贵帮长老。是也不是？"宋陈吴三长老听他忽又自承其事，喜道："正是。"包不同道："但宋长老却硬指我曾说，贵帮的易大彪将一张榜文交给了我，请我交给贵帮长老。是不是？"三长老齐道："是，那又有什么说错了？"

包不同摇头道："错矣，错矣！错之极矣，完全牛头不对马嘴矣！差之厘毫，谬以千里矣！我说的是'我们'，宋长老说的是'我'。夫'我们'者，我们姑苏慕容氏这伙人也，其中有慕容公子，有邓大哥、公冶二哥、风四弟，有包不同，还有一位王姑娘。

至于‘我’者，只是包不同孤家寡人、一条‘非也非也’的光棍是也。众位英雄瞧上一瞧，王姑娘花容月貌，是个大闺女，和我‘非也非也’包不同包老三大不相同，岂能混为一谈？”

宋陈吴三长老面面相觑，万不料他咬文嚼字，专从“我”与“我们”之间的差异上大做文章。

只听包不同又道：“这张榜文，是易大彪交在我公冶二哥手中的。我向贵帮报讯，是慕容公子定下的主意。我说‘我们’，那是不错的。若是说‘我’，那可就与真相不符了。在下不懂西夏文字，去接这张榜文来干什么？在下在无锡城外曾栽在贵帮手中，吃过一个大大的败仗，就算不来找贵帮报仇，这报讯却总是不报的。总而言之，言而总之，接西夏榜文，向贵帮报讯，都是‘我们’姑苏慕容氏一伙人，却不是‘我’包不同独个儿！”他转头向公冶乾道：“二哥，是他们输了，将榜文收起来罢。”

陈长老心道：“你大兜圈子，说来说去，还是忘不了那日无锡城外一战落败的耻辱。”当下拱手道：“当日包兄赤手空拳，与敝帮奚长老一条六十斤重的钢杖相斗，包兄已大占胜算。敝帮眼见不敌，结那‘打……打……’那个阵法，还是奈何不了包兄。当时在做敝帮帮主的乔峰以生力军上阵，与包兄酣斗良久，这才勉强胜了包兄半招。当时包兄放言高歌，飘然而去，斗是斗得高明，去也去得潇洒，敝帮上下事后说起，哪一个不是津津乐道，心中钦佩？包兄怎么自谦如此，反说是败在敝帮手中？决无此事，决无此事。那乔峰和敝帮早已没有瓜葛，甚至可说已是咱们的公敌。”

他却不知包不同东拉西扯，其志只在他最后一句话，既不是为了当日无锡杏子林中一败之辱，更不是为了他那“有话便说，有屁少放”这八个字。包不同立即打蛇随棍上，说道：“既然如此，再好也没有了。你就率领贵帮兄弟，咱们同仇敌忾，去将乔峰那厮擒了下来。那时我们念在好朋友的份上，自会将榜文双手奉上。老兄倘若不识榜文中希奇古怪的文字，我公冶二哥索性人情做到底，从头至尾、源源本本的译解明白，你道如何？”

陈长老瞧瞧宋长老，望望吴长老，一时拿不定主意。忽听得一人高声叫道：“原当如此，更有何疑？”

众人齐向声音来处瞧去，见说话之人是“十方秀才”全冠清，他这时已升为九袋长老，只听他继续道：“辽国乃我大宋死仇大敌。这萧峰之父萧远山，自称在少林寺潜居三十年，尽得少林派武学秘籍。今日大伙儿若不齐心合力将他除去，他回到辽国之后，广传得自中土的上乘武功，契丹人如虎添翼，再来进攻大宋，咱们炎黄子孙个个要做亡国奴了。”

群雄都觉这话甚是有理，只是玄慈圆寂、庄聚贤断腿，少林派和丐帮这中原武林两大支柱，都变成了群龙无首，没有人主持大局。

全冠清道：“便请少林寺玄字辈三位高僧，与丐帮宋陈吴三位长老共同发号施令，大伙儿齐听差遣。先杀了萧远山、萧峰父子，除去我大宋的心腹大患。其余善后事宜，不妨慢慢从长计议。”他见游坦之身败名裂，自己在帮中失了大靠山，杀易大彪等人之事又已泄漏，心下甚是惶惧，急欲另兴风波，以为卸罪脱身之计。他虽也是丐帮四长老之一，但此刻已不敢与宋陈吴三长老并肩。

群雄登时纷纷呼叫：“这话说得是，请三高僧、三长老发令。”“此事关及天下安危，六位前辈当仁不让，义不容辞。”“咱们同遵号令，扑杀这两条番狗！”霎时间千百人乒乒乓乓的拔出兵刃，更有人便要向一十八名契丹武士攻杀过去。

余婆叫道：“众位契丹兄弟，请过来说话。”那十八名契丹武士不知余婆用意何居，却不过去，各人挺刀在手，并肩而立，明知寡不敌众，却也要决一死战。余婆叫道：“灵鹫八部，将这十八位朋友护住了。”八部诸女奔将前去，站在十八名契丹武士身前，诸洞主、岛主翼卫在旁。星宿派门人急欲在新主人前立功，帮着摇旗呐喊，这一来声势倒也甚盛。

余婆躬身向虚竹道："主人，这十八名武士乃主人义兄的下属，若在主人眼前让人乱刀分尸，大折灵鹫宫的威风。咱们且行将他们看管，敬候主人发落。"

虚竹心伤父母之亡，也想不出什么主意，点了点头，朗声说道："我灵鹫宫与少林派是友非敌，大伙不可伤了和气，更不得斗殴残杀。"

玄寂见了灵鹫宫这等声势，情知大是劲敌，听虚竹这么说，便道："这十八名契丹武士杀与不杀，无关大局，冲着虚竹先生的脸面，暂且搁下。虚竹先生，咱们擒杀萧峰，你相助何方？"

虚竹踌躇道："少林派是我出身之地，萧峰是我义兄，一者于我有恩，一者于我有义。我……我……我只好两不相助。只不过……只不过……师叔祖，我劝你放我萧大哥去罢，我劝他不来攻打大宋便是。"

玄寂心道："你枉自武功高强，又为一派之主，说出话来却似三岁小儿一般。"说道："'师叔祖'三字，虚竹先生此后再也休提。"虚竹道："是，是，我这可忘了。"

玄寂道："灵鹫宫既然两不相助，少林派与贵派那便是友非敌，双方不得伤了和气。"转头向丐帮三长老道："三位长老，咱们齐到敝寺去瞧瞧动静如何？"宋陈吴三长老齐声道："甚好，甚好！丐帮众兄弟，同赴少林寺去！"

当下少林僧领先，丐帮与中原群雄齐声发喊，冲向山上。

邓百川喜道："三弟，真有你的，这一番说辞，竟替主公和公子拉到了这么多的得力帮手。"包不同道："非也，非也！耽搁了这么久，不知主公和公子是祸是福，胜负如何。"

王语嫣急道："快走！别'非也非也'的了。"一面说，一面提步急奔，忽见段誉跟随在旁，问道：“段公子，你又要助你义兄、跟我表哥为难么？”言辞中大有不满之意。适才慕容复横剑自尽，险些身亡，全系因败在段誉和萧峰二人手下、羞愤难当之故，王语嫣忆起此事，对段誉大是恚怒。

段誉一怔，停了脚步。他自和王语嫣相识以来，对她千依百顺，为了她赴危蹈险，全不顾一己生死，可从未见过她对自己如此神色不善，一时惊慌失措，心乱如麻，隔了半晌，才道：“我……我并不想和慕容公子为难……”抬起头来时，只见身旁群雄纷纷奔跃而过，王语嫣和邓百川等众人早已不知去向。

他又是一呆，心道：“王姑娘既已见疑，我又何必上去自讨没趣？”但转念又想：“这千百人蜂涌而前，对萧大哥群相围攻，他处境实是凶险无比。虚竹二哥已言明两不相助，我若不竭力援手，金兰结义之情何在？纵使王姑娘见怪，却也顾不得了。”于是跟随群豪，奔上山去。

其时段正淳见到段延庆的目光正冷冷向自己射来，当即手握剑柄，运气待敌。大理群豪也均全神戒备，于段誉匆匆走开，都未在意。

段誉到得少林寺前，径自闯进山门。少林寺占地甚广，前殿后舍，也不知有几千百间，但见一众僧侣与中原群豪在各处殿堂中转来转去，吆喝呐喊，找寻萧远山父子和慕容博父子的所在。更有许多人跃上屋顶，登高瞭望，四下里扰攘纷纭，乱成一团。众人穿房入舍，奔行来去，人人都在询问：“在哪里？见到了没有？”少林寺庄严古刹，霎时间变作了乱墟闹市一般。

段誉乱走了一阵，突见两个胡僧快步从侧门闪了出来，东张西望，闪缩而行。段誉心念一动：“这两个胡僧不是少林僧，他们鬼鬼祟祟的干什么？”好奇心起，当下展开“凌波微步”轻功，悄没声跟在两名胡僧之后，向寺旁树林中奔去。沿着一条林间小径，径向西北，转了几个弯，眼前突然开朗，只听得水声淙淙，山溪旁耸立着一座楼阁，楼头一块匾额，写着“藏经阁”三字。段誉心道：“少林寺藏经阁名闻天下，却原来建立此处。是了，这楼阁临水而筑，远离其他房舍，那是唯恐寺中失火，毁了珍贵无比的经典。”

见两名胡僧矮了身子，慢慢欺近藏经阁，段誉便也跟随而前。突见两名中年僧人闪将出来，齐声咳嗽，说道：“两位到这里有何贵干？”一名胡僧道：“我师兄久慕少林寺藏经阁之名，特来观光。”说话的正是波罗星。他和师兄哲罗星见寺中大乱，便想乘火打劫，到藏经阁来盗经。

一名少林僧道：“大师请留步，本寺藏经重地，外人请勿擅入。”说话之间，又有四名僧人手执禅杖，拦在门口。哲罗星和波罗星相互瞧了一眼，知所谋难成，只得废然而退。

段誉跟着转身，正想去找寻萧峰，忽听得一个苍老的声音从阁中高处传了出来：“你见到他们向何方而去？”认得是玄寂的口音。另一人道：“我们四个守在这里，那灰衣僧闯了进来，出手便点了我们的昏睡穴，师伯救醒我时，那灰衣僧已不知去向了。”另一个苍老的声音道：“此处窗房破损，想必是到了后山。”玄寂道：“不错。”那老僧道：“但不知他们是否盗了阁中的经书。”玄寂道：“这二人在本寺潜伏数十年，咱们上下僧众混混噩噩，一无所觉，可算得无能。他们若要盗经，数十年来哪一日不可盗，何待今日？”那老僧道：“师兄说得是。”二僧齐声长叹。

段誉心想他们在说少林寺的丢脸之事，不可偷听，其实玄寂等僧说话声甚低，只因段誉内力深厚，这才听闻。段誉慢慢走开，寻思：“他们说萧大哥到了后山，我这就去瞧瞧。”

少室后山地势险峻，林密路陡，段誉走出数里，已不再听到下面寺中的嘈杂之声，空山寂寂，唯有树间鸟雀鸣声。山间林中阳光不到，颇有寒意。段誉心道："萧大哥父子一到此处，脱身就甚容易，群雄难再围攻。"欣慰之下，突然想到王语嫣怨怒的神色，心头大震："倘若大哥已将慕容公子打死了，那……那便如何是好？"背上不由得出了一阵冷汗，心道："慕容公子若死，王姑娘伤心欲绝，一生都要郁郁寡欢了。"

他迷迷惘惘的在密林中信步漫行，一忽儿想到慕容复，一忽儿想到萧大哥，一忽儿想到爹爹、妈妈和伯父，但想得最多的毕竟还是王语嫣，尤其是她适才那恚怒怨怼的神色。

也不知胡思乱想了多少时候，忽听得左首随风飘来几句诵经念佛之声："即心即佛，即佛即心，心明识佛，识佛明心，离心非佛，离佛非心……"声音祥和浑厚，却是从来没听见过的。段誉心道："原来此处有个和尚，不妨去问问他有没见到萧大哥。"当即循声走去。

转过一片竹林，忽见林间一块草坪上聚集着不少人。一个身穿敝旧青袍的僧人背向坐在石上，诵经之声便自他口出，他面前坐着多人，其中有萧远山、萧峰父子，慕容博、慕容复父子，不久前在藏经阁前见到的胡僧哲罗星、波罗星，以及来自别寺的几位高僧、少林寺好几位玄字辈高僧，也都坐在地下，双手合什，垂首低眉，恭恭敬敬的听法。四五丈外站着一人，却是吐蕃国师鸠摩智，脸露讥嘲之色，显是心中不服。

段誉出身于佛国，自幼即随高僧研习佛法，于佛经义理颇有会心，只是大理国佛法自南方传来，近于小乘，非少林寺的禅宗一派，所学颇有不同，听那老僧所说偈语，虽似浅显，却含至理，寻思："瞧这位高僧的服色，乃是少林寺中僧侣，而且职司极低，只不过是烧茶扫地的杂役，怎地少林寺的高僧和萧大哥他们都听他讲经说法？"

他慢慢绕将过去，要瞧瞧那高僧何等容貌，究竟是何许人物。

但要看到那僧人正面，须得走到萧峰等人身后，他不敢惊动诸人，放轻脚步，远远兜了个圈子，斜身缩足，正要走近鸠摩智身畔时，突见鸠摩智转过头来，向他微微一笑。段誉也以笑容相报。

突然之间，一股凌厉之极的劲风当胸射来。段誉叫声："啊哟!"欲施六脉神剑抵御，已然不及，只觉胸口一痛，迷迷糊糊中听到有人念道："阿弥陀佛!"便已人事不知了。

慕容博被玄慈揭破本来面目，又说穿当日假传讯息、酿成雁门关祸变之人便即是他，情知不但萧氏父子欲得己而甘心，且亦不容于中原豪雄，当即飞身向少林寺中奔去。少林寺房舍众多，自己熟悉地形，不论在哪里一藏，萧氏父子都不容易找到。但萧远山和萧峰二人恨之切骨，如影随形般跟踪而来。萧远山和他年纪相当，功力相若，慕容博既先奔了片刻，萧远山便难追及。萧峰却正当壮年，武功精力，俱是登峰造极之候，发力疾赶之下，当慕容博奔到少林寺山门口时，萧峰于数丈外一掌拍出，掌力已及后背。

慕容博回掌一挡，全身一震，手臂隐隐酸麻，不禁大吃一惊："这契丹小狗功力如此厉害!"一侧身，便即闪进了山门。

萧峰哪容他脱身，抢步急赶。只是慕容博既入寺中，到处回廊殿堂，萧峰掌力虽强，却已拍不到他。三人一前二后，片刻间便已奔到了藏经阁中。

慕容博破窗而入，一出手便点了守阁四僧的昏睡穴，转过身来，冷笑道："萧远山，是你父子二人齐上呢，还是咱二老单打独斗，拼个死活?"萧远山拦住阁门，说道："孩儿，你挡着窗口，别让他走了。"萧峰道："是!"闪身窗边，横掌当胸，父子二人合围，眼看慕容博再难脱身。萧远山道："你我之间的深仇大怨，不死不解。这不是较量武艺高下，自然我父子联手齐上，取你性命。"

慕容博哈哈一笑，正要回答，忽听得楼梯上脚步声响，走上一个人来，正是鸠摩智。他向慕容博合什一礼，说道："慕容先生，昔年一别，嗣后便闻先生西去，小僧好生痛悼，原来先生隐居不出，另有深意，今日重会，真乃喜煞小僧也。"慕容博抱拳还礼，笑道："在下因家国之故，蜗伏假死，致劳大师挂念，实深惭愧。"鸠摩智道："岂敢，岂敢。当日小僧与先生邂逅相逢，讲武论剑，得蒙先生指点数日，生平疑义，一旦尽解，又承先生以少林寺七十二绝技要旨相赠，更是铭感于心。"

慕容博笑道："些须小事，何足挂齿？"向萧氏父子道："萧老侠、萧大侠，这位鸠摩智神僧，乃吐蕃国大轮明王，佛法渊深，武功更远胜在下，可说当世罕有其比。"

萧远山和萧峰对望了一眼，均想："这番僧虽然未必能强于慕容博，但也必甚为了得，他与慕容博渊源如此之深，自然要相助于他，此战胜败，倒是难说了。"

鸠摩智道："慕容先生谬赞。当年小僧听先生论及剑法，以大理国天龙寺'六脉神剑'为天下诸剑第一，恨未得见，引为平生憾事。小僧得悉先生噩耗，便前赴大理天龙寺，欲求六脉神剑剑谱，焚化于先生墓前，以报知己。不料天龙寺枯荣老僧狡诈多智，竟在紧急关头将剑谱以内力焚毁。小僧虽存季札挂剑之念，却不克完愿，抱憾良深。"

慕容博道："大师只存此念，在下已不胜感激。何况段氏六脉神剑尚存人间，适才大理段公子与犬子相斗，剑气纵横，天下第一剑之言，名不虚传。"

便在此时，人影一晃，藏经阁中又多了一人，正是慕容复。他落后数步，一到寺中，便失了父亲和萧峰父子的踪迹，待得寻到藏经阁中，反被鸠摩智赶在头里。他刚好听得父亲说起段誉以六脉神剑胜过自己之事，不禁羞惭无地。

慕容博又道："这里萧氏父子欲杀我而甘心，大师以为如何？"

鸠摩智道：“忝在知己，焉能袖手？”

萧峰见慕容复赶到，变成对方三人而己方只有二人，慕容复虽然稍弱，却也未可小觑，只怕非但杀慕容博不得，自己父子反要毕命于藏经阁中。但他胆气豪勇，浑不以身处逆境为意，大声喝道：“今日之事，不判生死，决不罢休。接招罢！”呼的一掌，便向慕容博急拍过去。慕容博左手一拂，凝运功力，要将他掌力化去。喀喇喇一声响，左首一座书架木片纷飞，断成数截，架上经书塌将下来。萧峰这一掌劲力雄浑，慕容博虽然将之拂开，却未得消解，只是将掌力转移方位，击上了书架。

慕容博微微一笑，说道：“南慕容，北乔峰！果然名下无虚！萧兄，我有一言，你听是不听！”萧远山道：“任凭你如何花言巧语，休想叫我不报杀妻深仇。”慕容博道：“你要杀我报仇，以今日之势，只怕未必能够。我方三人，敌你父子二人，请问是谁多占胜面？”萧远山道：“当然是你多占胜面。大丈夫以寡敌众，又何足惧？”慕容博道：“萧氏父子英名盖世，生平怕过谁来？可是惧虽不惧，今日要想杀我，却也甚难。我跟你做一桩买卖，我让你得遂报仇之愿，但你父子却须答允我一件事。”

萧远山、萧峰均觉诧异：“这老贼不知又生什么诡计？”

慕容博又道：“只须你父子答允了这件事，便可上前杀我报仇。在下束手待毙，决不抗拒，鸠摩师兄和复儿也不得出手救援。”他此言一出，萧峰父子固然大奇，鸠摩智和慕容复也是惊骇莫名。慕容复叫道：“爹爹，我众彼寡……”鸠摩智也道：“慕容先生何出此言？小僧但教有一口气在，决不容人伸一指加于先生。”慕容博道：“大师高义，在下交了这样一位朋友，虽死何憾？萧兄，在下有一事请教。当年我假传讯息，致酿巨祸，萧兄可知在下干此无行败德之事，其意何在？”

萧远山怒气填膺，戟指骂道：“你本是个卑鄙小人，为非作歹，幸灾乐祸，又何必有什么用意?”踏上一步，呼的一拳便击了过去。

鸠摩智斜刺里闪至，双掌一封，波的一声响，拳风掌力相互激荡，冲将上去，屋顶灰尘沙沙而落。这一拳掌相交，竟然不分高下，两人都暗自钦佩。

慕容博道：“萧兄暂抑怒气，且听在下毕言。慕容博虽然不肖，在江湖上也总算薄有微名，和萧兄素不相识，自是无怨无仇。至于少林寺玄慈方丈，在下更和他多年交好。我既费尽心力挑拨生事，要双方斗个两败俱伤，以常理度之，自当有重大原由。”

萧远山双目中欲喷出火来，喝道：“什么重大原由?你……你说，你说!”

慕容博道：“萧兄，你是契丹人。鸠摩智明王是吐蕃国人。他们中土武人，都说你们是番邦夷狄，并非上国衣冠。令郎明明是丐帮帮主，才略武功，震烁当世，真乃丐帮中古今罕有的英雄豪杰。可是群丐一知他是契丹异族，立刻翻脸不容情，非但不认他为帮主，而且人人欲杀之而甘心。萧兄，你说此事是否公道?”

萧远山道：“宋辽世仇，两国相互攻伐征战，已历一百余年。边疆之上，宋人辽人相见即杀，自来如此。丐帮中人既知我儿是契丹人，岂能奉仇为主?此是事理之常，也没有什么不公道。”顿了一顿，又道：“玄慈方丈、汪剑通等杀我妻室、下属，原非本意。但就算存心如此，那也是宋辽之争，不足为奇，只是你设计陷害，却放你不过。”

慕容博道：“依萧兄之见，两国相争，攻战杀伐，只求破敌制胜，克成大功，是不是还须讲究什么仁义道德?”萧远山道：“兵不厌诈，自古以来就是如此。你说这些不相干的言语作甚?”慕容博微微一笑，说道：“萧兄，你道我慕容博是哪一国人?”

萧远山微微一凛，道：“你姑苏慕容氏，当然是南朝汉人，难道还是什么外国人?”玄慈方丈学识渊博，先前听得慕容博劝阻慕容复自杀，从他几句言语之中，便猜知了他的出身来历。萧远山一介契丹武夫，不知往昔史事，便不明其中情由。

慕容博摇头道:“萧兄这一下可猜错了。”转头向慕容复道:“孩儿，咱们是哪一国人氏?”慕容复道:“咱们慕容氏乃鲜卑族人，昔年大燕国威震河朔，打下了锦绣江山，只可惜敌人凶险狠毒，颠覆我邦。”慕容博道:“爹爹给你取名，用了一个‘复’字，那是何所含义?”慕容复道:“爹爹是命孩儿时时刻刻不可忘了列祖列宗的遗训，须当兴复大燕，夺还江山。”慕容博道:“你将大燕国的传国玉玺，取出来给萧老侠瞧瞧。”

慕容复道:“是!”伸手入怀，取出一颗黑玉雕成的方印来。那玉印上端雕着一头形态生动的豹子，慕容复将印一翻，显出印文。鸠摩智见印文雕着“大燕皇帝之宝”六个大字。萧氏父子不识篆文，然见那玉玺雕琢精致，边角上却颇有破损，显是颇历年所，多经灾难，虽然不明真伪，却知大非寻常，更不是新制之物。

慕容博又道:“你将大燕皇帝世系谱表，取出来请萧老侠过目。”慕容复道:“是!”将玉玺收入怀中，顺手掏出一个油布包来，打开油布，抖出一幅黄绢，双手提起。

萧远山等见黄绢上以朱笔书写两种文字，右首的弯弯曲曲，众皆不识，想系鲜卑文字。左首则是汉字，最上端写着:“太祖文明帝讳皝”，其下写道:“烈祖景昭帝讳儁”，其下写道:“幽帝讳暐”。另起一行写道:“世祖武成帝讳垂”，其上写道:“烈宗惠愍帝讳宝”，其下写道:“开封公讳详”、“赵王讳麟”。绢上其后又写着“中宗昭武帝讳盛”、“昭文帝讳熙”等等字样，皇帝的名讳，各有缺笔。至太上六年，南燕慕容超亡国后，以后的世系便都是庶民，不再是帝王公侯。年代久远，子孙繁衍，萧远山、萧峰、鸠摩智三人一时也无心详览。但见那世系表最后一人写的是“慕容复”，其上则是“慕容博”。

鸠摩智道：“原来慕容先生乃大燕王孙，失敬，失敬！”

慕容博叹道：“亡国遗民，得保首领，已是不幸中的大幸了。只是历代祖宗遗训，均以兴复为嘱，慕容博无能，江湖上奔波半世，始终一无所成。萧兄，我鲜卑慕容氏意图光复故国，你道该是不该？”

萧远山道：“成则为王，败则为寇。群雄逐鹿中原，又有什么该与不该之可言？”

慕容博道：“照啊！萧兄之言，大得我心。慕容氏若要兴复大燕，须得有机可乘。想我慕容氏人丁单薄，势力微弱，重建邦国，当真谈何容易？唯一的机缘是天下大乱，四处征战不休。”

萧远山森然道：“你捏造音讯，挑拨是非，便在要使宋辽生衅，大战一场？”

慕容博道：“正是，倘若宋辽间战争复起，大燕便能乘时而动。当年晋朝有八王之乱，司马氏自相残杀，我五胡方能割据中原之地。今日之势，亦复如此。”鸠摩智点头道：“不错！倘若宋朝既有外患，又生内乱，不但慕容先生复国有望，我吐蕃国也能分一杯羹了。”

萧远山冷哼一声，斜睨二人。

慕容博道：“令郎官居辽国南院大王，手握兵符，坐镇南京，倘若挥军南下，尽占南朝黄河以北土地，建立赫赫功业，则进而自立为主，退亦长保富贵。那时顺手将中原群豪聚而歼之，如踏蝼蚁，昔日被丐帮斥逐的那一口恶气，岂非一旦而吐？”

萧远山道：“你想我儿为你尽力，俾你得能混水摸鱼，以遂兴复燕国的野心？”

慕容博道：“不错，其时我慕容氏建一支义旗，兵发山东，为大辽呼应，同时吐蕃、西夏、大理三国一时并起，咱五国瓜分了大宋，亦非难事。我燕国不敢取大辽一尺一寸土地，若得建国，尽当取之于南朝。此事于大辽大大有利，萧兄何乐而不为?”他说到这里，突然间右手一翻，掌中已多了一柄晶光灿然的匕首，一挥手，将匕首插在身旁几上，说道：“萧兄只须依得在下的倡议，便请立取在下性命，为夫人报仇，在下决不抗拒。”嗤的一声，扯开衣襟，露出胸口肌肤。

这番话实大出萧氏父子意料之外，此人在大占优势的局面之下，竟肯束手待毙，一时不知如何回答。

鸠摩智道：“慕容先生，常言道得好：非我族类，其心必异。更何况军国大事，不厌机诈。倘若慕容先生甘心就死，萧氏父子事后却不依先生之言而行，先生这……这不是死得轻于鸿毛了么?”

慕容博道：“萧老侠隐居数十年，侠踪少现人间。萧大侠却英名播于天下，一言九鼎，岂会反悔？萧大侠为了一个无亲无故的少女，尚且肯干冒万险，孤身而入聚贤庄求医，怎能手刃老朽之后而自食诺言？在下筹算已久，这正是千载一时的良机。老朽风烛残年，以一命而换万世之基，这买卖如何不做?”他脸露微笑，凝视萧峰，只盼他快些下手。

萧远山道：“我儿，此人之意，倒似不假，你瞧如何?”

萧峰道：“不行!”突然拍出一掌，击向木几，只听得劈啪一声响，木几碎成数块，匕首随而跌落，凛然说道：“杀母大仇，岂可当作买卖交易？此仇能报便报，如不能报，则我父子毕命于此便了。这等肮脏之事，岂是我萧氏父子所屑为?”

慕容博仰天大笑，朗声说道：“我素闻萧峰萧大侠才略盖世，识见非凡，殊不知今日一见，竟是个不明大义、徒逞意气的一勇之夫。嘿嘿，可笑啊可笑!”

萧峰知他是以言语相激，冷冷的道：“萧峰是英雄豪杰也罢，是凡夫俗子也罢，总不能中你圈套，成为你手中的杀人之刀。”

慕容博道："食君之禄，忠君之事。你是大辽国大臣，却只记得父母私仇，不思尽忠报国，如何对得起大辽？"

萧峰踏上一步，昂然说道："你可曾见过边关之上、宋辽相互仇杀的惨状？可曾见过宋人辽人妻离子散、家破人亡的情景？宋辽之间好容易罢兵数十年，倘若刀兵再起，契丹铁骑侵入南朝，你可知将有多少宋人惨遭横死？多少辽人死于非命？"他说到这里，想起当日雁门关外宋兵和辽兵相互打草谷的残酷情状，越说越响，又道："兵凶战危，世间岂有必胜之事？大宋兵多财足，只须有一二名将，率兵奋战，大辽、吐蕃联手，未必便能取胜。咱们打一个血流成河，尸骨如山，却让你慕容氏来乘机兴复燕国。我对大辽尽忠报国，是在保土安民，而不是为了一己的荣华富贵，因而杀人取地、建功立业。"

忽听得长窗外一个苍老的声音说道："善哉，善哉！萧居士宅心仁善，如此以天下苍生为念，当真是菩萨心肠。"

五人一听，都是吃了一惊，怎地窗外有人居然并不知觉？而且听此人的说话口气，似乎在窗外已久。慕容复喝道："是谁？"不等对方回答，砰的一掌拍出，两扇长窗脱钮飞出，落到了阁下。

只见窗外走廊之上，一个身穿青袍的枯瘦僧人拿着一把扫帚，正在弓身扫地。这僧人年纪不小，稀稀疏疏的几根长须已然全白，行动迟缓，有气没力，不似身有武功的模样。慕容复又问："你躲在这里有多久了？"

那老僧慢慢抬起头来，说道："施主问我躲在这里……有……有多久了？"五人一齐凝视着他，只见他眼光茫然，全无精神，但说话声音正便是适才称赞萧峰的口音。

慕容复道："不错，我问你躲在这里，有多久了？"

那老僧屈指计算，过了好一会儿，摇了摇头，脸上现出歉然之色，道："我……我记不清楚啦，不知是四十二年，还是四十三年。这位萧老居士最初晚上来看经之时，我……我已来了十多年。后来……后来慕容老居士来了，前几年，那天竺僧波罗星也来盗经。唉，你来我去，将阁中的经书翻得乱七八糟，也不知为了什么。"

萧远山大为惊讶，心想自己到少林寺来偷研武功，全寺僧人没一个知悉，这个老僧又怎会知道？多半他适才在寺外听了自己的言语，便在此胡说八道，说道："怎么我从来没见过你？"

那老僧道："居士全副精神贯注在武学典籍之上，心无旁骛，自然瞧不见老僧。记得居士第一晚来阁中借阅的，是一本《无相劫指谱》，唉！从那晚起，居士便入了魔道，可惜，可惜！"

萧远山这一惊当真非同小可，自己第一晚偷入藏经阁，找到一本《无相劫指谱》，知道这是少林派七十二绝技之一，当时喜不自胜，此事除了自己之外，更无第二人知晓，难道这个老僧当时确是在旁亲眼目睹？一时之间只道："你……你……你……"

老僧又道："居士第二次来借阅的，是一本《般若掌法》。当时老僧暗暗叹息，知道居士由此入魔，愈陷愈深，心中不忍，在居士惯常取书之处，放了一部《法华经》，一部《杂阿含经》，只盼居士能借了去，研读参悟。不料居士沉迷于武功，于正宗佛法却置之不理，将这两部经书撇在一旁，找到一册《伏魔杖法》，却欢喜鼓舞而去。唉，沉迷苦海，不知何日方得回头？"

萧远山听他随口道来，将三十年前自己在藏经阁中夤夜的作为说得丝毫不错，渐渐由惊而惧，由惧而怖，背上冷汗一阵阵冒将出来，一颗心几乎也停了跳动。

那老僧慢慢转过头来，向慕容博瞧去。慕容博见他目光迟钝，直如视而不见其物，却又似自己心中所隐藏的秘密，每一件都被他清清楚楚的看透了，不由得心中发毛，周身大不自在。只听那老僧叹了口气，说道："慕容居士虽然是鲜卑族人，但在江南侨居已有数代，老僧初料居士必已沾到南朝的文采风流，岂知居士来到藏经阁中，将我祖师的微言法语、历代高僧的语录心得，一概弃如敝屣，挑到一本《拈花指法》，却便如获至宝。昔人买椟还珠，贻笑千载。两位居士乃当世高人，却也作此愚行。唉，于己于人，都是有害无益。"

慕容博心下骇然，自己初入藏经阁，第一部看到的武功秘籍，确然便是《拈花指法》，但当时曾四周详察，查明藏经阁里外并无一人，怎么这老僧直如亲见？

只听那老僧又道："居士之心，比之萧居士尤为贪多务得。萧居士所修习的，只是如何克制少林派现有武功，慕容居士却将本寺七十二绝技一一囊括以去，尽数录了副本，这才重履藏经阁，归还原书。想来这些年之中，居士尽心竭力，意图融会贯通这七十二绝技，说不定已传授于令郎了。"

他说到这里，眼光向慕容复转去，只看了一眼，便摇了摇头，跟着看到鸠摩智，这才点头，道："是了！令郎年纪尚轻，功力不足，无法研习少林七十二绝技，原来是传之于一位天竺高僧。大轮明王，你错了，全然错了，次序颠倒，大难已在旦夕之间。"

鸠摩智从未入过藏经阁，对那老僧绝无敬畏之心，冷冷的说道："什么次序颠倒，大难已在旦夕之间？大师之语，不太也危言耸听么？"那老僧道："不是危言耸听。明王，请你将那部《易筋经》还给我罢。"鸠摩智此时不由得不惊，心道："你怎知我从那铁头人处抢得到《易筋经》？要我还你，哪有这等容易？"口中兀自强硬："什么《易筋经》？大师的说话，教人好生难以明白。"

那老僧道："本派武功传自达摩老祖。佛门子弟学武，乃在强身健体，护法伏魔。修习任何武功之时，总是心存慈悲仁善之念。倘若不以佛学为基，则练武之时，必定伤及自身。功夫练得越深，自身受伤越重。如果所练的只不过是拳打脚踢、兵刃暗器的外门功夫，那也罢了，对自身为害甚微，只须身子强壮，尽自抵御得住……”

忽听得楼下说话声响，跟着楼梯上托、托、托几下轻点，八九个僧人纵身上阁。当先是少林派两位玄字辈高僧玄生、玄灭，其后便是神山上人、道清大师、观心大师等几位外来高僧，跟着是天竺哲罗星、波罗星师兄弟，其后又是玄字辈的玄垢、玄净两僧。众僧见萧远山父子、慕容博父子、鸠摩智五人都在阁中，静听一个面目陌生的老僧说话，均感诧异。这些僧人均是大有修养的高明之士，当下也不上前打扰，站在一旁，且听他说什么。

那老僧见众僧上来，全不理会，继续说道：“但如练的是本派上乘武功，例如拈花指、多罗叶指、般若掌之类，每日不以慈悲佛法调和化解，则戾气深入脏腑，愈陷愈深，比之任何外毒都要厉害百倍。大轮明王原是我佛门弟子，精研佛法，记诵明辨，当世无双，但如不存慈悲布施、普渡众生之念，虽然典籍淹通，妙辩无碍，却终不能消解修习这些上乘武功时所钟的戾气。”

群僧只听得几句，便觉这老僧所言大含精义，道前人之所未道，心下均有凛然之意。有几人便合什赞叹：“阿弥陀佛，善哉，善哉！”

但听他继续说道：“我少林寺建刹千年，古往今来，唯有达摩祖师一人身兼诸门绝技，此后更无一位高僧能并通诸般武功，却是何故？七十二绝技的典籍一向在此阁中，向来不禁门人弟子翻阅，明王可知其理安在？”

鸠摩智道：“那是宝刹自己的事，外人如何得知？”

玄生、玄灭、玄垢、玄净均想：“这位老僧服色打扮，乃是本寺操执杂役的服事僧，怎能有如此见识修为？”服事僧虽是少林寺僧人，但只剃度而不拜师、不传武功、不修禅定、不列“玄、慧、虚、空”的辈份排行，除了诵经拜佛之外，只作些烧火、种田、洒扫、土木粗活。玄生等都是寺中第一等高僧，不识此僧，倒也并不希奇，只是听他吐属高雅，识见卓超，都不由得暗暗纳罕。

那老僧续道：“本寺七十二项绝技，每一项功夫都能伤人要害、取人性命，凌厉狠辣，大干天和，是以每一项绝技，均须有相应的慈悲佛法为之化解。这道理本寺僧人倒也并非人人皆知，只是一人练到四五项绝技之后，在禅理上的领悟，自然而然的会受到障碍。在我少林派，那便叫做‘武学障’，与别宗别派的‘知见障’道理相同。须知佛法在求渡世，武功在求杀生，两者背道而驰，相互克制。只有佛法越高，慈悲之念越盛，武功绝技才能练得越多，但修为上到了如此境界的高僧，却又不屑去多学各种厉害的杀人法门了。”

道清大师点头道：“得闻老师父一番言语，小僧今日茅塞顿开。”那老僧合什道：“不敢，老衲说得不对之处，还望众位指教。”群僧一齐合掌道：“请师父更说佛法。”

鸠摩智寻思：“少林寺的七十二项绝技被慕容先生盗了出来，泄之于外，少林寺群僧心下不甘，却又无可奈何，便派一个老僧在此装神弄鬼，想骗得外人不敢练他门中的武功。嘿嘿，我鸠摩智哪有这容易上当？”

那老僧又道：“本寺之中，自然也有人佛法修为不足，却要强自多学上乘武功的，但练将下去，不是走火入魔，便是内伤难愈。本寺玄澄大师以一身超凡绝俗的武学修为，先辈高僧均许为本寺二百年来武功第一。但他在一夜之间，突然筋脉俱断，成为废人，那便是为此了。”

玄生、玄灭二人突然跪倒，说道：“大师，可有法子救得玄澄师兄一救？”那老僧摇头道：“太迟了，不能救了。当年玄澄大师来藏经阁拣取武学典籍，老衲曾三次提醒于他，他始终执迷不悟。

现下筋脉既断，又如何能够再续？其实，五蕴皆空，色身受伤，从此不能练武，他勤修佛法，由此而得开悟，实是因祸得福。两位大师所见，却又不及玄澄大师了。”玄生、玄灭齐道：“是。多谢开示。”

忽听得嗤、嗤、嗤三声轻响，响声过去更无异状。玄生等均知这是本门“无相劫指”的功夫，齐向鸠摩智望去，只见他脸上已然变色，却兀自强作微笑。

原来鸠摩智越听越不服，心道：“你说少林派七十二项绝技不能齐学，我不是已经都学会了？怎么又没有筋脉齐断，成为废人？”双手拢在衣袖之中，暗暗使出“无相劫指”，神不知、鬼不觉的向那老僧弹去。不料指力甫及那老僧身前三尺之处，便似遇上了一层柔软之极、却又坚硬之极的屏障，嗤嗤几声响，指力便散得无影无踪，却也并不反弹而回。鸠摩智大吃一惊，心道：“这老僧果然有些鬼门道，并非大言唬人！”

那老僧恍如不知，只道：“两位请起。老衲在少林寺供诸位大师差遣，两位行此大礼，如何克当？”玄生、玄灭只觉各有一股柔和的力道在手臂下轻轻一托，身不由主的便站将起来，却没见那老僧伸手拂袖，都是惊异不置，心想这般潜运神功，心到力至，莫非这位老僧竟是菩萨化身，否则怎能有如此广大神通、无边佛法？

那老僧又道：“本寺七十二项绝技，均分‘体’、‘用’两道，‘体’为内力本体，‘用’为运用法门。萧居士、慕容居士、大轮明王、天竺波罗星师兄本身早具上乘内功，来本寺所习的，只不过七十二绝技的运用法门，虽有损害，却一时不显。明王所练的，本来是‘逍遥派’的‘小无相功’罢？”

鸠摩智又是一惊，自己偷学逍遥派“小无相功”，从无人知，怎么这老僧却瞧了出来？但转念一想，随即释然：“虚竹适才跟我相斗，使的便是小无相功。多半是虚竹跟他说的，何足为奇？”便道："'小无相功'虽然源出道家，但近日佛门弟子习者亦多，演变之下，已集佛道两家之所长。即是贵寺之中，亦不乏此道高手。"

那老僧微现惊异之色，说道："少林寺中也有人会'小无相功'？老衲今日还是首次听闻。"鸠摩智心道："你装神弄鬼，倒也似模似样。"微微一笑，也不加点破。那老僧继续道："小无相功精微渊深，以此为根基，本寺的七十二绝技，倒也皆可运使，只不过细微曲折之处，不免有点似是而非罢了。"

玄生转头向鸠摩智道："明王自称兼通敝派七十二绝技，原来是如此兼通法。"语中带刺，锋芒逼人。鸠摩智装作没有听见，不加置答。

那老僧又道："明王若只修习少林派七十二项绝技的使用之法，其伤隐伏，虽有疾害，一时之间还不致危及本元。可是明王此刻'承泣穴'上色现朱红，'闻香穴'上隐隐有紫气透出，'颊车穴'筋脉颤动，种种迹象，显示明王在练过少林七十二项绝技之后，又去强练本寺内功秘笈《易筋经》……"他说到这里，微微摇头，眼光中大露悲悯惋惜之情。

鸠摩智数月前在铁头人处夺得《易筋经》，知是武学至宝，随即静居苦练，他识得经上梵文，畅晓经义，但练来练去，始终没半点进境，料想上乘内功，自非旦夕间所能奏效。少林派"易筋经"与天龙寺"六脉神剑"齐名，慕容博曾称之为武学中至高无上的两大瑰宝，说不定要练上十年八年，这才豁然贯通。只是近来练功之时，颇感心烦意躁，头绪纷纭，难以捉摸，难道那老僧所说确非虚话，果然是"次序颠倒，大难已在旦夕之间"么？转念又想："修练内功不成，因而走火入魔，原是常事，但我精通内外武学秘奥，岂是常人可比？这老僧大言炎炎，我若中了他的诡计，鸠摩智一生英名，付诸流水了。"

那老僧见他脸上初现忧色，但随即双眉一挺，又是满脸刚愎自负的模样，显然将自己的言语当作了耳畔东风，轻轻叹了口气，向萧远山道："萧居士，你近来小腹上'梁门''太乙'两穴，可感到隐隐疼痛么？"萧远山全身一凛，道："神僧明见，正是这般。"那老僧又道："你'关元穴'上的麻木不仁，近来却又如何？"萧远山更是惊讶，颤声道："这麻木处十年前只小指头般大一块，现下……现下几乎有茶杯口大了。"

萧峰一听之下，知道父亲三处要穴现出这种迹象，乃是强练少林绝技所致，从他话中听来，这征象已困扰他多年，始终无法驱除，成为一大隐忧，当即上前两步，双膝跪倒，向那老僧拜了下去，说道："神僧既知家父病根，还祈慈悲解救。"

那老僧合什还礼，说道："施主请起。施主宅心仁善，以天下苍生为念，不肯以私仇而伤害宋辽军民，如此大仁大义，不论有何吩咐，老衲无有不从。不必多礼。"萧峰大喜，又磕了两个头，这才站起。那老僧叹了口气，说道："萧老施主过去杀人甚多，颇伤无辜，像乔三槐夫妇、玄苦大师，实是不该杀的。"

萧远山是契丹英雄，年纪虽老，不减犷悍之气，听那老僧责备自己，朗声道："老夫自知受伤已深，但年过六旬，有子成人，纵然顷刻间便死，亦复何憾？神僧要老夫认错悔过，却是万万不能。"

那老僧摇头道："老衲不敢要老施主认错悔过。只是老施主之伤，乃因练少林派武功而起，欲觅化解之道，便须从佛法中去寻。"

他说到这里，转头向慕容博道："慕容老施主视死如归，自不须老衲饶舌多言。但若老衲指点途径，令老施主免除了阳白、廉泉、风府三处穴道上每日三次的万针攒刺之苦，却又何如？"

慕容博脸色大变，不由得全身微微颤动。他阳白、廉泉、风府三处穴道，每日清晨、正午、子夜三时，确如万针攒刺，痛不可当，不论服食何种灵丹妙药，都是没半点效验。只要一运内功，那针刺之痛更是深入骨髓。一日之中，连死三次，哪里还有什么生人乐趣？这痛楚近年来更加厉害，他所以甘愿一死，以交换萧峰答允兴兵攻宋，虽说是为了兴复燕国的大业，一小半也为了身患这无名恶疾，实是难以忍耐。这时突然听那老僧说出自己的病根，委实一惊非同小可。以他这等武功高深之士，当真耳边平白响起一个霹雳，丝毫不会吃惊，甚至连响十个霹雳，也只当是老天爷放屁，不予理会。但那老僧这平平淡淡的几句话，却令他心惊肉跳，惶惑无已。他身子抖得两下，猛觉阳白、廉泉、风府三处穴道之中，那针刺般的剧痛又发作起来。本来此刻并非作痛的时刻，可是心神震荡之下，其痛陡生，当下只有咬紧牙关强忍。但这牙关却也咬它不紧，上下牙齿得得相撞，狼狈不堪。

慕容复素知父亲要强好胜的脾气，宁可杀了他，也不能人前出丑受辱，他更不愿如萧峰一般，为了父亲而向那老僧跪拜恳求，当下向萧峰父子一拱手，说道："青山不改，绿水长流，今日暂且别过。两位要找我父子报仇，我们在姑苏燕子坞参合庄恭候大驾。"伸手携住慕容博右手，道："爹爹，咱们走罢！"

那老僧道："你竟忍心如此，让令尊受此彻骨奇痛的煎熬？"

慕容复脸色惨白，拉着慕容博之手，迈步便走。

萧峰喝道："你就想走？天下有这等便宜事？你父亲身上有病，大丈夫不屑乘人之危，且放了他过去。你可没病没痛！"慕容复气往上冲，喝道："那我便接萧兄的高招。"萧峰更不打话，呼的一掌，一招降龙十八掌中的"见龙在田"，向慕容复猛击过去。他见藏经阁中地势狭隘，高手群集，不便久斗，是以使上了十成力，要在数掌之间便取了敌人性命。慕容复见他掌势凶恶，当即运起平生之力，要以"斗转星移"之术化解。

那老僧双手合什，说道："阿弥陀佛，佛门善地，两位施主不可妄动无明。"

他双掌只这么一合，便似有一股力道化成一堵无形高墙，挡在萧峰和慕容复之间。萧峰排山倒海的掌力撞在这堵墙上，登时无影无踪，消于无形。

萧峰心中一凛，他生平从未遇敌手，但眼前这老僧功力显比自己强过太多，他既出手阻止，今日之仇是决不能报了。他想到父亲的内伤，又躬身道：“在下蛮荒匹夫，草野之辈，不知礼仪，冒犯了神僧，恕罪则个。”

那老僧微笑道：“好说，好说。老僧对萧施主好生相敬，唯大英雄能本色，萧施主当之无愧。”

萧峰道：“家父犯下的杀人罪孽，都系由在下身上引起，恳求神僧治了家父之伤，诸般罪责，都由在下领受，万死不辞。”

那老僧微微一笑，说道：“老衲已经说过，要化解萧老施主的内伤，须从佛法中寻求。佛由心生，佛即是觉。旁人只能指点，却不能代劳。我问萧老施主一句话：倘若你有治伤的能耐，那慕容老施主的内伤，你肯不肯替他医治？”

萧远山一怔，道：“我……我替慕容老……老匹夫治伤？”慕容复喝道：“你嘴里放干净些。”萧远山咬牙切齿的道：“慕容老匹夫杀我爱妻，毁了我一生，我恨不得千刀万剐，将他斩成肉酱。”那老僧道：“你如不见慕容老施主死于非命，难消心头之恨？”萧远山道：“正是。老夫三十年来，心头日思夜想，便只这一桩血海深恨。”

那老僧点头道：“那也容易。”缓步向前，伸出一掌，拍向慕容博头顶。

慕容博初时见那老僧走近，也不在意，待见他伸掌拍向自己天灵盖，左手忙上抬相格，又恐对方武功太过厉害，一抬手后，身子跟着向后飘出。他姑苏慕容氏家传武学，本已非同小可，再钻研少林寺七十二绝技后，更是如虎添翼，这一抬手，一飘身，看似平平无奇，却是一掌挡尽天下诸般攻招，一退闪去世间任何追袭，守势之严密飘逸，直可说至矣尽矣，蔑以加矣。阁中诸人个个都是武学高手，一见他使出这两招来，都暗喝一声采，即令萧远山父子，也不禁钦佩。

岂知那老僧一掌轻轻拍落，波的一声响，正好击在慕容博脑门正中的“百会穴”上，慕容博的一格一退，竟没半点效用。“百会穴”是人身最要紧的所在，即是给全然不会武功之人碰上了，也有受伤之虞，那老僧一击而中，慕容博全身一震，登时气绝，向后便倒。

慕容复大惊，抢上扶住，叫道：“爹爹，爹爹！”但见父亲嘴眼俱闭，鼻孔中已无出气，忙伸手到他心口一摸，心跳亦已停止。慕容复悲怒交集，万想不到这个满口慈悲佛法的老僧居然会下此毒手，叫道：“你……你……你这老贼秃！”将父亲的尸身往柱上一靠，飞身纵起，双掌齐出，向那老僧猛击过去。

那老僧不闻不见，全不理睬。慕容复双掌推到那老僧身前两尺之处，突然间又如撞上了一堵无形气墙，更似撞进了一张渔网之中，掌力虽猛，却是无可施力，被那气墙反弹出来，撞在一座书架之上。本来他去势既猛，反弹之力也必十分凌厉，但他掌力似被那无形气墙尽数化去，然后将他轻轻推开，是以他背脊撞上书架，书架固不倒塌，连架上堆满的经书也没落下一册。

慕容复甚是机警，虽然伤痛父亲之亡，但知那老僧武功高出自己十倍，纵然狂打狠斗，终究奈何他不得，当下倚在书架之上，假作喘息不止，心下暗自盘算，如何出其不意的再施偷袭。

那老僧转向萧远山，淡淡的道：“萧老施主要亲眼见到慕容老施主死于非命，以平积年仇恨。现下慕容老施主是死了，萧老施主这口气可平了罢？”

萧远山见那老僧一掌击死慕容博，本来也是讶异无比，听他这么相问，不禁心中一片茫然，张口结舌，说不出话来。

这三十年来，他处心积虑，便是要报这杀妻之仇、夺子之恨。这一年中真相显现，他将当年参与雁门关之役的中原豪杰一个个打死，连玄苦大师与乔三槐夫妇也死在他手中。其后得悉那“带头大哥”便是少林方丈玄慈，更在天下英雄之前揭破他与叶二娘的奸情，令他身败名裂，这才逼他自杀，这仇可算报得到家之至。待见玄慈死得光明磊落，不失英雄气概，萧远山内心深处，隐隐已觉此事做得未免过了份，而叶二娘之死，更令他良心渐感不安。只是其时得悉假传音讯、酿成惨变的奸徒，便是那同在寺中隐伏、与自己三次交手不分高下的灰衣僧慕容博，萧远山满腔怒气，便都倾注在此人身上，恨不得食其肉而寝其皮，抽其筋而炊其骨。哪知道平白无端的出来一个无名老僧，行若无事的一掌便将自己的大仇人打死了。他霎时之间，犹如身在云端，飘飘荡荡，在这世间更无立足之地。

萧远山少年时豪气干云，学成一身出神入化的武功，一心一意为国效劳，树立功名，做一个名标青史的人物。他与妻子自幼便青梅竹马，两相爱悦，成婚后不久诞下一个麟儿，更是襟怀爽朗，意气风发，但觉天地间无事不可为，不料雁门关外奇变陡生，堕谷不死之余，整个人全变了样子，什么功名事业、名位财宝，在他眼中皆如尘土，日思夜想，只是如何手刃仇人，以泄大恨。他本是个豪迈诚朴、无所萦怀的塞外大汉，心中一充满仇恨，性子竟然越来越乖戾。再在少林寺中潜居数十年，昼伏夜出，勤练武功，一年之中难得与旁人说一两句话，性情更是大变。

突然之间，数十年来恨之切齿的大仇人，一个个死在自己面前，按理说该当十分快意，但内心中却实是说不出的寂寞凄凉，只觉在这世上再也没什么事情可干，活着也是白活。他斜眼向倚在柱上的慕容博瞧去，只见他脸色平和，嘴角边微带笑容，倒似死去之后，比活着还更快乐。萧远山内心反而隐隐有点羡慕他的福气，但觉一了百了，人死之后，什么都是一笔勾销。顷刻之间，心下一片萧索：“仇人都死光了，我的仇全报了。我却到哪里去？回大辽么？去干什么？到雁门关外去隐居么？去干什么？带了峰儿浪迹天涯、四海飘流么？为了什么？”

那老僧道：“萧老施主，你要去哪里，这就请便。”萧远山摇头道：“我……我却到哪里去？我无处可去。”那老僧道：“慕容老施主，是我打死的，你未能亲手报此大仇，是以心有余憾，是不是？”萧远山道：“不是！就算你没打死他，我也不想打死他了。”那老僧点头道：“不错！可是这位慕容少侠伤痛父亲之死，却要找老衲和你报仇，却如何是好？”

萧远山心灰意懒，说道：“大和尚是代我出手的，慕容少侠要为父报仇，尽管来杀我便是。”叹了口气，说道：“他来取了我的性命倒好。峰儿，你回到大辽去罢。咱们的事都办完啦，路已走到了尽头。”萧峰叫道：“爹爹，你……”

那老僧道：“慕容少侠倘若打死了你，你儿子势必又要杀慕容少侠为你报仇，如此怨怨相报，何时方了？不如天下的罪业都归我罢！”说着踏上一步，提起手掌，往萧远山头顶拍将下去。

萧峰大惊，这老僧既能一掌打死慕容博，也能打死父亲，大声喝道：“住手！”双掌齐出，向那老僧当胸猛击过去。他对那老僧本来十分敬仰，但这时为了相救父亲，只有全力奋击。那老僧伸出左掌，将萧峰双掌推来之力一挡，右掌却仍是拍向萧远山头顶。

萧远山全没想到抵御，眼见那老僧的右掌正要碰到他脑门，那老僧突然大喝一声，右掌改向萧峰击去。

萧峰双掌之力正与他左掌相持，突见他右掌转而袭击自己，当即抽出左掌抵挡，同时叫道：“爹爹，快走，快走！”不料那老僧右掌这一招中途变向，纯系虚招，只是要引开萧峰双掌中的一掌之力，以减轻推向自身的力道。萧峰左掌一回，那老僧的右掌立即圈转，波的一声轻响，已击中了萧远山的顶门。

便在此时，萧峰的右掌已跟着击到，砰的一声响，重重打中那老僧胸口，跟着喀喇喇几声，肋骨断了几根。那老僧微微一笑，道："好俊的功夫！降龙十八掌，果然天下第一。"这个"一"字一说出，口中一股鲜血跟着直喷了出来。

萧峰一呆之下，过去扶住父亲，但见他呼吸停闭，心不再跳，已然气绝身亡，一时悲痛填膺，浑没了主意。

那老僧道："是时候了，该当走啦!"右手抓住萧远山尸身的后领，左手抓住慕容博尸身的后领，迈开大步，竟如凌虚而行一般，走了几步，便跨出了窗子。

萧峰和慕容复齐声大喝："你……你干什么?"同发掌力，向老僧背心击去。就在片刻之前，他二人还是势不两立，要拼个你死我活，这时二人的父亲双双被害，竟尔敌忾同仇，联手追击对头。二人掌力相合，力道更是巨大。那老僧在二人掌风推送之下，便如纸鸢般向前飘出数丈，双手仍抓着两具尸身，三个身子轻飘飘地，浑不似血肉之躯。

萧峰纵身急跃，追出窗外，只见那老僧手提二尸，直向山上走去。萧峰加快脚步，只道三脚两步便能追到他身后，不料那老僧轻功之奇，实是生平从所未见，宛似身有邪术一般。萧峰奋力急奔，只觉山风刮脸如刀，自知奔行奇速，但离那老僧背后始终有两三丈远近，连连发掌，总是打了个空。

那老僧在荒山中东一转，西一拐，到了林间一处平旷之地，将两具尸身放在一株树下，都摆成了盘膝而坐的姿势，自己坐在二尸之后，双掌分别抵住二尸的背心。他刚坐定，萧峰亦已赶到。

萧峰见那老僧举止有异，便不上前动手。只听那老僧道："我提着他们奔走一会，活活血脉。"萧峰几乎不相信自己的耳朵，给死人活活血脉，那是什么意思？顺口道："活活血脉?"那老僧道："他们内伤太重，须得先令他们作龟息之眠，再图解救。"萧峰心下一凛："难道我爹爹没死？他……他是在给爹爹治伤？天下哪有先将人打死再给他治伤之法？"

过不多时，慕容复、鸠摩智、玄生、玄灭以及神山上人等先后赶到，只见两尸头顶忽然冒出一缕缕白气。

那老僧将二尸转过身来，面对着面，再将二尸四只手拉成互握。慕容复叫道："你……你……这干什么？"那老僧不答，绕着二尸缓缓行走，不住伸掌拍击，有时在萧远山"大椎穴"上拍一记，有时在慕容博"玉枕穴"上打一下，只见二尸头顶白气越来越浓。

又过了一盏茶时分，萧远山和慕容博身子同时微微颤动。萧峰和慕容复惊喜交集，齐叫："爹爹！"萧远山和慕容博慢慢睁开眼来，向对方看了一眼，随即闭住。但见萧远山满脸红光，慕容博脸上隐隐现着青气。

众人这时方才明白，那老僧适才在藏经阁上击打二人，只不过令他们暂时停闭气息、心脏不跳，当是医治重大内伤的一项法门。许多内功高深之士都曾练过"龟息"之法，然而那是自行停止呼吸，要将旁人一掌打得停止呼吸而不死，实是匪夷所思。这老僧既出于善心，原可事先明言，何必开这个大大的玩笑，以致累得萧峰、慕容复惊怒如狂，更累得他自身受到萧峰的掌击、口喷鲜血？众人心中积满了疑团，但见那老僧全神贯注的转动出掌，谁也不敢出口询问。

渐渐听得萧远山和慕容博二人呼吸由低而响，愈来愈是粗重，跟着萧远山脸色渐红，到后来便如要滴出血来，慕容博的脸色却越来越青，碧油油的甚是怕人。旁观众人均知，一个是阳气过旺，虚火上冲，另一个却是阴气太盛，风寒内塞。玄生、玄灭、道清等身上均带得有治伤妙药，只是不知哪一种方才对症。

突然间只听得那老僧喝道："咄！四手互握，内息相应，以阴济阳，以阳化阴。王霸雄图，血海深恨，尽归尘土，消于无形！”

萧远山和慕容博的四手本来交互握住，听那老僧一喝，不由得手掌一紧，各人体内的内息向对方涌了过去，融会贯通，以有余补不足，两人脸色渐渐分别消红退青，变得苍白；又过一会，两人同时睁开眼来，相对一笑。

萧峰和慕容复各见父亲睁眼微笑，欢慰不可名状。只见萧远山和慕容博二人携手站起，一齐在那老僧面前跪下。那老僧道：“你二人由生到死、由死到生的走了一遍，心中可还有什么放不下？倘若适才就此死了，还有什么兴复大燕、报复妻仇的念头？”

萧远山道：“弟子空在少林寺做了三十年和尚，那全是假的，没半点佛门弟子的慈心，恳请师父收录。”那老僧道：“你的杀妻之仇，不想报了？”萧远山道：“弟子生平杀人，无虑百数，倘若被我所杀之人的眷属皆来向我复仇索命，弟子虽死百次，亦自不足。”

那老僧转向慕容博道：“你呢？”慕容博微微一笑，说道：“庶民如尘土，帝王亦如尘土。大燕不复国是空，复国亦空。”那老僧哈哈一笑，道：“大彻大悟，善哉，善哉！”慕容博道：“求师父收为弟子，更加开导。”那老僧道：“你们想出家为僧，须求少林寺中的大师们剃度。我有几句话，不妨说给你们听听。”当即端坐说法。

萧峰和慕容复见父亲跪下，跟着便也跪下。玄生、玄灭、神山、道清、波罗星等听那老僧说到精妙之处，不由得皆大欢喜，敬慕之心，油然而起，一个个都跪将下来。

段誉赶到之时，听到那老僧正在为众人妙解佛义，他只想绕到那老僧对面，瞧一瞧他的容貌，哪知鸠摩智忽然间会下毒手，胸口竟然中了他的一招“火焰刀”。

山道中间并肩站着两名大汉，一个手持大铁杵，一个双手各提一柄铜锤，恶狠狠的望着眼前众人。

四十四

念枉求美眷　良缘安在

段誉随即昏迷，也不知过了多少时候，才慢慢醒转，睁开眼来，首先看到的是一个布帐顶，跟着发觉是睡在床上被窝之中。他一时神智未曾全然清醒，用力思索，只记得是遭了鸠摩智的暗算，怎么会睡在一张床上，却无论如何也想不起来，只觉口中奇渴，便欲坐起，微一转动，却觉胸口一阵剧痛，忍不住“啊”的一声，叫了出来。

只听外面一个少女声音说道：“段公子醒了，段公子醒了！”语声中充满了喜悦之情。段誉觉得这少女的声音颇为熟悉，却想不起是谁，跟着便见一个青衣少女急步奔进房来。

圆圆的脸蛋，嘴角边一个小小酒窝，正是当年在无量宫中遇到的锺灵。

她父亲“马王神”锺万仇，和段誉之父段正淳结下深仇，设计相害，不料段誉从石屋中出来之时，竟将个衣衫不整的锺灵抱在怀中，将害人反成害己的锺万仇气了个半死。在万劫谷地道之中，各人拉拉扯扯，段誉胡里胡涂的吸了不少人内力，此后不久便被鸠摩智擒来中原，当年一别，哪想得到居然会在这里相见。

锺灵和他目光一触，脸上一阵晕红，似笑非笑的道：“你早忘了我罢？还记不记得我姓什么？”

段誉见到她的神情，脑中蓦地里出现了一幅图画。那是她坐在无量宫大厅的横梁上，两只脚一荡一荡，嘴里咬着瓜子，她那双葱绿鞋上所绣的几朵黄色小花，这时竟似看得清清楚楚，脱口而出："你那双绣了黄花的葱绿鞋儿呢？"

锺灵脸上又是一红，甚是欢喜，微笑道："早穿破啦，亏你还记得这些。你……你倒没忘了我。"段誉笑道："怎么你没吃瓜子？"锺灵道："好啊，这几天服侍你养伤，把人家都急死啦，谁还有闲情吃瓜子？"一句话说出口，觉得自己真情流露，不由得飞红了脸。

段誉怔怔的瞧着她，想起她本来已算是自己的妻子，哪知道后来发觉竟然又是自己的妹子，不禁叹了口气，说道："好妹子，你怎么到了这里？"

锺灵脸上又是一红，目光中闪耀着喜悦的光芒，说道："你出了万劫谷后，再也没来瞧我，我好生恼你。"段誉道："恼我什么？"锺灵斜了他一眼，道："恼你忘了我啊。"

段誉见她目光中全是情意，心中一动，说道："好妹子！"锺灵似嗔似笑的道："这会儿叫得人家这么亲热，可就不来瞧我一次。我气不过，就到你镇南王府去打听，才知道你给一个恶和尚掳去啦。我……我急得不得了，这就出来寻你。"

段誉道："我爹爹跟你妈的事，你妈妈没跟你说吗？"锺灵道："什么事啊？那晚上你跟你爹一走，我妈就晕了过去，后来一直身子不好，见了我直淌眼泪。我逗她说话，她一句话也不肯说。"

段誉道："嗯，她一句话也不说，那……那么你是不知道的了。"锺灵道："不知道什么？"段誉道："不知道你是我……是我的……"

锺灵登时满脸飞红，低下头去，轻轻的道："我怎么知道？那日从石屋子里出来，你抱着我，突然之间见到了这许多人，我怕得要命，又是害羞，只好闭住了眼睛，可是你爹爹的话，我……我却是听得清清楚楚的。”

她和段誉都想到了那日在石屋之外，段正淳对锺万仇所说的一番话：“令爱在这石屋中服侍小儿段誉，历时已久。孤男寡女，赤身露体的躲在一间黑屋子里，还能有什么好事做出来？我儿是镇南王世子，虽然未必能娶令爱为世子正妃，但三妻四妾，有何不可？你我不是成了亲家吗？哈哈，哈哈，呵呵呵！”

段誉见她脸上越来越红，嗫嚅道：“好妹子……原来你还不……还不知道这中间的缘由……好妹子，那……那是不成的。”锺灵急道：“是木姊姊不许吗？木姊姊呢？”段誉道：“不是的。她……她也是我的……”锺灵微笑道：“你爹爹说过什么三妻四妾的，我又不是不肯让她，她凶得很，我还能跟她争吗？”说着伸了伸舌头。

段誉见她仍是一副天真烂漫的模样，同时胸口又痛了起来，这时候实不方便跟她说明真相，问道：“你怎么到这里来的？”

锺灵道：“我一路来寻你，在中原东寻西找，听不到半点讯息。前几天说也真巧，见到了你的徒儿岳老三，他可没见到我。我听到他在跟人商量，说各路好汉都要上少林寺来，有一场大热闹瞧，他们也要来。那个恶人云中鹤取笑他，说多半会见到他师父。岳老三大发脾气，说一见到你，就扭断你的脖子。我又是欢喜，又是担心，便悄悄的跟着来啦。我怕给岳老三和云中鹤见到了，不敢跟得太近，只是在山下乱走，见到人就打听你的下落，想叫你小心，你徒儿要扭断你脖子。见到这里有一所空屋子没人住，我便老实不客气的住下来了。”

段誉听她说得轻描淡写，但见她脸上颇有风霜之色，已不像当日在无量宫中初会时那么全然的无忧无虑，心想她小小年纪，为了寻找自己，孤身转辗江湖，这些日子来自必吃了不少苦头，对自己的情意实是可感，忍不住伸出手去握住她手，低声道：“好妹子，总算天可怜见，教我又见到了你!”

锺灵微笑道：“总算天可怜见，也教我又见到了你。嘻嘻，这可不是废话？你既见到了我，我自然也见到了你。”在床沿上坐下，问道：“你怎么会到这里来的？”

段誉睁大了眼睛，道：“我正要问你呢，我怎么会到这里来的？我只知道那个恶和尚忽然对我暗算。我胸口中了他的无形刀气，受伤甚重，以后便什么都不知道了。”

锺灵皱起了眉头，道：“那可真奇怪之极了！昨日黄昏时候，我到菜园子去拔菜，在厨房里洗干净了切好，正要去煮，听得房中有人呻吟。我吓了一跳，拿了菜刀走进房来，只见我炕上睡得有人。我连问几声：‘是谁？是谁？’不听见回答。我想定是坏人，举起菜刀，便要向炕上那人砍将下去。幸亏……幸亏你是仰天而卧，刀子还没砍到你身上，我已先见到了你的脸……那时候我……我真险些儿晕了过去，连菜刀掉在地下也不知道。”说到这里，伸手轻拍自己胸膛，想是当时情势惊险，此刻思之，犹有余悸。

段誉寻思：“此处既离少林寺不远，想必是我受伤之后，有人将我送到这里来了。”

锺灵又道：“我叫你几声，你却只是呻吟，不来睬我。我一摸你额头，烧得可厉害，又见你衣襟上有许多鲜血，知道你受了伤，解开你衣衫想瞧瞧伤口，却是包扎的好好的。我怕触动伤处，没敢打开绷带。等了好久，你总是不醒。唉，我又欢喜，又焦急，可不知道怎样办才好。”

段誉道：“累得你挂念，真是好生过意不去。”

锺灵突然脸孔一板，道：“你不是好人，早知你这么没良心，我早不想念你了。现下我就不理你了，让你死也好，活也好，我总是不来睬你。”

段誉道：“怎么了？怎么忽然生起气来了？”锺灵哼的一声，小嘴一撅，道："你自己知道，又来问我干么？"段誉急道："我……我当真不知，好妹子，你跟我说了罢！"锺灵嗔道："呸！谁是你的好妹子了？你在睡梦中说了些什么话？你自己知道，却来问我？当真好没来由。"段誉急道："我睡梦中说什么来着？那是胡里胡涂的言语，作不得准。啊，我想起来啦，我定是在梦中见到了你，欢喜得紧，说话不知轻重，以致冒犯了你。"

锺灵突然垂下泪来，低头道："到这时候，你还在骗我。你到底梦见了什么人？"段誉叹了口气，道："我受伤之后，一直昏迷不醒，真的不知说了些什么乱七八糟的话。"锺灵突然大声道："谁是王姑娘？王姑娘是谁？为什么你在昏迷之中只是叫她的名字？"

段誉胸口一酸，道："我叫了王姑娘的名字么？"锺灵道："你怎么不叫？你昏迷不醒的时候也在叫，哼，你这会儿啊，又在想她了，好！你去叫你的王姑娘来服侍你，我可不管了！"段誉叹了口气，道："王姑娘心中可没我这个人，我便是想她，却也枉然。"锺灵道："为什么？"段誉道："她只喜欢她的表哥，对我向来是爱理不理的。"

锺灵转嗔为喜，笑道："谢天谢地，恶人自有恶人磨！"段誉道："我是恶人么？"锺灵头一侧，半边秀发散了开来，笑道："你徒儿岳老三是大恶人，徒儿都这么恶，师父当然更是恶上加恶了。"段誉笑道："那么师娘呢？岳老三不是叫你作'师娘'的吗？"话一出口，登时好生后悔："怎地我跟自己亲妹子说这些风话？"

锺灵脸上一红，啐了一口，心中却大有甜意，站起身来，到厨房去端了一碗鸡汤出来，道："这锅鸡汤煮了半天了，等着你醒来，一直没熄火。"段誉道："真不知道怎生谢你才好。"见锺灵端着鸡汤过来，挣扎着便要坐起，牵动胸口伤处，忍不住轻轻哼了一声。

锺灵忙道："你别起来，我来喂恶人小祖宗。"段誉道："什么恶人小祖宗?”锺灵道:“你是大恶人的师父，不是恶人小祖宗么?”段誉笑道:“那么你……”锺灵用匙羹舀起了一匙热气腾腾的鸡汤，对准他脸，佯怒道:“你再胡说八道，瞧我不用热汤泼你?”段誉伸了伸舌头，道:“不敢了，不敢了！恶人大小姐、恶人姑奶奶果然厉害，够恶!”锺灵噗哧一笑，险些将汤泼到段誉身上，急忙收敛心神，伸匙嘴边，试了试匙羹中鸡汤已不太烫，这才伸到段誉口边。

段誉喝了几口鸡汤，见她脸若朝霞，上唇微有几粒细细汗珠。此时正当六月大暑天时，她一双小臂露在衣袖之外，皓腕如玉，段誉心中一荡，心想:“可惜她又是我的亲妹子！她是我亲妹子，那倒也不怎么打紧……唉，如果这时候在喂我喝汤的是王姑娘，纵然是腐肠鸩毒，我却也甘之如饴。”

锺灵见他呆呆的望着自己，万料不到他这时竟会想着别人，微笑道:“有什么好看?”

忽听得呀的一声，有人推门进来，跟着一个少女声音说道:“咱们且在这里歇一歇。”一个男人的声音道:“好！可真累了你，我……我真是过意不去。”那少女道:“废话!”

段誉听那二人声音，正是阿紫和丐帮帮主庄聚贤。他虽未和阿紫见面、说过话，但已得朱丹臣等人告知，这小姑娘是父亲的私生女儿，又是自己的一个妹子，谢天谢地，幸好没跟自己有甚情孽牵缠。这个小妹子自幼拜在星宿老人门下，沾染邪恶，行事任性，镇南王府四大护卫之一的褚万里便因受她之气而死。段誉自幼和褚古傅朱四大护卫甚是交好，想到褚万里之死，颇不愿和这个顽劣的小妹子相见，何况昨日自己相助萧峰而和庄聚贤为敌，此刻给他见到，只怕性命难保，忙竖起手指，作个噤声的手势。

锺灵点了点头，端着那碗鸡汤，不敢放到桌上，深恐发出些微声响。只听得阿紫叫道：“喂，有人么？有人么？”锺灵瞧了瞧段誉，并不答应，寻思：“这人多半是王姑娘了，她和表哥在一起，因此段郎不愿和她见面。”她很想去瞧瞧这“王姑娘”的模样，到底是怎生花容月貌，竟令段郎为她这般神魂颠倒，却又不敢移动脚步，心想段郎若和她相见，多半没有好事，且任她叫嚷一会，没人理睬，她自然和表哥去了。

阿紫又大叫：“屋里的人怎么不死一个出来？再不出来，姑娘放火烧了你的屋子。”锺灵心道：“这王姑娘好横蛮！”游坦之低声道：“别作声，有人来了！”阿紫道：“是谁？丐帮的？”游坦之道：“不知道。有四五个人，说不定是丐帮的。他们正在向这边走来。”阿紫道：“丐帮这些臭长老们，除了一个全长老，没半个好人，他们这可又想造你的反啦。要是给他们见到了，咱二人都要糟糕。”游坦之道：“那怎么办？”阿紫道：“到房里躲一躲再说，你受伤太重，不能跟他们动手。”

段誉暗暗叫苦，忙向锺灵打个手势，要她设法躲避。但这是山农陋屋，内房甚是狭隘，一进来便即见到，实是无处可躲。锺灵四下一看，正没作理会处，听得脚步声响，厅堂中那二人已向房中走来，低声道：“躲到炕底下去。”放下汤碗，不等段誉示意可否，将他抱了起来，两人都钻入了炕底。少室山上一至秋冬便甚寒冷，山民均在炕下烧火取暖，此时正当盛暑，自是不须烧火，但炕底下积满了煤灰焦炭，段誉一钻进去，满鼻尘灰，忍不住便要打喷嚏，好容易才忍住了。

锺灵往外瞧去，只见到一双穿着紫色缎鞋的纤脚走进房内，却听得那男人的声音说道：“唉，我要你背来背去，实在是太亵渎了姑娘。”那少女道：“咱们一个盲，一个跛，只好互相照料。”锺灵大奇，心道：“原来王姑娘是个瞎子，她将表哥负在背上，因此我瞧不见那男人的脚。”

阿紫将游坦之往床上一放，说道：“咦！这床刚才有人睡过，席子也还是热的。”

只听得砰的一声，大门被人踢开，几个人冲了进来。一人粗声说道：“庄帮主，帮中大事未了，你这么撒手便溜，算是什么玩意？”正是宋长老。他率领着两名七袋弟子、两名六袋弟子，在这一带追寻游坦之。

萧氏父子、慕容父子以及少林群僧、中原群雄纷纷奔进少林寺后，群丐觉得今日颜面丧尽，如不急行设法，只怕这中原第一大帮再难在武林中立足。萧氏父子和慕容博怨仇纠缠，群丐事不关己，也不想插手，虽然对包不同说同仇敌忾，要找萧峰的晦气，毕竟本帮今后如何安身立命，才是一等一的大事，大家只挂念着一件事：“须得另立英主，率领帮众，重振雄风，挽回丐帮已失的令誉。”寻庄聚贤时，此人在混乱中已不知去向。群丐均想他双足已断，走不到远处，当下分路寻找。至于找到后如何处置，群丐议论未定，也没想到该当拿他怎么样，但此人决计不能再为丐帮帮主，却是众口一辞、绝无异议。有人大骂他拜星宿老怪为师，丢尽了丐帮的脸；有人骂他派人杀害本帮兄弟，非好好跟他算账不可。至于全冠清，早已由宋长老、吴长老合力擒下，绑缚起来，待拿到庄聚贤后一并处治。

宋长老率领着四名弟子在少室山东南方寻找，远远望见树林中紫色衣衫一闪，有人进了一间农舍之中，认得正是阿紫，又见她背负得有人，依稀是庄聚贤的模样，当即追了下来，闯进农舍内房，果见庄聚贤和阿紫并肩坐在炕上。

阿紫冷冷的道：“宋长老，你既然仍称他为帮主，怎么大呼小叫，没半点谒见帮主的规矩？”宋长老一怔，心想她的话倒非无理，便道：“帮主，咱们数千兄弟，此刻都留在少室山上，如何打算，要请帮主示下。”游坦之道：“你们还当我是帮主么？你想叫我回去，只不过是要杀了我出气，是不是？我不去！”

宋长老向四名弟子道：“快去报讯，帮主在这里。”四名弟子应道：“是！”转身出去。阿紫喝道：“下手！”游坦之应声一掌拍出，炕底下锺灵和段誉只觉房中突然一阵寒冷彻骨，那四名丐帮弟子哼也没哼一声，已然尸横就地。宋长老又惊又怒，举掌当胸，喝道：“你……你……你对帮中兄弟，竟然下这等毒手！”阿紫道：“将他也杀了。”游坦之又是一掌，宋长老举掌一挡，“啊”的一声惨呼，摔出了大门。

阿紫格格一笑，道：“这人也活不成了！你饿不饿？咱们去找些吃的。”将游坦之负在背上，两人同到厨房之中，将锺灵煮好了的饭菜拿到厅上，吃了起来。

锺灵在段誉耳边说道：“这二人好不要脸，在喝我给你煮的鸡汤。”段誉低声道：“他们心狠手辣，一出手便杀人，待会定然又进房来。咱们快从后门溜了出去。”锺灵不愿他和那个“王姑娘”相见，听他这么说，正是求之不得。

两人轻手轻脚的从炕底爬了出来。锺灵见段誉满脸煤灰，忍不住好笑，伸手抿住了嘴。出了房门，穿过灶间，刚踏出后门，段誉忍了多时的喷嚏已无法再忍，“乞嗤”一声，打了出来。

只听得游坦之叫道：“有人！”锺灵眼见四下里无处可躲，只灶间后面有间柴房，一拉段誉，钻进了柴草堆中。只听阿紫叫道：“什么人？鬼鬼祟祟的，快滚出来！”游坦之道：“多半是乡下种田人，我看不必理会。”阿紫道：“什么不必理会？你如此粗心大意，将来定吃大亏，别作声！”她眼盲之后，耳朵特别敏锐，依稀听得有柴草沙沙之声，说道：“柴草堆里有人！”

锺灵心下惊惶，忽觉有水滴落到脸上，伸手一摸，湿腻腻地，跟着又闻到一阵血腥气，大吃一惊，低声问道：“你……你伤口怎么啦？”段誉道：“别作声！”

阿紫向柴房一指，叫道："在那边。"游坦之呼的一掌，向柴房疾拍过去，喀喇喇一声响，门板破碎，木片与柴草齐飞。

锺灵叫道："别打，别打，我们出来啦！"扶着段誉，从柴草堆爬了出来。段誉先前给鸠摩智刺了一刀"火焰刀"，受伤着实不轻，从炕上爬到炕底，又从炕底躲入柴房，这么移动几次，伤口迸裂，鲜血狂泻。他一受伤，便即斗志全失，虽然内力仍是充沛之极，却道自己已命在顷刻，全然想不起要以六脉神剑御敌。

阿紫道："怎么有个小姑娘的声音？"游坦之道："有个男人带了个小姑娘，躲在柴草堆中，满身都是血，这小姑娘眼睛骨溜溜地，只是瞧着你。"阿紫眼盲之后，最不喜旁人提到"眼睛"二字，游坦之不但说到"眼睛"，而且是"小姑娘的眼睛"，更加触动她心事，问道："什么骨溜溜地，她的眼睛长得很好看么？"游坦之还没知道她已十分生气，说道："她身上污秽得紧，是个种田人家女孩，这双眼睛嘛，倒是漆黑两点，灵活得紧。"锺灵在炕底下沾得满头满脸尽是尘沙炭屑，一对眼睛却仍是黑如点漆，朗似秋水。

阿紫怒极，说道："好！庄公子，你快将她眼珠挖了出来。"游坦之一惊，道："好端端地，为什么挖她眼睛？"阿紫随口道："我的眼睛给丁老怪弄瞎了，你去将这小姑娘的眼珠挖出来，给我装上，让我重见天日，岂不是好？"

游坦之暗暗吃惊，寻思："倘若她眼睛又看得见了，见到我的丑八怪模样，立即便不睬我了，说不定更认出我的真面目，知道我便是那个'铁丑'，那可糟糕之极了。这件事万万不能做。"说道："倘若我能医好你的双眼，那当真好得很……不过，你这法子，恐怕……恐怕不成罢！"

阿紫明知不能挖别人的眼珠来填补自己盲了的双眼，但她眼盲之后，一肚子的怨气，只盼天下个个人都没眼睛，这才快活，说道："你没试过，怎知道不成？快动手，将她眼珠挖出来。"她本将游坦之负在背上，当即迈步，向段誉和锺灵二人走去。

锺灵听了他二人的对答，心中怕极，拔脚狂奔，顷刻间便已跑在十余丈外。阿紫双眼盲了，又负上个游坦之，自然难以追上，何况游坦之并不想追上锺灵，指点之时方向既歪了，出言也是吞吞吐吐，失了先机。

阿紫听了锺灵的脚步声，知道追赶不上，回头叫道："女娃子既然逃走，将那男的宰了便是！"

锺灵遥遥听得，大吃一惊，当即站定，回转身来，只见段誉倒在地下，身旁已流了一滩鲜血。她奔了回来，叫道："小瞎子！你不能伤他。"这时她与阿紫正面相对，见她容颜俏丽，果然是个小美人儿，说什么也想不到心肠竟如此毒辣。

阿紫喝道："点了她穴道！"游坦之虽然不愿，但对她的吩咐从来不敢有半分违拗，在大辽南京南院大王府中是如此，做丐帮帮主后仍是如此，当即俯身伸指，将锺灵点倒在地。

锺灵叫道："王姑娘，你千万别伤他，他……他在梦中也叫你的名字，对你实在是一片真心！"阿紫奇道："你说什么？谁是王姑娘？"锺灵道："你……你不是王姑娘？那么你是谁？"阿紫微微一笑，说道："哼，你骂我'小瞎子'，你自己这就快变小瞎子了，还东问西问干么？乘着这时候还有一对眼珠子，快多瞧几眼是正经。"将游坦之放在地下，说道："将这小姑娘的眼珠子挖出来罢！"

游坦之道："是！"伸出左手，抓住了锺灵的头颈。锺灵吓得大叫："别挖我眼睛，别挖我眼睛。"

段誉迷迷糊糊的躺在地下，但也知道这二人是要挖出锺灵的眼珠，来装入阿紫的眼眶，也知锺灵明明已然脱身，只因为相救自己，这才自投罗网。他提一口气，说道："你们……还是剜了我的眼珠，咱们……咱们是一家人……更加合用些……"

阿紫不明白他说些什么，不加理睬，催游坦之道："怎么还不动手？”游坦之无可奈何，只得应道：“是！”将锺灵拉近身来，右手食指伸出，向她右眼挖去。

忽听得一个女人声音道：“喂，你们在这里干什么？”游坦之一抬头，登时脸色大变，只见山涧旁柳树下站着二男四女。两个男人是萧峰和虚竹，四个少女则是虚竹的侍女梅兰竹菊四剑。

萧峰一瞥之间，便见到段誉躺在地下，一个箭步抢了过来，将段誉抱起，皱眉道：“伤口又破了，出了这许多血。”左腿跪下，将他身子倚在腿上，检视他伤口。虚竹跟着走近，看了段誉的伤口，道：“大哥不必惊慌，我这‘九转熊蛇丸’治伤大有灵验。”点了段誉伤口周围的穴道，止住血流，将“九转熊蛇丸”喂他服下。

段誉叫道：“大哥、二哥……快……快救人……不许他挖锺姑娘的眼珠。锺姑娘是我的……我的……好妹子。”萧峰和虚竹同时向游坦之瞧去。游坦之心下惊慌，何况本来就不想挖锺灵眼珠，当即放开了她。

阿紫道：“姊夫，我姊姊临死时说什么来？你将她打死之后，便把她的嘱托全然放在脑后了吗？”萧峰听她又提到阿朱，又是伤心，又是气恼，哼了一声，并不答话。阿紫又道：“你没好好照顾我，丁老怪将我眼睛弄瞎，你也全没放在心上。姊夫，人家都说你是当世第一大英雄，却不能保护你的小姨子。难道是你没本事吗？哼，丁老怪明明打你不过。只不过你不来照顾我、保护我而已。”

萧峰黯然道：“你给丐帮掳去，以致双目失明，都是我保护不周，我确是对不起你。”

他初时见到阿紫又在胡作非为，叫人挖锺灵的眼珠，心中甚是气恼，但随即见到她茫然无光的眼神，立时便想起阿朱临死时的嘱咐。在那个大雷雨的晚上，青石小桥之畔，阿朱受了他致命的一击之后，在他怀中说道：“我只有一个同父同母的亲妹子，我们自幼不得在一起，求你照看于她，我担心她入了歧途。”自己曾说：“别说一件，百件千件也答允你。”可是，阿紫终于又失了一双眼睛，不管她如何不好，自己总之是保护不周。他想到这里，胸口酸痛，眼光中流露出温柔的神色。

阿紫和他相处日久，深知萧峰的性情，只要自己一提到阿朱，那真是百发百中，再为难的事情也能答允。她恨极锺灵骂自己为“小瞎子”，暗道：“我非教你也尝尝做‘小瞎子’的味道不可。”当下幽幽叹了口气，向萧峰道：“姊夫，我眼睛瞎了，什么也瞧不见，不如死了倒好。”

萧峰道：“我已将你交给了你爹爹、妈妈，怎么又跟这庄帮主在一起了？”这时他已看了出来，阿紫与这庄聚贤在一起，实出自愿，而且庄聚贤还很听她的话，又道：“你还是跟你爹爹回大理去罢。你眼睛虽然盲了，但大理王府中有许多婢仆服侍，就不会太不方便。”阿紫道：“我妈妈又不是真的王妃，我到了大理，王府中勾心斗角的事儿层出不穷，爹爹那些手下人个个恨得我要命，我眼睛瞎了，非给人谋害不可。”萧峰心想此言倒也有理，便道：“那么你随我回南京去，安安静静的过活，胜于在江湖上冒险。”

阿紫道：“再到你王府去？唉哟，我以前眼睛不瞎，也闷得要生病，怎么能再去呢？你又不肯像这位庄帮主那样，从来不违拗我的话。我宁可在江湖上颠沛流离，日子总过得开心些。”

萧峰向游坦之瞧了一眼，心想：“看来小阿紫似乎是喜欢上了这个丐帮帮主。”说道：“这庄帮主到底是什么来历，你可问过他么？”

阿紫道：“我自然问过的。不过一个人说起自己的来历，未必便靠得住。姊夫，从前你做丐帮帮主之时，难道肯对旁人说你是契丹人么？”

萧峰听她话中含讥带刺，哼了一声，便不再说，心中一时拿不定主意，不知是否应该任由她跟随这人品卑下的庄帮主而去。

阿紫道："姊夫，你不理我了么？"萧峰皱眉道："你到底想怎样？"阿紫道："我要你挖了这小姑娘的眼珠出来，装在我眼中。"顿了一顿，又道："庄帮主本来正在给我办这件事，你不来打岔，他早办妥啦。嗯，你来给我办也好，姊夫，我倒想知道，到底是你对我好些，还是庄帮主对我好。从前，你抱着我去关东疗伤，那时候你也对我千依百顺，我说什么你就干什么。咱俩住在一个帐篷之中，你不论日夜，都是抱着我不离身子。姊夫，怎么你将这些事都忘记了？"

游坦之眼中射出凶狠怨毒的神色，望着萧峰，似乎在说："阿紫姑娘是我的人，自今以后，你别想再碰她一碰。"

萧峰对他并没留神，说道："那时你身受重伤，我为了用真气替你续命，不得不顺着你些儿。这位姑娘是我把弟的朋友，怎能挖她眼珠来助你复明？何况世上压根儿就没这样的医术，你这念头当真是异想天开！"

虚竹忽然插口道："我瞧段姑娘的双眼，不过是外面一层给炙坏了，倘若有一对活人的眼珠给换上，说不定能复明的。"逍遥派的高手医术通神，阎王敌薛神医便是虚竹的师侄。虚竹于医术虽然所知无多，但跟随天山童姥数月，什么续脚、换手等诸般法门，却也曾听她说过。

阿紫"啊"的一声，欢呼起来，叫道："虚竹先生，你这话可不是骗我罢？"虚竹道："出家人不打诳……"想起自己不是"出家人"，脸上微微一红，道："我自然不是骗你，不过……不过……"阿紫道："不过什么？好虚竹先生，你和我姊夫义结金兰，咱二人便是一家人。你刚才总也听到我姊夫的话，他可最疼我啦。姊夫，姊夫，无论如何，你得请你义弟治好我眼睛。"虚竹道："我曾听师伯言道，倘若眼睛没全坏，换上一对活人的眼珠，有时候确能复明的。可是这换眼的法子我却不会。”

阿紫道：“那你师伯他老人家一定会这法子，请你代我求求他老人家。”虚竹叹了一口气，道：“我师伯已不幸逝世。”阿紫顿足叫道：“原来你是编些话来消遣我。”虚竹连连摇头，道：“不是，不是！我缥缈峰灵鹫宫所藏医书药典甚多，相信这换眼之法也必藏在宫里。可是……可是……”阿紫又是欢喜，又是担心，道：“你这么一个大男人家，怎地说话老是吞吞吐吐，唉，又有什么‘可是’不‘可是’了？”

虚竹道：“可是……可是……眼珠子何等宝贵，又有谁肯换了给你？”

阿紫嘻嘻一笑，道：“我还道有什么为难的事儿，要活人的眼珠子，那还不容易？你把这小姑娘的眼睛挖出来便是。”

锺灵大声叫道：“不成，不成，你们不能挖我眼珠。”

虚竹道：“是啊！将心比心，你不愿瞎了双眼，锺姑娘自然也不愿失了眼睛。虽然释迦牟尼前生作菩萨时，头目血肉、手足脑髓都肯布施给人，然而锺姑娘又怎能跟如来相比？再说，锺姑娘是我三弟的好朋友……”突然间心头一震：“啊哟，不好！当日在灵鹫宫里，我和三弟二人酒后吐露真言，原来他的意中人便是我的‘梦姑’。此刻看来，三弟对这位锺姑娘实在极好。适才听他对阿紫言道，宁可剜了他的眼珠，却不愿她伤害锺姑娘，一个人的五官四肢，以眼睛最是重要，三弟居然肯为锺姑娘舍去双目，则对她情意之深，可想而知。难道这个锺姑娘，便是在冰窖之中和我相聚三夕的梦姑么？”

他想到这里，不由得全身发抖，转头偷偷向锺灵瞧去。但见她虽然头上脸上沾满了煤灰草屑，但不掩其秀美之色。虚竹和“梦姑”相聚的时刻颇不为少，只是处身于暗不见天日的冰窖之中，那“梦姑”的相貌到底如何，自己却半点也不知道，除非伸手去摸摸她的面庞，才依稀可有些端倪，如能搂一搂她的纤腰，那便又多了三分把握，但在这光天化日、众目睽睽之下，他如何敢伸手去摸锺灵的脸？至于搂搂抱抱，更加不必提了。

一想到搂抱“梦姑”，脸上登时发烧，锺灵的声音显然和“梦姑”颇不相同，但想一个人的话声，在冰窖中和空旷处听来差别殊大，何况“梦姑”跟他说的都是柔声细语，绵绵情话，锺灵却是惊恐之际的尖声呼叫，情景既然不同，语音有异，也不足为奇。虚竹凝视锺灵，心中似乎伸出一只手掌来，在她脸上轻轻抚摸，要知道她究竟是不是自己的“梦姑”。他心中情意大盛，脸上自然而然现出温柔款款的神色。

锺灵见他神情和蔼可亲，看来不会挖自己的眼珠，稍觉宽心。

阿紫道：“虚竹先生，我是你三弟的亲妹子，这锺姑娘只不过是他朋友。妹子和朋友，这中间的分别可就大了。”

段誉服了灵鹫宫的“九转熊蛇丸”后，片刻间伤口便已无血流出，神智也渐渐清醒，什么换眼珠之事，并未听得明白，阿紫最后这几句话，却十分清晰的传入了耳中，忍不住哼了一声，说道：“原来你早知我是你的哥哥，怎么又叫人来伤我性命？”

阿紫笑道：“我从来没跟你说过话，怎认得你的声音？昨天听到爹爹、妈妈说起，才知道跟我姊夫、虚竹先生拜把子，打得慕容公子一败涂地的大英雄，原来是我亲哥哥，这可妙得很啊。我姊夫是大英雄，我亲哥哥也是大英雄，真正了不起！”段誉摇手道：“什么大英雄？丢人现眼，贻笑大方。”阿紫笑道：“啊哟，不用客气。小哥哥，你躲在柴房中时，我怎知道是你？我眼睛又瞧不见。直到听得你叫我姊夫作‘大哥’，才知道是你。”段誉心想倒也不错，说道：“二哥既知治眼之法，他总会设法给你医治，锺姑娘的眼珠，却万万碰她不得。她……她也是我的亲妹子。”

阿紫格格笑道：“刚才在那边山上，我听得你拼命向那个王姑娘讨好，怎么一转眼间，又瞧上这个锺姑娘了？居然连‘亲妹子’也叫出来啦，小哥哥，你也不害臊？”段誉给她说得满脸通红，道：“胡说八道！”阿紫道：“这锺姑娘倘若是我嫂子，自然动不得她的眼珠子。但若不是我嫂子，为什么动她不得？小哥哥，她到底是不是我嫂子？”

虚竹斜眼向段誉看去，心中怦怦乱跳，实不知锺灵是不是“梦姑”，假如不是，自然无妨，但如她果真便是“梦姑”，却给段誉娶了为妻，那可不知如何是好了。他满脸忧色，等待段誉回答，这一瞬之间过得比好几个时辰还长。

锺灵也在等待段誉回答，寻思：“原来瞎姑娘是你妹子，连她也在说你向王姑娘讨好，那么你心中喜欢王姑娘，决不是假的了。那为什么刚才你又说我是岳老三的‘师娘’？为什么你又肯用你的眼珠子来换我的眼珠子？为什么你当众叫我‘亲妹子’？”

只听得段誉说道：“总而言之，不许你伤害锺姑娘。你小小年纪，老是不做好事，咱们大理的褚万里褚大哥，便是给你活活气死的。你再起歹心，我二哥便不肯给你治眼了。”

阿紫扁了扁嘴，道：“哼！倒会摆兄长架子。第一次生平跟我说话，也不亲亲热热的，却教训起人来啦！”

萧峰见段誉精神虽仍十分萎顿，但说话连贯，中气渐旺，知道灵鹫宫的“九转熊蛇丸”已生奇验，他性命已然无碍，便道：“三弟，咱们同到屋里歇一歇，商量行止。”段誉道：“甚好！”腰一挺，便站了起来。锺灵叫道：“唉哟，你不可乱动，别让伤口又破了。”语音中充满关切之情。萧峰喜道：“二弟，你的治伤的灵药真是神奇无比。”

虚竹“嗯”了几声，心中却在琢磨锺灵这几句情意款款的关怀言语，恍恍惚惚，茫然若失。

众人走进屋去。段誉上炕睡卧，萧峰等便坐在炕前。这时天色已晚，梅兰竹菊四姝点亮了油灯，分别烹茶做饭，依次奉给萧峰、段誉、虚竹和锺灵，对游坦之和阿紫却不理不睬。阿紫心下恼怒，依她往日生性，便要对灵鹫宫四姝下毒暗害，但她想到若要双目复明，唯有求恳虚竹，只得强抑怒火。

萧峰哪去理会阿紫是否在发脾气，顺手拉开炕边桌子的一只抽屉，不禁一怔。段誉和虚竹见他神色有异，都向抽屉中瞧去，只见里面放着的都是些小孩子玩物，有木雕的老虎，泥捏的小狗，草编的虫笼，关蟋蟀的竹筒，还有几把生了锈的小刀。这些玩物皆是农家常见之物，毫不出奇。萧峰却拿起那只木虎来，瞧着呆呆的出神。

阿紫不知他在干什么，心中气闷，伸手去掠头发，手肘啪的一下，撞到身边一架纺棉花的纺车。她从腰间拔出剑来，刷的一声，便将那纺车劈为两截。

萧峰陡然变色，喝道："你……你干什么？"阿紫道："这纺车撞痛了我，劈烂了它，又碍你什么事了？"萧峰怒道："你给我出去！这屋里的东西，你怎敢随便损毁？"

阿紫道："出去便出去！"快步奔出。她狂怒之下，走得快了，砰的一声，额头撞在门框之上。她一声不出，摸清去路，仍是急急走出。萧峰心中一软，抢上去挽住她右臂，柔声道："阿紫，你撞痛了么？"阿紫回身过来，扑在他怀里，放声哭了出来。

萧峰轻拍她背脊，低声道："阿紫，是我不好，不该对你这般粗声大气的。"阿紫哭道："你变啦，你变啦！不像从前那样待我好了。"萧峰柔声道："坐下歇一会儿，喝口茶，好不好？"端起自己茶碗，送到阿紫口边，左手自然而然的伸过去搂着她腰。当年阿紫被他打断肋骨之后，萧峰足足服侍了她一年有余，别说送茶喂饭，连更衣、梳头、大小便等等亲昵的事也不得不为她做。当时阿紫肋骨断后，无法坐直，萧峰喂药、喂汤之时，定须以左手搂住她身子，积久成习，此刻喂她喝茶，自也如此。阿紫在他手中喝了几口茶，心情也舒畅了，嫣然一笑，道："姊夫，你还赶我不赶？"

萧峰放开她身子，转头将茶碗放到桌上，阴沉沉的暮色之中，突见两道野兽般的凶狠目光，怨毒无比的射向自己。萧峰微微一怔，只见游坦之坐在屋角落地下，紧咬牙齿，鼻孔一张一合，便似要扑上来向自己撕咬一般。萧峰心想："这人不知到底是什么来历，可处处透着古怪。"只听阿紫又道："姊夫，我劈烂一架破纺车，你又何必生这么大的气？"

萧峰长叹一声，说道："这是我义父义母的家里，你劈烂的，是我义母的纺车。"

众人都吃了一惊。

萧峰手掌托着那只小小木虎，凝目注视。灯火昏黄，他巨大的影子照在泥壁上。他手掌握拢，中指和食指在木雕小虎背上轻轻抚摸，脸上露出爱怜之色，说道："这是我义父给我刻的，那一年我是五岁，义父……那时候我叫他爹爹……就在这盏油灯旁边，给我刻这只小老虎。妈妈在纺纱。我坐在爹爹脚边，眼看小老虎的耳朵出来了，鼻子出来了，心里真是高兴……"

段誉问道："大哥，是你救我到这里来的？"萧峰点头道："是。"

原来那无名老僧正为众人说法之时，鸠摩智突施毒手，伤了段誉。无名老僧袍袖一拂，将鸠摩智推出数丈之外。鸠摩智不敢停留，转身飞奔下山。

萧峰见段誉身受重伤，忙加施救。玄生取出治伤灵药，给段誉敷上。鸠摩智这一招"火焰刀"势道凌厉之极，若不是段誉内力深厚，刀势及胸之时自然而然生出暗劲抵御，当场便已死于非命。

萧峰眼见山风猛烈，段誉重伤之余，不宜多受风吹，便将他抱到自己昔年的故居中来。他将段誉放在炕上，立即转身，既要去和父亲相见，又须安顿一十八名契丹武士，万没料到他义父母死后遗下来的空屋，这几天中竟然有人居住，而且所住的更是段誉的旧识。

他再上少林寺时，寺中纷扰已止。萧远山和慕容博已在无名老僧佛法点化之下，皈依三宝，在少林寺出家。两人不但解仇释怨，而且成了师兄弟。

萧远山所学到的少林派武功既不致传至辽国，中原群雄便都放了心。萧峰影踪不见，十八名契丹武士在灵鹫宫庇护之下，无法加害。各路英雄见大事已了，当即纷纷告辞下山。萧峰不愿和人相见，再起争端，当下藏身在寺旁的一个山洞之中，直到傍晚，才到山门求见，要和父亲相会。

少林寺的知客僧进去禀报，过了一会，回身出来，说道："萧施主，令尊已在本寺出家为僧。他要我转告施主，他尘缘已了，心得解脱，深感平安喜乐，今后一心学佛参禅，愿施主勿以为念。萧施主在大辽为官，只盼宋辽永息干戈。辽帝若有侵宋之意，请施主发慈悲心肠，眷顾两国千万生灵。"

萧峰合什道："是！"心中一阵悲伤，寻思："爹爹年事已高，今日不愿和我相见，此后只怕更无重会之期了。"又想："我为大辽南院大王，身负南疆重寄。大宋若要侵辽，我自是调兵遣将，阻其北上，但皇上如欲发兵征宋，我自亦当极力谏阻。"

正寻思间，只听得脚步声响，寺中出来七八名老僧，却是神山上人、哲罗星等一干外来高僧。玄寂、玄生等行礼相送。那波罗星站在玄寂身后，一般的合什送客。

哲罗星道："师弟，我西去天竺，今日一别，从此相隔万里，不知何日再得重会。你当真决意不愿回去故乡，要终老于中土么？"他以华语向师弟说话，似是防少林寺僧人起疑。波罗星微笑道："师兄怎地仍是参悟不透？天竺即中土，中土即天竺，此便是达摩祖师东来意。"哲罗星心中一凛，说道："师弟一言点醒。你不是我师弟，是我师父。"波罗星笑道："入门分先后，悟道有迟早。迟也好，早也好，能参悟更好。"两人相对一笑。

萧峰避在一旁，待神山、道清、哲罗星等相偕下山，他才慢慢跟在后面。只走得几步，寺中又出来一人，却是虚竹。他见到萧峰，大喜之下，抢步走近，说道："大哥，我正在到处找你，听说三弟受了重伤，不知伤势如何？"萧峰道："我救了下山，安顿在一家庄稼人家里。"虚竹道："咱们这便同去瞧瞧可好？"萧峰道："甚好，甚好！"两人并肩而行，走出十余丈后，梅兰竹菊四姝从林中出来，跟在虚竹之后。虚竹说起，灵鹫宫诸女和七十二岛、三十六洞群豪均已下山，契丹一十八名武士与众人相偕，料想中原群豪不敢轻易相犯。萧峰当即称谢，心想："我这个义弟来得甚奇，是三弟代我结拜而成金兰之交，不料患难之中，得他大助。"

虚竹又说起已将丁春秋交给了少林寺戒律院看管，每年端午和重阳两节，少林寺僧给他服食灵鹫宫的药丸，以解他生死符发作时的苦楚，他生死悬于人手，料来不敢为非作歹。萧峰拊掌大笑，说道："二弟，你为武林中除去一个大害。这丁春秋在佛法陶冶之下，将来能逐步化去他的戾气，亦未可知。"虚竹愀然不乐，说道："我想在少林寺出家，师祖、师父他们却赶了我出来。这丁春秋伤天害理，作恶多端，却能在少林寺清修，怎地我和他二人苦乐的业报如此不同？"萧峰微微一笑，说道："二弟，你羡慕丁老怪，丁老怪可更加千倍万倍的羡慕你了。你身为灵鹫宫主人，统率三十六洞洞主、七十二岛岛主，威震天下，有何不美？"虚竹摇头道："灵鹫宫中都是女人，我一个小和尚，处身其间，实在大大的不便。"萧峰哈哈大笑，说道："你难道还是小和尚么？"

虚竹又道："星宿派那些吹牛拍马之辈，又都缠住了我，不知如何打发才是。”萧峰道：“这些人也不都是天生这般，只因在星宿老怪门下，若不吹牛拍马，便难以活命。二弟，日后你严加管教，倘若他们死不肯改，一个个轰了出去便是。”

虚竹想起父亲母亲在一天之中相认，却又双双而死，更是悲伤，忍不住便滴下泪来。

萧峰安慰他道：“二弟，世上不如意事，在所多有。当年我被逐出丐帮，普天下英雄豪杰，人人欲杀我而后快，我心中自是十分难过，但过一些时日，慢慢也就好了。”虚竹忽道：“不错，不错。如来当年在王舍城灵鹫山说法，灵鹫两字，原与佛法有缘。总有一日，我要将灵鹫宫改作了灵鹫寺，教那些婆婆、嫂子、姑娘们都做尼姑。”萧峰仰天大笑，说道：“和尚寺中住的都是尼姑，那确是天下奇闻。”

两人谈谈说说，来到乔三槐屋后时，刚好碰上游坦之要挖锺灵的眼珠，幸得及时阻止。

段誉问道：“大哥、二哥，你们见到我爹爹没有？”萧峰道：“后来没再见到。”虚竹道：“混乱中群雄一哄而散，小兄没能去拜候老伯，甚是失礼。”段誉道：“二哥，不必客气。那段延庆是我家大对头，我怕他跟我爹爹为难。”萧峰道：“此事不可不虑，我便去找寻老伯，打个接应。”

阿紫道：“你口口声声老伯、小伯的，怎么不叫一声‘岳父大人’？”

萧峰叹道：“这是我毕生恨事，还有什么话好说？”说着站起身来，要走出房去。

这时梅剑端着一碗鸡汤，正进房来给段誉喝，听到了各人的言语，说道：“萧大侠，不用劳你驾去找寻，婢子这便传下主人号令，命灵鹫宫属下四周巡逻，要是见到段延庆有行凶之意，便放烟花为号，咱们前往赴援，你瞧如何？”萧峰喜道：“甚好！灵鹫宫属下千余之众，分头照看，自比我们几个人找寻好得多了。”

当下梅剑自去发施号令。灵鹫宫诸部相互联络的法子极是迅捷，虚竹一到乔三槐屋中，玄天部诸女便已得到讯息，在符敏仪率领之下，赶到附近，暗加保护。

段誉放下了心，跟着便想念起王语嫣来，寻思：“她心中恨我已极，只怕此后会面，再也不会睬我了。”言念及此，忍不住叹了口气。

锺灵甚是关怀，问道：“你伤口痛么？”段誉道：“也不大痛。”

阿紫道：“锺姑娘，你虽喜欢我小哥哥，却不明白他的心事，我瞧你这番相思，将来渺茫得紧。”锺灵道：“我又不是跟你说话，谁要你插嘴？”阿紫笑道：“我不插嘴，那不相干。我只怕有个比你美丽十倍、温柔十倍、体贴十倍的姑娘插了进来，我哥哥便再也不将你放在心上了。我哥哥为什么叹气，你不知道么？叹气，便是心有不足。你陪着我哥哥，心里很满足了，因此就不会叹气。我哥哥却长吁短叹，当然是为了另外的姑娘。”阿紫无法挖到锺灵的眼珠，便以言语相刺，总是要她大感伤痛，这才快意。

锺灵一听之下，甚是恼怒，但想她这几句话倒也有理，恼怒之情登时变成了愁闷。好在她年纪幼小，向来天真活泼，虽对段誉钟情，却不是铭心刻骨的相恋，只是觉得和他在一起相聚，心中说不出的安慰快乐，段誉心中念着别人，不大理睬自己，自是颇为难过，然而除此之外，却也不觉得如何了。

段誉忙道：“锺……锺……灵妹妹，你别听阿紫瞎说。”

锺灵听段誉叫自己为“灵妹妹”，不再叫“锺姑娘”，显得甚是亲热，登时笑逐颜开，说道：“她说话爱刺人，我才不理呢。”

阿紫却心中大怒，她眼睛瞎了之后，最恨人家提起这个“瞎”字，段誉倘若是说她“胡说”、“乱说”，她只不过一笑，偏偏他漫不经意的用了“瞎说”二字，便道：“哥哥，你到底喜欢王姑娘多些呢，还是喜欢锺姑娘多些？王姑娘跟我约好了，定于明日相会。你亲口说的话，我要当面跟她说。”

段誉一听，当即坐起，忙问：“你约了王姑娘见面？在什么地方？什么时候？有什么事情商量？”

见了他如此情急模样，不用他再说什么话，锺灵自也知道在他心目之中，那个王姑娘比之自己不知要紧多少倍。她性子爽朗，先前心中一阵难过，到这时已淡了许多。倘若王语嫣和她易地而处，得知自己意中人移情别恋，自必凄然欲绝；木婉清多半是立即一箭向段誉射去；阿紫则是设法去将王语嫣害死。锺灵却道：“别起身，小心伤口破裂，又会流血。”

虚竹在侧旁观三人情状，寻思：“锺姑娘对三弟如此一往情深，多半不是我的梦姑。否则她听到我的说话声，岂有脸上毫无异状之理？”但转念一想，心中又道：“啊哟，不对！童姥师伯、李秋水师叔，以及余婆、石嫂、符姑娘等等这一帮女子，个个心眼儿甚多，跟我们男子汉大不相同。说不定锺姑娘便是梦姑，早已认了我出来，却丝毫不动声色，将我蒙在鼓里。”

段誉仍在催问阿紫，她明日与王语嫣约定在何处相见。阿紫见他如此情急，心下盘算如何戏弄他一番，说不定还可捡些便宜，当下只是顺口敷衍。

兰剑进来回报，说道玄天部已将号令传出，请段誉放心。段誉说道：“多谢姊姊费心，在下感激不尽。”兰剑见他以大理国王子之尊，言语态度绝无半分架子，对他颇有好感，听他又向阿紫询问明日之约，忍不住插口道：“段公子，你妹子在跟你开玩笑呢，你却也当作了真的。”段誉道：“姊姊怎知舍妹跟我开玩笑？”兰剑笑道：“我要是说了出来，段姑娘定然怪我多口，也不知主人许是不许。”

段誉忙向虚竹道："二哥，你要她说罢！"

虚竹点了点头，向兰剑道："三弟和我不分彼此，你们什么事都不必隐瞒。"

兰剑道："刚才我们见到慕容公子一行人下少室山去，听到他们商量着要到西夏去，王姑娘跟了她表哥同行，这会儿早在数十里之外了。明日又怎么能跟段姑娘相会？"

阿紫啐道："臭丫头！明知我要怪你多口，你偏偏又说了出来。你们四姊妹们都是一般的快嘴快舌，主人家在这里说话，你们好没规矩，却来插嘴。"

忽然窗外一个少女声音说道："段姑娘，你为什么骂我姊姊？灵鹫宫中神农阁的钥匙是我管的，你知不知道？主人要找寻给你治眼的法门，非到神农阁去寻书、觅药不可。"说话的正是竹剑。

阿紫心中一凛："这臭丫头说的只怕果是实情，在虚竹这死和尚给我治好眼睛之前，可不能得罪他身边的丫头，否则她们捣起蛋来，暗中将药物掉换上几样，我的眼睛可糟糕了。哼，哼！我眼睛一治好，总要教你们知道我的手段。"当下默不作声。

段誉向兰剑道："多谢姊姊告知。他们到西夏去？却又为了什么？"

兰剑道："我没听到他们说去干什么。"

虚竹道："三弟，这一节我却知道。我听得公冶先生向丐帮诸长老说道：他们在途中遇到一位从西夏回归中土的丐帮弟子，揭到一张西夏国国王的榜文，说道该国公主已到了婚配的年纪，定八月中秋招婿。西夏以弓马立国，是以邀请普天下英雄豪杰，同去显演武功，以备国王选择才貌双全之士，招为驸马。"

梅剑忍不住抿嘴说道："主人，你为什么不到西夏去试试？只要萧大侠和段公子不来跟你争夺，你做西夏国的驸马爷可说是易如反掌。"

梅兰竹菊四姝天性娇憨，童姥待她们犹如亲生的小辈一般，虽有主仆之名，实则便似祖孙。只是童姥性子严峻，稍不如意，重罚立至，四姊妹倒还战战兢兢的不敢放肆。虚竹却随和之极，平时和她们相处，非但没半分主人尊严，对她们简直还恭而敬之，是以四姊妹想到什么便说什么，没有丝毫顾忌。

虚竹连连摇手，说道："不去，不去！我一个出家……"顺口又要把"出家人"三字说出来，总算最后一个"人"字咽回腹中。房里的梅剑、兰剑，房外的竹剑、菊剑却已同时笑了出来。虚竹脸上一红，转头偷眼向锺灵瞧去，只见她怔怔的望着段誉，对自己的话似乎全没留意。他心下蓦地一动："到西夏去，我……我和梦姑，是在西夏灵州皇宫的冰窖之中相会的，梦姑此刻说不定尚在灵州，三弟既不肯说她住在哪里，我何不到西夏去打听打听？"

他心中这么想，段誉却也说道："二哥，你灵鹫宫和西夏国相近，反正要回去，何不便往西夏国走一遭？这位不知道是什么剑的姊姊……对不起，你们四位相貌一模一样，我实在分不出来……这位姊姊要你去做驸马爷，虽是说笑，但想到了八月中秋之日，四方豪杰毕集灵州，定是十分热闹。大哥，你也不必急急忙忙的赶回南京啦，咱们同到西夏玩玩，然后再到灵鹫宫去尝一尝天山童姥的百年佳酿，实是赏心乐事。那日我在灵鹫宫，和二哥两个喝得烂醉如泥，好不快活。"

萧峰来到少室山时，十八名契丹武士以大皮袋盛烈酒随行。但此刻众武士不在身边，他未曾饮酒已久，听到段誉说起到灵鹫宫去饮天山童姥的百年佳酿，不由得舌底生津，嘴角边露出微笑。

阿紫抢着道："去，去，去！姊夫，咱们大伙儿一起都去。"她知道要治自己眼盲，务须随虚竹去灵鹫宫中，但若无萧峰撑腰，虚竹纵然肯治，他手下那四个快嘴丫头要是一意为难，终不免夜长梦多。她听萧峰沉吟未答，心想："姊夫外貌粗豪，心中却着实精细，他此刻早已料到我的用心，不如直言相求，更易得他答允。”当即站起身来，扯着萧峰的衣袖轻轻摇了几下，求恳道：“姊夫，你如不带我去灵鹫宫，我……我便终生不见天日了。”

萧峰心想：“令她双目复明，确是大事。”又想：“我在大辽位望虽尊，却没一个谈得来的朋友。中原豪杰都得罪完了，好容易结交到这两个慷慨豪侠的兄弟，若得多聚几日，诚大快事。好在阿紫已经寻到，这时候就算回去南京，那也无所事事，气闷得紧。”当下便道：“好，二弟、三弟，咱们同去西夏走一遭，然后再上二弟的灵鹫宫去，痛饮数日，还须请二弟为段姑娘医治眼睛。”

次日众人相偕就道。虚竹又到少林寺山门之前叩拜，喃喃祝告，一来拜谢佛祖恩德，二来拜谢寺中诸师二十余年来的养育教导，三来向父亲玄慈、母亲叶二娘的亡灵告别。

到得山下，灵鹫宫诸女已雇就了驴车，让段誉和游坦之卧在车里养伤。游坦之满心不是滋味，但宁可忍辱受气，说什么也不愿和阿紫分离。只要阿紫偶然揭开车帷，和他说一两句话，他便要兴奋上好半天，只是阿紫骑在马上，前前后后，总是跟随在萧峰身边。游坦之心中难过之极，却不敢向她稍露不悦之意。

走了两天，灵鹫宫诸部逐渐会合。鸾天部首领向虚竹和段誉禀报，她们已会到镇南王，告知他段誉伤势渐愈，并无大碍。镇南王甚是放心，要鸾天部转告段誉，早日回去大理。鸾天部诸女又道：“镇南王一行人是向东北去，段延庆和南海鳄神、云中鹤却是向西，双方决计碰不到头。”段誉甚喜，向鸾天部诸女道谢。

锺灵问段誉道：“令尊要你早回大理，他自己怎地又向东北方去?”段誉微微一笑，尚未回答，阿紫已笑道：“爹爹定是给我妈拉住了，不许他回大理去。锺姑娘，你想拉住我哥哥的心，得学学我妈。”

这两天中，段誉一直在寻思，要不要说明锺灵便是自己妹子，总觉这件事说起来十分尴尬，既伤锺灵之心，又颇损父亲名声，还是暂且不说为妙。

锺灵明知段誉所以要到西夏，全是为了要去和那王姑娘相会，但她每日得与段誉相见，心愿已足，也不去理会日后段誉和王姑娘会见之后却又如何，阿紫冷言冷语的讥嘲于她，她也全不介意。

炎暑天时，午间赤日如火，好在离中秋尚远，众人只拣清晨、傍晚赶路，每日只行六七十里，也就歇了。在途非止一日，段誉伤势好得甚快。虚竹替游坦之的断腿接上了骨，用夹板牢牢夹住了，看来颇有复原之望。游坦之跟谁也不说话，虚竹替他医腿，他脸色仍是悻悻然，一个“谢”字也不说。

这日一行人来到了咸阳古道，段誉向萧峰等述说当年刘、项争霸的史迹。萧峰和虚竹都没读过什么书，听段誉扬鞭说昔日英豪，都是大感兴味。

忽然间马蹄声响，后面两乘马快步赶来。萧峰等将坐骑往道旁一拉，好让后面的乘客先行。阿紫却兀自拦在路中，待那两乘马将赶到她身后时，她提起马鞭一抽，便向身后的马头上抽去。后面那骑者提起马鞭，往阿紫的鞭子迎上，口中却叫起来：“段公子！萧大侠！”

段誉回头看去，当先那人是巴天石，后边那人是朱丹臣。巴天石挥鞭挡开阿紫击来的马鞭，和朱丹臣翻身下鞍，向段誉拜了下去。段誉忙下马还礼，问道：“我爹爹平安？”只听得飕的一声响，阿紫又挥鞭向巴天石头上抽落。

巴天石尚未站起，身子向左略挪，仍是跪在地下。阿紫一鞭抽空，巴天石右膝一按，已将鞭梢揿住。阿紫用力回抽，却抽之不动。她知道自己内力决计不及对方，当即手掌一扬，将鞭子的柄儿向巴天石甩了过去。巴天石恼她气死褚万里，原是有略加惩戒之意，不料她眼睛虽盲，行动仍是机变之极，鞭柄来得十分迅速，巴天石听得风声，急忙侧头相避，头脸虽然避开，但啪的一声，已打中他肩头。

段誉喝道："紫妹，你又胡闹！"阿紫道："怎么我胡闹了？他要我的鞭子，我给了他便是。"巴天石嘻嘻一笑，道："多谢姑娘赐鞭。"站起身来，从怀中取出一封书信，双手递给段誉。

段誉接过一看，见封皮上"誉儿览"三字正是父亲的手书，忙双手捧了，整了整衣衫，恭恭敬敬的拆开，见是父亲命他到了西夏之后，如有机缘，当设法娶西夏公主为妻。信中言道："我大理僻处南疆，国小兵弱，难抗外敌，如得与西夏结为姻亲，得一强援，实为保土安民之上策。吾儿当以祖宗基业为重，以社稷子民为重，尽力图之。"

段誉读完此信，脸上一阵红，一阵白，嗫嚅道："这个……这个……"

巴天石又取出一个大信封，上面盖了"大理国皇太弟镇南王保国大将军"的朱红大印，说道："这是王爷写给西夏皇帝求亲的亲笔函件，请公子到了灵州之后，呈递西夏皇帝。"朱丹臣也笑眯眯的道："公子，祝你马到成功，娶得一位如花似玉的公主回去大理，置我国江山如磐石之安。"段誉神色更是尴尬，问道："爹爹怎知我去西夏？"巴天石道："王爷得知慕容公子往西夏去求亲，料想公子……也……也会前去瞧瞧热闹。王爷吩咐，公子须当以国家大事为重，儿女私情为轻。"

阿紫嘻嘻一笑，说道："这叫做知子莫若父啦。爹爹听说慕容复去西夏，料想王姑娘定然随之同去，他自己这个宝贝儿子自然便也会巴巴的跟了去。哼，上梁不正下梁歪，他自己怎么又不以国家大事为重，以儿女私情为轻？怎地离国如此之久，却不回去？"

巴天石、朱丹臣、段誉三人听阿紫出言对自己父亲如此不敬，都是骇然变色，她所说的虽是实情，但做女儿的，如何可以直言编排父亲的不是？

阿紫又道："哥哥，爹爹信中写了什么？有提到我没有？"段誉道："爹爹没知道你和我在一起。"阿紫道："嗯，是了，他不知道。爹爹有嘱咐你找我吗？有没有叫你设法照顾你这个瞎了眼的妹子？"

段正淳的信中并未提及此节，段誉心想若是照直而说，不免伤了妹子之心，便向巴朱二人连使眼色，要他们承认父王曾有找寻阿紫之命。哪知巴朱二人假作不懂，并未迎合。朱丹臣道："镇南王命咱二人随侍公子，听由公子爷差遣，务须娶到西夏国的公主。否则我二人回到大理，王爷就不怪罪，我们也是脸上无光，难以见人。"言下之意，竟是段正淳派他二人监视段誉，非做上西夏的驸马不可。

段誉苦笑道："我本就不会武艺，何况重伤未愈，真气提不上来，怎能和天下的英雄好汉相比？"

巴天石转头向萧峰、虚竹躬身说道："镇南王命小人拜上萧大侠、虚竹先生，请二位念在金兰结义之情，相助我们公子一臂之力。镇南王又说：少室山上匆匆之间，未得与两位多所亲近，甚为抱憾，特命小人奉上薄礼。"说着取出一只碧玉雕琢的狮子，双手奉给萧峰。朱丹臣从怀中取出一柄象牙扇子，扇面上有段正淳的书法，呈给虚竹。

二人称谢接过，都道："三弟之事，我们自当全力相助，何劳段伯父嘱咐？蒙赐珍物，更是不敢当了。"

阿紫道："你道爹爹是好心么？他是叫你们二人不要和我哥哥去争做驸马。我爹爹生怕他的宝贝儿子争不过你们两个。你们这么一口答应，可上了我爹爹的当啦。"

萧峰微微叹了口气，说道："自你姊姊死后，我岂有再娶之意？”阿紫道：“你嘴里自然这么说，谁知道你心里却又怎生想？虚竹先生，你忠厚老实，不似我哥哥这么风流好色，到处留情，你从来没和姑娘结过情缘，去娶了西夏公主，岂不甚妙？”虚竹满面通红，连连摇手，道：“不，不！我……我自己决计不行，我自当和大哥相助三弟，成就这头亲事。”

巴天石和朱丹臣相互瞧了一眼，向萧峰和虚竹拜了下去，说道：“多承二位允可。”武林英豪一言既出，驷马难追，萧峰和虚竹同时答允相助，巴朱二人再来一下敲钉转脚，倒不是怕他二人反悔，却是要使段誉更难推托。

众人一路向西，渐渐行近灵州，道上遇到的武林之士便多了起来。

西夏疆土虽较大辽、大宋为小，却也是西陲大国，此时西夏国王早已称帝，当今皇帝李乾顺，史称崇宗圣文帝，年号“天祐民安”，其时朝政清平，国泰民安。

武林中人如能娶到了西夏公主，荣华富贵，唾手而得，世上哪还有更便宜的事？只是武林中的成名人物大都已娶妻生子，新进少年偏又武功不高，便有不少老年英雄携带了子侄徒弟，前去碰一碰运气。许多江洋大盗、帮会豪客，倒是孤身一人，便不由得存了侥幸之想，齐往灵州进发。许多人想：“千里姻缘一线牵，说不定命中注定我和西夏公主有婚姻之份，也未必我武功一定胜过旁人，只须我和公主有缘，她瞧中了我，就有做驸马爷的指望了。”

一路行来，但见一般少年英豪个个衣服鲜明，连兵刃用具也都十分讲究，竟像是去赶什么大赛会一般。常言道：“穷文富武”，学武之人家中多半有些银钱，倘若品行不端，银钱来得更加容易，是以去西夏的武林少年十九衣服丽都，以图博得公主青睐。道上相识之人遇见了，相互取笑之余，不免打听公主容貌如何，武艺高低；若是不识，往往怒目而视，将对方当作了敌人。

这一日萧峰等正按辔徐行，忽听得马蹄声响，迎面来了一乘马，马上乘客右臂以一块白布吊在颈中，衣服撕破，极是狼狈。萧峰等也不为意，心想这人不是摔跌，便是被人打伤，那是平常得紧。不料过不多时，又有三乘马过来，马上乘客也都是身受重伤，不是断臂，便是折足。但见这三人面色灰败，大是惭愧，低着头匆匆而过，不敢向萧峰等多瞧一眼。梅剑道："前面有人打架么？怎地有好多人受伤？"

说话未了，又有两人迎面过来。这两人却没骑马，满脸是血，其中一人头上裹了青布，血水不住从布中渗出来。竹剑道："喂，你要伤药不要？怎么受了伤？"那人向她恶狠狠的瞪了眼，向地下吐了口唾沫，掉头而去。菊剑大怒，拔出长剑，便要向他斩去。虚竹摇头道："算了罢！这人受伤甚重，不必跟他一般见识。"兰剑道："竹妹好意问他要不要伤药，这人却如此无礼，让他痛死了最好。"

便在此时，迎面四匹马泼风也似奔将过来，左边两骑，右边两骑。只听得马上乘客相互戟指大骂。有人道："都是你癞虾蟆想吃天鹅肉，也不想想自己有多大道行，便想上灵州去做驸马。"另一边一人骂道："你若有本领，干么不闯过关去？打输了，偏来向我出气。"对面的人骂道："倘若不是你在后面暗箭伤人，我又怎么会败？"这四个人纵马奔驰，说话又快，没能听清楚到底在争些什么，霎时之间便到了跟前。四人见萧峰等人多，不敢与之争道，拉马向两旁奔了过去，但兀自指指点点的对骂，依稀听来，这四人都是去灵州想做驸马的，但似有一道什么关口，四个人都闯不过去，相互间又扯后腿，以致落得铩羽而归。

段誉道："大哥，我看……"一言未毕，迎面又有几个人徒步走来，也都身上受伤，有的头破血流，有的一跷一拐。锺灵抑不住好奇之心，纵马上前，问道："喂，前面把关之人厉害得紧么？"一个中年汉子道："哼！你是姑娘，要过去没人拦阻。是男的，还是乘早打回头罢。"他这么一说，连萧峰、虚竹等也感奇怪，都道："上去瞧瞧！"催马疾驰。

一行人奔出七八里，只见山道陡峭，一条仅容一骑的山径蜿蜒向上，只转得几个弯，便见黑压压的一堆人聚在一团。萧峰等驰将近去，但见山道中间并肩站着两名大汉，都是身高六尺有余，异常魁伟，一个手持大铁杵，一个双手各提一柄铜锤，恶狠狠的望着眼前众人。

聚在两条大汉之前的少说也有十七八人，言辞纷纷，各说各的。有的说："借光，我们要上灵州去，请两位让一让。"这是敬之以礼。有的说："两位是收买路钱么？不知是一两银子一个，还是二两一个？只须两位开下价来，并非不可商量。"这是动之以利。有的说："你们再不让开，惹恼了老子，把你两条大汉斩成肉酱，再要拼凑还原，可不成了，还是乘早乖乖的让开，免得大祸临头。"这是胁之以威。更有人说："两位相貌堂堂，威风凛凛，何不到灵州去做驸马？那位如花似玉的公主若是教旁人得了去，岂不可惜？"这是诱之以色。众人七张八嘴，那两条大汉始终不理。

突然人群中一人喝道："让开！"寒光一闪，挺剑上前，向左首那大汉刺过去。那大汉身形巨大，兵刃又极沉重，殊不料行动迅捷无比，双锤互击，正好将长剑夹在双锤之中。这一对八角铜锤每一柄各有四十来斤，当的一声响，长剑登时断为十余截。那大汉飞出一腿，踢在那人小腹之上。那人大叫一声，跌出七八丈外，一时之间爬不起身。

只见又有一人手舞双刀，冲将上去，双刀舞成了一团白光，护住全身。将到两条大汉身前，那人一声大喝，突然间变了地堂刀法，着地滚进，双刀向两名大汉腿上砍去。那持杵大汉也不去看他刀势来路如何，提起铁杵，便往这团白光上猛击下去。但听得“啊”的一声惨呼，那人双刀被铁杵打断，刀头并排插入胸中，骨溜溜的向山下滚去。

两名大汉连伤二人，余人不敢再进。忽听得蹄声答答，山径上一匹驴子走了上来。驴背上骑着一个少年书生，也不过十八九岁年纪，宽袍缓带，神情既颇儒雅，容貌又极俊美。他骑着驴子走过萧峰等一干人身旁时，众人觉得他与一路上所见的江湖豪士不大相同，不由得向他多瞧了几眼。段誉突然“啊”的一声，叫了出来，又道：“你……你……你……”那书生向他瞧也不瞧，挨着各人坐骑，抢到了前头。

锺灵奇道：“你认得这位相公？”段誉脸上一红，道：“不，我看错人了。他……他是个男人，我怎认得？”他这句话实在有点不伦不类，阿紫登时便嗤的一声笑了出来，说道：“哥哥，原来你只认得女子，不认得男人。”她顿了一顿，问道：“难道刚才过去的是男人么？这人明明是女的。”段誉道：“你说他是女人？”阿紫道：“当然啦，她身上好香，全是女人的香气。”段誉听到这个“香”字，心中怦怦乱跳：“莫非……莫非当真是她？”

这时那书生已骑驴到了两条大汉的面前，叱道：“让开！”这两字语音清脆，果是女子的喉音。

段誉更无怀疑，叫道：“木姑娘，婉清，妹子！你……你……你……我……我……”口中乱叫，催坐骑追上去。虚竹叫道：“三弟，小心伤口！”和巴天石、朱丹臣两人同时拍马追了上去。

那少年书生骑在驴背之上，只瞪着两条大汉，却不回过头来。巴天石、朱丹臣从侧面看去，但见他俏目俊脸，果然便是当日随同段誉来到大理镇南王府的木婉清。二人暗叫：“惭愧，咱们明眼人，还不及个瞎子。”殊不知阿紫目不见物，耳音嗅觉却比旁人敏锐，木婉清体有异香，她一闻到便知是个女子。众人却明明看到一个少年书生，匆匆之间，难辨男女。

段誉纵马驰到木婉清身旁，伸手往她肩上搭去，柔声道：“妹子，这些日子你在哪里？我可想得你好苦！”木婉清一缩肩，避开他手，转过头来，冷冷的道：“你想我？你为什么想我？你当真想我了？”段誉一呆，她这三句问话，自己可一句也答不上来。

对面持杵大汉哈哈大笑，说道：“好，原来你是个女娃子，我便放你过去。”持锤大汉叫道：“娘儿们可以过去，臭男人便不行。喂，你滚回去，滚回去！”一面说，一面指着段誉，喝道：“你这种小白脸，老子一见便生气。再上来一步，老子不将你打成肉酱才怪。”

段誉道：“尊兄言之差矣！这是人人可行的大道，尊兄为何不许我过？愿闻其详。”

那大汉道：“吐蕃国宗赞王子有令：此关封闭十天，待过了八月中秋再开。在中秋节以前，女过男不过，僧过俗不过，老过少不过，死过活不过！这叫‘四过四不过’。”段誉道：“那是什么道理？”那大汉大声道：“道理，道理！老子的铜锤、老二的铁杵便是道理。宗赞王子的话便是道理。你是男子，既非和尚，又非老翁，若要过关，除非是个死人。”

木婉清怒道：“呸，偏有这许多啰里啰唆的臭规矩！”右手一扬，嗤嗤两声，两枝小箭分向两名大汉射去，只听得啪啪两下，如中败革，眼见小箭射进了两名大汉胸口衣衫，但二人竟如一无所损。持杵大汉怒喝：“不识好歹的小姑娘，你放暗器么？”木婉清大吃一惊，心道：“这二人多半身披软甲，我的毒箭居然射他们不死。”那持杵大汉伸出大手，向木婉清揪来。这人身子高大，木婉清虽骑在驴背，但他一手伸出，便揪向她胸口。

段誉叫道：“尊兄休得无礼！”左手疾伸去挡。那大汉手掌一翻，便将段誉手腕牢牢抓住。持锤大汉叫道：“妙极！咱哥儿俩将这小白脸撕成两半！”将双锤并于左手，右手一把抓住了段誉左腕，用力便扯。

木婉清急叫：“休得伤我哥哥！”嗤嗤数箭射出，都如石沉大海，虽然中在两名大汉身上，却是不损其分毫，要想射他二人头脸眼珠，可是中间隔了个段誉，又怕伤及于他。两旁山峰壁立，虚竹、巴天石、朱丹臣三人被段木二人坐骑阻住了，无法上前相救。

虚竹飞身离鞍，跃到持杵大汉身侧，伸指正要往他胁下点去，却听得段誉哈哈大笑，说道：“二哥不须惊惶，他们伤我不得。”

只见两条铁塔也似的大汉渐渐矮了下来，两颗大头摇摇摆摆，站立不定，过不多时，砰砰两声，倒在地下。段誉的“北冥神功”专吸敌人功力，两条大汉的内力一尽，天生膂力也即无用，两人委顿在地，形如虚脱。段誉说道：“你们已打死打伤了这许多人，也该受此惩罚，下次万万不可。”

锺灵恰于这时赶到，笑道：“只怕他们下次再也没打人的本领了。”转头向木婉清道：“木姊姊，我真想不到是你！”木婉清冷冷的道：“你是我亲妹子，只叫‘姊姊’便了，何必加上个‘木’字？”锺灵奇道：“木姊姊，你说笑了，我怎么会是你的亲妹子？”木婉清向段誉一指道：“你去问他！”锺灵转向段誉，待他解释。

段誉涨红了脸，说道：“是，是……这个……这时候却也不便细说……”

本来被两条大汉挡住的众人，一个个从他身边抢了过去，直奔灵州。

阿紫叫道：“哥哥，这位好香的姑娘，也是你的老相好么？怎么不替我引见引见？”段誉道：“别胡说，这位……这位是你的……你的亲姊姊，你过来见见。”木婉清怒道：“我哪有这么好福气？”在驴臀上轻轻一鞭，径往前行。

段誉纵骑赶了上去，问道：“这些时来，你却在哪里？妹子，你……你可真清减了。”木婉清心高气傲，动不动便出手杀人，但听了他这句温柔言语，突然胸口一酸，一年多来道路流离，种种风霜雨雪之苦，无可奈何之情，霎时之间都袭上了心头，泪水再也无法抑止，扑簌簌的便滚将下来。段誉道：“好妹子，我们大伙儿人多，有个照应，你就跟我们在一起罢。”木婉清道：“谁要你照应？没有你，我一个人不也这么过日子了？”段誉道：“我有许多话要跟你说，好妹子，你答应跟我们在一起好不好？”木婉清道：“你又有什么话跟我说了？多半是胡说八道。”嘴里虽没答允，口风却已软了。段誉甚喜，搭讪道：“好妹子，你虽然清瘦了些，可越长越俊啦！”

木婉清脸一沉，道：“你是我兄长，可别跟我说这些话。”她心下烦乱已极，明知段誉是自己同父异母的哥哥，但对他的相思爱慕之情，别来非但并未稍减，更只有与日俱增。

段誉笑道：“我说你越长越俊，也没什么不对。好妹子，你为什么着了男装上灵州去？是去招驸马么？像你这么俊美秀气的少年书生，那西夏公主一见之后，非爱上你不可。”木婉清道：“那你为什么又上灵州去了？”段誉脸上微微一红，道：“我是去瞧瞧热闹，更无别情。”木婉清哼了一声，道：“你别尽骗我。爹爹叫你去做西夏驸马，命这姓巴的、姓朱的送信给你，你当我不知道么？”

段誉奇道：“咦，你怎么知道了？”木婉清道：“我妈撞到了咱们的好爹爹，我跟妈在一起，爹爹的事我自然也听到了。”段誉道：“原来如此。你知道我要上灵州去，因此跟着来瞧瞧我，是不是？”木婉清脸上微微一红，段誉这话正中了她的心事，但她兀自嘴硬，道：“我瞧你干什么？我想瞧瞧那位西夏公主到底是怎样美法，闹得这般天下哄动。”段誉想说：“她能有你一半美，也已算了不起啦！”随即觉得这话跟情人说则可，跟妹妹说却是不可，话到口边，又即忍住。木婉清道：“我又想瞧瞧，咱们大理国的段王子，是不是能攀上这门亲事。”段誉低声道：“我是决计不做西夏驸马的，妹妹，这句话你可别泄漏出去。爹爹真要逼我，我便逃之夭夭。”

木婉清道：“难道爹爹有命，你也敢违抗？”段誉道：“我不是抗命，我是逃走。”木婉清笑道：“逃走和抗命，又有什么分别？人家金枝玉叶的公主，你为什么不要？”自从见面以来，这是她初展笑脸，段誉心下大喜，道：“你当我和爹爹一样吗？见一个，爱一个，到后来弄到不可开交。”

木婉清道：“哼，我瞧你和爹爹也没什么两样，当真是有其父必有其子。只不过你没爹爹这么好福气。”她叹了口气，说道：“像我妈，背后说起爹爹来，恨得什么似的，可是一见了他面，却又眉花眼笑，什么都原谅了。现下的年轻姑娘们哪，可再没我妈这么好了。”

段誉于霎时之间，只觉全身飘飘荡荡地，如升云雾，如入梦境，这些时候来朝思暮想的愿望，蓦地里化为真事。

四十五

枯井底　污泥处

巴天石和朱丹臣等过来和木婉清相见，又替她引见萧峰、虚竹等人。巴朱二人虽知她是镇南王之女，但并未行过正式收养之礼，是以仍称她为“木姑娘”。

众人行得数里，忽听得左首传来一声惊呼，更有人大声号叫，却是南海鳄神的声音，似乎遇上了什么危难。段誉道：“是我徒弟！”锺灵叫道：“咱们快去瞧瞧，你徒弟为人倒也不坏。”虚竹也道：“正是！”他母亲叶二娘是南海鳄神的同伙，不免有些香火之情。

众人催骑向号叫声传来处奔去，转过几个山坳，见是一片密林，对面悬崖之旁，出现一片惊心动魄的情景：

一大块悬崖突出于深谷之上，崖上生着一株孤零零的松树，形状古拙。松树上的一根枝干临空伸出，有人以一根杆棒搭在枝干上，这人一身青袍，正是段延庆。他左手抓着杆棒，右手抓着另一根杆棒，那根杆棒的尽端也有人抓着，却是南海鳄神。南海鳄神的另一只手抓住了一人的长发，乃是穷凶极恶云中鹤。云中鹤双手分别握着一个少女的两只手腕。四人宛如结成一条长绳，临空飘荡，着实凶险，不论哪一个人失手，下面的人立即堕入底下数十丈的深谷。谷中万石森森，犹如一把把刀剑般向上耸立，有人堕了下去，决难活命。其时一阵风吹来，将南海鳄神、云中鹤和那少女三人都吹得转了半个圈子。这少女本来背向众人，这时转过身来，段誉大声叫“啊哟”，险些从马上掉将下来。

那少女正是他朝思暮想、无时或忘的王语嫣。

段誉一定神间，眼见悬崖生得奇险，无法纵马上去，当即一跃下马，抢着奔去。将到松树之前，只见一个头大身矮的胖子手执大斧，正在砍那松树。

段誉这一惊更是非同小可，叫道：“喂，喂，你干什么？”那矮胖子毫不理睬，只是一斧斧的往树上砍去，嘭嘭大响，碎木飞溅。段誉手指一伸，提起真气，欲以六脉神剑伤他，不料他这六脉神剑要它来时却未必便来，连指数指，剑气影踪全无，惶急大叫：“大哥、二哥，两个好妹子，四位好姑娘，快来，快来救人！”

呼喝声中，萧峰、虚竹等都奔将过来。原来这胖子给大石挡住了，在下面全然见不到。幸好那松树粗大，一时之间无法砍断。

萧峰等一见这般情状，都是大为惊异，说什么也想不明白，如何会出现这等希奇古怪的情势。虚竹叫道：“胖子老兄，快停手，这棵树砍不得了。”那胖子道：“这是我种的树，我喜欢砍回家去，做一口棺材来睡，你管得着么？”说着手上丝毫不停。下面南海鳄神的大呼小叫之声，不绝传将上来。段誉道：“二哥，此人不可理喻，请你快去制止他再说。”虚竹道：“甚好！”便要奔将过去。

突见一人撑着两根木杖，疾从众人身旁掠过，几个起落，已挡在那矮胖子之前，却是游坦之，不知他何时从驴车中溜了出来。游坦之一杖拄地，一杖提起，森然道：“谁也不可过来！”

木婉清从来没见过此人，突然看到他奇丑可怖的面容，只吓得花容失色，“啊”的一声低呼。

段誉忙道：“庄帮主，你快制止这位胖子仁兄，叫他不可再砍松树。”游坦之冷冷的道：“我为什么要制住他？有什么好处？”段誉道：“松树一倒，下面的人都要摔死了。”

虚竹见情势凶险，纵身跃将过去，心想就算不能制住那胖子，也得将段延庆、南海鳄神等拉上来。他想当日所以能解开那“珍珑棋局”，全仗段延庆指点，此后学到一身本领，便由此发端，虽然这件事对他到底是祸是福，实所难言，但段延庆对他总是一片好意。

游坦之右手将木杖在地上一插，右掌立即拍出，一股阴寒之气随伴着掌风直逼而至。虚竹虽不怕他的寒阴毒掌，却也知道此掌功力深厚，不能小觑，当即凝神还了一掌。游坦之第二掌却对准松树的枝干拍落，松枝大晃，悬挂着的四人更摇晃不已。

段誉急叫：“二哥不要再过去了，有话大家好说，不必动蛮。庄帮主，你跟谁有仇？何必害人？”

游坦之道：“段公子，你要我制住这胖子，那也不难，可是你给我什么好处？”段誉道：“什……什么好处都给……你……你要什么，我给什么。决不讨价还价，快，快，再迟得片刻，可来不及了。”游坦之道：“我制住这胖子后，立即要和阿紫姑娘离去，你和萧峰、虚竹一干人，谁也不得阻拦。此事可能答允？”

段誉道：“阿紫？她……她要请我二哥施术复明，跟了你离去，她的眼睛怎么办？”游坦之道：“虚竹先生能替她施术复明，我自也能设法治好她的眼睛。”段誉道：“这个……这个……”眼见那矮胖子还是一斧、一斧的不断砍那松树，心想此刻千钧一发，终究是救命要紧，便道：“我答允……答允你便了！你……你……快……”

游坦之右掌挥出，击向那胖子。那胖子嘿嘿冷笑，抛下斧头，扎起马步，一声断喝，双掌向游坦之的掌力迎上，掌风虎虎，声势极是威猛，游坦之这一掌中却半点声息也无。

突然之间，那胖子脸色大变，本是高傲无比的神气，忽然变为异常诧异，似乎见到了天下最奇怪、最难以相信的事，跟着嘴角边流下两条鲜血，身子慢慢缩成一团，慢慢向崖下深谷中掉了下去。隔了好一会，才听得腾的一声，自是他身子撞在谷底乱石之上，声音闷郁，众人想像这矮胖子脑裂肚破的惨状，都是忍不住身上一寒。

虚竹飞身跃上松树的枝干，只见段延庆的钢杖深深嵌在树枝之中，全凭一股内力黏劲，挂住了下面四人，内力之深厚，实是非同小可。虚竹伸左手抓住钢杖，提将上来。

南海鳄神在下面大加称赞："小和尚，我早知你是个好和尚。你是我二姊的儿子，是我岳老二的侄儿。既是岳老二的侄儿，本领自然不会差到哪里去。若不是你来相助一臂之力，我们在这里吊足三日三夜，这滋味便不大好受了。"云中鹤道："这当儿还在吹大气，怎么能吊得上三日三夜？"南海鳄神怒道："我支持不住之时，右手一松，放开了你的头发，不就成了，要不要我试试？"他二人虽在急难之中，还是不住的拌嘴。

片刻之间，虚竹将段延庆接了上来，跟着将南海鳄神与云中鹤一一提起，最后才拉起王语嫣。她双目紧闭，呼吸微弱，已然晕去。

段誉先是大为欣慰，跟着便心下怜惜，但见她双手手腕上都是一圈紫黑之色，现出云中鹤深深的指印，想起云中鹤凶残好色，对木婉清和锺灵都曾意图非礼，每一次都蒙南海鳄神搭救，今日之事，自然又是恶事重演，不由得恼怒之极，说道："大哥、二哥，这个云中鹤生性奸恶，咱们把他杀了罢！"

南海鳄神叫道："不对，不对！段……那个师父……今日全靠云老四救了你这个……你这个老婆……我这个师娘……不然的话，你老婆早已一命呜呼了。"

他这几句虽然颠三倒四，众人却也都听得明白。适才段誉为了王语嫣而焦急逾恒之状，木婉清一一都瞧在眼里，未见王语嫣上来，已不禁黯然自伤，迨见到她神清骨秀、端丽无双的容貌，心中更是一股说不出的难受。只见她双目慢慢睁开，"嘤"的一声，低声道："这是在黄泉地府么？我……我已经死了么？"

南海鳄神怒道："你这个妞儿当真胡说八道！倘若这是黄泉地府，难道咱们个个都是死鬼？你现下还不是我师父的老婆，我得罪你几句，也不算是以下犯上。不过时日无多，依我看来，你迟早要做我师娘，良机莫失，还是及早多叫你几声小妞儿比较上算。喂，我说小妞儿啊，好端端地干什么寻死觅活？你死了是你自己甘愿，却险些儿赔上我把弟云中鹤的一条性命。云中鹤死了也就罢了，咱们段老大死了，那就可惜得紧。就算段老大死了也不打紧，我岳老二陪你死了，可真是大大的犯不着啦！"

段誉柔声安慰："王姑娘，这可受惊了，且靠着树歇一会。"王语嫣哇的一声，哭了出来，双手捧着脸，低声道："你们别来管我，我……我……我不想活啦。"段誉吃了一惊："她真的是要寻死，那为什么？难道……难道……"斜眼向云中鹤瞧去，见到他暴戾凶狠的神色，心中暗叫："啊哟！莫非王姑娘受了此人之辱，以至要自寻短见？"

锺灵走上一步，说道："岳老三，你好！"南海鳄神一见大喜，大声道："小师娘，你也好！我现下是岳老二，不是岳老三了！"锺灵道："你别叫我小什么的，怪难听的。岳老二，我问你，这位姑娘到底为什么要寻死？又是这个竹篙儿惹的祸么？我呵他的痒！"说着双手凑在嘴边，向十根手指吹了几口气。云中鹤脸色大变，退开两步。

南海鳄神连连摇头，说道："不是，不是。天地良心，这一次云老四变了性，忽然做起好事来。咱三人少了叶二娘这个伴儿，都是闷闷不乐，出来散散心，走到这里，刚好见到这小妞儿跳崖自尽，她跳出去的力道太大，云老四又没抓得及时，唉，他本来是个穷凶极恶的家伙，突然改做好事，不免有点不自量力……"

云中鹤怒道："你奶奶的，我几时大发善心，改做好事了？姓云的最喜欢美貌姑娘，见到这王姑娘跳崖寻死，我自然不舍得，我是要抓她回去，做几天老婆。”

南海鳄神暴跳如雷，戟指骂道：“你奶奶的，岳老二当你变性，伸手救人，念着大家是天下著名恶汉的情谊，才伸手抓你头发，早知如此，让你掉下去摔死了倒好。”

锺灵笑道：“岳老二，你本来外号叫作‘凶神恶煞’，原是专做坏事，不做好事的，几时又转了性啦？是跟你师父学的吗？”

南海鳄神搔了搔头皮，道：“不是，不是！决不转性，决不转性！只不过四大恶人少了一个，不免有点不带劲。我一抓到云老四的头发，给他一拖，不由得也向谷下掉去，幸好段老大武功了得，一杖伸将过来，给我抓住了。可是我们三人四百来斤的份量，这一拖一拉，一扯一带，将段老大也给牵了下来。他一杖甩出，钩住了松树，正想慢慢设法上来，不料来了个吐蕃国的矮胖子，拿起斧头，便斫松树。”

锺灵道：“这矮胖子是吐蕃国人么？他又为什么要害你们性命？”

南海鳄神向地下吐了口唾沫，说道：“我们四大恶人是西夏国一品堂中数一数二，不，不，是数三数四的高手，你们大家自然都是久仰的了。这次皇上替公主招驸马，吩咐一品堂的高手四下巡视，不准闲杂人等前来捣乱。哪知吐蕃国的王子蛮不讲理，居然派人把守西夏国的四处要道，不准旁人去招驸马，只准他小子一个儿去招。我们自然不许，大伙儿就打了一架，打死十来个吐蕃武士。所以嘛，如此这般，我们三大恶人和吐蕃国的武士们，就不是好朋友啦。”

他这么一说，众人才算有了点头绪，但王语嫣为什么要自寻短见，却还是不明白。

南海鳄神又道：“王姑娘，我师父来啦，你们还是做夫妻罢，你不用寻死啦！”

王语嫣抬起头来，抽抽噎噎的道："你再胡说八道的欺侮我，我……我就一头撞死在这里。"段誉忙道："使不得，使不得！"转头向南海鳄神道："岳老三，你不可……"南海鳄神道："岳老二！"段誉道："好，就是岳老二。你别再胡说八道。不过你救人有功，为师感激不尽。下次我真的教你几手功夫。"

南海鳄神睁着怪眼，斜视王语嫣，说道："你不肯做我师娘，肯做的人还怕少了？这位大师娘，这位小师娘，都是我的师娘。"说着指着木婉清，又指着锺灵。

木婉清脸一红，啐了一口，道："咦，那个丑八怪呢？"众人适才都全神贯注的瞧着虚竹救人，这时才发现游坦之和阿紫已然不知去向。段誉道："大哥，他们走了么？"

萧峰道："他们走了。你既答允了他，我就不便再加阻拦。"言下不禁茫然，不知阿紫随游坦之去后，将来究竟如何。

南海鳄神叫道："老大、老四，咱们回去了吗？"眼见段延庆和云中鹤向西而去，转头向段誉道："我要去了！"放开脚步，跟着段延庆和云中鹤径回灵州。

锺灵道："王姑娘，咱们坐车去。"扶着王语嫣，走进阿紫原先坐的驴车之中。

当下一行人齐向灵州进发。傍晚时分，到了灵州城内。

其时西夏国势方张，拥有二十二州。黄河之南有灵州、洪州、银州、夏州诸州，河西有兴州、凉州、甘州、肃州诸州，即今甘肃、宁夏、绥远一带。其地有黄河灌溉之利，五谷丰饶，所谓"黄河百害，惟利一套"，西夏国所占的正是河套之地。兵强马壮，控甲五十万。西夏士卒骁勇善战，宋史有云："用兵多立虚砦，设伏兵包敌。以铁骑为前军，乘善马，重甲，刺斫不入，用钩索绞联，虽死马上，不坠。遇战则先出铁骑突阵，阵乱则冲击之，步兵挟骑以进。”西夏皇帝虽是姓李，其实是胡人拓跋氏，唐太宗时赐姓李。西夏人转战四方，疆界变迁，国都时徙。灵州是西夏大城，但与中原名都相比，自然远远不及。

这一晚萧峰等无法找到宿店。灵州本不繁华，此时中秋将届，四方来的好汉豪杰不计其数，几家大客店早住满了。萧峰等又再出城，好容易才在一座庙宇中得到借宿之所，男人挤在东厢，女子住在西厢。

段誉自见到王语嫣后，又是欢喜，又是忧愁，这晚上翻来覆去，却如何睡得着？心中只想：“王姑娘为什么要自寻短见？我怎生想个法子劝解于她才是？唉，我既不知她寻短见的原由，却又何从劝解？”

眼见月光从窗格中洒将进来，一片清光，铺在地下。他难以入睡，悄悄起身，走到庭院之中，只见墙角边两株疏桐，月亮将圆未圆，渐渐升到梧桐顶上。这时盛暑初过，但甘凉一带，夜半已颇有寒意，段誉在桐树下绕了几匝，隐隐觉得胸前伤口处有些作痛，知是日间奔得急了，触动了伤处，不由得又想：“她为什么要自寻短见？”

信步出庙，月光下只见远处池塘边人影一闪，依稀是个白衣女子，更似便是王语嫣的模样。段誉吃了一惊，暗叫：“不好，她又要去寻死了。”当即展开轻功，抢了过去。霎时间便到了那白衣人背后。池塘中碧水如镜，反照那白衣人的面容，果然便是王语嫣。

段誉不敢冒昧上前，心想：“她在少室山上对我嗔恼，此次重会，仍然丝毫不假辞色，想必余怒未息。她所以要自寻短见，说不定为了生我的气。唉，段誉啊段誉，你唐突佳人，害得她凄然欲绝，当真是百死不足以赎其辜了。”他躲在一株大树之后，自怨自叹，越想越觉自己罪愆深重。世上如果必须有人自尽，自然是他段誉，而决计不是眼前这位王姑娘。

只见那碧玉般的池水面上，忽然起了漪涟，几个小小的水圈慢慢向外扩展开去，段誉凝神看去，见几滴水珠落在池面，原来是王语嫣的泪水。段誉更是怜惜，但听得她幽幽叹了口气，轻轻说道：“我……我还是死了，免得受这无穷无尽的煎熬。”

段誉再也忍不住，从树后走了出来，说道：“王姑娘，千不是，万不是，都是我段誉的不是，千万请你担代。你……你倘若仍要生气，我只好给你跪下了。”他说到做到，双膝一屈，登时便跪在她面前。

王语嫣吓了一跳，忙道：“你……你干什么？快起来，要是给人家瞧见了，却成什么样子？”段誉道：“要姑娘原谅了我，不再见怪，我才敢起来。”王语嫣奇道：“我原谅你什么？怪你什么？那干你什么事？”段誉道：“我见姑娘伤心，心想姑娘事事如意，定是我得罪了慕容公子，令他不快，以致惹得姑娘烦恼。下次若再撞见，他要打我杀我，我只逃跑，决不还手。”王语嫣顿了顿脚，叹道：“唉，你这……你这呆子，我自己伤心，跟你全不相干。”段誉道：“如此说来，姑娘并不怪我？”王语嫣道：“自然不怪！”

段誉道：“那我就放心了。”站起身来，突然间心中老大的不是滋味。倘若王语嫣为了他而伤心欲绝，打他骂他，甚至拔剑刺他，提刀砍他，他都会觉得十分开心，可是她偏偏说：“我自己伤心，跟你全不相干。”霎时间不由得茫然若失。

只见王语嫣又垂下了头，泪水一点一点的滴在胸口，她的绸衫不吸水，泪珠顺着衣衫滚了下去，段誉胸口一热，说道：“姑娘，你到底有何为难之事，快跟我说了。我尽心竭力，定然给你办到，总是要想法子让你转嗔为喜。”

王语嫣慢慢抬起头来，月光照着她含着泪水的眼睛，宛如两颗水晶，那两颗水晶中现出了光辉喜意，但光采随即又黯淡了，她幽幽的道：“段公子，你一直待我很好，我心里……我心里自然很感激。只不过这件事，你实在无能为力，你帮不了我。”

段誉道：“我自己确没什么本事，但我萧大哥、虚竹二哥都是一等一的武功，他们都在这里，我跟他两个是结拜兄弟，亲如骨肉，我求他们什么事，谅无不允之理。姑娘，你究竟为什么伤心，你说给我听。就算真的棘手之极，无可挽回，你把伤心的事说了出来，心中也会好过些。”

王语嫣惨白的脸颊上忽然罩上了一层晕红，转过了头，不敢和段誉的目光相对，轻轻说话，声音低如蚊蚋：“他……他要去做西夏驸马。公冶二哥来劝我，说什么……什么为了兴复大燕，可不能顾儿女私情。”她一说了这几句话，一回身，伏在段誉肩头，哭了出来。

段誉受宠若惊，不敢有半点动弹，恍然大悟之余，不由得呆了，也不知是喜欢呢还是难过，原来王语嫣伤心，是为了慕容复要去做西夏驸马，他娶了西夏公主，自然将王语嫣置之不顾。段誉自然而然的想到：“她若嫁不成表哥，说不定对我便能稍假辞色。我不敢要她委身下嫁，只须我得能时时见到她，那便心满意足了。她喜欢清静，我可以陪她到人迹不到的荒山孤岛上去，朝夕相对，乐也何如？”想到快乐之处，忍不住手舞足蹈。

王语嫣身子一颤，退后一步，见到段誉满脸喜色，嗔道：“你……你……我还当你好人呢，因此跟你说了，哪知道你幸灾乐祸，反来笑我。”段誉急道：“不，不！王姑娘，皇天在上，后土在下，我段誉若有半分对你幸灾乐祸之心，教我天雷劈顶，万箭攒身。”

王语嫣道：“你没有坏心，也就是了，谁要你发誓？那么你为什么高兴？”她这句话刚问出口，心下立时也明白了：段誉所以喜形于色，只因慕容复娶了西夏公主，他去了这个情敌，便有望和自己成为眷属。段誉对她一见倾心，情致殷殷，王语嫣岂有不明之理？只是她满腔情意，自幼便注在这表哥身上，有时念及段誉的痴心，不免歉然，但这个“情”字，却是万万牵扯不上的。她一明白段誉手舞足蹈的原因，不由得既惊且羞，红晕双颊，嗔道：“你虽不是笑我，却也是不安好心。我……我……我……”

段誉心中一惊，暗道：“段誉啊段誉，你何以忽起卑鄙之念，竟生乘火打劫之心？岂不是成了无耻小人？”眼见到她楚楚可怜之状，只觉但教能令得她一生平安喜乐，自己纵然万死，亦所甘愿，不由得胸间豪气陡生，心想：“适才我只想，如何和她在荒山孤岛之上，晨夕与共，其乐融融，可是没想到这‘其乐融融’，是我段誉之乐，却不是她王语嫣之乐。我段誉之乐，其实正是她王语嫣之悲。我只求自己之乐，那是爱我自己，只有设法使她心中欢乐，那才是真正的爱她，是为她好。”

王语嫣低声道：“是我说错了么？你生我的气么？”段誉道：“不，不，我怎会生你的气？”王语嫣道：“那么你怎地不说话？”段誉道：“我在想一件事。”

他心中不住盘算：“我和慕容公子相较，文才武艺不如，人品风采不如，倜傥潇洒、威望声誉不如，可说样样及他不上。更何况他二人是中表之亲，自幼儿青梅竹马，钟情已久，我更加无法相比。可是有一件事我却须得胜过慕容公子，我要令王姑娘知道，说到真心为她好的，慕容公子却不如我了。二十多年之后，王姑娘和慕容公子生下儿子、孙子后，她内心深处，仍会想到我段誉，知道这世上全心全意为她设想的，没第二个人能及得上我。”

他心意已决，说道：“王姑娘，你不用伤心，我去劝告慕容公子，叫他不可去做西夏驸马，要他及早和你成婚。”

王语嫣吃了一惊，说道：“不！那怎么可以？我表哥恨死了你，他不会听你劝的。”

段誉道：“我当晓以大义，向他点明，人生在世，最要紧的是夫妇间情投意合，两心相悦。他和西夏公主素不相识，既不知她是美是丑，是善是恶，旦夕相见，便成夫妻，那是大大的不妥。我又要跟他说，王姑娘清丽绝俗，世所罕见，温柔娴淑，找遍天下再也遇不到第二个。过去一千年中固然没有，再过一千年仍然没有。何况王姑娘对你慕容公子一往情深，你岂可做那薄幸郎君，为天下有情人齐声唾骂，为江湖英雄好汉卑视耻笑?”

王语嫣听了他这番话，甚是感动，幽幽的道：“段公子，你说得我这么好，那是你有意夸奖，讨我欢喜……”段誉忙道：“非也，非也!”话一出口，便想到这是受了包不同的感染，学了他的口头禅，忍不住一笑，又道：“我是一片诚心，句句乃肺腑之言。”王语嫣也被他这“非也非也”四字引得破涕为笑，说道：“你好的不学，却去学我包三哥。”

段誉见她开颜欢笑，十分喜欢，说道：“我自必多方劝导，要慕容公子不但消了做西夏驸马之念，还须及早和姑娘成婚。”王语嫣道：“你这么做，又为了什么？于你能有什么好处?”段誉道：“我能见到姑娘言笑晏晏，心下欢喜，那便是极大的好处了。”

王语嫣心中一凛，只觉他这一句轻描淡写的言语，实是对自己钟情到十分。但她一片心思都放在慕容复身上，一时感动，随即淡忘，叹了口气道：“你不知我表哥的心思。在他心中，兴复大燕是天下第一等大事。公冶二哥跟我说，我表哥说道：男儿汉当以大业为重，倘若儿女情长，英雄气短，都便不是英雄了。他又说：西夏公主是无盐嫫母也罢，是泼辣悍妇也罢，他都不放在心上，最要紧的是能助他光复大燕。”

段誉沉吟道：“那确是实情，他慕容氏一心一意想做皇帝，西夏能起兵助他复国，这件事……这件事……倒是有些为难。”眼见王语嫣又是泪水盈盈欲滴，只觉便是为她上刀山、下油锅，也是闲事一桩，一挺胸膛，说道：“你放一百二十个心，让我去做西夏驸马。你表哥做不成驸马，就非和你成婚不可了。”

王语嫣又惊又喜，问道："什么？"段誉道："我去抢这个驸马都尉来做。"

王语嫣在少室山上，亲眼见到他以六脉神剑打得慕容复无法还手，心想他的武功确比表哥为高，如果他去抢做驸马，表哥倒真的未必能抢得到手，低低的道："段公子，你待我真好，不过这样一来，我表哥可真要恨死你啦。"段誉道："那又有什么干系？反正现下他早就恨我了。"王语嫣道："你刚才说，也不知那西夏公主是美是丑，是善是恶，你却为了我而去和她成亲，岂不是……岂不是……太委屈了你？"

段誉当下便要说："只要为了你，不论什么委屈我都甘愿忍受。"但随即便想："我为你做事，倘若居功要你感恩，不是君子的行径。"便道："我不是为了你而受委屈，我爹爹有命，要我去设法娶得这位西夏公主。我是秉承爹爹之命，跟你全不相干。"

王语嫣冰雪聪明，段誉对她一片深情，岂有领略不到的？心想他对自己如此痴心，怎会甘愿去娶一个素不相识的女子？他为了自己而去做大违本意之事，却毫不居功，不由得更是感激，伸出手来，握住了段誉的手，说道："段公子，我……我……今生今世，难以相报，但愿来生……"说到这里，喉头哽咽，再也说不下去了。

他二人数度同经患难，背负扶持，肌肤相接，亦非止一次，但过去都是不得不然，这一次却是王语嫣心下感动，伸手与段誉相握。段誉但觉她一只柔腻软滑的手掌款款握着自己的手，霎时之间，只觉便是天塌下来也顾不得了，欢喜之情，充满胸臆，心想她这么待我，别说要我娶西夏公主，便是大宋公主、辽国公主、吐蕃公主、高丽公主一起娶了，却又如何？他重伤未愈，狂喜之下，热血上涌，不由得精神不支，突然间天旋地转，头晕脑胀，身子摇了几摇，一个侧身，咕咚一声，摔入了碧波池中。

王语嫣大吃一惊，叫道："段公子，段公子！"伸手去拉。

幸好池水甚浅，段誉给冷水一激，脑子也清醒了，拖泥带水的爬将上来。

王语嫣这么一呼，庙中许多人都惊醒了。萧峰、虚竹、巴天石、朱丹臣等都奔出来。见到段誉如此狼狈的神情，王语嫣却满脸通红的站在一旁，十分忸怩尴尬，都道他二人深宵在池边幽会，不由得心中暗暗好笑，却也不便多问。段誉要待解释，却也不知说什么好。

次日是八月十二，离中秋尚有三日。巴天石一早便到灵州城投文办事。巳牌时分，他匆匆赶回庙中，向段誉道："公子，王爷向西夏公主求亲的书信，小人已投入了礼部。蒙礼部尚书亲自延见，十分客气，说公子前来求亲，西夏国大感光宠，相信必能如公子所愿。"

过不多时，庙门外人马杂沓，跟着有吹打之声。巴天石和朱丹臣迎了出去，原来是西夏礼部的陶侍郎率领人员，前来迎接段誉，迁往宾馆款待。萧峰是辽国的南院大王，辽国国势之盛，远过大理，西夏若知他来，接待更当隆重，只是他嘱咐众人不可泄漏他的身份，和虚竹等一干人都认作是段誉的随从，迁入了宾馆。

众人刚安顿好，忽听后院中有人粗声粗气的骂道："你是什么东西，居然也来打西夏公主的主意？这西夏驸马，我们小王子是做定了的，我劝你还是夹着尾巴早些走罢！"巴天石等一听，都是怒从身上起，心想什么人如此无礼，胆敢上门辱骂？开门一看，只见七八条粗壮大汉，站在院子中乱叫乱嚷。

巴天石和朱丹臣都是大理群臣中十分精细之人，只是朱丹臣多了几分文采儒雅，巴天石却多了几分霸悍之气。两人各不出声，只是在门口一站。只听那几条大汉越骂越粗鲁，还夹杂着许多听不懂的番话，口口声声"我家小王子"如何如何，似乎是吐蕃国王子的下属。

巴天石和朱丹臣相视一笑，便欲出手打发这几条大汉，突然间左首一扇门砰的开了，抢出两个人来，一穿黄衣，一穿黑衣，指东打西，霎时间三条大汉躺在地下哼声不绝，另外几人给那二人拳打足踢，都抛出了门外。那黑衣汉子道："痛快，痛快！"那黄衣人道："非也，非也！还不够痛快。"一个正是风波恶，一个是包不同。

但听得逃到了门外的吐蕃武士兀自大叫："姓慕容的，我劝你早些回姑苏去的好。你想娶西夏公主为妻，惹恼了我家小王子，'以汝之道，还施汝身'，娶了你妹子做小老婆，那就有得瞧的了。"风波恶一阵风般赶将出去。但听得劈啪、哎唷几声，几名吐蕃武士渐逃渐远，骂声渐渐远去。

王语嫣坐在房中，听到包风二人和吐蕃众武士的声音，愁眉深锁，珠泪悄垂，一时打不定主意，是否该出来和包风二人相会。

包不同向巴天石、朱丹臣一拱手，说道："巴兄、朱兄来到西夏，是来瞧瞧热闹呢，还是别有所图？"巴天石笑道："包风二位如何，我二人也就如何了。"包不同脸色一变，说道："大理段公子也是来求亲么？"巴天石道："正是。我家公子乃大理国皇太弟的世子，日后身登大位，在大理国南面为君，与西夏结成姻亲，正是门当户对。慕容公子一介白丁，人品虽佳，门第却是不衬。"包不同脸色更是难看，道："非也，非也！你只知其一，不知其二。我家公子人中龙凤，岂是你家这个段呆子所能比并？"风波恶冲进门来，说道："三哥，何必多作这口舌之争？待来日金殿比试，大家施展手段便了。"包不同道："非也，非也！金殿比试，那是公子爷他们的事；口舌之争，却是我哥儿们之事。"

巴天石笑道："口舌之争，包兄天下第一，古往今来，无人能及。小弟甘拜下风，这就认输别过。"一举手，与朱丹臣回入房中，说道："朱贤弟，听那包不同说来，似乎公子爷还得参与一场什么金殿比试。公子爷重伤未曾全愈，他的武功又是时灵时不灵，并无把握，倘若比试之际六脉神剑施展不出，不但驸马做不成，还有性命之忧，那便如何是好？"朱丹臣也是束手无策。两人去找萧峰、虚竹商议。

萧峰道："这金殿比试，不知如何比试法？是单打独斗呢，还是许可部属出阵？倘若旁人也可参与角斗，那就不用担心了。"

巴天石道："正是。朱贤弟，咱们去瞧瞧陶尚书，把招婿、比试的诸般规矩打听明白，再作计较。"当下二人自去。

萧峰、虚竹、段誉三人围坐饮酒，你一碗，我一碗，意兴甚豪。萧峰问起段誉学会六脉神剑的经过，想要授他一种运气的法门，得能任意运使真气。哪知道段誉对内功、外功全是一窍不通，岂能在旦夕之间学会？萧峰知道无法可施，只得摇了摇头，举碗大口喝酒。虚竹和段誉的酒量都远不及他，喝到五六碗烈酒时，段誉已经颓然醉倒，人事不知了。

段誉待得朦朦胧胧的醒转，只见窗纸上树影扶疏，明月窥人，已是深夜。他心中一凛："昨晚我和王姑娘没说完话，一不小心，掉入了池中，不知她可还有什么话要跟我说？会不会又在门外等我？啊哟，不好，倘若她已等了半天，不耐烦起来，又回去安睡，岂不是误了大事？"急忙跳起，悄悄挨出房门，过了院子，正想去拔大门的门闩，忽听得身后有人低声道："段公子，你过来，我有话跟你说。"

段誉出其不意，吓了一跳，听那声音阴森森地似乎不怀好意，待要回头去看，突觉背心一紧，已被人一把抓住。段誉依稀辨明声音，问道："是慕容公子么？"

那人道："不敢，正是区区，敢请段兄移驾一谈。"果然便是慕容复。段誉道："慕容公子有命，敢不奉陪？请放手罢！"慕容复道："放手倒也不必。"段誉突觉身子一轻，腾云驾雾般飞了上去，却是被慕容复抓住后心，提着跃上了屋顶。

段誉若是张口呼叫，便能将萧峰、虚竹等惊醒，出来救援，但想："我一叫之下，王姑娘也必听见了，她见我二人重起争斗，定然大大不快。她决不会怪她表哥，总是编派我的不是，我又何必惹她生气？"当下并不叫唤，任由慕容复提在手中，向外奔驰。

其时虽是深夜，但中秋将届，月色澄明，只见慕容复脚下初时踏的是青石板街道，到后来已是黄土小径，小径两旁都是半青不黄的长草。

慕容复奔得一会，突然停步，将段誉往地下重重一摔。砰的一声，段誉肩腰着地，摔得好不疼痛，心想："此人貌似文雅，行为却颇野蛮。"哼哼唧唧的爬起身来，道："慕容兄有话好说，何必动粗？"

慕容复冷笑道："昨晚你跟我表妹说什么话来？"段誉脸上一红，嗫嚅道："也……也没有什么，只不过刚巧撞到，闲谈几句罢了。"慕容复道："你是男子汉大丈夫，明人不做暗事，说过的话，做过的事，又何必抵赖隐瞒？"段誉给他一激，不由得气往上冲，说道："当然也不必瞒你，我跟王姑娘说，要来劝你一劝。"慕容复冷笑道："你说要劝我道：人生在世，最要紧的是夫妇间情投意合，两心相悦。你又想说：我和西夏公主素不相识，既不知她是美是丑，是善是恶，旦夕相见，便成夫妻，那是大大的不妥，是不是？又说我若辜负了我表妹的美意，便为天下有情人齐声唾骂，为江湖上的英雄好汉卑视耻笑，是也不是？"

他说一句，段誉吃一惊，待他说完，结结巴巴的道："王……王姑娘都跟你说了？"慕容复道："她怎会跟我说？"段誉道："那么是你昨晚躲在一旁听见了？"慕容复冷笑道："你骗得了这等不识世务的无知姑娘，可骗不了我。”段誉奇道：“我骗你什么？”

慕容复道：“事情再明白也没有了，你自己想做西夏驸马，怕我来争，便编好了一套说辞，想诱我上当。嘿嘿，慕容复不是三岁的小孩儿，难道会堕入你的彀中？你……你当真是在做清秋大梦。”段誉叹道：“我是一片好心，但盼王姑娘和你成婚，结成神仙眷属，举案齐眉，白头偕老。”慕容复冷笑道：“多谢你的金口啦。大理段氏和姑苏慕容无亲无故，素无交情，你何必这般来善祷善颂？只要我给我表妹缠住了不得脱身，你便得其所哉，披红挂彩的去做西夏驸马了。”

段誉怒道：“你这不是胡说八道么？我是大理王子，大理虽是小国，却也没将这个‘驸马’二字看得比天还大。慕容公子，我善言劝你，荣华富贵，转瞬成空，你就算做成了西夏驸马，再要做大燕皇帝，还不知要杀多少人？就算中原给你杀得血流成河，尸骨如山，你这大燕皇帝是否做得成，那也难说得很。”

慕容复却不生气，只冷冷的道：“你满口子仁义道德，一肚皮却是蛇蝎心肠。”段誉急道：“你不相信我是一番好意，那也由你，总而言之，我不能让你娶西夏公主，我不能眼见王姑娘为你伤心肠断，自寻短见。”慕容复道：“你不许我娶？哈哈，你当真有这么大的能耐？我偏要娶，你便怎样？”段誉道：“我自当尽心竭力，阻你成事。我一个人无能为力，便请朋友们帮忙。”

慕容复心中一凛，萧峰、虚竹二人的武功如何，他自是熟知，甚至段誉本人，当他施展六脉神剑之际，自己也万万抵敌不住，幸好他的剑法有时灵，有时不灵，未能得心应手，总算还可乘之以隙，当即微微抬头，高声说道：“表妹，你过来，我有话跟你说。”

段誉又惊又喜，忙回头去看，但见遍地清光，却哪里有王语嫣的人影？他凝神张望，似乎对面树丛中有什么东西一动，突然间背上一紧，又被慕容复抓住了穴道，身子又被他提了起来，才知上当，苦笑道：“你又来动蛮，再加谎言欺诈，实非君子之所为。”

慕容复冷笑道：“对付你这等小人，又岂能用君子手段？”提着他向旁走去，想找个坑穴，将他一掌击死，便即就地掩埋，走了数丈，见到一口枯井，举手一掷，将他投了下去。段誉大叫：“啊哟！”已摔入井底。

慕容复正待找几块大石压在井口之上，让他在里面活活饿死，忽听得一个女子声音道：“表哥，你瞧见我了？要跟我说什么话？啊哟，你把段公子怎么啦？”正是王语嫣。慕容复一呆，皱起了眉头，他向着段誉背后高声说话，意在引得他回头观看，以便拿他后心要穴，不料王语嫣真的便在附近。

原来王语嫣这一晚愁思绵绵，难以安睡，倚窗望月，却将慕容复抓住段誉的情景都瞧在眼里，生怕两人争斗起来，慕容复不敌段誉的六脉神剑，当即追随在后，两人的一番争辩，句句都给她听见了。只觉段誉相劝慕容复的言语确是出于肺腑，慕容复却认定他别有用心。待得慕容复出言欺骗段誉，王语嫣还道他当真见到了自己，便即现身。

王语嫣奔到井旁，俯身下望，叫道：“段公子，段公子！你有没受伤？”段誉被摔下去时，头下脚上，脑袋撞在硬泥之上，已然晕去。王语嫣叫了几声，不听到回答，只道段誉已然跌死，想起他平素对自己的种种好处来，这一次又确是为着自己而送了性命，忍不住哭了出来，叫道：“段公子，你……你怎么……怎么就这样死了？”

慕容复冷冷的道：“你对他果然是一往情深。”王语嫣哽咽道：“他好好相劝于你，听不听在你，又为什么要杀了他？”慕容复道：“这人是我大对头，你没听他说，他要尽心竭力，阻我成事么？那日少室山上，他令我丧尽脸面，难以在江湖立足，这人我自然容他不得。”王语嫣道：“少室山的事情，确是他不对，我早已怪责过他了，他已自认不是。”慕容复冷笑道：“哼，哼！自认不是！这么轻描淡写一句话，就想把这梁子揭过去了么？我慕容复行走江湖，人人在背后指指点点，说我败在他大理段氏的六脉神剑之下，你倒想想，我今后怎么做人？”

王语嫣柔声道：“表哥，一时胜败，又何必常自挂怀在心？那日少室山斗剑，姑父也已开导过你了，过去的事，再说作甚？”她不知段誉是否真的死了，探头井口，又叫道：“段公子，段公子！”仍是不闻应声。

慕容复道：“你这么关心他，嫁了他也就是了，又何必假惺惺的跟着我？”

王语嫣胸口一酸，说道：“表哥，我对你一片真心，难道……难道你还不信么？”

慕容复冷笑道：“你对我一片真心，嘿嘿！那日在太湖之畔的碾坊中，你赤身露体，和这姓段的一同躲在柴草堆中，却在干些什么？那是我亲眼目睹，难道还有假的了？那时我要一刀杀死了这姓段的小子，你却指点于他，和我为难，你的心到底是向着哪一个？哈哈，哈哈！”说到后来，只是一片大笑之声。

王语嫣惊得呆了，颤声道：“太湖畔的碾坊中……那个……那个蒙面的……蒙面的西夏武士……”慕容复道：“不错，那假扮西夏武士李延宗的，便是我了。”王语嫣低声说道：“怪不得，我一直有些疑心。那日你曾说：‘要是我一朝做了中原的皇帝’，那……那……原是你的口吻，我早该知道的。”慕容复冷笑道：“你虽早该知道，可是现下方知，却也还没太迟。”

王语嫣急道：“表哥，那日我中了西夏人所放的毒雾，承蒙段公子相救，中途遇雨，湿了衣衫，这才在碾坊中避雨，你……你……你可不能多疑。”

慕容复道：“好一个碾坊中避雨！可是我来到之后，你二人仍在鬼鬼祟祟，这姓段的伸手来摸你脸蛋，你毫不闪避。那时我说什么话了，你可记得么？只怕你一心都贯注在这姓段的身上，我的话全没听进耳去。”

王语嫣心中一凛，回思那日碾坊中之事，那蒙面西夏武士“李延宗”的话清清楚楚在脑海中显现了出来，她喃喃的道：“那时候……那时候……你也是这般嘿嘿冷笑，说什么了？你说……你说……‘我叫你去学了武功前来杀我，却不是叫你二人……叫你二人……’”她心中记得，当日慕容复说的是：“却不是叫你二人打情骂俏，动手动脚。”但这八个字却无论如何说不出口。

慕容复道：“那日你又说道：倘若我杀了这姓段的小子，你便决意杀我为他报仇。王姑娘，我听了你这句话，这才饶了他的性命，不料养虎贻患，教我在少室山众家英雄之前，丢尽了脸面。”

王语嫣听他忽然不叫自己作“表妹”，改口而叫“王姑娘”，心中更是一寒，颤声道：“表哥，那日我倘若知道是你，自然不会说这种话。真的，表哥，我……我要是知道了，决计……决计不会说的。你知道我心中对你一向……一向很好。”慕容复道：“就算我戴了人皮面具，你认不出我的相貌，就算我故意装作哑了嗓子，你认不出我的口音，可是难道我的武功你也认不出？嘿嘿，你于武学之道，渊博非凡，任谁使出一招一式，你便知道他的门派家数，可是我和这小子动手百余招，你难道还认不出我？”王语嫣低声道：“我确是有一点点疑心，不过……表哥，咱们好久没见面了，我对你的武功进境不大了然……”

慕容复心下更是不忿，王语嫣这几句话，明明说自己武功进境太慢，不及她的意料，说道：“那日你道：‘我初时看你刀法繁多，心中暗暗惊异，但看到五十招后，觉得也不过如此，说你一句黔驴技穷，似乎刻薄，但总而言之，你所知远不如我。’王姑娘，我所知确是远不如你，你……你又何必跟随在我身旁？你心中瞧我不起，不错，可是我慕容复堂堂丈夫，也用不着给姑娘们瞧得起。”

王语嫣走上几步，柔声说道：“表哥，那日我说错了，这里跟你赔不是啦。”说着躬身捡衽行礼，又道：“我实在不知道是你……你大人大量，千万别放在心上。我从小敬重你，自小咱们一块玩儿，你说什么我总是依什么，从来不会违拗于你。当日我胡言乱语，你总要念着昔日的情份，原谅我一次。”

那日王语嫣在碾坊中说这番话，慕容复自来心高气傲，听了自是耿耿于怀，大是不快，自此之后，两人虽相聚时多，总是心中存了芥蒂，不免格格不入。这时听她软言相求，月光下见到这样一个清丽绝俗的姑娘如此情致缠绵的对着自己，又深信她和段誉之间确无暧昧情事，当日言语冲撞，确也出于无心，想到自己和她青梅竹马的情份，不禁动心，伸出手去，握住她的双手，叫道：“表妹！”

王语嫣大喜，知道表哥原谅了自己，投身入怀，将头靠在他肩上，低声道：“表哥，你生我的气，尽管打我骂我，可千万别藏在心中不说出来。”慕容复抱着她温软的身子，听得她低声软语的央求，不由得心神荡漾，伸手轻抚她头发，柔声道：“我怎舍得打你骂你？以前生你的气，现下也不生气了。”王语嫣道：“表哥，你不去做西夏驸马了罢？”

慕容复陡然间全身一震，心道：“糟糕，糟糕！慕容复，你儿女情长，英雄气短，险些儿误了大事。倘若连这一点点的私情也割舍不下，哪里还说得上干‘打天下’的大业？”当即伸手将她推开，硬起心肠，摇头道：“表妹，你我缘份已经尽了。你知道，我向来很会记恨，你说过的话，做过的事，我总是难以忘记。”

王语嫣凄然道：“你刚才说不生我的气了。”慕容复道：“我不生你的气，可是……可是咱们这一生，终究不过是表兄妹的缘份。”王语嫣道：“那你是决计不肯原谅我了？”

慕容复心中“私情”和“大业”两件事交战，迟疑半刻，终于摇了摇头。王语嫣万念俱灰，仍问："你定要去娶那西夏公主，从此不再理我?"慕容复硬起心肠，点了点头。

王语嫣先前得知表哥要去娶西夏公主，还是由公冶乾婉言转告，当时便萌死志，借故落后，避开了邓百川等人，跳崖自尽，却给云中鹤救起，此刻为意中人亲口所拒，伤心欲狂，几乎要吐出血来，突然心想："段公子对我一片痴心，我却从来不假以辞色，此番他更为我而死，实在对他不起。反正我也不想活了，这口深井，段公子摔入其中而死，想必下面有甚尖岩硬石。我不如和他死在一起，以报答他对我的一番深意。"当下慢慢走向井边，转头道："表哥，祝你得遂心愿，娶了西夏公主，又做大燕皇帝。"

慕容复知她要去寻死，走上一步，伸手想拉住她手臂，口中想呼："不可!"但心中知道，只要口中一出声，伸手一拉，此后能否摆脱表妹这番柔情纠缠，那就难以逆料。表妹温柔美貌，世所罕有，得妻如此，复有何憾?何况她自幼便对自己情根深种，倘若一个克制不住，结下了什么孽缘，兴复燕国的大计便大受挫折了。他言念及此，嘴巴张开，却无声音发出，一只手伸了出去，却不去拉王语嫣。

王语嫣见此神情，猜到了他的心情，心想你就算弃我如遗，但我们是表兄妹至亲，眼见我踏入死地，竟丝毫不加阻拦，连那穷凶极恶的云中鹤尚自不如，此人竟然凉薄如此，当下更无别念，叫道："段公子，我和你死在一起!"纵身一跃，向井中倒冲了下去。

慕容复"啊"的一声，跨上一步，伸手想去拉她脚，凭他武功，要抓住她，原是轻而易举，但终究打不定主意，便任由她跳了下去。他叹了口气，摇摇头，说道："表妹，你毕竟内心深爱段公子，你二人虽然生不能成为夫妇，但死而同穴，也总算得遂你的心愿。"

忽听得背后有人说道："假惺惺，伪君子!"慕容复一惊："怎地有人到了我身边，竟没知觉？”向后拍出一掌，这才转过身来，月光之下，但见一个淡淡的影子随掌飘开，身法轻灵，实所罕见。

慕容复飞身而前，不等他身子落下，又是一掌拍去，怒喝：“什么人？这般戏弄你家公子！”那人在半空一掌击落，与慕容复掌力一对，又向外飘开丈许，这才落下地来，却原来是吐蕃国师鸠摩智。

只听他说道：“明明是你逼王姑娘投井自尽，却在说什么得遂她心愿，慕容公子，这未免太过阴险毒辣了罢？”慕容复怒道：“这是我的私事，谁要你来多管闲事？”鸠摩智道：“你干这伤天害理之事，和尚便要管上一管。何况你想做西夏驸马，那便不是私事了。”

慕容复道：“遮莫你这和尚，也想做驸马？”鸠摩智哈哈大笑，说道：“和尚做驸马，焉有是理？”慕容复冷笑道：“我早知吐蕃国存心不良，那你是为你们小王子出头了？”鸠摩智道：“什么叫做‘存心不良’？倘若想娶西夏公主，便是存心不良，然则阁下之存心，良乎？不良乎？”慕容复道：“我要娶西夏公主，乃是凭自身所能，争为驸马，却不是指使手下人来搅风搅雨，弄得灵州道上，英雄眉蹙，豪杰齿冷。”鸠摩智笑道：“咱们把许多不自量力的家伙打发去，免得西夏京城，满街尽是油头粉脸的光棍，乌烟瘴气，见之烦心。那是为阁下清道啊，有何不妥？”慕容复道：“若真如此，却也甚佳，然则吐蕃国小王子，是要凭一己功夫和人争胜了？”鸠摩智道：“正是！”

慕容复见他一副有恃无恐、胜券在握的模样，不由得起疑，说道：“贵国小王子莫非武功高强，英雄无敌，已有必胜的成算？”鸠摩智道：“小王子殿下是我的徒儿，武功还算不错，英雄无敌却不见得，必胜的成算倒是有的。”慕容复更感奇怪，心想：“我若直言相问，他未必肯答，还是激他一激。”便道：“这可奇了，贵国小王子有必胜的成算，我却也有必胜的成算，也不知到底是谁真的必胜。”

鸠摩智笑道：“我们小王子到底有什么必胜成算，你很想知道，是不是？不妨你先将你的法子说将出来，然后我说我们的。咱们一起参详参详，且瞧是谁的法子高明。”

慕容复所恃者不过武功高明，形貌俊雅，真的要说有什么必胜的成算，却是没有，便道：“你这人诡计多端，言而无信。我如跟你说了，你却不说，岂不是上了你的当？”

鸠摩智哈哈一笑，说道：“慕容公子，我和令尊相交多年，互相钦佩。我僭妄一些，总算得上是你的长辈。你对我说这些话，不也过份么？”

慕容复躬身行礼，道：“明王责备得是，还请恕罪则个。”

鸠摩智笑道：“公子聪明得紧，你既自认晚辈，我瞧在你爹爹的份上，可不能占你的便宜了。吐蕃国小王子的必胜成算，说穿了不值半文钱。哪一个想跟我们小王子争做驸马，我们便一个个将他料理了。既然没人来争，我们小王子岂有不中选之理？哈哈，哈哈。”

慕容复倏地变色，说道：“如此说来，我……”鸠摩智道：“我和令尊交情不浅，自然不能要了你的性命。我诚意奉劝公子，速离西夏，是为上策。”慕容复道：“我要是不肯走呢？”鸠摩智微笑道：“那也不会取你的性命，只须将公子剜去双目，或是斫断一手一足，成为残废之人。西夏公主自然不会下嫁一个五官不齐、手足不完的英雄好汉。”他说到最后“英雄好汉”四字时，声音拖得长长的，大有嘲讽之意。

慕容复心下大怒，只是忌惮他武功了得，不敢贸然和他动手，低头寻思，如何对付。

月光下忽见脚边有一物蠕蠕而动，凝神看去，却是鸠摩智右手的影子，慕容复一惊，只道对方正自凝聚功力，转瞬便欲出击，当即暗暗运气，以备抵御。却听鸠摩智道："公子，你逼得令表妹自尽，实在太伤阴德。你要是速离西夏，那么你逼死王姑娘的事，我也便不加追究。"慕容复哼了一声，道："那是她自己投井殉情，跟我有什么相干？"口中说话，目不转瞬的凝视地下的影子，只见鸠摩智双手的影子都在不住颤动。

慕容复心下起疑："他武功如此高强，若要出手伤人，何必这般不断的蓄势作态？难道是装腔作势，想将我吓走么？"再一凝神间，只见他裤管、衣角，也都不住的在微微摆动，显似是不由自主的全身发抖。他一转念间，蓦地想起："那日在少林寺藏经阁中，那无名老僧说鸠摩智练了少林派的七十二绝技之后，又去强练什么'易筋经'，又说他'次序颠倒，大难已在旦夕之间'，说道修练少林诸门绝技，倘若心中不存慈悲之念，戾气所钟，奇祸难测。这位老僧说到我爹爹和萧远山的疾患，灵验无比，那么他说鸠摩智的话，想来也不会虚假。"想到此节，登时大喜："嘿嘿，这和尚自己大祸临头，却还在恐吓于我，说什么剜去双目，斩手断足。"但究是不能确定，要试他一试，便道："唉！次序颠倒，大难已在旦夕之间！这般修练上乘武功而走火入魔，最是厉害不过。"

鸠摩智突然纵声大叫，若狼嗥，若牛鸣，声音可怖之极，伸手便向慕容复抓来，喝道："你说什么？你……你在说谁？"

慕容复侧身避开。鸠摩智跟着也转过身来，月光照到他脸上，只见他双目通红，眉毛直竖，满脸都是暴戾之色，但神气虽然凶猛，却也无法遮掩流露在脸上的惶怖。

慕容复更无怀疑，说道："我有一句良言诚意相劝。明王即速离开西夏，回归吐蕃，只须不运气，不动怒，不出手，当能回归故土，否则啊，那位少林神僧的话便要应验了。"

鸠摩智荷荷呼唤，平素雍容自若的神情已荡然无存，大叫：

“你……你知道什么？你知道什么？”慕容复见他脸色狰狞，浑不似平日宝相庄严的圣僧模样，不由得暗生惧意，当即退了一步。鸠摩智喝道：“你知道什么？快快说来！”慕容复强自镇定，叹了一口气，道：“明王内息走入岔道，凶险无比，若不即刻回归吐蕃，那么到少林寺去求那神僧救治，也未始不是没有指望。”

鸠摩智狞笑道：“你怎知我内息走入岔道？当真胡说八道。”说着左手一探，向慕容复面门抓来。

慕容复见他五指微颤，但这一抓法度谨严，沉稳老辣，丝毫没有内力不足之象，心下暗惊：“莫非我猜错了？”当下提起内力，凝神接战，右手一挡，随即反钩他手腕。鸠摩智喝道：“瞧在你父亲面上，十招之内，不使杀手，算是我一点故人的香火之情。”呼的一拳击出，直取慕容复右肩。

慕容复飘身闪开，鸠摩智第二招已紧接而至，中间竟无丝毫空隙。慕容复虽擅“斗转星移”的借力打力之法，但对方招数实在太过精妙，每一招都是只使半招，下半招倏生变化，慕容复要待借力，却是无从借起，只得紧紧守住要害，俟敌之隙。但鸠摩智招数奇幻，的是生平从所未见，一拳打到半途，已化为指，手抓拿出，近身时却变为掌。堪堪十招打完，鸠摩智喝道：“十招已完，你认命罢！”

慕容复眼前一花，但见四面八方都是鸠摩智的人影，左边踢来一脚，右边击来一拳，前面拍来一掌，后面戳来一指，诸般招数一时齐至，不知如何招架才是，只得双掌飞舞，凝运功力，只守不攻，自己打自己的拳法。

忽听得鸠摩智不住喘气，呼呼声响，越喘越快，慕容复精神一振，心道：“这和尚内息已乱，快透不过气来了。我只须努力支持，不给他击倒，时刻一久，他当会倒地自毙。”可是鸠摩智喘气虽急，招数却也跟着加紧，蓦地里大喝一声，慕容复只觉腰间“脊中穴”、腹部“商曲穴”同时一痛，已被点中穴道，手足麻软，再也动弹不得了。

鸠摩智冷笑几声，不住喘息，说道：“我好好叫你滚蛋，你偏偏不滚，如今可怪不得我了。我……我……我怎生处置你才好？”撮唇大声作哨。

过不多时，树林中奔出四名吐蕃武士，躬身道：“明王有何法旨？”鸠摩智道：“将这小子拿去砍了！”四名武士道：“是！”

慕容复身不能动，耳中却听得清清楚楚，心中只是叫苦：“适才我若和表妹两情相悦，答应她不去做什么西夏驸马，如何会有此刻一刀之厄？我一死之后，还有什么兴复大燕的指望？”他只想叫出声来，愿意离开灵州，不再和吐蕃王子争做驸马，苦在难以发声，而鸠摩智的眼光却向他望也不望，便想以眼色求饶，也是不能。

四名吐蕃武士接过慕容复，其中一人拔出弯刀，便要向他颈中砍去。

鸠摩智忽道：“且慢！我和这小子的父亲昔日相识，且容他留个全尸。你们将他投入这口枯井之中，快去抬几块大石来，压住井口，免得他冲开穴道，爬出井来！”

吐蕃武士应道：“是！”将慕容复投入了枯井，四下一望，不见有大岩石，当即快步奔向山后去寻觅大石。

鸠摩智站在井畔，不住喘气，烦恶难当。

那日他以火焰刀暗算了段誉后，生怕众高手向他群起而攻，立即奔逃下山，还没下少室山，已觉丹田中热气如焚，当即停步调息，却觉内力运行艰难，不禁暗惊：“那老贼秃说我强练少林七十二绝技，戾气所钟，本已种下了祸胎，再练易筋经，本末倒置，大难便在旦夕之间。莫非……莫非这老贼秃的鬼话，当真应验了？”

当下找个山洞，静坐休息，只须不运内功，体内热焰便慢慢平伏，可是略一使劲，丹田中便即热焰上腾，有如火焚。

挨到傍晚，听得少林寺中无人追赶下来，这才缓缓南归。途中和吐蕃传递讯息的探子接上了头。得悉吐蕃国王已派遣小王子前往灵州求亲，应聘驸马。那探子言道，小王子此行带同大批高手武士、金银珠宝、珍异玩物、名马宝刀。名马宝刀进呈西夏皇帝；珍异玩物送给公主；金银珠宝用以贿赂西夏国的后妃太监、大小臣工。

鸠摩智是吐蕃国师，与闻军政大计，虽然身上有病，但求亲成败有关吐蕃国运，当即前赴西夏，主持全局，派遣高手武士对付各地前来竞为驸马的敌手。在八月初十前后，吐蕃国的武士已将数百名闻风前来的贵族少年、江湖豪客都逐了回去。来者虽众，却人人存了自私之心，临敌之际，互相决不援手，自是敌不过吐蕃国众武士的围攻。

鸠摩智到了灵州，觅地静养，体内如火之炙的煎熬渐渐平伏，但心情略一动荡，四肢百骸便不由自主的颤抖不已。到得后来，即令心定神闲，手指、眉毛、口角、肩头仍是不住牵动，永无止息。他自不愿旁人看到这等丑态，平日离群索居，极少和人见面。

这一日得到手下武士禀报，说慕容复来到了灵州，他手下人又打死打伤了好几个吐蕃武士。鸠摩智心想慕容复容貌英俊，文武双全，实是当世武学少年中一等一的人才，若不将他打发走了，小王子定会给他比了下去，自忖手下诸武士无人是他之敌，非自己出马不可；又想自己武功之高，慕容复早就深知，多半不用动手，便能将他吓退，这才寻到宾馆之中。

他赶到时，慕容复已擒住段誉离去。宾馆四周有吐蕃武士埋伏监视，鸠摩智问明方向，追将下来。他赶到林中时，慕容复已将段誉投入井中，正和王语嫣说话。一场争斗，慕容复虽给他擒住，鸠摩智却也是内息如潮，在各处经脉穴道中冲突盘旋，似是要突体而出，却无一个宣泄的口子，当真是难过无比。

他伸手乱抓胸口，内息不住膨胀，似乎脑袋、胸膛、肚皮都在向外胀大，立时便要将全身炸得粉碎。他低头察看胸腹，一如平时，绝无丝毫胀大，然而周身所觉，却似身子已胀成了一个大皮球，内息还在源源涌出。鸠摩智惊惶之极，伸右手在左肩、左腿、右腿三处各戳一指，刺出三洞，要导引内息从三个洞孔中泄出，三个洞孔中血流如注，内息却无法宣泄。

少林寺藏经阁中那老僧的话不断在耳中鸣响，这时早知此言非虚，自己贪多务得，误练少林派七十二绝技和易筋经，本末颠倒，大祸已然临头。他心下惶惧，但究竟多年修为，尤其于佛家的禅定功夫甚是深厚，当下神智却不错乱，蓦地里脑海中灵光一闪："他……他自己为什么不一起都练？为什么只练数种，却将七十二门绝技的秘诀都送了给我？我和他萍水相逢，就算言语投机，一见如故，却又如何有这般大的交情？"

鸠摩智这时身遭危难，猛然间明白了慕容博以"少林七十二绝技秘诀"相赠的用意。当日慕容博以秘诀相赠，他原是疑窦丛生，猜想对方不怀好意，但展阅秘诀，每一门绝技都是精妙难言，以他见识之高，自是真假立判，再详试秘笈，纸页上并无任何毒药，这才疑心尽去，自此刻苦修习，每练成一项，对慕容博便增一分感激之情。

直到此刻求生不得，求死不能，方始明白慕容博用心之恶毒："他在少林寺中隐伏数十年，暗中定然曾听到寺僧谈起少林绝技不可尽练。那一日他与我邂逅相遇，他对我武功才略心存忌意，便将这些绝技秘诀送了给我。一来是要我试上一试，且看尽练之后有何祸患；二来是要我和少林寺结怨，挑拨吐蕃国和大宋相争。他慕容氏便可混水摸鱼，兴复燕国。至于七十二项绝技的秘笈，他另行录了副本，自不待言。”

他适才擒住慕容复，不免想到他父亲相赠少林武学秘笈之德，是以明知他是心腹大患，却也不将他立时斩首，只是投入枯井，让他得留全尸。此刻一明白慕容博赠书的用意，心想自己苦受这般煎熬，全是此人所种的恶果，不由得怒发如狂，俯身井口，向下连击三掌。

三掌击下，井中声息全无，显然此井极深，掌力无法及底。鸠摩智狂怒之下，猛力又击出一拳。这一拳打出，内息更是奔腾鼓荡，似乎要从全身十万八千个毛孔中冲将出来，偏生处处碰壁，冲突不出。

正自又惊又怒，突然间胸口一动，衣襟中一物掉下，落入井中。鸠摩智伸手一抄，已自不及，急忙运起“擒龙手”凌空抓落，若在平时，定能将此物抓了回来，但这时内劲不受使唤，只是向外膨胀，却运不到掌心之中，只听得啪的一声响，那物落入了井底。鸠摩智暗叫：“不好!”伸手怀中一探，落入井中的果然便是那本《易筋经》。

他知道自己内息运错，全是从《易筋经》而起，解铃还需系铃人，要解此祸患，自非从《易筋经》中钻研不可。这是关涉他生死的要物，如何可以失落？当下更不思索，纵身便向井底跳了下去。

他生恐井底有甚尖石硬枝之类刺痛足掌，又恐慕容复自行解开穴道，伺伏偷袭，双足未曾落地，右手便向下拍出两掌，减低下落之势，左掌使一招“回风落叶”，护住周身要害。殊不知内息既生重大变化，招数虽精，力道使出来时却散漫歪斜，全无准绳。这两下掌击非但没减低落下时的冲力，反而将他身子一推，砰的一声，脑袋重重撞上了井圈内缘的砖头。

以他本来功力，虽不能说已练成铜筋铁骨之身，但脑袋这般撞上砖头，自身决无损伤，砖头必成粉碎，可是此刻百哀齐至，但觉眼前金星直冒，一阵天旋地转，俯地跌在井底。

这口井废置已久，落叶败草，堆积腐烂，都化成了软泥，数十年下来，井底软泥高积。鸠摩智这一摔下，口鼻登时都埋在泥中，只觉身子慢慢沉落，要待挣扎着站起，手脚却用不出半点力道。正惊惶间，忽听得上面有人叫道："国师，国师！"正是那四名吐蕃武士。

鸠摩智道："我在这里！"他一说话，烂泥立即涌入口中，哪里还发得出声来？却隐隐约约听得井边那四名吐蕃武士的话声。一人道："国师不在这里，不知哪里去了？"另一人道："想是国师不耐烦久等，他老人家吩咐咱们用大石压住井口，那便遵命办理好了。"又一人道："正是！"

鸠摩智大叫："我在这里，快救我出来！"越是慌乱，烂泥入口越多，一个不留神，竟连吞了两口，腐臭难当，那也不用说了。只听得砰嘭、轰隆之声大作，四名吐蕃武士将一块块大石压上井口。这些人对鸠摩智敬若天神，国师有命，实不亚于国王的谕旨，拣石唯恐不巨，堆叠唯恐不实，片刻之间，将井口牢牢封死，百来斤的大石足足堆了十二三块。

耳听得那四名武士堆好了大石，呼啸而去。鸠摩智心想数千斤的大石压住了井口，别说此刻武功丧失，便在昔日，也不易在下面掀开大石出来，此身势必毕命于这口枯井之中。他武功佛学、智计才略，莫不雄长西域，冠冕当时，怎知竟会葬身于污泥之中。人孰无死？然如此死法，实在太不光采。佛家观此身犹似臭皮囊，色无常，无常是苦，此身非我，须当厌离，这些最基本的佛学道理，鸠摩智登坛说法之时，自然妙慧明辩，说来头头是道，听者无不欢喜赞叹。但此刻身入枯井，顶压巨岩，口含烂泥，与法坛上檀香高烧、舌灿莲花的情境毕竟大不相同，什么涅槃后的常乐我净、自在无碍，尽数抛到了受想行识之外，但觉五蕴皆实，心有挂碍，生大恐怖，揭谛揭谛，波罗僧揭谛，不得渡此泥井之苦厄矣。

想到悲伤之处，眼泪不禁夺眶而出。他满身泥泞，早已脏得不成模样，但习惯成自然，还是伸手去拭抹眼泪，右手一抬，忽在污泥中摸到一物，顺手抓来，正是那本《易筋经》。霎时之间，不禁啼笑皆非，经书是找回了，可是此刻更有何用？

忽听得一个女子声音说道：“你听，吐蕃武士用大石压住了井口，咱们却如何出去？”听说话声音，正是王语嫣。鸠摩智听到人声，精神一振，心想：“原来她没有死，却不知在跟谁说话？既有旁人，合数人之力，或可推开大石，得脱困境。”但听得一个男人的声音道：“只须得能和你厮守，不能出去，又有何妨？你既在我身旁，臭泥井便是众香国。东方琉璃世界，西方极乐世界，什么兜率天、夜摩天的天堂乐土，也及不上此地了。”鸠摩智微微一惊：“这姓段的小子居然也没死？此人受了我火焰刀之伤，和我仇恨极深。此刻我内力不能运使，他若乘机报复，那便如何是好？”

说话之人正是段誉。他被慕容复摔入井中时已昏晕过去，手足不动，虽入污泥，反不如鸠摩智那么狼狈。井底狭隘，待得王语嫣跃入井中，偏生就有这么巧，脑袋所落之处，正好是段誉胸口的“膻中穴”，一撞之下，段誉便醒了转来。王语嫣跌入他的怀中，非但没丝毫受伤，连污泥也没溅上多少。

段誉陡觉怀中多了一人，奇怪之极，忽听得慕容复在井口说道：“表妹，你毕竟内心深爱段公子，你二人虽然生不能成为夫妇，但死而同穴，也总算得遂了你的心愿。”这几句话清清楚楚的传到井底，段誉一听之下，不由得痴了，喃喃说道：“什么？不，不！我……我……我段誉哪有这等福气？”

突然间他怀中那人柔声道：“段公子，我真是胡涂透顶，你一直待我这么好，我……我却……”段誉惊得呆了，问道：“你是王姑娘？”王语嫣道：“是啊！”

段誉对她素来十分尊敬，不敢稍存丝毫亵渎之念，一听到是她，惊喜之余，急忙站起身来，要将她放开。可是井底地方既窄，又满是污泥，段誉身子站直，两脚便向泥中陷下，泥泞直升至胸口，觉得若将王语嫣放在泥中，实是大大不妥，只得将她身子横抱，连连道歉：“得罪，得罪！王姑娘，咱们身处泥中，只得从权了。”

王语嫣叹了口气，心下感激。她两度从生到死，又从死到生，对于慕容复的心肠，实已清清楚楚，此刻纵欲自欺，亦复不能，再加段誉对自己一片真诚，两相比较，更显得一个情深义重，一个自私凉薄。她从井口跃到井底，虽只一瞬之间，内心却已起了大大变化，当时自伤身世，决意一死以报段誉，却不料段誉和自己都没有死，事出意外，当真是满心欢喜。她向来娴雅守礼，端庄自持，但此刻倏经巨变，激动之下，忍不住向段誉吐露心事，说道：“段公子，我只道你已经故世了，想到你对我的种种好处，实在又是伤心，又是后悔，幸好老天爷有眼，你安好无恙。我在上面说的那句话，你想必听见了？”她说到这一句，不由得娇羞无限，将脸藏在段誉颈边。

段誉于霎时之间，只觉全身飘飘荡荡地，如升云雾，如入梦境，这些时候来朝思暮想的愿望，蓦地里化为真事，他大喜之下，双足一软，登时站立不住，背靠井栏，双手仍是搂着王语嫣的身躯。不料王语嫣好几根头发钻进他的鼻孔，段誉“啊嚏，啊嚏！”接连打了几个喷嚏。王语嫣道：“你……你怎么啦？受伤了么？”段誉道：“没……没有……啊嚏，啊嚏……我没有受伤，啊嚏……也不是伤风，是开心得过了头，王姑娘……啊嚏……我欢喜得险些晕了过去。”

井中一片黑暗，相互间都瞧不见对方。王语嫣微笑不语，满心也是浸在欢乐之中。她自幼痴恋表兄，始终得不到回报，直到此刻，方始领会到两情相悦的滋味。

段誉结结巴巴的问道："王姑娘，你刚才在上面说了句什么话？我可没有听见。"王语嫣微笑道："我只道你是个至诚君子，却原来也会使坏。你明明听见了，又要我亲口再说一遍。怪羞人的，我不说。"

段誉急道："我……我确没听见，若教我听见了，老天爷罚我……"他正想罚个重誓，嘴巴上突觉一阵温暖，王语嫣的手掌已按在他嘴上，只听她说道："不听见就不听见，又有什么大不了的事，却值得罚什么誓？"段誉大喜，自从识得她以来，她从未对自己有这么好过，便道："那么你在上面究竟说的是什么话？"王语嫣道："我说……"突觉一阵腼腆，微笑道："以后慢慢再说，日子长着呢，又何必急在一时？"

"日子长着呢，又何必急在一时？"这句话钻入段誉的耳中，当真如聆仙乐，只怕西方极乐世界中伽陵鸟一齐鸣叫，也没这么好听，她意思显然是说，她此后将和他长此相守。段誉乍闻好音，兀自不信，问道："你说，以后咱们能时时在一起么？"

王语嫣伸臂搂着他的脖子，在他耳边低声说道："段郎，只须你不嫌我，不恼我昔日对你冷漠无情，我愿终身跟随着你，再……再也不离开你了。"

段誉一颗心几乎要从口中跳将出来，问道："那你表哥怎么样？你一直……一直喜欢慕容公子的。"王语嫣道："他却从来没将我放在心上。我直至此刻方才知道，这世界上是谁真的爱我、怜我，是谁把我看得比他自己性命还重。"段誉颤声道："你是说我？"

王语嫣垂泪说道："对啦！我表哥一生之中，便是梦想要做大燕皇帝。本来呢，这也难怪，他慕容氏世世代代，做的便是这个梦。他祖宗几十代做下来的梦，传到他身上，怎又能盼望他醒觉？

我表哥原不是坏人，只不过为了想做大燕皇帝，别的什么事都搁在一旁了。”

段誉听她言语之中，大有为慕容复开脱分辩之意，心中又焦急起来，道：“王姑娘，倘若你表哥一旦悔悟，忽然又对你好了，那你……你……怎么样？”

王语嫣叹道：“段郎，我虽是个愚蠢女子，却决不是丧德败行之人，今日我和你订下三生之约，若再三心两意，岂不有亏名节？又如何对得起你对我的深情厚意？”

段誉心花怒放，抱着她身子一跃而起，“啊哈”一声，啪的一响，重又落入污泥之中，伸嘴过去，便要吻她樱唇。王语嫣宛转相就，四唇正欲相接，突然间头顶呼呼风响，什么东西落将下来。

两人吃了一惊，忙向井栏边一靠，砰的一声响，有人落入井中。

段誉问道：“是谁？”那人哼了一声，道：“是我！”正是慕容复。

原来段誉醒转之后，便得王语嫣柔声相向，两人全副心神都贯注在对方身上，当时就算天崩地裂，也是置若罔闻，鸠摩智和慕容复在上面呼喝恶斗，自然更是充耳不闻。蓦地里慕容复摔入井来，二人都吃了一惊，都道他是前来干预。

王语嫣颤声道：“表哥，你……你又来干什么？我此身已属段公子，你若要杀他，那就连我也杀了。”

段誉大喜，他倒也不担心慕容复来加害自己，只怕王语嫣见了表哥之后，旧情复燃，又再回到表哥身畔，听她这么说，登时放心，又觉王语嫣伸手出来，握住了自己双手，更加信心百倍，说道：“慕容公子，你去做你的西夏驸马，我决计不再劝阻。你的表妹，却是我的了，你再也夺不去了。语嫣，你说是不是？”

王语嫣道：“不错，段郎，不论是生是死，我都跟随着你。”

慕容复被鸠摩智点中了穴道，能听能言，便是不能动弹，听他二人这么说，寻思：“他二人不知我大败亏输，已然受制于人，反而对我仍存忌惮之意，怕我出手加害。如此甚好，我且施个缓兵之计。”当下说道：“表妹，你嫁段公子后，咱们已成了一家人，段公子已成了我的表妹婿，我如何再会相害？”

段誉宅心忠厚，王语嫣天真烂漫，一般的不通世务，两人一听之下，都是大喜过望，一个道：“多谢慕容兄。”一个道：“多谢表哥！”

慕容复道：“段兄弟，咱们既成一家人，我要去做西夏驸马，你便不再从中作梗了？”

段誉道：“这个自然。我但得与令表妹成为眷属，更无第二个心愿，便是做神仙，做罗汉，我也不愿。”王语嫣轻轻倚在他身旁，喜乐无限。

慕容复暗自运气，要冲开被鸠摩智点中的穴道，一时无法办到，却又不愿求段誉相助，心下暗自恚怒：“人道女子水性杨花，果然不错。若在平日，表妹早就奔到我身边，扶我起身，这时却睬也不睬。”

那井底圆径不到一丈，三人相距甚近。王语嫣听得慕容复躺在泥中，却并不站起。她只须跨出一步，便到了慕容复身畔，扶他起来，但她既恐慕容复另有计谋加害段誉，又怕段誉多心，是以这一步却终没跨将出去。

慕容复心神一乱，穴道更加不易解开，好容易定下心来，运气解开被封的穴道，手扶井栏站起身来，啪的一声，有物从身旁落下，正是鸠摩智那部《易筋经》，黑暗中也不知是什么东西，慕容复自然而然的向旁一让。幸好这么一让，鸠摩智跃下时才得不碰到他身上。

鸠摩智拾起经书，突然间哈哈大笑。那井极深极窄，笑声在一个圆筒中回旋荡漾，只振得段誉等三人耳鼓中嗡嗡作响，甚是难受。鸠摩智笑声竟无法止歇，内息鼓荡，神智昏乱，便在污泥中拳打足踢，一拳一脚都打到井圈砖上，有时力大无穷，打得砖块粉碎，有时却又全无气力。

王语嫣甚是害怕，紧紧靠在段誉身畔，低声道：“他疯了，他疯了！”段誉道：“他当真疯了！”慕容复施展壁虎游墙功，贴着井圈向上爬起。

鸠摩智只是大笑，又不住喘息，拳脚却越打越快。

王语嫣鼓起勇气，劝道：“大师，你坐下来好好歇一歇，须得定一定神才是。”鸠摩智笑骂：“我……我定一定……我能定就好了！我定你个头！”伸手便向她抓来。井圈之中，能有多少回旋余地？一抓便抓到了王语嫣肩头。王语嫣一声惊呼，急速避开。

段誉抢过去挡在她身前，叫道：“你躲在我后面。”便在这时，鸠摩智双手已扣住他咽喉，用力收紧。段誉顿觉呼吸急促，说不出话来。王语嫣大惊，忙伸手去扳他手臂。这时鸠摩智疯狂之余，内息虽不能运用自如，气力却大得异乎寻常，王语嫣的手扳将下去，宛如蜻蜓撼石柱，实不能动摇其分毫。王语嫣惊惶之极，深恐鸠摩智将段誉扼死，急叫：“表哥，表哥，你快来帮手，这和尚……这和尚要扼死段公子啦！”

慕容复心想：“段誉这小子在少室山上打得我面目无光，令我从此在江湖上声威扫地，他要死便死他的，我何必出手相救？何况这凶僧武功极强，我远非其敌，且让他二人斗个两败俱伤，最好是同归于尽。我此刻插手，殊为不智。”当下手指穿入砖缝，贴身井圈，默不作声。王语嫣叫得声嘶力竭，慕容复只作没有听见。

王语嫣握拳在鸠摩智头上、背上乱打。鸠摩智又是气喘，又是大笑，使力扼紧段誉的咽喉。

鸠摩智说道："这一本经书，公子他日有便，费神请代老衲还了给少林寺。"说着将那本《易筋经》交给段誉。

四十六

酒罢问君三语

巴天石、朱丹臣等次晨起身，不见了段誉，到王语嫣房门口叫了几声，不闻答应，见房门虚掩，敲了几下，便即推开，房中空空无人。巴朱二人连声叫苦。朱丹臣道："咱们这位小王子便和王爷一模一样，到处留情，定然和王姑娘半夜里偷偷溜掉，不知去向。"巴天石点头道："小王子风流潇洒，是个不爱江山爱美人的人物。他钟情于王姑娘，那是有目共睹之事，要他做西夏驸马……唉，这位小王子不大听话，当年皇上和王爷要他练武，他说什么也不练，逼得急了，就一走了之。"朱丹臣道："咱们只有分头去追，苦苦相劝。"巴天石双手一摊，唯有苦笑。

朱丹臣又道："巴兄，想当年王爷命小弟出来追赶小王子，好容易找到了，哪知道小王子……"说到这里，放低声音道："小王子迷上了这位木婉清姑娘，两个人竟半夜里偷偷溜将出去，总算小弟运气不错，早就守在前面道上，这才能交差。"巴天石一拍大腿，说道："唉，朱贤弟，这就是你的不是了。你既曾有此经历，怎地又来重蹈覆辙？咱哥儿俩该当轮班守夜，紧紧看住他才是啊。"朱丹臣叹了口气，说道："我只道他瞧在萧大侠与虚竹先生义气的份上，总不会撇手便走，哪知道……哪知道他……"下面这"重色轻友"四个字的评语，一来以下犯上，不便出口，二来段誉和他交情甚好，却也不忍出口。

两人无法可施，只得去告知萧峰和虚竹。各人分头出去找寻，整整找了一天，半点头绪也无。

傍晚时分，众人聚在段誉的空房之中纷纷议论。正发愁间，西夏国礼部一位主事来到宾馆，会见巴天石，说道次日八月十五晚上，皇上在西华宫设宴，款待各地前来求亲的佳客，请大理国段王子务必光临。巴天石有苦难言，只得唯唯称是。

那主事受过巴天石的贿赂，神态间十分亲热，告辞之时，巴天石送到门口。那主事附耳悄悄说道："巴司空，我透个消息给你。明儿晚皇上赐宴，席上便要审察各位佳客的才貌举止，宴会之后，说不定还有什么射箭比武之类的玩意儿，让各位佳客一比高下。到底谁做驸马，得配我们的公主娘娘，这是一个大关键。段王子可须小心在意了。"巴天石作揖称谢，从袖中又取出一大锭黄金，塞在他手里。

巴天石回入宾馆，将情由向众人说了，叹道："镇南王千叮万嘱，务必要小王子将公主娶了回去，咱兄弟俩有亏职守，实在是无面目去见王爷了。"

竹剑突然抿嘴一笑，说道："巴老爷，小婢子说一句话成不成？"巴天石道："姊姊请说。"竹剑笑道："段公子的父王要他娶西夏公主，只不过是想结这头亲事，西夏、大理成为婚姻之国，互相有个照应，是不是？"巴天石道："不错。"菊剑道："至于这位西夏公主是美如西施，还是丑胜无盐，这位做公公的段王爷，却也不放在心上了，是么？"巴天石道："人家公主之尊，就算没有沉鱼落雁之容，中人之姿总是有的。"梅剑道："我们姊妹倒有一个主意，只要能把公主娶到大理，是否能及时找到段公子，倒也无关大局。"兰剑笑道："段公子和王姑娘在江湖上玩厌了，过得一年半载，两年三年，终究会回大理去，那时再和公主洞房花烛，也自不迟。”

巴天石和朱丹臣又惊又喜，齐声道：“小王子不在，怎么又能把西夏公主娶回大理？四位姑娘有此妙计，愿闻其详。”

梅剑道：“这位木姑娘穿上了男装，扮成一位俊书生，岂不比段公子美得多了？请她去赴明日之宴，席上便有千百位少年英雄，哪一个有她这般英俊潇洒？”兰剑道：“木姑娘是段公子的亲妹子，代哥哥去娶了个嫂子，替国家立下大功，讨得爹爹的欢心，岂不是一举数得？”竹剑道：“木姑娘挑上了驸马，拜堂成亲总还有若干时日，那时想来该可找到段公子了。”菊剑道：“就算那时段公子仍不现身，木姑娘代他拜堂，却又如何？”说着伸手按住了嘴巴，四姊妹一齐吃吃笑了起来。

四人一般的心思，一般的口音，四人说话，实和一人说话没有分别。

巴朱二人面面相觑，均觉这计策过于大胆，若被西夏国瞧破，亲家结不成，反而成了冤家，西夏皇帝要是一怒发兵，这祸可就闯得大了。

梅剑猜中两人心思，说道：“其实段公子有萧大侠这位义兄，本来无须拉拢西夏，只不过镇南王有命，不得不从罢了。当真万一有什么变故，萧大侠是大辽南院大王，手握雄兵数十万，只须居间说几句好话，便能阻止西夏向大理寻衅生事。”

萧峰微微一笑，点了点头。

巴天石是大理国司空，执掌政事，萧峰能作为大理国的强援，此节他自早在算中，只是自己不便提出，见梅剑说了这番话后，萧峰这么一点头，便知此事已稳若泰山，最多求亲不成，于国家却决无大患，寻思：“这四个小姑娘的计谋，似乎直如儿戏，但除此之外，却也更无良策，只不知木姑娘是否肯冒这个险？”说道：“四位姑娘此议确是妙计，但行事之际实在太过凶险，万一露出破绽，木姑娘有被擒之虞。何况天下才俊云集，木姑娘人品自是一等一的了，但如较量武功，要技压群雄，却是难有把握。”

众人眼光都望向木婉清，要瞧她是作何主意。

木婉清道：“巴司空，你也不用激我，我这个哥哥，我这个哥哥……”说了两句“我这个哥哥”，突然眼泪夺眶而出，想到段誉和王语嫣私下离去，便如当年和自己深夜携手同行一般，倘若他不是自己兄长，料想他亦不会变心，如今他和旁人卿卿我我，快活犹似神仙，自己却在这里冷冷清清，大理国臣工反而要自己代他娶妻。她想到悲愤处，倏地一伸手，掀翻了面前的桌子，登时茶壶、茶杯，乒乒乓乓的碎成一地，一跃而起，出了房门。

众人相顾愕然，都觉十分扫兴。巴天石歉然道：“这是我的不是了，倘若善言以求，木姑娘最多不过不答允，可是我出言相激，这却惹得她生气了。”朱丹臣摇头道：“木姑娘生气，决不是为了巴兄这几句话，那是另有原因的。唉，一言难尽！”

次日众人又分头去寻访段誉，但见街市之上，服饰锦绣的少年子弟穿插来去，料想大半是要去赴皇宫中秋之宴的，偶而也见到有人相骂殴斗，看来吐蕃国的众武士还在尽力为小王子清除敌手。至于段誉和王语嫣，自然影踪不见。

傍晚时分，众人先后回到宾馆。萧峰道：“三弟既已离去，咱们大家也都走了罢，不管是谁做驸马，都跟咱们毫不相干。”巴天石道：“萧大侠说的是，咱们免得见到旁人做了驸马，心中有气。”

锺灵忽道：“朱先生，你娶了妻子没有？段公子不愿做驸马，你为什么不去做？你娶了西夏公主，不也有助于大理么？”朱丹臣笑道：“姑娘取笑了，晚生早已有妻有妾，有儿有女。”锺灵伸了伸舌头。朱丹臣又道：“可惜姑娘的相貌太娇，脸上又有酒窝，不像男子，否则由你出马，替你哥哥去娶西夏公主……”锺灵道：“什么？替我哥哥？”朱丹臣知道失言，心想：“你是镇南王的私生女儿，此事未曾公开，不便乱说。”忙道：“我说是替小王子办成这件大事……”

忽听得门外一人道：“巴司空，朱先生，咱们这就去了罢？”门帘一掀，进来一个英气勃勃的俊雅少年，正是穿了书生衣巾的木婉清。

众人又惊又喜，都道：“怎么？木姑娘肯去了？”木婉清道：“在下姓段名誉，乃大理国镇南王世子，诸位言语之间，可得检点一二。”声音清朗，虽然雌音难免，但少年人语音尖锐，亦不足为奇。众人见她学得甚像，都哈哈大笑起来。

原来木婉清发了一阵脾气，回到房中哭了一场，左思右想，觉得得罪了这许多人，很是过意不去，再觉冒充段誉去娶西夏公主，此事倒也好玩得紧，内心又隐隐觉得：“你想和王姑娘双宿双飞，过快活日子，我偏偏跟你娶一个公主娘娘来，镇日价打打闹闹，教你多些烦恼。”又忆及初进大理城时，段誉的父母为了醋海兴波，相见时异常尴尬，段誉若有一个明媒正娶的公主娘娘作正室，王语嫣便做不成他的夫人，自己不能嫁给段誉，那是无法可想，可也不能让这个娇滴滴的王姑娘快快活活的做他妻子。她越想越得意，便挺身而出，愿去冒充段誉。

巴天石等精神一振，忙即筹备诸事。巴天石心想，那礼部侍郎来过宾馆，曾见过段誉，于是取过三百两黄金，要朱丹臣送去给陶侍郎。本来礼物已经送过，这是特别加赠，吩咐朱丹臣什么话都不必提，待会这陶侍郎倘若见到什么破绽，自会心照不宣，三百两黄金买一个不开口，这叫做“闷声大发财”。

木婉清道：“萧大哥，虚竹二哥，你们两位最好和我同去赴宴，那我便什么都不怕了。否则真要动起手来，我怎打得过人家？皇宫之中，乱发毒箭杀人，总也不成体统。”

兰剑笑道：“对啦，段公子要是毒箭四射，西夏皇宫中积尸遍地，公主娘娘只怕也不肯嫁给你了。”萧峰笑道：“我和二弟已受段伯父之托，自当尽力。”

当下众人更衣打扮，齐去皇宫赴宴。萧峰和虚竹都扮作了大理国镇南王府的随从。锺灵和灵鹫宫四姝本想都穿了男装，齐去瞧瞧热闹，但巴天石道：“木姑娘一人乔装改扮，已怕给人瞧出破绽，再加上五位扮成男子的姑娘，定要露出机关。”锺灵等只得罢了。

一行人将出宾馆门口，巴天石忽然叫道：“啊哟，险些误了大事！那慕容复也要去争为驸马，他是认得段公子的，这便如何是好?”萧峰微微一笑，说道：“巴兄不必多虑，慕容公子和段三弟一模一样，也已不别而行。适才我去探过，邓百川、包不同他们正急得犹如热锅上蚂蚁相似。”众人大喜，都道：“这倒巧了。”

朱丹臣赞道：“萧大侠思虑周全，竟去探查慕容公子的下落。”萧峰微笑道：“我倒不是思虑周全，我想慕容公子人品俊雅，武艺高强，倒是木姑娘的劲敌，嘿嘿，嘿嘿!”巴天石笑道：“原来萧大侠是想去劝他今晚不必赴宴了。”锺灵睁大了眼睛，说道：“他千里迢迢的赶来，为的是要做驸马，怎么肯听你劝告？萧大侠，你和这位慕容公子交情很好么?”巴天石笑道：“萧大侠和这人交情也不怎么样，只不过萧大侠拳脚上的口才很好，他是非听不可的。”锺灵这才明白，笑道：“出到拳脚去好言相劝，人家自须听从了。”

当下木婉清、萧峰、虚竹、巴天石、朱丹臣五人来到皇宫门外。巴天石递入段誉的名帖，西夏国礼部尚书亲自迎进宫去。

来到中和殿上，只见赴宴的少年已到了一百余人，散坐各席。殿上居中一席，桌椅均铺绣了金龙的黄缎，当是西夏皇帝的御座。东西两席都铺紫缎。东边席上高坐一个浓眉大眼的少年，身材魁梧，身披大红袍子，袍上绣有一头张牙舞爪的老虎，形貌威武，身后站着八名武士。巴天石等一见，便知是吐蕃国的宗赞王子。

礼部尚书将木婉清让到西首席上，不与旁人共座，萧峰等站在她的身后。显然这次前来应征的诸少年中，以吐蕃国王子和大理国王子身份最尊，西夏皇帝也敬以殊礼。其余的贵介子弟，便与一般民间俊彦散坐各席。众人络绎进来，纷纷就座。

各席坐满后，两名值殿将军喝道："嘉宾齐至，闭门。"鼓乐声中，两扇厚厚的殿门由四名执戟卫士缓缓推上。偏廊中兵甲锵锵，走出一群手执长戟的金甲卫士，戟头在烛火下闪耀生光。跟着鼓乐又响，两队内侍从内堂出来，手中都提着一只白玉香炉，炉中青烟袅袅。众人都知是皇帝要出来了，凝气屏息，不作一声。

最后四名内侍身穿锦袍，手中不持物件，分往御座两旁一立。萧峰见这四人太阳穴高高鼓起，心知是皇帝贴身侍卫，武功不低。一名内侍朗声喝道："万岁到，迎驾！"众人便都跪了下去。

但听得履声橐橐，一人自内而出，在御椅上坐下。那内侍又喝道："平身！"众人站起身来。萧峰向那西夏皇帝瞧去，只见他身形并不甚高，脸上颇有英悍之气，倒似是个草莽中的英雄人物。

那礼部尚书站在御座之旁，展开一个卷轴，朗声诵道："法天应道、广圣神武、西夏皇帝敕曰：诸君应召远来，朕甚嘉许，其赐旨酒，钦哉！"众人又都跪下谢恩。那内侍喝道："平身！"众人站起。

那皇帝举起杯来，在唇间作个模样，便即离座，转进内堂去了。一众内侍跟随在后，霎时之间走得干干净净。

众人相顾愕然，没料想皇帝一句话不说，一口酒不饮，竟便算赴过了酒宴。各人寻思："我们相貌如何，他显然一个也没看清，这女婿却又如何挑法？"

那礼部尚书道："诸君请坐，请随意饮酒用菜。"众宫监将菜肴一碗碗捧将上来。西夏是西北苦寒之地，日常所食以牛羊为主，虽是皇宫御宴，也是大块大块的牛肉、羊肉。

木婉清见萧峰等侍立在旁，心下过意不去，低声道："萧大哥，虚竹二哥，你们一起坐下吃喝罢。"萧峰和虚竹都笑着摇了摇头。木婉清知道萧峰好酒，心生一计，将手一摆，说道："斟酒！"萧峰依言斟了一碗。木婉清道："你饮一碗罢！"萧峰甚喜，两口便将大碗酒喝完了。木婉清道："再饮！"萧峰又喝了一碗。

东首席上那吐蕃王子喝了几口酒，抓起碗中一大块牛肉便吃，咬了几口，剩下一根大骨头，随手一掷，似有意，似无意，竟是向木婉清飞来，势挟劲风，这一掷之力着实了得。

朱丹臣抽出折扇，在牛骨上一拨，骨头飞将回去，射向宗赞王子。一名吐蕃武士伸手抓住，骂了一声，提起席上一只大碗，便向朱丹臣掷来。巴天石挥掌拍出，掌风到处，那只碗在半路上碎成数十片，碎瓷纷纷向一众吐蕃人射去。另一名吐蕃武士急速解下外袍，一卷一裹，将数十片碎瓷都裹在长袍之中，手法甚是利落。

众人来到皇宫赴宴之时，便都已想到，与宴之人个个是想做驸马的，相见之下，岂有好意，只怕宴会之中将有争斗，却不料说打便打，动手如此快法。但听得碗碟乒乒乓乓，响成一片，众人登时喧扰起来。

突然间钟声当当响起，内堂中走出两排人来，有的劲装结束，有的宽袍缓带，大都拿着奇形怪状的兵刃。一名身穿锦袍的西夏贵官朗声喝道："皇宫内院，诸君不得无礼。这些位都是敝国一品堂中人士，诸君有兴，大可一一分别比试，乱打群殴，却万万不许。"

萧峰等均知西夏国一品堂是招揽天下英雄好汉之所，搜罗的人才着实不少，当下巴天石等便即停手。吐蕃众武士掷来的碗碟等物，巴天石、朱丹臣等接过放下，不再回掷。但吐蕃武士兀自不肯住手，连牛肉、羊肉都一块块对准了木婉清掷来。

那锦袍贵官向吐蕃王子道："请殿下谕令罢手，免干未便。"宗赞王子见一品堂群雄少说也有一百余人，何况身在对方宫禁之中，当即左手一挥，止住了众人。

西夏礼部尚书向那锦袍贵官拱手道："赫连征东，不知公主娘娘有何吩咐？"

这锦袍贵官便是一品堂总管赫连铁树，官封征东大将军，年前曾率领一品堂众武士前赴中原，却被慕容复假扮李延宗，以"悲酥清风"迷倒众人。赫连铁树等都为丐帮群丐擒获，幸得段延庆相救脱险，铩羽而归。他曾见过阿朱所扮的假乔峰、段誉所扮的假慕容复，此刻殿上的真萧峰和假段誉他却没见过。段延庆、南海鳄神等也算是一品堂的人物，他们自是另有打算，不受西夏朝廷的羁縻。

赫连铁树朗声说道："公主娘娘有谕，请诸位嘉宾用过酒饭之后，齐赴青凤阁外书房用茶。"

众人一听，都是"哦"的一声。银川公主居于青凤阁，许多人都是知道的，她请大伙儿过去喝茶，那自是要亲见众人，自行选婿。众少年一听，都是十分兴奋，均想："就算公主挑不中我，我总也亲眼见到了她。西夏人都说他们公主千娇百媚，容貌天下无双，总须见上一见，也不枉了远道跋涉一场。"

吐蕃王子伸袖一抹嘴巴，站起身来，说道："什么时候不好喝酒吃肉？这时候不吃啦，咱们瞧瞧公主去！"随从的八名武士齐声应道："是！"吐蕃王子向赫连铁树道："你带路罢！"赫连铁树道："好，殿下请！"转身向木婉清拱手道："段殿下请！"木婉清粗声粗气道："将军请。"

一行人由赫连铁树引路，穿过一座大花园，转了几处回廊，经过一排假山时，木婉清忽觉身旁多了一人，斜眼一看，不由得吓了一跳，"啊"的一声惊呼出来。那人锦袍玉带，竟然便是段誉。

段誉低声笑道："段殿下，你受惊啦！"木婉清道："你都知道了？"段誉笑道："没有都知道，但瞧这阵仗，也猜到了一二。段殿下，可真难为你啦。"

木婉清向左右一张，要看是否有西夏官员在侧，却见段誉身后有两个青年公子。一个三十岁左右，双眉斜飞，颇有高傲冷峭之态，另一个却是容貌绝美。木婉清略加注视，便认出这美少年是王语嫣所扮，她登时怒从心起，道："你倒好，不声不响的和王姑娘走了，却叫我来跟你背这根木梢。"段誉道："好妹子，你别生气，这件事说来话长。我给人投在一口烂泥井里，险些儿活活饿死在地底。"

木婉清听他曾经遇险，关怀之情登时盖过了气恼，忙问："你没受伤么？我瞧你脸色不大好。"

原来当时段誉在井底被鸠摩智扼住了咽喉，呼吸难通，渐欲晕去。慕容复贴身于井壁高处，幸灾乐祸，暗暗欣喜，只盼鸠摩智就此将段誉扼死了。王语嫣拼命击打鸠摩智，终难令他放手，情急之下，突然张口往鸠摩智右臂上咬去。

鸠摩智猛觉右臂"曲池穴"上一痛，体内奔腾鼓荡的内力蓦然间一泻千里，自手掌心送入段誉的头颈。本来他内息膨胀，全身欲炸，忽然间有一个宣泄之所，登感舒畅，扼住段誉咽喉的手指渐渐松了。

他练功时根基扎得极稳，劲力凝聚，难以撼动，虽与段誉躯体相触，但既没碰到段誉拇指与手腕等穴道，段誉不会自运"北冥神功"，便无法吸动他的内力。此刻王语嫣在他"曲池穴"上咬了一口，鸠摩智一惊之下，息关大开，内力急泻而出，源源不绝的注入段誉喉头"廉泉穴"中。廉泉穴属于任脉，经天突、璇玑、华盖、紫宫、中庭数穴，便即通入气海膻中。

鸠摩智本来神智迷糊，内息既有去路，便即清醒，心下大惊："啊哟！我内力给他这般源源吸去，不多时便成废人，那可如何是好？"当即运功竭力抗拒，可是此刻已经迟了，他的内力本就不及段誉浑厚，其中小半进入对方体内后，此消彼长，双方更是强弱悬殊，虽极力挣扎，始终无法凝聚，不令外流。

黑暗之中，王语嫣觉到自己一口咬下，鸠摩智便不再扼住段誉的喉咙，心下大慰，但鸠摩智的手掌仍如钉在段誉颈上一般，任她如何出力拉扯，他手掌总是不肯离开。王语嫣熟知天下名家各派的武功，却猜不出鸠摩智这一招是什么功夫，但想终究不是好事，定然与段誉有害，更加出力去拉。鸠摩智一心盼望她能拉开自己手掌。不料王语嫣猛然间打个寒噤，登觉内力不住外泄。原来段誉的“北冥神功”不分敌我，连王语嫣一些浅浅的内力也都吸了过去。过不多时，段誉、王语嫣与鸠摩智三人一齐晕去。

慕容复隔了半晌，听下面三个人皆无声息，叫了几声，不听到回答，心想：“看来这三人已然同归于尽。”心中先是一喜，但想到王语嫣和自己的情份，不禁又有些伤感，跟着又想：“啊哟，我们被大石封在井内，倘若他三人不死，四人合力，或能脱困而出，现下只剩我一人，那就难得很了。唉，你们要死，何不等大家到了外边，再拼个你死我活？”伸手向上力撑，十余块大石重重叠叠的堆在井口，几及万斤，如何推得动分毫？

他心下沮丧，正待跃到井底，再加察看，忽听得上面有说话之声，语音嘈杂，似乎是西夏的乡农。原来四人扰攘了大半夜，天色已明，城郊乡农挑了菜蔬，到灵州城中去贩卖，经过井边。

慕容复寻思：“我若叫唤呼援，众乡农未必搬得动这些每块重达数百斤的大石，搬了几下搬不动，不免径自去了，须当动之以利。”于是大声叫道：“这些金银财宝都是我的，你们不得眼红。要分三千两银子给你，倒也不妨。”跟着又逼尖嗓子叫道：“这里许许多多金银财宝，自然是见者有份，只要有谁见到了，每个人都要分一份的。”随即装作嘶哑之声说道：“别让旁人听见了，见者有份，黄金珠宝虽多，终究是分得薄了。”这些假装的对答，都是以内力远远传送出去。

众乡农听得清楚，又惊又喜，一窝蜂的去搬抬大石。大石虽重，但众人合力之下，终于一块块的搬了开来。慕容复不等大石全部搬开，一见露出的缝隙已足以通过身子，当即缘井壁而上，飕的一声，窜了出去。

众乡农吃了一惊，眼见他一瞬即逝，随即不知去向。众人疑神疑鬼，虽然害怕，但终于为钱财所诱，辛辛苦苦的将十多块大石都掀在一旁，连结绑缚柴菜的绳索，将一个最大胆的汉子缒入井中。

这人一到井底，伸手出去，立即碰到鸠摩智，一摸此人全不动弹，只当是具死尸，登时吓得魂不附体，忙扯动绳子，旁人将他提了上来。各人仍不死心，商议了一番，点燃了几根松柴，又到井底察看。但见三具“死尸”滚在污泥之中，一动不动，想已死去多时，却哪里有什么金银珠宝？众乡农心想人命关天，倘若惊动了官府，说不定大老爷要诬陷各人谋财害命，胆战心惊，一哄而散，回家之后，不免头痛者有之，发烧者有之。不久便有种种传说，愚夫愚妇，附会多端。说道每逢月明之夜，井边便有三个满身污泥的鬼魂作祟，见者头痛发烧，身染重病，须得时加祭祀。自此之后，这口枯井之旁，终年香烟不断。

直到午牌时分，井底三人才先后醒转。第一个醒的是王语嫣，她功力本浅，内力虽然全失，但原来并没多少，受损也就无几。她醒转后自然立时便想到段誉，其时虽是天光白日，深井之中仍是目不见物，她伸手一摸，碰到了段誉，叫道：“段郎，段郎，你……你……你怎么了？”不听得段誉的应声，只道他已被鸠摩智扼死，不禁抚“尸”痛哭，将他紧紧抱在胸前，哭道：“段郎，段郎，你对我这么情深义重，我却从没一天有好言语、好颜色对你，我只盼日后丝萝得托乔木，好好的补报于你，哪知道……哪知道……我俩竟恁地命苦，今日你命丧恶僧之手……”

忽听得鸠摩智道："姑娘说对了一半，老衲虽是恶僧，段公子却并非命丧我手。"

王语嫣惊道："难道是……是我表哥下的毒手？他……他为什么这般狠心？"

便在这时，段誉内息顺畅，醒了过来，听得王语嫣的娇声便在耳边，心中大喜，又觉得自己被她抱着，当下一动不敢动，唯恐被她察觉，她不免便即放手。

却听得鸠摩智道："你的段郎非但没有命丧恶僧之手，恰恰相反，恶僧险些儿命丧段郎之手。"王语嫣垂泪道："在这当口，你还有心思说笑！你不知我心痛如绞，你还不如将我也扼死了，好让我追随段郎于黄泉之下。"段誉听她这几句话情深之极，当真是心花怒放，喜不自胜。

鸠摩智内力虽失，心思仍是十分缜密，识见当然亦是卓超不凡如旧，但听得段誉细细的呼吸之声，显是在竭力抑制，已猜知他的用意，轻轻叹了口气，说道："段公子，我错学少林七十二绝技，走火入魔，凶险万状，若不是你吸去我的内力，老衲已然疯狂而死。此刻老衲武功虽失，性命尚在，须得拜谢你的救命之恩才是。"

段誉是个谦谦君子，忽听得他说要拜谢自己，忍不住道："大师何必过谦？在下何德何能，敢说相救大师性命？"

王语嫣听到段誉开口说话，大喜之下，又即一怔，当即明白他故意不动，好让自己抱着他，不禁大羞，用力将他一推，啐了一声，道："你这人！"

段誉被她识破机关，也是满脸通红，忙站起身来，靠住对面井壁。

鸠摩智叹道："老衲虽在佛门，争强好胜之心却比常人犹盛，今日之果，实已种因于三十年前。唉，贪、嗔、痴三毒，无一得免，却又自居为高僧，贡高自慢，无惭无愧，唉，命终之后身入无间地狱，万劫不得超生。”

段誉心下正自惶恐，不知王语嫣是否生气，听了鸠摩智这几句心灰意懒的说话，同情之心顿生，问道：“大师何出此言？大师适才身子不愉，此刻已大好了吗？”

鸠摩智半晌不语，又暗一运气，确知数十年的艰辛修为已然废于一旦。他原是个大智大慧之人，佛学修为亦是十分睿深，只因练了武功，好胜之心日盛，向佛之心日淡，至有今日之事。他坐在污泥之中，猛地省起：“如来教导佛子，第一是要去贪、去爱、去取、去缠，方有解脱之望。我却无一能去，名缰利锁，将我紧紧系住。今日武功尽失，焉知不是释尊点化，叫我改邪归正，得以清净解脱？”他回顾数十年来的所作所为，额头汗水涔涔而下，又是惭愧，又是伤心。

段誉听他不答，问王语嫣道：“慕容公子呢？”王语嫣“啊”的一声，道：“表哥呢？啊哟，我倒忘了。”段誉听到她“我倒忘了”这四字，当真是如闻天乐，比什么都喜欢。本来王语嫣全心全意都放在慕容复身上，此刻隔了半天居然还没想到他，可见她对自己的心意实是出于至诚，在她心中，自己已与慕容复易位了。

只听鸠摩智道：“老衲过去诸多得罪，谨此谢过。”说着合什躬身。段誉虽见不到他行礼，忙即还礼，说道：“若不是大师将晚生携来中原，晚生如何能与王姑娘相遇？晚生对大师实是感激不尽。”鸠摩智道：“那是公子自己所积的福报。老衲的恶行，倒成了助缘。公子宅心仁厚，后福无穷。老衲今日告辞，此后万里相隔，只怕再难得见。这一本经书，公子他日有便，费神请代老衲还了给少林寺。恭祝两位举案齐眉，白头偕老。”说着将那本沾满了污泥的《易筋经》交给段誉。

段誉道：“大师要回吐蕃国去么？”鸠摩智道：“我是要回到所来之处，却不一定是吐蕃国。”段誉道：“贵国王子向西夏公主求婚，大师不等此事有了分晓再回?”

鸠摩智微微笑道：“世外闲人，岂再为这等俗事萦怀？老衲今后行止无定，随遇而安。心安乐处，便是身安乐处。”说着拉住众乡农留下的绳索，试了一试，知道上端是缚在一块大石之上，便慢慢攀援着爬了上去。

这一来，鸠摩智大彻大悟，终于真正成了一代高僧，此后广译天竺佛家经论而为藏文，弘扬佛法，度人无数。其后天竺佛教衰微，经律论三藏俱散失湮没，在西藏却仍保全甚多，其间鸠摩智实有大功。

段誉和王语嫣面面相对，呼吸可闻，虽身处污泥，心中却充满了喜乐之情，谁也没想到要爬出井去。两人同时慢慢的伸手出来，四手相握，心意相通。

过了良久，王语嫣道：“段郎，只怕你咽喉处给他扼伤了，咱们上去瞧瞧。”段誉道：“我一点也不痛，却也不忙上去。”王语嫣柔声道：“你不喜欢上去，我便在这里陪你。”千依百顺，更无半点违拗。

段誉过意不去，笑道：“你这般浸在污泥之中，岂不把你浸坏了?”左手搂着她细腰，右手一拉绳索，竟然力大无穷，微一用力，两人便上升数尺。段誉大奇，不知自己已吸了鸠摩智的毕生功力，还道是人逢喜事精神爽，又在井底睡了一觉，居然功力大增。

两人出得井来，阳光下见对方满身污泥，肮脏无比，料想自己面貌也必如此，忍不住相对大笑，当下找到一处小涧，跳下去冲洗良久，才将头发、口鼻、衣服、鞋袜等处的污泥冲洗干净。两个人湿淋淋的从溪中出去，想起前晚段誉跌入池塘，情境相类，心情却已大异，当真是恍如隔世。

王语嫣道：“咱们这么一副样子，如果教人撞见，当真羞也羞死了。”段誉道：“不如便在这里晒干，等天黑了再回去。”王语嫣点头称是，倚在山石边上。

段誉仔细端相，但见佳人似玉，秀发滴水，不由得大乐，却将王语嫣瞧得娇羞无限，把脸蛋侧了过去。两人絮絮烦烦，尽拣些没要紧的事来说，不知时候过得真快，似乎只转眼之间，太阳便下了山，而衣服鞋袜也都干了。

段誉心中喜乐，蓦地里想到慕容复，说道："嫣妹，我今日心愿得偿，神仙也不如，却不知你表哥今日去向西夏公主求婚，成也不成。"

王语嫣本来一想到此事便即伤心欲绝，这时心情已变，对慕容复暗有歉疚之意，反而亟盼他能娶得西夏公主，说道："是啊，咱们快瞧瞧去。"

两人匆匆回迎宾馆来，将到门外，忽听得墙边有人说道："你们也来了？"正是慕容复的声音。段誉和王语嫣齐声喜道："是啊，原来你在这里。"

慕容复哼了一声，说道："刚才跟吐蕃国武士打了一架，杀了十来个人，耽搁了我不少时候。姓段的，你怎么自己不去皇宫赴宴，却教个姑娘冒充了你去？我……我可不容你使此狡计，非去拆穿不可。"

他从井中出来后，洗浴、洗衣，好好睡了一觉，醒来后却遇上吐蕃武士，一场打斗，虽然得胜，却也费了不少力气，赶回宾馆时恰好见到木婉清、萧峰、巴天石等一干人出来。他躲在墙角后审察动静，正要去找邓百川等计议，却见到段誉和王语嫣并肩细语而来。

段誉奇道："什么姑娘冒充我去？我可压根儿不知。"王语嫣也道："表哥，我们刚从井中出来……"随即想起此言不尽不实，自己与段誉在山涧畔温存缠绵了半天，不能说刚从井中出来，不由得脸上红了。

好在暮色苍茫之中，慕容复没留神到她脸色忸怩，他急于要赶向皇宫，也不去注意她身上污泥尽去，绝非初从井底出来的模样。只听王语嫣又道："表哥，他……他……段公子……还有我，都很对你不住，盼望你得娶西夏公主为妻。"

慕容复精神一振，喜道："此话当真？段兄真的不跟我争做驸马了么？"心想："看来这书呆子呆气发作，果然不想去做西夏驸马，只一心一意要娶我表妹，世界上竟有这等胡涂人，倒也可笑。他有萧峰、虚竹相助，如不跟我相争，我便去了一个最厉害的劲敌。"

段誉道："我决不来跟你争西夏公主，但你也决不可来跟我争我的嫣妹。大丈夫一言既出，决无翻悔。"他一见到慕容复，总不免有些担心。

慕容复喜道："咱们须得赶赴皇宫。你叫那个姑娘不可冒充你而去做了驸马。"当下匆匆将木婉清乔装男子之事说了。段誉当即明白其中原由，定是自己失踪，巴天石和朱丹臣为了向镇南王交代，一力怂恿木婉清乔装改扮，代兄求亲。当下三人齐赴慕容复的寓所。

邓百川等正自彷徨焦急，忽见公子归来，都是喜出望外。眼见为时迫促，各人手忙脚乱的换了衣衫。段誉说什么也不肯和王语嫣分开，否则宁可不去皇宫。慕容复无奈，只得要王语嫣也改穿男装，相偕入宫。

三人带同邓百川、公冶乾、包不同、风波恶等赶到皇宫时，宫门已闭。慕容复岂肯就此罢休，悄悄走到宫墙外的僻静处，逾墙而入。风波恶跃上墙头，伸手来拉段誉。段誉左手搂住王语嫣，用力一跃，右手去握风波恶的手。不料一跃之下，两个人轻轻巧巧的从风波恶头顶飞越而过，还高出了三四尺，跟着轻轻落下，如叶之堕，悄然无声。墙内慕容复，墙头风波恶，墙外邓百川、公冶乾，都不约而同的低声喝采：“好轻功！”只包不同道：“我看也稀松平常。”

七人潜入御花园中，寻觅宴客的所在，想设法混进大厅去与宴，岂知这场御宴片刻间便即散席，前来求婚的众少年受银川公主之邀，赴青凤阁饮茶。段誉、慕容复、王语嫣三人在花园中遇到了木婉清。

萧峰、巴天石等见段誉神出鬼没的突然现身，都是惊喜交集。众人悄悄商议，均说求婚者众，西夏国官员未必弄得清楚，大伙儿混在一道，到了青凤阁再说，段誉既到，便不怕揭露机关了。

一行数人穿过御花园，远远望见花木掩映中露出楼台一角，阁边挑出两盏宫灯，赫连铁树引导众人来到阁前，朗声说道：“四方佳客前来谒见公主。”

阁门开处，出来四名宫女，每人手提一盏轻纱灯笼，其后是一名身披紫衫的女官，说道：“众位远来辛苦，公主请诸位进青凤阁奉茶。”

宗赞王子道：“很好，很好，我正口渴得紧了。为了要见公主，多走几步路打什么紧？又有什么辛苦不辛苦的，哈哈，哈哈！”大笑声中，昂然而前，从那女官身旁大踏步走进阁去。其余众人争先恐后的拥进，都想抢个好座位，越近公主越好。

只见阁内好大一座厅堂，地下铺着厚厚的羊毛地毯，地毯上织了五彩花朵，鲜艳夺目。一张张小茶几排列成行，几上放着青花盖碗，每只盖碗旁一只青花碟子，碟中装了奶酪、糕饼等四色点心。厅堂尽处有个高出三四尺的平台，铺了淡黄地毯，台上放着一张锦垫圆凳。众人均想这定是公主的坐位，你推我拥的，都抢着靠近那平台而坐。只段誉和王语嫣手拉着手，坐在厅堂角落的一张小茶几旁低声细语，眉花眼笑，自管说自己的事。

各人坐定后，那女官举起一根小小铜锤，在一块白玉云板上玎玎玎的敲击三下，厅堂中登时肃静无声，连段誉和王语嫣也都停了说话，静候公主出来。

过得片刻，只听得环珮丁东，内堂走出八个绿衫宫女，分往两旁一站，又过片刻，一个身穿淡绿衣衫的少女脚步轻盈的走了出来。

众人登时眼睛为之一亮，只见这少女身形苗条，举止娴雅，面貌更是十分秀美。众人都暗暗喝一声采："人称银川公主丽色无双，果然名不虚传。"

慕容复更想："我初时尚担心银川公主容貌不美，原来她虽比表妹似乎稍有不及，却也是千中挑、万中选的美女，先前的担心，大是多余。瞧她形貌端正，他日成为大燕国皇后，母仪天下。我和她生下孩儿，世世代代为大燕之主。"

那少女缓步走上平台，微微躬身，向众人为礼。众人当她进来之时早已站起，见她躬身行礼，都躬身还礼，有人见公主如此谦逊，没半分骄矜，更啧啧连声的赞了起来。那少女眼观鼻、鼻观心，目光始终不与众人相接，显得甚是腼腆。众人大气也不敢透一口，生怕惊动了她，均想："公主金枝玉叶，深居禁中，突然见到这许多男子，自当如此，方合她尊贵的身份。"

过了好半晌，那少女脸上一红，轻声细气的说道："公主殿下谕示：诸位佳客远来，青凤阁愧无好茶美点待客，甚是简慢，请诸位随意用些。"

众人都是一凛，面面相觑，忍不住暗叫："惭愧，原来她不是公主，看来只不过是侍候公主的一个贴身宫女。"但随即又想，一个宫女已是这般人才，公主自然更加非同小可，惭愧之余，随即又多了几分欢喜。

宗赞王子道："原来你不是公主，那么请公主快些出来罢。我好酒好肉也不吃，哪爱吃什么好茶美点？”那宫女道：“待诸位用过茶后，公主殿下另有谕示。”宗赞笑道：“很好，很好，公主殿下既然有命，还是遵从的好。”举起盖碗，揭开了盖，瓷碗一侧，将一碗茶连茶叶倒在口里，骨嘟嘟一口吞下茶水，不住的咀嚼茶叶。吐蕃国人喝茶，在茶中加盐，和以奶酪，连茶汁茶叶一古脑儿都吃下肚去。他还没吞完茶叶，已抓起四色点心，飞快的塞在口中，含含糊糊的道：“好啦，我遵命吃完，可以请公主出来啦！”

那宫女悄声道：“是。”却不移动脚步。宗赞知她是要等旁人都吃完后才去通报，心下好不耐烦，不住口的催促：“喂，大伙儿快吃，加把劲儿！是茶叶么，又有什么了不起？”好容易大多数人都喝了茶，吃了点心。宗赞王子道：“这行了吗？”

那宫女脸上微微一红，神色娇羞，说道：“公主殿下有请众位佳客，移步内书房，观赏书画。”宗赞“嘿”的一声，说道：“书画有什么好看？画上的美女，又怎有真人好看？摸不着，闻不到，都是假的。”但还是站起身来。

慕容复心下暗喜：“这就好了，公主要我们到书房去，观赏书画为名，考验文才是实，像宗赞王子这等粗野陋夫，懂得什么诗词歌赋，书法图画？只怕三言两语，便给公主逐出了书房。”又即寻思：“单是比试武功，我已可压倒群雄，现下公主更要考较文才，那我更是大占上风了。”当下喜气洋洋的站起身来。

那宫女道：“公主殿下有谕：凡是女扮男装的姑娘们，四十岁以上、已逾不惑之年的先生们，都请留在这里凝香堂中休息喝茶。其余各位佳客，便请去内书房。”

木婉清、王语嫣都暗自心惊，均想：“原来我女扮男装，早就给他们瞧出来了。”

却听得一人大声道：“非也，非也！”

那宫女又是脸上一红，她自幼入宫，数岁之后便只见过半男半女的太监，从未见过真正的男人，连皇帝和皇太子也未见过，陡然间见到这许多男人，自不免慌慌张张，尽自害羞，过了半晌，才道："不知这位先生有何高见？"

包不同道："高见是没有的，低见倒有一些。"似包不同这般强颜舌辩之人，那宫女更是从未遇到过，不知如何应付才是。包不同接着道："料想你定要问我：'不知这位先生有何低见？'我瞧你忸怩腼腆，不如免了你这一问，我自己说了出来，也就是了。"

那宫女微笑道："多谢先生。"

包不同道："我们万里迢迢的来见公主，路途之上，千辛万苦。有的葬身于风沙大漠，有的丧命于狮吻虎口，有的给吐蕃王子的手下武士杀了，到得灵州的，十停中也不过一二停而已。大家只不过想见一见公主的容颜，如今只因爹爹妈妈将我早生了几年，以致在下年过四十，一番跋涉，全属徒劳，早知如此，我就迟些出世了。"

那宫女抿嘴笑道："先生说笑了，一个人早生迟生，岂有自己作得主的？"

宗赞听包不同唠叨不休，向他怒目而视，喝道："公主殿下既然有此谕示，大家遵命便是，你啰唆些什么？"包不同冷冷的道："王子殿下，我说这番话是为你好。你今年四十一岁，虽然也不算很老，总已年逾四旬，是不能去见公主的了。前天我给你算过命，你是丙寅年、庚子月、乙丑日、丁卯时的八字，算起来，那是足足四十一岁了。"

宗赞王子其实只有二十八岁，不过满脸虬髯，到底多大年纪，甚难估计。那宫女连男人也是今日第一次见，自然更不能判定男人的年纪，也不知包不同所言是真是假，只见宗赞王子满脸怒容，过去要揪打包不同，她心下害怕，忙道："我说……我说呢，各人的生日总是自己记得最明白，过了四十岁，便留在这儿，不到四十岁的，请到内书房去。”

宗赞道：“很好，我连三十岁也没到，自当去内书房。”说着大踏步走进内堂。包不同学着他声音道：“很好，我连八十岁也没到，自当去内书房。我虽年逾不惑，性格儿却非不惑，简直大惑而特惑。”一闪身便走了进去。那宫女想要拦阻，娇怯怯的却是不敢。

其余众人一哄而进，别说过了四十的，便是五六十岁的也进去了不少。只有十几位庄严稳重、行止端方的老人才留在厅中。

木婉清和王语嫣却也留了下来。段誉原欲留下陪伴王语嫣，但王语嫣不住催促，要他务须进去相助慕容复，段誉这才恋恋不舍的入内，但一步三回首，便如作海国万里之行，这一去之后，再隔三年五载也不能聚会一般。

一行人走过一条长长的甬道，心下都暗暗纳罕：“这青凤阁在外面瞧来，也不见得如何宏伟，岂知里面竟然别有天地，是这么大一片地方。”数十丈长的甬道走完，来到两扇大石门前。

那宫女取出一块金属小片，在石门上铮铮铮的敲击数下，石门轧轧打开。这些人见这石门厚逾一尺，坚固异常，更是暗自嘀咕：“我们进去之后，石门一关，岂不是给他们一网打尽？焉知西夏国不是以公主招亲为名，引得天下英雄好汉齐来自投罗网？”但既来之，则安之，在这局面之下，谁也不肯示弱，重行折回。

众人进门后，石门缓缓合上，门内又是一条长甬道，两边石壁上燃着油灯。走完甬道，又是一道石门，过了石门，又是甬道，接连过了三道大石门。这时连本来最漫不经心之人也有些惶惶然了。再转了几个弯，忽听得水声淙淙，来到一条深涧之旁。

在禁宫之中突然见到这样一条深涧，实是匪夷所思。众人面面相觑，有些脾气暴躁的，几乎便要发作。

那宫女道：“要去内书房，须得经过这道幽兰涧，众位请。”说着娇躯一摆，便往深涧里踏去。涧旁点着四个明晃晃的火把，众人瞧得明白，她这一脚踏下，便摔入了涧中，不禁都惊呼起来。

岂知那宫女身形婀娜，娉娉婷婷的从涧上凌空走了过去。众人诧异之下，均想涧上必有铁索之类可资踏足，否则决无凌空步虚之理，凝目一看，果见有一条钢丝从此岸通到彼岸，横架涧上。只是钢丝既细，又漆得黑黝黝地，黑夜中处于火光照射不到之所，还真难发现。眼见溪涧颇深，若是失足掉将下去，纵无性命之忧，也必狼狈万分。但这些人前来西夏求亲或是护行，个个武功颇具根柢，当即有人施展轻功，从钢丝上踏向对岸。段誉武功不行，那“凌波微步”的轻功却练得甚为纯熟，巴天石携住他手，轻轻一带，两人便即走了过去。

众人一一走过，那宫女不知在什么岩石旁的机括上一按，只听得飕的一声，那钢丝登时缩入了草丛之中，不知去向。众人更是心惊，都想这深涧甚阔，难以飞越，莫非西夏国果然不怀好意？否则公主的深闺之中，何以会有这机关？各人暗自提防，却都不加叫破。有的人暗暗懊悔：“怎地我这样蠢，进宫时不带兵刃暗器？”

那宫女说道：“请众位到这里来。”众人随着她穿过了一大片松林，来到一个山洞门之前，那宫女敲了几下，山洞门打开。那宫女说道：“请！”当先走了进去。

朱丹臣悄声问巴天石道：“怎样？”巴天石也是拿捏不定，不知是否该劝段誉留下，不去冒这个大险，但如不进山洞，当然决无雀屏中选之望。两人正踌躇间，段誉已和萧峰并肩走了进去，巴朱二人双手一握，当即跟进。

在山洞中又穿过一条甬道，眼前陡然一亮，众人已身处一座大厅堂之中。这厅堂比之先前喝茶的凝香堂大了三倍有余，显然本是山峰中一个天然洞穴，再加上偌大人工修饰而成。厅壁打磨得十分光滑，到处挂满了字画。一般山洞都有湿气水滴，这所在却干燥异常，字画悬在壁间，全无受潮之象。堂侧放着一张紫檀木的大书桌，桌上放了文房四宝，碑帖古玩，更有几座书架，三四张石凳、石几。那宫女道：“这里便是公主殿下的内书房，请众位随意观赏书画。”

众人见这厅堂的模样和陈设极是特异，空空荡荡，更无半分脂粉气息，居然便是公主的书房，都大感惊奇。这些人九成是赳赳武夫，能识得几个字的已属不易，哪懂什么字画？但壁上挂的确是字画，倒也识得。

萧峰、虚竹武功虽高，于艺文一道却均一窍不通，两人并肩往地下一坐，留神观看旁人动静。萧峰的见识经历比虚竹高出百倍，他神色漠然，似对壁上挂着的书法图画感到索然无味，其实眼光始终不离那绿衫宫女的左右。他知这宫女是关键的所在，倘若西夏国暗中伏有奸计，定是由这娇小腼腆的宫女发动。此时他便如一头在暗中窥伺猎物的豹子，虽然全无动静，实则耳目心灵，全神贯注，每一片筋肉都鼓足了劲，一见有变故之兆，立即便扑向那宫女，先行将她制住，决不容她使什么手脚。

段誉、朱丹臣、慕容复、公冶乾等人到壁前观看字画。邓百川察看每具画架，有无细孔可以放出毒气，西夏的“悲酥清风”着实厉害，中原武林人物早闻其名。巴天石则假装观赏字画，实则在细看墙壁、屋角，查察有无机关或出路。

只有包不同信口雌黄，对壁间字画大加讥弹，不是说这幅画布局欠佳，便说那幅书法笔力不足。西夏虽僻处边陲，立国年浅，宫中所藏字画不能与大宋、大辽相比，但帝皇之家，所藏精品毕竟也不在少。公主书房中颇有一些晋人北魏的书法，唐朝五代的绘画，无不给包不同说得一钱不值。其时苏黄法书流播天下，西夏皇宫中也有若干苏东坡、黄山谷的字迹，在包不同的口中，不但颜柳苏黄平平无奇，即令是锺王张褚，也都不在他眼下。

那宫女听他大言不惭的胡乱批评，不由得惊奇万分，走将过去，轻声说道："包先生，这些字当真写得不好么？公主殿下却说写得极好呢！"包不同道："公主殿下僻处西夏，没见过我们中原真正大名士、大才子的书法，以后须当到中原走走，以长见闻。小妹子，你也当随伴公主殿下去中原玩玩，才不致孤陋寡闻。"那宫女点头称是，微笑道："要到中原走走，那可不容易了。"包不同道："非也，非也。公主殿下嫁了中原英雄，不是便可去中原了吗？"

段誉对墙上字画一幅幅瞧将过去，突然见到一幅古装仕女的舞剑图，不由得大吃一惊，"咦"的一声。图中美女竟与王语嫣的容貌一模一样，只衣饰全然不同，倒有点像无量山石洞中那个神仙姊姊。图中美女右手持剑，左手捏了剑诀，正在湖畔山边舞剑，神态飞逸，明艳娇媚，莫可名状。段誉霎时之间神魂飞荡，一时似乎到了王语嫣身边，一时又似到了无量山的石洞之中，出神良久，突然叫道："二哥，你来瞧。"

虚竹应声走近，一看之下，也是大为诧异，心想王姑娘的画像在这里又出现了一幅，与师父给我的那幅画相像，图中人物相貌无别，只是姿式不同。

段誉越看越奇，忍不住伸手去摸那幅图画，只觉图后的墙壁之上，似乎凹凹凸凸的另有图样。他轻轻揭起图像，果见壁上刻着许多阴阳线条，凑近一看，见壁上刻了无数人形，有的打坐，有的腾跃，姿势千奇百怪。这些人形大都是围在一个个圆圈之中，圈旁多半注着一些天干地支和数目字。

虚竹一眼便认了出来，这些图形与灵鹫宫石室壁上所刻的图形大同小异，只看得几幅，心下便想："这似乎是李秋水李师叔的武功。"跟着便即恍然："李师叔是西夏的皇太妃，在宫中刻有这些图形，那是丝毫不奇。"想到图形在壁，李秋水却已逝世，不禁黯然。他知这是逍遥派武功的上乘秘诀，倘若内力修为不到，看得着了迷，重则走火入魔，轻则昏迷不醒。那日梅兰竹菊四姝，便因观看石壁图形而摔倒受伤。他怕段誉受损，忙道：“三弟，这种图形看不得。”段誉道：“为什么？”虚竹低声道：“这是极高深的武学，倘若习之不得其法，有损无益。”

段誉本对武功毫无兴趣，但就算兴趣极浓，他也必先看王语嫣的肖像而不看武功秘谱，当即放回图画，又去观看那幅《湖畔舞剑图》。他对王语嫣的身形容貌，再细微之处也是瞧得清清楚楚，牢记在心，再细看那图时，便辨出画中人和王语嫣之间的差异来。画中人身形较为丰满，眉目间略带英爽之气，不似王语嫣那么温文婉娈，年纪显然也比王语嫣大了三四岁，说是无量山石洞中那位神仙姊姊，倒似了个十足十。

包不同口中兀自在胡说八道，对段誉和虚竹的一举一动、一言一语却毫不放过，听虚竹说壁上图形乃高深武学，当即嗤之以鼻，说道：“什么高深武学？小和尚又来骗人。”揭开图画，凝目便去看那图形。段誉斜身侧目，企起了足跟，仍是瞧那图中美女。

那宫女道：“包先生，这些图形看不得的。公主殿下说过，功夫倘若不到，观之有损无益。”

包不同道：“功夫若是到了呢？那便有益无损了，是不是？我的功夫是已经到了的。”他本不过逞强好胜，倒也并无偷窥武学秘奥之心，不料只看了一个圆圈中人像的姿式，便觉千变万化，捉摸不定，忍不住伸手抬足，跟着图形学了起来。

片刻之间，便有旁人注意到了他的怪状，跟着也发现壁上有图。只听得这边有人说道：“咦，这里有图形。”那边厢也有人说道：“这里也有图形。”各人纷纷揭开壁上的字画，观看刻在壁上的人形图像，只瞧得一会，便都手舞足蹈起来。

虚竹暗暗心惊，忙奔到萧峰身边，说道：“大哥，这些图形是看不得的，再看下去，只怕人人要受重伤，倘若有人癫狂，更要大乱。”

萧峰心中一凛，大喝：“大家别看壁上的图形，咱们身在险地，快快聚拢商议。”

他一喝之下，便有几人回过头来，聚到他身畔，可是壁上图形实在诱力太强，每人任意看到一个图形，略一思索，便觉图中姿式，实可解答自己长期来苦思不得的许多武学难题，但这姿式到底如何，却又朦朦胧胧，捉摸不定，忍不住要凝神思索。萧峰突然间见到这许多人宛如痴迷着魔，也不禁暗自惶栗。

忽听得有人“啊”的一声呼叫，转了几个圈子，扑地摔倒。又有一人喉间发出低声，扑向石壁乱抓乱爬，似是要将壁上的图形挖将下来。萧峰一凝思间，已有计较，伸手出去，一把抓住一张椅子之背，喀的一声，拗下了一截，在双掌间运劲搓磨，捏成了数十块碎片，当即扬手掷出。但听得嗤嗤嗤之声不绝，每一下响声过去，室中油灯或是蜡烛上便熄了一头火光，数十下响声过后，灯火尽熄，书房中一团漆黑。

黑暗之中，唯闻各人呼呼喘声，有人低呼：“好险，好险！”有人却叫：“快点灯烛，我可没看清呢！”

萧峰朗声道：“众位请在原地就坐，不可随意走动，以免误蹈屋中机关。壁上图形惑人心神，更不可伸手去摸，自陷祸害。”他说这话之前，本有人正在伸手抚摸石壁上的图形线刻，一听之下，才强自收慑心神。

萧峰低声道：“得罪莫怪！快请开了石门，放大伙儿出去。”原来他在射熄灯烛之前，一个箭步窜出，已抓住了那宫女的右腕。那宫女一惊之下，左手反掌便打。萧峰顺手将她左手一并握住。那宫女又惊又羞，一动也不敢动，这时听萧峰这么说，便道：“你……你别抓住我手。”萧峰放开她手腕，虽在黑暗之中，料想听声辨形，也不怕她有什么花样。

那宫女道："我对包先生说过，这些图形是看不得的，功夫倘若不到，观之有损无益。他却偏偏要看!"

包不同坐在地下，但觉头痛甚剧，心神恍惚，胸间说不出的难过，似欲呕吐，勉强提起精神，说道："你叫我看，我就不看；你不叫我看，我偏偏要看。"

萧峰寻思："这宫女果曾劝人不可观看壁上的图形，倒不似有意加害。但西夏公主邀我们到这里，到底是什么用意?"便在这时，忽然闻到一阵极幽雅、极清淡的香气。萧峰吃了一惊，急忙伸手按住鼻子，想起当年丐帮帮众被西夏一品堂人物以"悲酥清风"迷倒之事，内息略一运转，幸喜并无窒碍。

只听得一个宫女声音莺莺呖呖的说道："公主殿下驾到。"众人听得公主到来，都是又惊又喜，只可惜黑暗之中，见不到公主的面貌。

只听那少女娇媚的声音说道："公主殿下有谕：书房壁上刻有武学图形，别派人士不宜观看，是以用字画悬在壁上，以加遮掩，不料还是有人见到了。公主殿下说道：请各位千万不可晃亮火折，不可以火石打火，否则恐有凶险，诸多不便。公主殿下有些言语要向诸位佳客言明，黑暗之中，颇为失敬，还请各位原谅。"

只听得轧轧声响，石门打开。那少女又道："各位倘若不愿在此多留，可请先行退出，回到外边凝香殿用茶休息，一路有人指引，不致迷失路途。"

众人听得公主已经到来，如何还肯退出?再听那宫女声调平和，绝无恶意，又已打开屋门，任人自由进出，惊惧之心当即大减，竟无一人离去。

隔了一会，那少女道："各位远来，公主殿下至感盛情。敝国招待不周，尚请谅鉴。公主谨将平时清赏的书法绘画，每位各赠一件，聊酬雅意，这些都是名家真迹，请各位哂纳。各位离去之时，便自行在壁上摘去罢。”

这些江湖豪客听说公主有礼物相赠，却只是些字画，不由得纳闷。有些多见世面之人，知道这些字画拿到中原，均可卖得重价，胜于黄金珠宝，倒也暗暗欣喜。只有段誉一人最是开心，决意拣取那幅《湖畔舞剑图》，俾与王语嫣并肩赏玩。

宗赞王子听来听去，都是那宫女代公主发言，好生焦躁，大声道：“公主殿下，既然这里不便点火，咱们换个地方见面可好？这里黑朦朦的，你瞧不见我，我也瞧不见你。”

那宫女道：“众位要见公主殿下，却也不难。”

黑暗之中，百余人齐声叫了出来：“我们要见公主，我们要见公主！”另有不少人七张八嘴的叫嚷：“快掌灯罢，我们决不看壁上的图形便是。”“只须公主身侧点几盏灯，也就够了，我们只看到公主，看不到图形。”“对，对！请公主殿下现身！”扰攘了好一会儿，声音才渐渐静下来。

那宫女缓缓说道：“公主殿下请众位来到西夏，原是要会见佳客。公主现有三个问题，敬请各位挨次回答。若是合了公主心意，自当请见。”

众人登时都兴奋起来。有的道：“原来是出题目考试。”有的道：“俺只会使枪舞刀，要俺回答什么诗书题目，这可难死俺了！问的是武功招数吗？”

那宫女道：“公主要问的题目，都已告知婢子。请哪一位先生过来答题？”

众人争先恐后的拥前，都道：“让我来！我先答！我先答！”那宫女嘻嘻一笑，说道：“众位不必相争。先回答的反而吃亏。”众人一想都觉有理，越是迟上去，越可多听旁人的对答，便可从旁人的应对和公主的可否之中，加以揣摩。这一来，便无人上去了。

忽听得一人说道："大家一拥而上，我便堕后；大家怕做先锋吃亏，那我就身先士卒。在下包不同，有妻有儿，只盼一睹公主芳容，别无他意！"

那宫女道："包先生倒也爽直得紧。公主殿下有三个问题请教。第一问：包先生一生之中，在什么地方最是快乐逍遥？"

包不同想了一会，说道："是在一家瓷器店中。我小时候在这店中做学徒，老板欺侮虐待，日日打骂。有一日我狂性大发，将瓷器店中的碗碟茶壶、花瓶人像，一古脑儿打得乒乒乓乓、稀巴粉碎。生平最痛快的便是此事。宫女姑娘，我答得中式么？"

那宫女道："是否中式，婢子不知，由公主殿下决定。第二问：包先生生平最爱之人，叫什么名字？"包不同毫不思索，说道："叫包不靓。"

那宫女道："第三问是：包先生最爱的这个人相貌如何？"包不同道："此人年方六岁，眼睛一大一小，鼻孔朝天，耳朵招风，包某有何吩咐，此人决计不听，叫她哭必笑，叫她笑必哭，哭起来两个时辰不停，乃是我的宝贝女儿包不靓。"

那宫女噗哧一笑。众豪客也都哈哈大笑起来。那宫女道："包先生请在这边休息，第二位请过来。"

段誉急于出去和王语嫣相聚，公主见与不见，毫不要紧，当即上前，黑暗中仍是深深一揖，说道："在下大理段誉，谨向公主殿下致意问安。在下僻居南疆，今日得来上国观光，多蒙厚待，实感盛情。"

那宫女道："原来是大理国镇南王世子，王子不须多谦，劳步远来，实深简慢，蜗居之地，不足以接贵客，还请多多担代。"段誉道："姊姊你太客气了，公主今日若无闲暇，改日赐见，那也无妨。"

那宫女道："王子既然到此，也请回答三问。第一问，王子一生之中，在何处最是快乐逍遥？"段誉脱口而出："在一口枯井的烂泥之中。”众人忍不住失笑。除了慕容复一人之外，谁也不知他为什么在枯井的烂泥之中最是快活逍遥。有人低声讥讽：“难道是只乌龟，在烂泥中最快活？”

那宫女抿嘴低笑，又问：“王子生平最爱之人，叫什么名字？”

段誉正要回答，突然觉得左边衣袖、右边衣襟，同时有人拉扯。巴天石在他左耳畔低声道：“说是镇南王。”朱丹臣在他右耳边低声道：“说是镇南王妃。”两人听到段誉回答第一个问题大为失礼，只怕他第二答也如此贻笑于人。此来是向公主求婚，如果他说生平最爱之人是王语嫣或是木婉清，又或是另外一个姑娘，公主岂有答允下嫁之理？一个说道：该当最爱父亲，忠君孝父，那是朝中三公的想法。一个说道：须说最爱母亲，孺慕慈母，那是文学之士的念头。

段誉听那宫女问到自己最爱之人的姓名，本来冲口而出，便欲说王语嫣的名字，但巴朱二人这么一提，段誉登时想起，自己是大理国镇南王世子，来到西夏，一言一动实系本国观瞻，自己丢脸不要紧，却不能失了大理国的体面，便道：“我最爱的自然是爹爹、妈妈。”他口中一说到“爹爹、妈妈”四字，胸中自然而然的起了爱慕父母之意，觉得对父母之爱和王语嫣之爱并不相同，难分孰深孰浅，说自己在这世上最爱父母，可也决不是虚话。

那宫女又问：“令尊、令堂的相貌如何？是否与王子颇为相似？”段誉道：“我爹爹四方脸蛋，浓眉大眼，形貌甚是威武，其实他的性子倒很和善……”说到这里，心中突然一凛：“原来我相貌只像我娘，不像爹爹。这一节我以前倒没想到过。”那宫女听他说了一半，不再说下去，心想他母亲是王妃之尊，他自不愿当众述说母亲的相貌，便道：“多谢王子，请王子这边休息。”

宗赞听那宫女对段誉言辞间十分客气，相待甚是亲厚，心中醋意登生，暗想：“你是王子，我也是王子。吐蕃国比你大理强大得多。莫非是你一张小白脸占了便宜么?”当下不再等待，踏步上前，说道:“吐蕃国王子宗赞，请公主会面。”

那宫女道:“王子光降，敝国上下齐感荣宠。敝国公主也有三事相询。”

宗赞甚是爽快，笑道:“公主那三个问题，我早听见了，也不用你一个个的来问，我一并回答了罢。我一生之中，最快乐逍遥的地方，乃是日后做了驸马，与公主结为夫妻的洞房之中。我平生最爱的人儿，乃是银川公主，她自然姓李，闺名我此刻当然不知，将来成为夫妻，她定会说与我知晓。至于公主的相貌，当然像神仙一般，天上少有，地下无双。哈哈，你说我答得对不对?”

众人之中，倒有一大半和宗赞王子存着同样心思，要如此回答这三个问题，听得他说了出来，不由得都暗暗懊悔:“我该当抢先一步如此回答才是，现下若再这般说法，倒似学他的样一般。”

萧峰听那宫女一个个的问来，众人对答时有的竭力谄谀，讨好公主，有的则自高身价，大吹大擂，越听越觉无聊，若不是要将此事看一个水落石出，早就先行离去了。

正纳闷间，忽听得慕容复的声音说道:“在下姑苏燕子坞慕容复，久仰公主芳名，特来拜会。”

那宫女道:“原来是‘以彼之道，还施彼身’的姑苏慕容公子，婢子虽在深宫之中，亦闻公子大名。”慕容复心中一喜:“这宫女知道我的名字，当然公主也知道了，说不定她们曾谈起过我。”当下说道:“不敢，贱名有辱清听。”那宫女又道:“我们西夏虽然僻处边陲，却也多闻‘北乔峰、南慕容’的英名。听说北乔峰乔大侠已改姓萧，在大辽位居高官，不知此事是否属实?”慕容复道:“正是!”他早见到萧峰同赴青凤阁来，却不加点破。

那宫女问道:“公子与萧大侠齐名，想必和他相熟。不知这位萧大侠人品如何?武功与公子相比，却是谁高谁下?”

慕容复一听之下，登时面红耳赤。他与萧峰在少林寺前相斗，给萧峰一把抓起，重重摔在地下，武功大为不如，乃是人所共见，在众人之前若加否认，不免为天下豪杰所笑。但要他直认不如萧峰，却又不愿，忍不住佛然道："姑娘所询，可是公主要问的三个问题么？"

那宫女忙道："不是。公子莫怪。婢子这几年听人说起萧大侠的英名，仰慕已久，不禁多问了几句。"

慕容复道："萧君此刻便在姑娘身畔，姑娘有兴，不妨自行问他便是。"此言一出，厅中登时一阵大哗。萧峰威名远播，武林人士听了无不震动。

那宫女显是心中激动，说话之时声音也颤了，说道："原来萧大侠居然也降尊屈贵，来到敝邦，我们事先未曾知情，简慢之极，萧大侠当真要宽洪大量，原宥则个。"

萧峰"哼"了一声，并不回答。

慕容复听那宫女的语气，对萧峰的敬重着实在自己之上，不禁暗惊："萧峰那厮也未娶妻，此人官居大辽南院大王，掌握兵权，岂是我一介白丁之可比？他武功又如此了得，我决计不能和他相争。这……这……这便如何是好？"

那宫女道："待婢子先问慕容公子，萧大侠还请稍候，得罪，得罪。"接连说了许多抱歉的言语，才向慕容复问道："请问公子，公子生平在什么地方最是快乐逍遥？"

这问题慕容复曾听她问过四五十人，但问到自己之时，突然间张口结舌，答不上来。他一生营营役役，不断为兴复燕国而奔走，可说从未有过什么快乐之时。别人瞧他年少英俊，武功高强，名满天下，江湖上对之无不敬畏，自必志得意满，但他内心，实在是从来没感到真正快乐过。他呆了一呆，说道："要我觉得真正快乐，那是将来，不是过去。"

那宫女还道慕容复与宗赞王子等人是一般的说法，要等招为驸马，与公主成亲，那才真正的喜乐，却不知慕容复所说的快乐，却是将来身登大宝，成为大燕的中兴之主。她微微一笑，又问："公子生平最爱之人叫什么名字？"慕容复一怔，沉吟片刻，叹了口气，说道："我没什么最爱之人。"那宫女道："如此说来，这第三问也不用了。"慕容复道："我盼得见公主之后，能回答姊姊第二、第三个问题。"

那宫女道："请慕容公子这边休息。萧大侠，你来到敝国，客从主便，婢子也要以这三个问题冒犯虎威，尚祈海涵，婢子这里先谢过了。"但她连说几遍，竟然无人答应。

虚竹道："我大哥已经走啦，姑娘莫怪。"那宫女一惊，道："萧大侠走了？"虚竹道："正是。"

萧峰听西夏公主命那宫女向众人逐一询问三个相同的问题，料想其中虽有深意，但显无加害众人之心，寻思这三个问题问到自己之时，该当如何回答？念及阿朱，胸口一痛，伤心欲绝，雅不愿在旁人之前泄露自己心情，当即转身出了石室。其时室门早开，他出去时脚步轻盈，旁人大都并未知觉。

那宫女道："却不知萧大侠因何退去？是怪我们此举无礼么？"虚竹道："我大哥并不是小气之人，不会因此见怪。嗯，他定是酒瘾发作，到外面喝酒去了。"那宫女笑道："正是。素闻萧大侠豪饮，酒量天下无双，我们这里没有备酒，难留嘉宾，实在太过慢客。这位先生见到萧大侠之时，还请转告敝邦公主殿下的歉意。"这宫女能说会道，言语得体，比之在外厢款客的那个怕羞宫女口齿伶俐百倍。虚竹道："我见到大哥时，跟他说便了。"

那宫女道："先生尊姓大名？"虚竹道："我么……我么……我道号虚竹子。我是……出……出……那个……决不是来求亲的，不过陪着我三弟来而已。"

那宫女问道："先生平生在什么地方最是快乐？"

虚竹轻叹一声，说道："在一个黑暗的冰窖之中。"

忽听得一个女子声音"啊"的一声低呼，跟着呛啷一声响，一只瓷杯掉到地下，打得粉碎。

那宫女又问："先生生平最爱之人，叫什么名字？"

虚竹道："唉！我……我不知道那位姑娘叫什么名字。"

众人都哈哈大笑起来，均想此人是个大傻瓜，不知对方姓名，便倾心相爱。

那宫女道："不知那位姑娘的姓名，那也不是奇事。当年孝子董永见到天上仙女下凡，并不知她的姓名底细，就爱上了她。虚竹子先生，这位姑娘的容貌定然是美丽非凡了？"

虚竹道："她容貌如何，我也是从来没看见过。"

霎时之间，石室中笑声雷动，都觉真是天下奇闻，也有人以为虚竹是故意说笑。

众人哄笑声中，忽听得一个女子声音低低问道："你……你可是'梦郎'么？"虚竹大吃一惊，颤声道："你……你……你可是'梦姑'么？这可想死我了。"不由自主的向前跨了几步，只闻到一阵馨香，一只温软柔滑的手掌已握住了他手，一个熟悉的声音在他耳边悄声道："梦郎，我便是找你不到，这才请父皇贴下榜文，邀你到来。"虚竹更是惊讶，道："你……你便是……"那少女道："咱们到里面说话去，梦郎，我日日夜夜，就盼有此时此刻……"一面细声低语，一面握着他手，悄没声的穿过帷幕，踏着厚厚的地毯，走向内堂。

石室内众人兀自喧笑不止。

那宫女仍是挨次将这三个问题向众人一个个问将过去，直到尽数问完，这才说道："请各位到外边凝香殿喝茶休息，壁上书画，便即送出来请各位拣取。公主殿下如愿和哪一位相见，自当遣人前来邀请。”

登时有许多人鼓噪起来：“我们要见公主！”“即刻就要见！”“把我们差来差去，那不是消遣人么？”

那宫女道：“各位还是到外边休息的好，又何必惹得公主殿下不快？”

最后一句话其效如神，众人来到灵州，为的就是要做驸马，倘若不听公主吩咐，她势必不肯召见，见都见不到，还有什么驸马不驸马的？只怕要做驸牛、驸羊也难。当下众人便即安静，鱼贯走出石室。室外明晃晃火把照路，众人循旧路回到先前饮茶的凝香殿中。

段誉和王语嫣重会，说起公主所问的三个问题。王语嫣听他说生平觉得最快乐之地是在枯井的烂泥之中，不禁吃吃而笑，晕红双颊，低声道：“我也是一样。”

众人喝茶闲谈，纷纷议论，猜测适才这许多人的对答，不知哪一个的话最合公主心意。过了一会，内监捧出书画卷轴来，请各人自择一件。这些人心中七上八下，只是记着公主是否会召见自己，哪有心思拣什么书画。段誉轻轻易易的便取得了那幅《湖畔舞剑图》，谁也不来跟他争夺。

他和王语嫣并肩观赏，王语嫣叹道：“图中这人，倒很像我妈妈。”想起和母亲分别日久，甚是牵挂。

段誉蓦地想起虚竹身边也有一幅相似的图画，想请他取出作一比较，但游目四顾，殿中竟不见虚竹的人影。他叫道：“二哥，二哥！”也不听见人答应。段誉心道：“他和大哥一起走了！还是有甚凶险？”正感担心，忽然一名宫女走到他的身边，说道：“虚竹先生有张书笺交给段王子。”说着双手捧上一张折叠好的泥金诗笺。

段誉接过，便闻到一阵淡淡幽香，打了开来，只见笺上写道：

"我很好，极好，说不出的快活。要你空跑一趟，真是对你不起，对段老伯又失信了，不过没有法子。字付三弟。"下面署着"二哥"二字。段誉情知这位和尚二哥读书不多，文理颇不通顺，但这封信却实在没头没脑，不知所云，拿在手里怔怔的思索。

宗赞王子远远望见那宫女拿了一张书笺交给段誉，认定是公主邀请他相见，不由得醋意大发，心道："好啊，果然是给你这小白脸占了便宜，咱们可不能这么便算。"喝道："咱家须容不得你！"一个箭步，便向段誉扑了过来，左手将书笺一把抢过，右手重重一拳，打向段誉胸口。

段誉正在思索虚竹信中所言是何意思，宗赞王子这一拳打到，全然没想到闪避，而以他武功，宗赞这一拳来得快如电闪，便想避也避不了。砰的一声，正中前胸，段誉体内充盈鼓荡的内息立时生出反弹之力，但听得呼的一声，跟着几下"劈啪、呛啷、哎哟！"宗赞王子直飞出数步之外，摔上一张茶几，几上茶壶、茶杯打得片片粉碎。

宗赞"哎哟"一声叫过，来不及站起，便去看那书笺，大声念道："我很好，极好，说不出的快活！"

众人明明见他给段誉弹出，重重摔了一交，怎么说"我很好，极好，说不出的快活"，无不大为诧异。

王语嫣忙走到段誉身边，问道："他打痛了你么？"段誉笑道："不碍事。二哥给我一通书柬，这王子定是误会了，只道是公主召我去相会。"

吐蕃众武士见主公被人打倒，有的过去相扶，有的便气势汹汹的过来向段誉挑衅。

段誉道："这里是非之地，多留无益，咱们回去罢。"巴天石忙道："公子既然来了，何必急在一时？"朱丹臣也道："西夏国皇宫内院，还怕吐蕃人动粗不成？说不定公主便会邀见，此刻走了，岂不是礼数有亏？”两人不断劝说，要段誉暂且留下。

果然一品堂中有人出来，喝令吐蕃众武士不得无礼。宗赞王子爬将起来，见那书笺不是公主召段誉去相见，心中气也平了。

正扰攘间，木婉清忽然向段誉招招手，左手举起一张纸扬了扬。段誉点点头，过去接了过来。

宗赞又见段誉展开那书笺来看，脸上神色不定，心道：“这封信定是公主见召了。”大声喝道：“第一次你瞒过了我，第二次还想再瞒么？”双足一登，又扑将过去，夹手一把将那信笺抢了过来。

这一次他学了乖，不敢再伸拳打段誉胸膛，抢到信笺，右足一抬，便踢中段誉的小腹，那脐下丹田正是炼气之士内息的根源，内劲不用运转，反应立生，当真是有多快便这般快，但听得呼的一声，又是“劈啪、呛啷、哎哟”一阵响，宗赞身子倒飞出去，越过数十人的头顶，撞翻了七八张茶几，这才摔倒。

这王子皮粗肉厚，段誉又并非故意运气伤他，摔得虽然狼狈，却未受内伤。他身子一着地，便举起抢来的那张信笺，大声读了出来：“有厉害人物要杀我的爸爸，也就是要杀你的爸爸，快快去救。”

众人一听，更加摸不着头脑，怎么宗赞王子说“我的爸爸，也就是你的爸爸”？

段誉和巴天石、朱丹臣等却心下了然，这字条是木婉清所写，所谓“我的爸爸，也就是你的爸爸”，自是指段正淳而言了，都围在木婉清身边，齐声探问。

木婉清道：“你们进去不久，梅剑和兰剑两位姊姊便进宫来，有事要向虚竹先生禀报。虚竹子一直不出来，她们便跟我说了，说道接得讯息，有好几个厉害人物设下陷阱，蓄意加害爹爹。这些陷阱已知布在蜀南一带，正是爹爹回去大理的必经之地。她们灵鹫宫已派了玄天、朱天两部，前去追赶爹爹，要他当心，同时派人西来报讯。”

段誉急道："梅剑、兰剑两位姊姊呢？我怎么没瞧见？"木婉清道："你眼中只有王姑娘一人，哪里还瞧得见别人？梅剑、兰剑两位姊姊本来是要跟你说的，招呼你几次，也不知你故意不睬呢，还是真的没有瞧见。"段誉脸上一红，道："我……我确是没瞧见。"木婉清又冷冷的道："她们急于去找虚竹二哥，不等你了。我想招呼你过来，你又不理我，我只好写了这张字条，想递给你。"

段誉心下歉然，知道自己心无旁骛，眼中所见，只是王语嫣的一喜一愁，耳中所闻，只是王语嫣的一语一笑，便是天塌下来，也是不理，木婉清远远的示意招呼，自然是视而不见了。若不是宗赞王子扑上来猛击一拳，只怕还是不会抬起头来见到木婉清招手，当下便向巴天石、朱丹臣道："咱们连夜上道，去追赶爹爹。"巴朱二人道："正是！"

各人均想镇南王既有危难，那自是比什么都要紧，段誉做不做得成西夏驸马，只好置之度外了。当下一行人立即起身出门。

段誉等赶回宾馆与锺灵会齐，收拾了行李，径即动身。巴天石则去向西夏国礼部尚书告辞，说道镇南王途中身染急病，世子须得赶去侍奉，不及向皇上叩辞。父亲有病，做儿子的星夜前往侍候汤药，乃是天经地义之事，那礼部尚书赞叹一阵，说什么"王子孝心格天，段王爷定占勿药"等语。巴天石辞行已毕，匆匆出灵州城南门，施展轻功赶上段誉等人之时，离灵州已有三十余里了。

外面一阵风卷进，成千成万只蜜蜂冲进屋来，蜜蜂一进屋，便分向各人刺去。

四十七

为谁开 茶花满路

段誉等一行人马不停蹄，在道非止一日，自灵州而至皋兰、秦州，东向汉中，经广元、剑阁而至蜀北。一路上迭接灵鹫宫玄天、朱天两部群女的传书，说道镇南王正向南行。有一个讯息说，镇南王携同女眷二人，两位夫人在梓潼恶斗了一场，似乎不分胜负。段誉心知这两位夫人一个是木婉清的母亲秦红棉，另一个则是阿朱、阿紫的母亲阮星竹；论武功是秦红棉较高，论智计则阮星竹占了上风，有爹爹调和其间，谅来不至有什么大事发生。果然隔不了两天，又有讯息传来，两位夫人已言归于好，和镇南王在一家酒楼中饮酒。玄天部已向镇南王示警，告知他有厉害的对头要在前途加害。

旅途之中，段誉和巴天石、朱丹臣等商议过几次，都觉镇南王的对头除了四大恶人之首的段延庆外，更无别人。段延庆武功奇高，大理国除了保定帝本人外，无人能敌，如果他追上了镇南王，确是大有可虑。眼前唯有加紧赶路，与镇南王会齐，众人合力，才可和段延庆一斗。巴天石道："咱们一见到段延庆，不管三七二十一，立即一拥而上，给他来个倚多为胜。决不能再蹈小镜湖畔的覆辙，让他和王爷单打独斗。"朱丹臣道："正是。咱们这里有段世子、木姑娘、锺姑娘、王姑娘、你我二人，再加上王爷和二位夫人，以及华司徒、范司马、古大哥他们这些人，又有灵鹫宫的姑娘们相助。人多势众，就算杀不死段延庆，总不能让他欺侮了咱们。”段誉点头道：“正是这个主意。”

众人将到绵州时，只听得前面马蹄声响，两骑并驰而来。马上两个女子翻身下马，叫道：“灵鹫宫属下玄天部参见大理段公子。”段誉忙即下马，叫道：“两位辛苦了，可见到了家父么？”右首那中年妇人说道：“启禀公子，镇南王接到我们示警后，已然改道东行，说要兜个大圈子再回大理，以免遇上了对头。”

段誉一听，登时便放了心，喜道：“如此甚好。爹爹金玉之体，何必去和凶徒厮拼？毒虫恶兽，避之则吉，却也不是怕了他。两位可知对头是谁？这讯息最初从何处得知？”

那妇人道：“最初是菊剑姑娘听到另一位姑娘说的。那位姑娘名字叫作阿碧……”王语嫣喜道：“原来是阿碧。我可好久没见到她了。”段誉接口道：“啊，是阿碧姑娘，我认得她。她本来是慕容公子的侍婢。”

那妇人道：“这就是了。菊剑姑娘说，阿碧姑娘和她年纪差不多，相貌美丽，很讨人欢喜，就是一口江南口音，说话不大听得懂。阿碧姑娘是我们主人的师侄康广陵先生的弟子，说起来跟我们灵鹫宫都是一家人。菊剑姑娘说到主人陪公子到皇宫中去招亲，阿碧姑娘要赶去西夏，和慕容公子相会。她说在途中听到讯息，有个极厉害的人物要和镇南王爷为难。她说段公子待她很好，要我们设法传报讯息。”

段誉想起在姑苏初遇阿碧时的情景，由于她和阿朱的牵引，这才得和王语嫣相见，这次又是她传讯，心下感激，问道：“这位阿碧姑娘，这时在哪里？”

那中年妇人道：“属下不知。段公子，听梅剑姑娘的口气，要和段王爷为难的那个对头着实厉害。因此梅剑姑娘不等主人下令，便命玄天、朱天两部出动，公子还须小心才好。”

段誉道："多谢大嫂费心尽力，大嫂贵姓，日后在下见到二哥，也好提及。"那妇人甚喜，笑道："我们玄天、朱天两部大伙儿一般办事，公子不须提及贱名。公子爷有此好心，小妇人多谢了！"说着和另一个女人裣衽行礼，和旁人略一招呼，上马而去。

段誉问巴天石道："巴叔叔，你以为如何？"巴天石道："王爷既已绕道东行，咱们便径自南下，想来在成都一带，便可遇上王爷。"段誉点头道："甚是。"

一行人南下过了绵州，来到成都。锦官城繁华富庶，甲于西南。段誉等在城中闲逛了几日，不见段正淳到来。各人均想："镇南王有两位夫人相伴，一路上游山玩水，大享温柔艳福，自然是缓缓行而迟迟归。一回到大理，便没这么逍遥快乐了。"

一行人再向南行，众人每行一步便近大理一步，心中也宽了一分。一路上繁花似锦，段誉与王语嫣按辔徐行，生怕木婉清、锺灵着恼，也不敢太冷落了这两个妹子。木婉清途中已告知锺灵，段誉其实是自己兄长，又说锺灵亦是段正淳所生，二女改口以姊妹相称，虽见段誉和王语嫣言笑晏晏，神态亲密，却也无可奈何，亦只黯然惆怅而已。

这一日傍晚，将到杨柳场时，天色陡变，黄豆大的雨点猛洒下来。众人忙催马疾行，要找地方避雨。转过一排柳树，但见小河边白墙黑瓦，耸立着七八间屋宇，众人大喜，拍马奔近。只见屋檐下站着一个老汉，背负双手，正在观看天边越来越浓的乌云。

朱丹臣翻身下马，上前拱手说道："老丈请了，在下一行行旅之人，途中遇雨，求在宝庄暂避，还请行个方便。"那老汉道："好说，好说，却又有谁带着屋子出来赶路的？列位官人、姑娘请进。"朱丹臣听他说话语音清亮，不是川南土音，双目炯炯有神，不禁心中一凛，拱手道："如此多谢了。"

众人进得门内，朱丹臣指着段誉道：“这位是敝上余公子，刚到成都探亲回来。这位是石老哥，在下姓陈。不敢请问老丈贵姓。”那老汉嘿嘿一笑，道：“老朽姓贾。余公子，石大哥，陈大哥，几位姑娘，请到内堂喝杯清茶，瞧这雨势，只怕还有得下呢。”段誉等听朱丹臣报了假姓，便知事有蹊跷，当下各人都留下了心。

贾老者引着众人来到一间厢房之中。但见墙壁上挂着几幅字画，陈设颇为雅洁，不类乡人之居，朱丹臣和巴天石相视以目，更加留神。段誉见所挂字画均系出于俗手，不再多看。那贾老者道：“我去命人冲茶。”朱丹臣道：“不敢麻烦老丈。”贾老者笑道：“只怕怠慢了贵人。”说着转身出去，掩上了门。

房门一掩上，门后便露出一幅画来，画的是几株极大的山茶花，一株银红，娇艳欲滴，一株全白，干已半枯，苍劲可喜。

段誉一见，登时心生喜悦，但见画旁题了一行字道：“大理茶花最甲海内，种类七十有一，大于牡丹，一望若火（　）云（　），烁日蒸（　）。”其中空了几个字。这一行字，乃是录自《滇中茶花记》，段誉本就熟记于胸，茶花种类明明七十有二，题词却写“七十有一”，一瞥眼，见桌上陈列着文房四宝，忍不住提笔蘸墨，在那“一”字上添了一横，改为“二”字，又在火字下加一“齐”字，云字下加一“锦”字，蒸字下加一“霞”字。

一加之后，便变成了：“大理茶花最甲海内，种类七十有二，大于牡丹，一望若火齐云锦，烁日蒸霞。”原来题字写的是褚遂良体，段誉也依这字体书写，竟是了无增改痕迹。

锺灵拍手笑道：“你这么一填，一幅画就完完全全，更无亏缺了。”

段誉放下笔不久，贾老者推门进来，又顺手掩上了门，见到画中缺字已然补上，当即满脸堆欢，笑道：“贵客，贵客，小老儿这可失敬了。这幅画是我一个老朋友画的，他记心不好，题字时忘了几个字，说要回家查书，下次来时补上。唉，不料他回家之后，一病不起，从此不能再补。想不到余公子博古通今，给老朽与我亡友完了一件心愿，摆酒，快摆酒！”一路叫嚷着出去。

过不多时，贾老者换了件崭新的茧绸长袍，来请段誉等到厅上饮酒。众人向窗外瞧去，但见大雨如倾，满地千百条小溪流东西冲泻，一时确也难以行走，又见贾老者意诚，推辞不得，便同到厅上，只见席上鲜鱼、腊肉、鸡鸭、蔬菜，摆了十余碗。段誉等道谢入座。

贾老者斟酒入杯，笑道：“乡下土酿，倒也不怎么呛口。余公子，小老儿本是江南人，年轻时也学过一点儿粗浅武功，和人争斗，失手杀了两个仇家，在故乡容身不得，这才逃来四川。唉，一住数十年，却总记着家乡，小老儿本乡的酒比这大曲醇些，可没这么厉害。”一面说，一面给众人斟酒。

各人听他述说身世，虽不尽信，但听他自称身有武功，却也大释心中疑窦，又见他替各人斟酒后，说道：“先干为敬！”一口将杯中的酒喝干了，更是放心，便尽情吃喝起来。巴天石和朱丹臣饮酒既少，吃菜时也等贾老者先行下箸，这才夹菜。

酒饭罢，眼见大雨不止，贾老者又诚恳留客，段誉等当晚便在庄中借宿。

临睡之时，巴天石悄悄跟木婉清道：“木姑娘，今晚警醒着些儿，我瞧这地方总是有些儿邪门。”木婉清点了点头，当晚和衣躺在床上，袖中扣了毒箭，耳听着窗外淅淅沥沥的雨声，半睡半醒的直到天明，竟然毫无异状。

众人盥洗罢，见大雨已止，当即向贾老者告别。贾老者直送出门外数十丈，礼数甚是恭谨。众人行远之后，都是啧啧称奇。巴天石道：“这贾老者到底是什么来历，实在古怪，这次我可猜不透啦。”朱丹臣道：“巴兄，我猜这贾老儿本怀不良之意，待见到公子填好了画中的缺字，突然间神态有变。公子，你想这幅画和几行题字，却又有什么干系？”段誉摇头道：“这两株山茶吗，那也平常得紧。一株粉侯，一株雪塔，虽说是名种，却也不是什么罕见之物。”众人猜不出来，也就不再理会。

锺灵笑道：“最好一路之上，多遇到几幅缺了字画的画图，咱们段公子一一填将起来，大笔一挥，便骗得两餐酒饭，一晚住宿，却不花半文钱。”众人都笑了起来。

说也奇怪，锺灵说的是一句玩笑言语，不料旅途之中，当真接二连三的出现了图画。图中所绘的必是山茶花，有的题词有缺，有的写错了字，更有的是画上有枝无花，或是有花无叶。段誉一见到，便提笔添上。一添之下，图画的主人总是出来殷勤相待，美酒美食，又不肯收受分文。

巴天石和朱丹臣几次三番的设辞套问，对方的回答总是千篇一律，说道原来的画师未曾画得周全，或是题字有缺，多蒙段誉补足，实是好生感激。段誉和锺灵是少年心性，只觉好玩，但盼缺笔的字画越多越好。王语嫣见段誉开心，她也随着欢喜。木婉清向来天不怕、地不怕，对方是好意也罢、歹意也罢，她都不放在心上。只有巴天石和朱丹臣却越来越担忧，见对方布置如此周密，其中定有重大图谋，偏生全然瞧不出半点端倪。

巴朱二人每当对方殷勤相待之时，总是细心查察，看酒饭之中是否置有毒药。有些慢性毒药极难发觉，往往连服十余次这才毒发。巴天石见多识广，对方若是下毒，须瞒不过他的眼去，却始终见酒饭一无异状，而且主人总是先饮先食，以示无他。

渐行渐南，虽已十月上旬，天时却也不冷，一路上山深林密，长草丛生，与北国西夏相较，又是另一番景象。

这一日傍晚，将近草海，一眼望出去无穷无尽都是青青野草，左首是一座大森林，眼看数十里内并无人居。巴天石道：“公子，此处地势险恶，咱们乘早找个地方住宿才好。”段誉点头道：“是啊，今日是走不出这大片草地了，只不知什么地方可以借宿。”朱丹臣道：“草海中毒蚊、毒虫甚多，又多瘴气。眼下桂花瘴刚过，芙蓉瘴初起，两股瘴气混在一起，毒性更烈。倘若找不到宿地，便在树枝高处安身较好，瘴气侵袭不到，毒虫毒蚊也少。”

当下一行人折而向左，往树林中走去。王语嫣听朱丹臣将瘴气说得这般厉害，问他桂花瘴、芙蓉瘴是什么东西。朱丹臣道：“瘴气是山野沼泽间的毒气，三月桃花瘴、五月榴花瘴最为厉害。其实瘴气都是一般，时候不同，便按月令时花，给它取个名字。三五月间天候渐热，毒虫毒蚊萌生，是以为害最大。这时候已好得多了，只不过这一带湿气极重，草海中野草腐烂堆积，瘴气必定凶猛。”王语嫣道：“嗯，那么有茶花瘴没有？”段誉、巴天石等都笑了起来。朱丹臣道：“我们大理人最喜茶花，可不将茶花和那讨厌的瘴气连在一起。”

说话之间已进了林子。马蹄踏入烂泥，一陷一拔，行走甚是不便。巴天石道：“我瞧咱们不必再进去啦，今晚就学鸟儿，在高树上作巢安身，等明日太阳出来，瘴气渐清，再行赶路。”王语嫣道：“太阳出来后，瘴气便不怎样厉害了？”巴天石道：“正是。”

锺灵突然指着东北角，失声惊道：“啊哟，不好啦，那边有瘴气升起来了，那是什么瘴气？”各人顺着她手指瞧去，果见有股云气，袅袅在林间升起。

巴天石道：“姑娘，这是烧饭瘴。”锺灵担心道：“什么烧饭瘴？厉害不厉害？”巴天石笑道：“这不是瘴气，是人家烧饭的炊烟。”果见那青烟中夹有黑气，又有些白雾，乃是炊烟。众人都笑了起来，精神为之一振，都说：“咱们找烧饭瘴去。”锺灵给各人笑得不好意思，涨红了脸。王语嫣安慰她道：“灵妹，幸好得你见到了这烧饭……烧饭的炊烟，免了大家在树顶露宿。”

一行人朝着炊烟走去，来到近处，只见林中搭着七八间木屋，屋旁堆满了木材，显是伐木工人的住所。朱丹臣纵马上前，大声道：“木场的大哥，行道之人，想在贵处借宿一晚，成不成？”隔了半晌，屋内并无应声，朱丹臣又说了一遍，仍无人答应。屋顶烟囱中的炊烟却仍不断冒出，屋中定然有人。

朱丹臣从怀中摸出可作兵刃的铁骨扇，拿在手中，轻轻推开了门，走进屋去。只见屋内一个人影也无，却听到必剥必剥的木柴着火之声。朱丹臣走向后堂，进入厨房，只见灶下有个老妇正在烧火。朱丹臣道：“老婆婆，这里还有旁人么？”那老妇茫然瞧着他，似乎听而不闻。朱丹臣道：“便只你一个在这里么？”那老妇指指自己耳朵，又指指嘴巴，啊啊啊的叫了几声，表示是个聋子，又是哑巴。

朱丹臣回到堂中，段誉、木婉清等已在其余几间屋中查看一遍，七八间木屋之中，除了那老妇外更无旁人。每间木屋都有板床，床上却无被褥，看来这时候伐木工人并未开工。巴天石奔到木屋之外绕了两圈，察见并无异状。

朱丹臣道：“这老婆婆又聋又哑，没法跟她说话。王姑娘最有耐心，还是请你跟她打个交道罢。”王语嫣笑着点头，道：“好，我去试试。”她走进厨房，跟那婆婆指手划脚，取了一锭银子给她，居然大致弄了个明白。众人待那婆婆煮好饭后，向她讨了些米做饭，木屋中无酒无肉，大伙儿吃些干菜，也就抵过了肚饥。

巴天石道：“咱们就都在这间屋中睡，别分散了。”当下男的睡在东边屋，女的睡在西边。那老婆婆在中间房桌上点了一盏油灯。

各人刚睡下，忽听得中间房塔塔几声，有人用火刀火石打火，但打来打去打不着。巴天石开门出去，见桌上油灯已熄，黑暗中但听得塔塔声响，那老婆婆不停的打火。巴天石取出怀中火刀火石，塔的一声，便打着了火，凑过去点了灯盏。那老婆婆微露笑容，向他打个手势，要借火刀火石，指指厨房，示意要去点火。巴天石交了给她，入房安睡。

过不多时，却听得中间房塔塔塔之声又起，段誉等闭眼刚要入睡，给打火声吵得睁大眼来，见壁缝中没火光透过来，原来那油灯又熄了。朱丹臣笑道："这老婆婆可老得背了。"本待不去理她，但塔塔塔之声始终不绝，似乎倘若一晚打不着火，她便要打一晚似的。朱丹臣听得不耐烦起来，走到中间房中，黑暗里朦朦胧胧的见那老婆婆手臂一起一落，塔塔塔的打火。朱丹臣取出自己的火刀火石，塔的一声打着火，点亮了油灯。那老婆婆笑了笑，打了几个手势，向他借火刀火石，要到厨房中使用。朱丹臣借了给她，自行入房。

岂知过不多久，中间房的塔塔塔声音又响了起来。巴天石和朱丹臣都大为光火，骂道："这老婆子不知在捣什么鬼！"可是塔塔塔、塔塔塔的声音始终不停。巴天石跳了出去，抢过她的火刀火石来打，塔塔塔几下，竟一点火星也无，摸上去也不是自己的打火之具，大声问道："我的火刀、火石呢？"这句话一出口，随即哑然失笑："我怎么向一个聋哑的老婆子发脾气？"

这时木婉清也出来了，取出火刀火石，道："巴叔叔，你要打火么？"巴天石道："这老婆婆真是古怪，一盏灯点了又熄，熄了又点，直搞了半夜。"接过火刀火石，塔的一声，打出火来，点着了灯盏。那老婆婆似甚满意，笑了一笑，瞧着灯盏的火光。巴天石向木婉清道："姑娘，路上累了，早些安歇罢。"便即回入房中。

岂知过不到一盏茶时分，那塔塔塔、塔塔塔的打火之声又响了起来。巴天石和朱丹臣同时从床上跃起，都想抢将出去，突然之间，两人同时醒觉："世上岂有这等古怪的老太婆？其中定有诡计。"

两人轻轻一握手，悄悄出房，分从左右掩到那老婆婆身旁，正要一扑而上，突然鼻中闻到一阵淡淡的香气，原来在灯盏旁打火的却是木婉清。两人立时收势，巴天石道："姑娘，是你?"木婉清道："是啊，我觉得这地方有点儿不对劲，想点灯瞧瞧。"

巴天石道："我来打火。"岂知塔塔塔、塔塔塔几声，半点火星也打不出来。巴天石一惊，叫道："这火石不对，给那老婆子掉过了。"朱丹臣道："快去找那老婆子，别给她走了。"木婉清奔向厨房，巴朱二人追出木屋，但便在这顷刻之间，那老婆子已然不知去向。巴天石道："别追远了，保护公子要紧。"

两人回进木屋，段誉、王语嫣、锺灵也都已闻声而起。

巴天石道："谁有火刀火石？先点着了灯再说。"只听两个人不约而同的说道："我的火刀火石给那老婆婆借去了。"却是王语嫣和锺灵。巴天石和朱丹臣暗暗叫苦："咱们步步提防，想不到还是在这里中了敌人诡计。"段誉从怀中取出火刀火石，塔塔塔的打了几下，却哪里打得着火？朱丹臣道："公子，那老婆子曾向你借来用过?"段誉道："是，那是在吃饭之前。她打了之后便即还我。"朱丹臣道："火石给掉过了。"

一时之间，各人默不作声，黑暗中但听得秋虫唧唧。这一晚正当月尽夜，星月无光。六人聚在屋中，只朦朦胧胧的看到旁人的影子，心中隐隐都感到周遭情景甚是凶险。自从段誉在画中填字、贾老者殷勤相待以来，六人就如给人蒙上了眼，身不由主的走入一个茫无所知的境地，明知敌人必是在暗中有所算计，但用的是什么阴险毒计，却半点端倪也瞧不出来。各人均想："敌人如果一拥而出，倒也痛快，却这般鬼鬼祟祟，令人全然无从提防。"

木婉清道："那老婆婆取了咱们的火石去，用意是叫咱们不能点灯，他们便可在黑暗中施行诡计。"锺灵突然尖声惊叫，说道："我最怕他们在黑暗里放蜈蚣、毒蚁来咬我！"巴天石心中一凛，说道："黑暗中若有细小毒物来袭，确是防不胜防。"段誉道："咱们还是出去，躲在树上。”朱丹臣道：“只怕树上已先放了毒物。”锺灵又是“啊”的一声，捉住了木婉清的手臂。巴天石道：“姑娘别怕，咱们点起火来再说。”锺灵道：“没了火石，怎么点火？”巴天石道：“敌人是何用意，现下难知。但他们既要咱们没火，咱们偏偏生起火来，想来总是不错。”

他说着转身走入厨房，取过两块木柴，出来交给朱丹臣，道：“朱兄弟，把木柴弄成木屑，越细越好。”朱丹臣一听，当即会意，道：“不错，咱们岂能束手待攻？”从怀中取出匕首，将木柴一片片的削了下来。段誉、木婉清、王语嫣、锺灵一起动手，各取匕首小刀，把木片切的切，斩的斩，辗的辗，弄成极细的木屑。段誉叹道：“可惜我没天龙寺枯荣师祖的神功，否则内力到处，木屑立时起火，便是那鸠摩智，也有这等本事。”其实这时他体内所积蓄的内力，已远在枯荣大师和鸠摩智之上，只不会运用而已。

几人不停手的将木粒辗成细粉，心中都惴惴不安，谁也不说话，只留神倾听外边动静，均想：“这老婆婆骗了咱们的火石去，决不会停留多久，只怕立时就会发动。”

巴天石摸到木屑已有饭碗般大一堆，当即拨成一堆，拿几张火媒纸放在其中，将自已单刀执在左手，借过锺灵的单刀，右手执住了，突然间双手一合，铮的一响，双刀刀背相碰，火星四溅，火花溅到木屑之中，便烧了起来，只可惜一烧即灭，未能燃着纸媒，众人叹息声中，巴天石双刀连碰，铮铮之声不绝，撞到十余下时，纸媒终于烧了起来。

段誉等大声欢呼，将纸媒拿去点着了油灯。朱丹臣怕一盏灯被风吹熄，将厨房和两边厢房中的油灯都取了出来点着了。火焰微弱，照得各人脸上绿油油地，而且烟气极重，闻在鼻中很不舒服。但好不容易点着了火，各人精神都为之一振，似是打了个胜仗。

木屋甚是简陋，门缝之中不断有风吹进。六人你看看我，我看看你，手中各按兵刃，侧耳倾听。但听得清风动树，虫声应和，此外更无异状。

巴天石见良久并无动静，在木屋各处仔细查察，见几条柱子上都包了草席，外面用草绳绑住了，依稀记得初进木屋时并非如此，当即扯断草绳，草席跌落。段誉见两条柱子上雕刻着一副对联，上联是："春沟水动茶花（　）"，下联是："夏谷（　）生荔子红"。每一句联语中都缺了一字。转过身来，见朱丹臣已扯下另外两条柱上所包的草席，露出柱上刻着的一副对联："青裙玉（　）如相识，九（　）茶花满路开。"

段誉道："我一路填字到此，是祸是福，那也不去说他。他们在柱上包了草席，显是不想让我见到对联，咱们总之是反其道而行，且看对方到底有何计较。"当即伸手出去，但听得嗤嗤声响，已在对联的"花"字下写了个"白"字，在"谷"字下写了个"云"字，变成"春沟水动茶花白，夏谷云生荔子红"一副完全的对联。他内力深厚，指力到处，木屑纷纷而落。锺灵拍手笑道："早知如此，你用手指在木头上划几划，就有了木屑，却不用咱们忙了这一阵子啦。"

只见他又在那边填上了缺字，口中低吟："青裙玉面如相识，九月茶花满路开。"一面摇头摆脑的吟诗，一面斜眼瞧着王语嫣。王语嫣俏脸生霞，将头转了开去。

锺灵道："这些木材是什么树上来的，可香得紧！"各人嗅了几下，都觉从段誉手指划破的刻痕之中，透出极馥郁的花香，似桂花不是桂花，似玫瑰又不是玫瑰。段誉也道："好香！"只觉那香气越来越浓，闻后心意舒服，精神为之一爽。

朱丹臣倏地变色，说道："不对，这香气只怕有毒，大家塞住鼻孔。"众人给他一言提醒，急忙或取手帕，或以衣袖，按住了口鼻，但这时早已将香气吸入了不少，如是毒气，该当头晕目眩、心头烦恶，然而全无不舒之感。

过了半晌，各人气息不畅，忍不住张口呼吸，却仍全无异状。各人慢慢放开了按住口鼻的手，纷纷议论，猜不透敌人的半分用意。

又过好一会，忽然间听到一阵嗡嗡声音。木婉清一惊，叫道：“啊哟！毒发了，我耳朵中有怪声。”锺灵道：“我也有。”巴天石却道：“这不是耳中怪声，好像是有一大群蜜蜂飞来。”果然嗡嗡之声越来越响，似有千千万万蜜蜂从四面八方飞来。

蜜蜂本来并不可怕，但如此巨大的声响却从来没听到过，也不知是不是蜜蜂。霎时间各人都呆住了，不知如何才好。但听嗡嗡之声渐响渐近，就像是无数妖魔鬼怪啸声大作、飞舞前来噬人一般。锺灵抓住木婉清的手臂，王语嫣紧紧握住段誉的手。各人心中怦怦大跳，虽然早知暗中必有敌人隐伏，但万万料不到敌人来攻之前，竟会发出如此可怖的啸声。

突然间啪的一声，一件细小的东西撞上了木屋外的板壁，跟着啪啪啪啪的响声不绝，不知有多少东西撞将上来。木婉清和锺灵齐声叫道：“是蜜蜂！”巴天石抢过去关窗，忽听得屋外马匹长声悲嘶，狂叫乱跳。锺灵叫道：“蜜蜂刺马！”朱丹臣道：“我去割断缰绳！”撕下长袍衣襟，裹在头上，左手刚拉开板门，外面一阵风卷进，成千成万只蜜蜂冲进屋来。锺灵和王语嫣齐声尖叫。

巴天石将朱丹臣拉入屋中，膝盖一顶，撞上了板门，但满屋已都是蜜蜂。这些蜜蜂一进屋，便分向各人刺去，一刹那间，每个人头上、手上、脸上，都给蜜蜂刺了七八下、十来下不等。朱丹臣张开折扇乱拨。巴天石撕下衣襟，猛力扑打。段誉、木婉清、王语嫣、锺灵四人也都忍痛扑打。

巴天石、朱丹臣、段誉、木婉清四人出手之际，都是运足了功力，过不多时，屋中蜜蜂只剩下了二三十只，但说也奇怪，这些蜜蜂竟如是飞蛾扑火一般，仍是奋不顾身的向各人乱扑乱刺，又过半响，各人才将屋内蜜蜂尽数打死。锺灵和王语嫣都痛得眼泪汪汪。耳听得啪啪之声密如骤雨，不知有几千万头蜜蜂在向木屋冲击。各人都骇然变色，一时也不及理会身上疼痛，急忙撕下衣襟、衣袖，将木屋的各处空隙塞好。

六人身上、脸上都是红一块，肿一块，模样狼狈之极。段誉道："幸好这里有木屋可以容身，倘若是在旷野之地，这千千万万野蜂齐来叮人，那只有死给他们看了。"木婉清道："这些野蜂是敌人驱来的，他们岂能就此罢休？难道不会打破木屋？"锺灵惊呼一声，道："姊姊，你……你说他们会打破这木屋？"

木婉清尚未回答，只听得头顶砰的一声巨响，一块大石落在屋顶。屋顶椽子格格的响了几下，幸好没破。但格格之声方过，两块大石穿破屋顶，落了下来。屋中油灯熄灭。

段誉忙将王语嫣抱在怀里，护住她头脸。但听得嗡嗡之声震耳欲聋，各人均知再行扑打也是枉然，只有将衣襟翻起，盖住了脸孔。霎时间手上、脚上、臂上、腿上万针攒刺，过得一会，六人一齐晕倒，人事不知。

段誉食过莽牯朱蛤，本来百毒不侵，但这蜜蜂系人饲养，尾针上除蜂毒外尚有麻药，给几百头蜜蜂刺过之后，还是给迷倒了。不过他毕竟内力深厚，六人中第一个醒来。一恢复知觉，便即伸手去揽王语嫣，但手臂固然动弹不得，同时也察觉王语嫣已不在怀中。他睁开眼来，漆黑一团。原来双手双脚已被牢牢缚住，眼睛也给用黑布蒙住，口中给塞了个大麻核，呼吸都甚不便，更别提说话了，只觉周身肌肤上有无数小点疼痛异常，自是给蜜蜂刺过之处，又察觉是坐在地下，到底身在何处，距晕去已有多少时候，却全然不知。

正茫然无措之际，忽听得一个女子厉声说道："我花了这么多心思，要捉拿大理姓段的老狗，你怎么捉了这只小狗来？"段誉只觉这声音好熟，一时却记不起是谁。

一个苍老的妇人声音说道：“婢子一切遵依小姐吩咐办事，没出半点差池。”那女子道：“哼，我瞧这中间定有古怪。那老狗从西夏南下，沿大路经西川而来，为什么突然折而向东？咱们在途中安排的那些药酒，却都教这小狗吃了。”

段誉心知她所说的“老狗”，是指自己父亲段正淳，所谓“小狗”，那也不必客气，当然便是段誉区区在下了。这女子和老妇说话之声，似是隔了一重板壁，当是在邻室之中。

那老妇道：“段王爷这次来到中原，逗留时日已经不少，中途折而向东……”那女子怒道：“你还叫他段王爷？”那老妇道：“是，从前……小姐要我叫他段公子，他现下年纪大了……”那女子喝道：“不许你再说。”那老妇道：“是。”那女子轻轻叹了口气，黯然道：“他……他现下年纪大了……”声音中不胜凄楚惆怅之情。

段誉登时大为宽心，寻思：“我道是谁？原来又是爹爹的一位旧相好。她来找爹爹的晦气，只不过是争风吃醋。是了，她安排下毒蜂之计，本来是想擒住爹爹的，却教我误打误撞的闹了个以子代父。既然如此，对我们也决计不会痛下毒手。但这位阿姨是谁呢？我一定听过她说话的。”

只听那女子又道：“咱们在各处客店、山庄中所悬字画的缺字缺笔，你说这小狗全都填对了？我可不信，怎么那老狗念熟的字句，小狗也都记熟在胸？当真便有这么巧？”那老妇道：“老子念熟的诗句，儿子记在心里，也没什么希奇？”那女子怒道：“刀白凤这贱婢是个蛮夷女子，她会生这样聪明的儿子？我说什么也不信。”

段誉听她辱及自己母亲，不禁大怒，忍不住便要出声指斥，但口唇一动，便碰到了嘴里的麻核，却哪里发得出声音？

只听那老妇劝道：“小姐，事情过去这么久了，你何必还老是放在心上？何况对不起你的是段公子，又不是他儿子？你……你……

还是饶了这年青人罢。咱们‘醉人蜂’给他吃了这么大苦头，也够他受的了。”那女子尖声道：“你说叫我饶了这姓段的小子？哼哼，我把他千刀万剐之后，才饶了他。”

段誉心想：“爹爹得罪了你，又不是我得罪你，为什么你这般恨我？那些蜜蜂原来叫作‘醉人蜂’，不知她从何处找得这许多蜜蜂，只是追着我们叮？这女子到底是谁？她不是锺夫人，两人的口音全然不同。”

忽听得一个男子的声音叫道：“舅妈，甥儿叩见。”

段誉大吃一惊，但心中一个疑团立时解开，说话的男子是慕容复。他称之为舅妈，自然是姑苏曼陀山庄的王夫人，便是王语嫣的母亲，自己的未来岳母了。霎时之间，段誉心中便如十五只吊桶打水，七上八下，乱成一片，当时曼陀山庄中的情景，一幕幕的涌上心头：

茶花又名曼陀罗花，天下以大理所产最为著名。姑苏茶花并不甚佳，曼陀山庄种了不少茶花，不但名种甚少，而且种植不得其法，不是花朵极小，便是枯萎凋谢。但她这座庄子为什么偏偏取名为“曼陀山庄”？庄中除了山茶之外，不种别的花卉，又是什么缘故？

曼陀山庄的规矩，凡是有男子擅自进庄，便须砍去双足。那王夫人更道：“只要是大理人，或者是姓段的，撞到了我便得活埋。”那个无量剑的弟子给王夫人擒住了，他不是大理人，只因家乡离大理不过四百余里，便也将之活埋。

那王夫人捉到了一个少年公子，命他回去即刻杀了家中结发妻子，把外面私下结识的姑娘娶来为妻。那公子不答允，王夫人就要杀他，非要他答允不可。

段誉记得当时王夫人吩咐手下婢女：“你押送他回姑苏城里，亲眼瞧着他杀了自己的妻子，和苗姑娘成亲，这才回来。”那公子求道："拙荆和你无怨无仇，你又不识得苗姑娘，何以如此帮她，逼我杀妻另娶？"那时王夫人答道："你既有了妻子，就不该再去纠缠别的闺女，既是花言巧语将人家骗上了，那就非得娶她为妻不可。"据她言道，单是婢女小翠一人，便曾在常熟、丹阳、无锡、嘉兴等地办过七起同样的案子。

段誉是大理人，姓段，只因懂得种植茶花，王夫人才不将他处死，反而在云锦楼设宴款待。可是段誉和她谈论山茶的品种之时，提及有一种茶花，白瓣而有一条红丝，叫作"抓破美人脸"。当时他道："白瓣茶花而红丝甚多，那便不是'抓破美人脸'了，那叫作'倚栏娇'。夫人请想，凡是美人，自当娴静温雅，脸上偶尔抓破一条血丝，那还不妨，倘若满脸都抓破了，这美人老是和人打架，还有何美可言？"这句话大触王夫人之怒，骂他："你听了谁的言语，捏造了这种种鬼话前来辱我？说一个女子学会了武功，就会不美？娴静温雅，又有什么好了？"由此而将他掀下席去，险些就此杀了他。

这种种事件，当时只觉这位夫人行事大乖人情，除了"岂有此理"四字之外，更无别般言词可以形容。但既知邻室这女子便是王夫人，一切便尽皆恍然："原来她也是爹爹的旧情人，无怪她对山茶爱若性命，而对大理姓段的又这般恨之入骨。王夫人喜爱茶花，定是当年爹爹与她定情之时，与茶花有什么关连。她一捉到大理人或是姓段之人便要将之活埋，当然为了爹爹姓段，是大理人，将她遗弃，她怀恨在心，迁怒于其他大理人和姓段之人。她逼迫在外结识私情的男子杀妻另娶，是流露了她心中隐伏的愿望，盼望爹爹杀了正室，娶她为妻。自己无意中说一个女子老是与人打架，便为不美，令她登时大怒，想必当年她曾与爹爹为了私情之事，打过一架，至于爹爹当时尽量忍让，那也是理所当然。"

段誉想明白了许多怀疑之事，但心中全无如释重负之感，反而越来越如有一块大石压在胸口。为了什么缘由，一时却说不出来，总觉得王语嫣的母亲与自己父亲昔年曾有私情，此事十分不妥，内心深处，突然间感到了极大的恐惧，但又不敢清清楚楚的去想这件最可怕的事，只是说不出的烦躁惶恐。

只听得王夫人道："是复官啊，好得很啊，你快做大燕国皇帝了，这就要登基了罢？"语气之中，大具讥嘲之意。

慕容复却庄言以对："这是祖宗的遗志，甥儿无能，奔波江湖，至今仍是没半点头绪，正要请舅母多加指点。"

王夫人冷笑道："我有什么好指点？我王家是王家，你慕容家是慕容家，我们姓王的，跟你慕容家的皇帝梦有什么干系？我不许你上曼陀山庄，不许语嫣跟你相见，就是为了怕跟你慕容家牵扯不清。语嫣呢，你带她到哪里去啦？"

"语嫣呢？"这三个字，像雷震一般撞在段誉的耳里，他心中一直在挂念着这件事。当毒蜂来袭时，王语嫣是在他怀抱之中，此刻却到了何处？听王夫人的语气，似乎是真的不知。

只听慕容复道："表妹到了哪里，我怎知道？她一直和大理段公子在一起，说不定两个人已拜了天地，成了夫妻啦！"

王夫人颤声道："你……你放什么屁！"砰的一声，在桌上重重击了一下，怒道："你怎么不照顾她？让她一个年轻姑娘在江湖上胡乱行走？你竟不念半点表兄妹的情份？"

慕容复道："舅妈又为什么生这么大的气？你怕我娶了表妹，怕她成了慕容家的媳妇，跟着我发皇帝梦。现下好啦，她嫁了大理段公子，将来堂堂正正的做大理国皇后，那岂不是天大的美事？"

王夫人又伸掌在桌上砰的一拍，喝道："胡说！什么天大的美事？万万不许！"

段誉在隔室本已忧心忡忡，听到"万万不许"四个字，更是连珠价的叫苦："苦也，苦也！我和语嫣终究是好事多磨，她母亲竟说‘万万不许’！”

却听得窗外有人说道：“非也，非也，王姑娘和段公子乃是天生一对，地成一双，夫人说万万不许，那可错了。”王夫人怒道：“包不同，谁叫你没规矩的跟我顶嘴？你不听话，我即刻叫人杀了你的女儿。”包不同原是个天不怕、地不怕之人，可是一听到王夫人厉声斥责，竟然立即噤若寒蝉，再也不敢多说一句。

段誉心中只道：“包三哥，包三叔，包三爷，包三太爷，求求你快与夫人顶撞下去。她的话全然没有道理，只有你是英雄好汉，敢和她据理力争。”哪知窗外鸦雀无声，包不同再也不作声了。原来倒不是包不同怕王夫人去杀他女儿包不靓，只因包不同数代跟随慕容氏，是他家忠心耿耿的部曲，王夫人是慕容家至亲长辈，说来也是他的主人，真的发起脾气来，他倒也不敢抹了这上下之分。

王夫人听包不同住了口，怒气稍降，问慕容复道：“复官，你来找我，又安了什么心眼儿啦？又想来算计我什么东西了？”

慕容复笑道：“舅母，甥儿是你至亲，心中惦记着你，难道来瞧瞧你也不成么？怎么一定是来算计你什么东西？”

王夫人道：“嘿嘿，你倒还真有良心，惦记着舅妈。要是你早惦着我些，舅妈也不会落得今日这般凄凉了。”慕容复笑道：“舅妈有什么不痛快的事，尽管和甥儿说，甥儿包你称心如意。”王夫人道：“呸，呸，呸！几年不见，却在哪里学了这许多油腔滑调！”慕容复道：“怎么油腔滑调啦？别人的心事，我还真难猜，可是舅妈心中所想的事，甥儿猜不到十成，也猜得到八成。要舅妈称心如意，不是甥儿夸口，倒还真有七八分把握。”王夫人道：“那你倒猜猜看，若是胡说八道，瞧我不老大耳刮子打你。”

慕容复拖长了声音，吟道：“青裙玉面如相识，九月茶花满路开！”

王夫人吃了一惊，颤声道：“你……你怎么知道？你到过了草海的木屋？”慕容复道：“舅妈不用问我怎么知道，只须跟甥儿说，要不要见见这个人？”王夫人道：“见……见哪一个人？”语音立时便软了下来，显然颇有求恳之意，与先前威严冷峻的语调大不相同。慕容复道：“甥儿所说的那个人，便是舅妈心中所想的那个人。春沟水动茶花白，夏谷云生荔子红！”

王夫人颤声道：“你说我怎么能见得到他？”慕容复道：“舅妈花了不少心血，要擒住此人，不料还是棋差一着，给他躲了过去。甥儿心想，见到他虽然不难，却也没什么用处。终须将他擒住，要他服服贴贴的听舅妈吩咐，那才是道理。舅妈要他东，他不敢西；舅妈要他画眉毛，他不敢给你搽胭脂。”最后两句话已大有轻薄之意，但王夫人心情激荡，丝毫不以为忤，叹了口气，道：“我这圈套策划得如此周密，还是给他躲过了。我可再也想不出更好的法子来啦。”

慕容复道：“甥儿却知道此人的所在，舅妈如信得过我，将那圈套的详情跟甥儿说说，说不定我有点儿计较。”

王夫人道：“咱们说什么总是一家人，有什么信不过的？这一次我所使的，是个‘醉人蜂’之计。我在曼陀山庄养了几百窝蜜蜂，庄上除了茶花之外，更无别种花卉。山庄远离陆地，岛上的蜜蜂也不会飞到别地去采蜜。”慕容复道：“是了，这些醉人蜂除了茶花之外，不喜其他花卉的香气。”王夫人道：“调养这窝蜜蜂，可费了我十几年心血。我在蜂儿所食的蜜糖之中，逐步加入麻药，再加入另一种药物，这醉人蜂刺了人之后，便会将人麻倒，令人四五日不省人事。”

段誉心下一惊：“难道我已晕倒了四五日？”

慕容复道：“舅妈的神机妙算，当真是人所难及，却又如何令蜜蜂去刺人？”

王夫人道：“这须得在那人的食物之中，加入一种药物。这药物并无毒性，无色无臭，却略带苦味，因此不能一次给人大量服食。你想这人自己固是鬼精灵，他手下的奴才又多聪明才智之辈，要用迷药、毒药什么对付他，那是万万办不到的。因此我定下计较，派人沿路供他酒饭，暗中掺入这些药物。”

段誉登时省悟：“原来一路上这许多字画均有缺笔缺字，是王夫人引我爹爹去填写的，他填得不错，王夫人埋伏下的人便知他是大理段王爷，将掺入药物的酒饭送将上来。”

王夫人道：“不料阴错阳差，那个人去了别处，这人的儿子却闯了来。这小鬼头将老子的诗词歌赋都熟记在心，当然也是个风流好色、放荡无行的浪子了。这小鬼一路上将字画中的缺笔都填对了，大吃大喝，替他老子把掺药酒饭喝了个饱，到了草海的木屋之中。木屋里灯盏的灯油，都是预先放了药料的，在木柱之中我又藏了药料，待那小鬼弄破柱子，几种药料的香气一掺合，便引得醉人蜂进去了。唉，我的策划一点儿也没错，来的人却错了。这小鬼坏了我的大事！哼，我不将他斩成十七八块，难泄我心头之恨。”

段誉听她语气如此怨毒，不禁怵然生惧，又想：“她的圈套部署得也当真周密，竟在柱中暗藏药粉，引得我去填写对联中的缺字，刺破柱子，药粉便散了出来。唉，段誉啊段誉！你一步步踏入人家的圈套之中，居然瞧不出半点端倪，当真是胡涂透顶了。”但转念又想：“我一路上填写字画中的缺笔缺字，王夫人的爪牙便将我当作了爹爹，全副精神贯注在我身上，爹爹竟因此脱险。我代爹爹担当大祸，又有什么可怨的？那正是求之不得的事。”言念及此，颇觉坦然，但不禁又想：“王夫人擒住了我，要将我斩成十七八块，倘若擒住的是我爹爹，反会千依百顺的侍候他。我父子二人的遭际，可大大不同了。”

只听得王夫人恨恨连声，说道：“我要这婢子装成个聋哑老妇，主持大局，她又不是不认得那人，到头来居然闹出这大笑话来。”

那老妇辩道：“小姐，婢子早向你禀告过了。我见来人中并无段公子在内，便将他们火刀火石都骗了来，好让他们点不着油灯，婢子又用草席将柱子上的对联都遮住了，使得不致引醉人蜂进屋。谁知这些人硬要自讨苦吃，终于还是生着了火，见到了对联。”

王夫人哼了一声，说道：“总而言之，是你不中用。”

段誉心道：“这老婆婆骗去我们的火刀火石，用草席包住柱子，原来倒是为了我们好，真正料想不到。”

慕容复道：“舅妈，这些醉人蜂刺过人后，便不能再用了么？”王夫人道：“蜂子刺过人之后，过不多久便死。可是我养的蜂子成千成万，少了几百只又有什么干系？”慕容复拍手道：“那就行啊。先拿了小的，再拿老的，又有何妨？甥儿心想，倘若将那小子身上的衣冠佩玉，或是兵刃用物什么的，拿去给舅妈那个……那……那个人瞧瞧，要引他到那草海的木屋之中，只怕倒也不难。”

王夫人“啊”的一声，站起身来，说道：“好甥儿，毕竟是你年轻人脑子灵。舅妈一个计策没成功，心下懊丧不已，就没去想下一步棋子。对对，他父子情深，知道儿子落入了我手里，定然会赶来相救，那时再使醉人蜂之计，也还不迟。”

慕容复笑道：“到了那时候，就算没蜜蜂儿，只怕也不打紧。舅妈在酒中放上些迷药，要他喝上三杯，还怕他推三阻四？其实，只要他见到了舅妈的花容月貌，又用得着什么醉人蜂、什么迷晕药？他哪里还有不大醉大晕的？”

王夫人呸的一声，骂道：“浑小子，跟舅妈没上没下的胡说！”但想到和段正淳相见、劝他喝酒的情景，不由得眉花眼笑，心魂皆酥，甜腻腻的道：“对，不错，咱们便是这个主意。”

慕容复道：“舅妈，你外甥出的这个主意还不错罢？”王夫人笑道：“倘若这件事不出岔子，舅妈自然忘不了你的好处。咱们第一步，须得查明白这没良心的现下到了哪里。”慕容复道：“甥儿倒也听到了些风声，不过这件事中间，却还有个老大难处。”王夫人皱眉道："有什么难处？你便爱吞吞吐吐的卖关子。"慕容复道："这个人刻下被人擒住了，性命已在旦夕之间。"

呛啷一声，王夫人衣袖带动茶碗，掉在地下摔得粉碎。

段誉也是大吃一惊，若不是口中给塞了麻核，已然叫出声来。

王夫人颤声道："是……是给谁擒住了？你怎不早说？咱们好歹得想个法儿去救他出来。"慕容复摇头道："舅妈，对头的武功极强，甥儿万万不是他的敌手。咱们只可智取，不可力敌。"王夫人听他语气，似乎并非时机紧迫，凶险万分，又稍宽心，连问："怎样智取？又怎生智取法？"

慕容复道："舅妈的醉人蜂之计，还是可以再使一次。只须换几条木柱，将柱上的字刻过几个，比如说，刻上'大理国当今天子保定帝段正明'的字样，那人一见之下，必定心中大怒，伸指将'保定帝段正明'的字样抹去，药气便又从柱中散出来了。"

王夫人道："你说擒住他的，是那个和段正明争大理国皇位、叫什么段延庆的？"

慕容复道："正是！"

王夫人惊道："他……他……他落入了段延庆之手，定然凶多吉少。段延庆时时刻刻在想害死他，说不定……说不定这时候已经将他……将他处死了。"

慕容复道："舅妈不须过虑，这其中有个重大关节，你还没想到。"王夫人道："什么重大关节？"慕容复道："现下大理国的皇帝是段正明。你那位段公子早就封为皇太弟，大理国臣民众所周知。段正明轻徭薄赋，勤政爱民，百姓都说他是圣明天子，镇南王人缘也很不错，这皇位是极难动摇的。段延庆要杀他固是一举手之劳，但一刀下去，大理势必大乱，这大理国皇帝的宝座，段延庆却未必能坐得上去。"

王夫人道："这倒也有点道理，你却又怎么知道？"慕容复道：

"有些是甥儿听来的，有些是推想出来的。"王夫人道："你一生一世便在想做皇帝，这中间的关节，自然揣摩得清清楚楚了。"

慕容复道："舅妈过奖了。但甥儿料想这段延庆擒住了镇南王，决不会立即将他杀死，定要设法让他先行登基为帝，然后再禅位给他段延庆。这样便名正言顺，大理国群臣军民，就都没有异言。"王夫人问道："怎样名正言顺？"慕容复道："段延庆的父亲原是大理国皇帝，只因奸臣篡位，段延庆在混乱中不知去向，段正明才做上了皇帝。段延庆是货真价实的'延庆太子'，在大理国是人人都知道的。镇南王登基为帝，他又没有后嗣，将段延庆立为皇太弟，可说是顺理成章，名正言顺。"

王夫人奇道："他……他……他明明有个儿子，怎么说没有后嗣？"慕容复笑道："舅妈说过的话，自己转眼便忘了，你不是说要将这姓段的小子斩成十七八块么？世上总不会有个十七八块的皇太子罢？"王夫人喜道："对！对！这是刀白凤那贱婢生的野杂种，留在世上，教我想起了便生气。"

段誉只想："今番当真是凶多吉少了。语嫣却又不知到了何处？否则王夫人瞧在女儿面上，说不定能饶我一命。"

王夫人道："既然他眼下并无性命之忧，我就放心了。我可不许他去做什么大理国的劳什子皇帝。我要他随我去曼陀山庄。"慕容复道："镇南王禅位之后，当然要跟舅妈去曼陀山庄，那时候便要他留在大理，他固然没趣，段延庆也必容他不得，岂肯留下这个祸胎？不过镇南王嘛，这皇帝的宝座总是要坐一坐的，十天也好，半月也好，总得过一过桥，再抽了他的板。否则段延庆也不答应。"王夫人道："呸！他答不答应，关我什么事？咱们拿住了段延庆，救出段公子后，先把段延庆一刀砍了，又去管他什么答应不答应？"

慕容复叹了口气，道："舅妈，你忘了一件事，咱们可还没将段延庆拿住，这中间还差了这么老大一截。"王夫人道："他在哪里，你当然是知道的了。好甥儿，你的脾气，舅妈难道还有不明白的？你帮我做成这件事，到底要什么酬谢？咱们先小人后君子，你爽爽快快的先说出来罢。”慕容复道：“咱们是亲骨肉，甥儿给舅妈出点力气，哪里还能计什么酬谢的？甥儿是尽力而为，什么酬谢都不要。”

王夫人道：“你现下不说，事后再提，那时我若不答允，你可别来抱怨。”

慕容复笑道：“甥儿说过不要酬谢，便是不要酬谢。那时候如果你心中欢喜，赏我几万两黄金，或者琅嬛阁中的几部武学秘典，也就成了。”

王夫人哼了一声，说道：“你要黄金使费，只要向我来取，我又怎会不给？你要看琅嬛阁中的武经秘要，那更是欢迎之不暇，我只愁你不务正业，不求上进。真不知你这小子心中到底打的是什么主意？好罢！咱们怎生去擒段延庆，怎生救人，你的主意怎样？”

慕容复道：“第一步，是要段延庆带了镇南王到草海木屋中去，是不是？”王夫人道：“是啊，你有什么法子，能将段延庆引到草海木屋中去？”慕容复道：“这件事很容易。段延庆想做大理国皇帝，必须办妥两件事。第一，擒住段正淳，逼他答允禅位；第二，杀了段誉，要段正淳‘不孝有三，无后为大’。段延庆第一件事已办妥了，已擒住了段正淳。段誉那小子可还活在世上。咱们拿段誉的随身物事去给段正淳瞧瞧，段正淳当然想救儿子，段延庆便带着他来了。所以啊，舅妈擒住这段小子，半点也没擒错了，那是应有之着，叫做不装香饵，钓不着金鳌。”

王夫人笑道：“你说这段小子是香饵？”慕容复笑道：“我瞧他有一半儿香，有一半儿臭。”王夫人道：“却是如何？”慕容复道：“镇南王生的一半，是香的。镇南王妃那贱人生的一半，定然是臭的。”

王夫人哈哈大笑，说道：“你这小子油嘴滑舌，便会讨舅妈的欢喜。”

慕容复笑道：“甥儿索性快马加鞭，早一日办成此事，好让舅妈早一日欢喜。舅妈，你把那小子叫出来罢。”王夫人道：“他给醉人蜂刺了后，至少再过三日，方能醒转。这小子便在隔壁，要不然咱们这么大声说话，都教他给听去了。我还有一件事问你。这……这镇南王虽然没良心，却算得是一条硬汉，段延庆怎能逼得他答允禅位？莫非加以酷刑，让他……让他吃了不少苦头吗？”说到这里，语气中充满了关切之情。

慕容复叹了口气，说道：“舅妈，这件事嘛，你也就不必问了，甥儿说了，你听了只有生气。”王夫人急道：“快说，快说，卖什么关子？”慕容复叹道：“我说大理姓段的没良心，这话确是不错的。舅妈这般的容貌，文武双全，便打着灯笼找遍了天下，却又哪里找得着第二个了？这姓段的前生不知修了什么福，居然得到舅妈垂青，那就该当专心不二的侍候你啦，岂知……唉，天下便有这等不知好歹的胡涂虫，有福不会享，不爱月里嫦娥，却去爱在烂泥里打滚的母猪……”

王夫人怒道：“你说他……他……这没良心的，又和旁的女子混在一起啦？是谁？是谁？”慕容复道：“这种低三下四的贱女子，便跟舅妈提鞋儿也不配，左右不过是张三的老婆，李四的闺女，舅妈没的失了身份，犯不着为这种女子生气。”

王夫人大怒，将桌拍得砰砰大响，大声道：“快说！这小子，他丢下了我，回大理去做他的王爷，我并不怪他。他家中有妻子，我也不怪他，谁教我识得他之时，他已是有妇之夫呢？可是他……可是他……你说他又和别的女人在一起，那是谁？那是谁？”

段誉在邻室听得她如此大发雷霆，不由得胆战心惊，心想：“语嫣多么温柔和顺，她妈妈却怎地这般厉害？爹爹能跟她相好，倒是不易。”转念又想：“爹爹那些旧情人个个脾气古怪。秦阿姨叫女儿来杀我妈妈。阮阿姨生下这样一个阿紫妹妹，她自己的脾气多半也好不了。甘阿姨明明嫁了锺万仇，却又跟我爹爹藕断丝连的。丐帮马副帮主的老婆更是乖乖不得了。就说我妈妈罢，她不肯和爹爹同住，要到城外道观中去出家做道姑，连皇伯父、皇伯母苦劝也是无用。唉，怎地我连妈妈也编排上了？”

慕容复道：“舅妈，你又何必生这么大的气？你歇一歇，甥儿慢慢说给你听。”

王夫人道：“你不说我也猜得到了，段延庆捉住了这段小子的一个贱女人，逼他答允做了皇帝后禅位，若不答允，便要为难这贱女人，是不是？这姓段的小子的臭脾气，我还有不明白的？别人硬逼他答允什么，便钢刀架在脖子上，他也是宁死不屈，可是一碰到他心爱的女人啊，他就什么都答允了，连自己性命也不要了。哼，这贱女人模样儿生得怎样？这狐媚子，不知用什么手段将他迷上了。快说，这贱女人是谁？”

慕容复道：“舅妈，我说便说了，你别生气，贱女人可不止一个。”王夫人又惊又怒，砰的一声，在桌上重重拍了一下，道：“什么？难道有两个？”慕容复叹了口气，悠悠的道：“也不止两个！”

王夫人惊怒愈甚，道：“什么？他在旅途之中，还是这般拈花惹草，一个已不足，还携带了两个、三个？”

慕容复摇摇头，道：“眼下一共有四个女人陪伴着他。舅妈，你又何必生气？日后他做了皇帝，三宫六院要多少有多少。就算大理是小国，不能和大宋、大辽相比，后宫佳丽没有三千，三百总是有的。”

王夫人骂道：“呸，呸！我就因此不许他做皇帝。你说，那四个贱女人是谁？”

段誉也觉奇怪，他只知秦红棉、阮星竹两人陪着父亲，怎地又多了两个女子出来？

只听慕容复道："一个姓秦，一个姓阮……"王夫人道："哼，秦红棉和阮星竹，这两只狐狸精又跟他缠在一起了。"慕容复道："还有一个却是有夫之妇，我听得他们叫她做锺夫人，好像是出来寻找女儿的。这位锺夫人倒是规规矩矩的，对镇南王始终不假丝毫词色，镇南王对她也是以礼相待，不过老是眉花眼笑的叫她：'宝宝，宝宝！'叫得好不亲热。"王夫人怒道："是甘宝宝这贱人，什么'以礼相待'？假撇清，做戏罢啦，要是真的规规矩矩，该当离得远远的才是，怎么又混在一块儿？第四个贱女子是谁？"

慕容复道："这第四个却不是贱女子，她是镇南王的元配正室，镇南王妃。"

段誉和王夫人都是大吃一惊。段誉心道："怎么妈妈也来了？"王夫人"啊"的一声，显得大出意料之外。

慕容复笑道："舅妈觉得奇怪么？其实你再想一想，一点也不奇怪了。镇南王离大理后年余不归，中原艳女如花，既有你舅妈这般美人儿，更有秦红棉、阮星竹那些骚狐狸，镇南王妃岂能放得了心？"

王夫人"呸"了一声，道："你拿我去跟那些骚狐狸相提并论！这四个女人，现下仍是跟他在一起？"

慕容复笑道："舅妈放心，双凤驿边红沙滩上一场恶斗，镇南王全军覆没，给段延庆一网打尽，男男女女，都教他给点中了穴道，尽数擒获。段延庆只顾对付镇南王一行，却没留神到我躲在一旁，瞧了个清清楚楚。甥儿快马加鞭，赶在他们头里一百余里。舅妈，事不宜迟，咱们一面去布置醉人蜂和迷药，一面派人去引段延庆……"

这"庆"字刚说出口，突然远处有个极尖锐、极难听的声音传了过来："我早就来啦，引我倒也不必，醉人蜂和迷药却须好好布置才是。"

林间草丛，白雾弥漫，那白衣女子长发披肩，好像足不沾地般行来，便像观音菩萨一般的端正美丽。

四十八

王孙落魄　怎生消得
杨枝玉露

这声音少说也在十余丈外，但传入王夫人和慕容复的耳鼓，却是近如咫尺一般。两人脸色陡变，只听得屋外风波恶、包不同齐声呼喝，向声音来处冲去。慕容复闪到门口。月光下青影晃动，跟着一条灰影、一条黄影从旁抢了过去，正是邓百川和公冶乾分从左右夹击。

段延庆左杖拄地，右杖横掠而出，分点邓百川和公冶乾二人，嗤嗤嗤几声，霎时间递出了七下杀手。邓百川勉力对付，公冶乾支持不住，倒退了两步。包不同和风波恶二人回身杀转。段延庆以一敌四，仍是游刃有余，大占上风。

慕容复抽出腰间长剑，冷森森幻起一团青光，向段延庆刺去。段延庆受五人围攻，慕容复更是一流高手，但他杖影飘飘，出招仍是凌厉之极。

当年王夫人和段正淳热恋之际，花前月下，除了山盟海誓之外，不免也谈及武功，段正淳曾将一阳指、段氏剑法等等武功一一试演。此刻王夫人见段延庆所使招数宛如段郎当年，怎不伤心？她想段郎为此人所擒，多半便在附近，何不乘机去将段郎救了出来？她正要向屋外山后寻去，陡然间听得风波恶一声大叫。

只见风波恶卧在地下，段延庆右手钢杖在他身外一尺处划来划去，却不击他要害。慕容复、邓百川等兵刃递向段延庆，均被他钢杖拨开。这情势甚是明显，段延庆如要取风波恶性命，自是易如反掌，只是暂且手下留情而已。

慕容复倏地向后跳开，叫道："且住！"邓百川、公冶乾、包不同三人同时跃开。慕容复道："段先生，多谢你手下容情。你我本来并无仇怨，自今而后，姑苏慕容氏对你甘拜下风。"

风波恶叫道："姓风的学艺不精，一条性命打什么紧？公子爷，你千万不可为了姓风的而认输。"段延庆喉间咕咕一笑，说道："姓风的倒是条好汉子！"撤开钢杖。

风波恶一个"鲤鱼打挺"，呼的一声跃起，单刀向段延庆头顶猛劈下来，叫道："吃我一刀！"段延庆钢杖上举，往他单刀上一黏。风波恶只觉一股极大的力道震向手掌，单刀登时脱手，跟着腰间一痛，已被对方拦腰一杖，挑出十余丈外。段延庆右手微斜，内力自钢杖传上单刀，只听得叮叮当当一阵响声过去，单刀已被震成十余截，相互撞击，四散飞开。慕容复、王夫人等分别纵高伏低闪避，心下均各骇然。

慕容复拱手道："段先生神功盖世，佩服，佩服。咱们就此化敌为友如何？"

段延庆道："适才你说要布置醉人蜂来害我，此刻比拼不敌，却又要出什么主意了？"

慕容复道："你我二人倘能携手共谋，实有大大的好处。延庆太子，你是大理国嫡系储君，皇帝的宝座给人家夺了去，怎地不想法子去抢回来？"段延庆怪目斜睨，阴恻恻的道："这跟你有什么干系？"慕容复道："你要做大理国皇帝，非得我相助不可。"段延庆一声冷笑，说道："我不信你肯助我。只怕你恨不得一剑将我杀了。"

慕容复道："我要助你做大理国皇帝，乃是为自己打算。第一，我恨死段誉那小子。他在少室山逼得我险些自刎，令慕容氏在武林中几无立足之地。我定要制段誉这小子的死命，助你夺得皇位，以泄我恶气。第二，你做了大理国皇帝后，我另行有事盼你相助。”

段延庆明知慕容复机警多智，对己不怀好意，但听他如此说，倒也信了七八分。当日段誉在少室山上以六脉神剑逼得慕容复狼狈不堪，段延庆亲眼目睹。他忆及此事，登时心下极是不安。他虽将段正淳擒住，但自忖决非段誉六脉神剑的对手，倘若狭路相逢，动起手来，非丧命于段誉的无形剑气之下不可，唯一对付之策，只是以段正淳夫妇的性命作为要胁，再设法制服段誉，可是也无多大把握，于是问道：“阁下并非段誉对手，却以何法制他？”

慕容复脸上微微一红，说道：“不能力敌，便当智取。总而言之，段誉那小子由在下擒到，交给阁下处置便是。”

段延庆大喜，他一直最放心不下的，便是段誉武功太强，自己敌他不过，慕容复能将之擒获，自是去了自己最大的祸患，但想只怕慕容复大言欺骗，别轻易上了他当，说道：“你说能擒到段誉，岂不知空想无益、空言无凭？”

慕容复微微一笑，说道：“这位王夫人，是在下的舅母，段誉这小子已为我舅母所擒。她正想用这小子来和阁下换一个人，咱们所以要引阁下到来，其意便在于此。”

这时王夫人游目四顾，正在寻找段正淳的所在，听到慕容复的说话，便即回过身来。

段延庆喉腹之间叽叽咕咕的说道：“不知夫人要换哪一个人？”

王夫人脸上微微一红，她心中日思夜想、念兹在兹的便是段正淳一人，可是她以孀居之身，公然向旁人吐露心意，究属不便，一时甚觉难以对答。

慕容复道：“段誉这小子的父亲段正淳，当年得罪了我舅母，委实仇深似海。我舅母要阁下答允一句话，待阁下受禅大理国皇位之后，须将段正淳交与我舅母，那时是杀是剐、油煎火焚，一凭我舅母处置。”

段延庆哈哈一笑，心道：“他禅位之后，我原要将他处死，你代我动手，那是再好也没有了。”但觉此事来得太过容易，只恐其中有诈，又问：“慕容公子，你说待我登基之后，有事求我相助，却不知是否在下力所能及，请你言明在先，以免在下日后无法办到，成为无信的小人。”

慕容复道：“段殿下既出此言，在下便一万个信得过你了。咱们既要做成这件大交易，在下心中之事，自也不必瞒你。姑苏慕容氏乃当年大燕皇裔，我慕容氏列祖列宗遗训，务以兴复大燕为业。在下力量单薄，难成大事。等殿下正位为大理国君之后，慕容复要向大理国主借兵一万、粮饷称足，以为兴复大燕之用。”

慕容复是大燕皇裔一事，当慕容博在少室山上阻止慕容复自刎之时，段延庆冷眼旁观，已猜中了十之七八，再听慕容复居然将这么一个大秘密向自己吐露，足见其意甚诚，寻思：“他要兴复燕国，势必同时与大宋、大辽为敌。我大理小国寡民，自保尚嫌不足，如何可向大国启衅？何况我初为国君，人心未定，更不可擅兴战祸。也罢，此刻我假意答允，到那时将他除去便是，岂不知量小非君子，无毒不丈夫？”便道：“大理国小民贫，一万兵员仓猝难以毕集，五千之数，自当供足下驱使。但愿大功告成。大燕、大理永为兄弟婚姻之国。”

慕容复深深下拜，垂涕说道：“慕容复若得恢复祖宗基业，世世代代为大理屏藩，决不敢忘了陛下的大恩大德。”

段延庆听他居然改口称自己为“陛下”，不禁大喜，又听他说到后来，语带呜咽，实是感极而泣，忙伸手扶起，说道：“公子不须多礼。不知段誉那小子却在何处？”

慕容复尚未回答，王夫人抢上两步，问道："段正淳那厮，却又在何处？"慕容复道："陛下，请你带同随从，到我舅母寓所暂歇。段誉已然缚定，当即奉上。"

段延庆喜道："如此甚好。"突然之间，一阵尖啸声从他腹中发出。

王夫人一惊，只听得远处蹄声隐隐，车声隆隆，几辆骡车向这边驰来。过不多时，便见四人乘着马，押着三辆大车自大道上奔至。王夫人身形一晃，便即抢了上去，心中只道段正淳必在车中，再也忍耐不住，掠过两匹马，伸手去揭第一辆大车的车帷。

突然之间，眼前多了一个阔嘴细眼、大耳秃顶的人头。那人头嘶声喝道："干什么？"王夫人大吃一惊，纵身跃开，这才看清，这丑脸人手拿鞭子，却是赶车的车夫。

段延庆道："三弟，这位是王夫人，咱们同到她庄上歇歇。车中那些客人，也都带了进去罢！"那车夫正是南海鳄神。

大车的车帷揭开，颤巍巍的走下一人。

王夫人见这人容色憔悴，穿着一件满是皱纹的绸袍，正是她无日不思的段郎。她胸口一酸，眼泪夺眶而出，抢上前去，叫道："段……段……你……你好！"

段正淳听到声音，心下已是大惊，回过头来见到王夫人，更是脸色大变。他在各处欠下不少风流债，众债主之中，以王夫人最是难缠。秦红棉、阮星竹等人不过要他陪伴在侧，便已心满意足，这王夫人却死皮赖活、出拳动刀，定要逼他去杀了元配刀白凤，再娶她为妻。这件事段正淳如何能允？闹得不可开交之时，只好来个不告而别，溜之大吉，万没想到自己正当处境最是窘迫之际，偏偏又遇上了她。

段正淳虽然用情不专，但对每一个情人却也都真诚相待，一凛之下，立时便为王夫人着想，叫道："阿萝，快走！这青袍老者是个大恶人，别落在他手中。”身子微侧，挡在王夫人与段延庆之间，连声催促：“快走！快走！”其实他早被段延庆点了重穴，举步也已艰难之极，哪里还有什么力量来保护王夫人？

这声“阿萝”一叫，而关怀爱护之情确又出于至诚，王夫人满腔怨愤，霎时之间化为万缕柔情，只是在段延庆与甥儿跟前，无论如何不能流露，当下冷哼一声，说道：“泥菩萨过江，自身难保。他是大恶人，难道你是大好人么？”转面向段延庆道：“殿下，请！”

段延庆素知段正淳的性子，此刻见到他的举动神色，显是对王夫人有爱无恨，而王夫人对他即使有所怨怼，也多半是情多于仇，寻思：“这二人之间关系大非寻常，可别上了他们的当。”他艺高人胆大，却也丝毫不惧，凛然走进了屋中。

那是王夫人特地为了擒拿段正淳而购置的一座庄子，建构着实不小，进庄门后便是一座大院子，种满了茶花，月光下花影婆娑，甚为雅洁。

段正淳见了茶花布置的情状，宛然便是当年和王夫人在姑苏双宿双飞的花园一模一样，胸口一酸，低声道：“原来……原来是你的住所。”王夫人冷笑道：“你认出来了么？”段正淳低声道：“认出来了。我恨不得当年便和你双双终老于姑苏曼陀山庄……”

南海鳄神和云中鹤将后面二辆大车中的俘虏也都引了进来。一辆车中是刀白凤、锺夫人甘宝宝、秦红棉、阮星竹四个女子，另一辆中是范骅等三个大理臣工和崔百泉、过彦之两个客卿。九人也均被段延庆点了重穴。

原来段正淳派遣巴天石和朱丹臣护送段誉赴西夏求亲，不久便接到保定帝御使送来的谕旨，命他克日回归大理，登基接位，保定帝自己要赴天龙寺出家。大理国皇室崇信佛法，历代君主到晚年避位为僧者甚众，是以段正淳奉到谕旨之时虽心中伤感，却不以为奇，当即携同秦红棉、阮星竹缓缓南归，想将二女在大理城中秘为安置，不令王妃刀白凤知晓。岂知刀白凤和甘宝宝竟先后赶到。跟着得到灵鹫宫诸女传警，说道有厉害对头沿路布置陷阱，请段正淳加意提防。段正淳和范骅等人一商议，均想所谓“厉害对头”，必是段延庆无疑，此人当真难斗，避之则吉，当即改道向东。他哪知这讯息是阿碧自王夫人的使婢处得来，阿碧只知其一，不知其二，陷阱确然是有的，王夫人却并无加害段正淳之意。

段正淳这一改道，王夫人所预伏的种种布置，便都应在段誉身上，而段正淳反撞在段延庆手中。双凤驿边红沙滩一战，段正淳全军覆没，古笃诚被南海鳄神打入江中，尸骨无存，其余各人都给段延庆点了穴道，擒之南来。

慕容复命邓百川等四人在屋外守望，自己俨然以主人自居，呼婢喝仆，款待客人。

王夫人目不转瞬的凝视刀白凤、甘宝宝、秦红棉、阮星竹等四个女子，只觉每人各有各的妩媚，各有各的俏丽，虽不自惭形秽，但若以“骚狐狸”、“贱女人”相称，心中也觉不妥，一股“我见犹怜，何况老奴”之意，不禁油然而生。

段誉在隔室听到父亲和母亲同时到来，却又俱落在大对头之手，不由得又是喜欢，又是担忧。只听段延庆道：“王夫人，待我大事一了，这段正淳自当交于你手，任凭处置便是。段誉那小子却又在何处？”

王夫人击掌三下，两名侍婢走到门口，躬身候命。王夫人道：“带那段小子来！”

段延庆坐在椅上，左手搭在段正淳右肩。他对段誉的六脉神剑大是忌惮，既怕王夫人和慕容复使诡，要段誉出来对付他，又怕就算王夫人和慕容复确具诚意，但段誉如此武功，只须脱困而出，那就不可复制，是以他手按段正淳之肩，叫段誉为了顾念父亲，不敢猖獗。

只听得脚步声响，四名侍婢横抬着段誉身子，走进堂来。他双手双脚都以牛筋捆绑，口中塞了麻核，眼睛以黑布蒙住，旁人瞧来，也不知他是死是活。

镇南王妃刀白凤失声叫道："誉儿！"便要扑将过去抢夺。王夫人伸手在她肩头一推，喝道："给我好好坐着！"刀白凤被点重穴后，力气全失，给她一推之下，立即跌回椅中，再也无法动弹。

王夫人道："这小子是给我使蒙药蒙住的，他没死，知觉却没恢复。延庆太子，你不妨验明正身，可没拿错人罢？"段延庆点了点头，道："没错。"王夫人只知她这群醉人蜂毒刺上的药力厉害，却不知段誉服食莽牯朱蛤后，一时昏迷，不多时便即回复知觉，只是身处缧绁之下，和神智昏迷的情状亦无多大分别而已。

段正淳苦笑道："阿萝，你拿了我誉儿干什么？他又没得罪你。"

王夫人哼了一声不答，她不愿在人前流露对段正淳的依恋之情，却也不忍恶言相报。

慕容复生怕王夫人旧情重炽，坏了他大事，便道："怎么没得罪我舅母？他……他勾引我表妹语嫣，玷污了她的清白，舅母，这小子死有余辜，也不用等他醒转……"一番话未说完，段正淳和王夫人同声惊呼："什么？他……他和……"

段正淳脸色惨白，转向王夫人，低声问道："是个女孩，叫做语嫣？"

王夫人的脾气本来暴躁已极，此番忍耐了这么久，已是生平从所未有之事，这时实在无法再忍，哇的一声哭了出来，叫道："都是你这没良心的薄幸汉子，害了我不算，还害了你的亲生女儿。语嫣，语嫣……她……她可是你的亲骨肉。"转过身来，伸足便向段誉身上乱踢，骂道："你这禽兽不如的色鬼，丧尽天良的浪子，连自已亲妹子也放不过，我……我恨不得将你这禽兽千刀万剐，斩成肉酱。”

她这么又踢又叫，堂上众人无不骇异。刀白凤、秦红棉、甘宝宝、阮星竹四个女子深知段正淳的性子，立时了然，知道他和王夫人结下私情，生了个女儿叫做什么“语嫣”的，哪知段誉却和她有了私情。秦红棉立时想到自己女儿木婉清，甘宝宝想到了自己女儿锺灵，都是又感尴尬，又觉羞惭。其余段延庆、慕容复等稍一思索，也都心下雪亮。

秦红棉叫道：“你这贱婢！那日我和我女儿到姑苏来杀你，却给你这狐狸精躲过了，尽派些虾兵蟹将来跟我们纠缠。只恨当日没杀了你，你又来踢人干什么？”

王夫人全不理睬，只是乱踢段誉。

南海鳄神眼见地下躺着的正是师父，当下伸手在王夫人肩头一推，喝道：“喂，他是我的师父。你踢我师父，等如是踢我。你骂我师父是禽兽，岂不是我也成了禽兽？你这泼妇，我喀喇一声，扭断了你雪白粉嫩的脖子。”

段延庆道：“岳老三，不得对王夫人无礼！这个姓段的小子是个无耻之徒，花言巧语，骗得你叫他师父，今日正好将之除去，免得你在江湖上没面目见人。”

南海鳄神道：“他是我师父，那是货真价实之事，又不是骗我的，怎么可以伤他？”说着便伸手去解段誉的捆缚。段延庆道：“老三，你听我说，快取鳄嘴剪出来，将这小子的头剪去了。”南海鳄神连连摇头，说道：“不成！老大，今日岳老三可不听你的话了，我非救师父不可。”说着用力一扯，登时将绑缚段誉的牛筋扯断了一根。

段延庆大吃一惊，心想段誉倘若脱缚，他这六脉神剑使将出来，又有谁能够抵挡得住，别说大事不成，自己且有性命之忧，情急之下，呼的一杖刺出，直指南海鳄神的后背，内力到处，钢杖贯胸而出。

南海鳄神只觉后背和前胸一阵剧痛，一根钢杖已从胸口突了出来。他一时愕然难明，回过头来瞧着段延庆，眼光中满是疑问之色，不懂何以段老大竟会向自己忽施杀手。段延庆一来生性凶悍，既是“四大恶人”之首，自然出手毒辣；二来对段誉的六脉神剑忌惮异常，深恐南海鳄神解脱了他的束缚，是以虽无杀南海鳄神之心，还是一杖刺中了他的要害。段延庆见到他的眼色，心头霎时间闪过一阵悔意，一阵歉仄，但这自咎之情一晃即泯，右手一抖，将钢杖从他身中抽出，喝道：“老四，将他去葬了。这是不听老大之言的榜样。”

南海鳄神大叫一声，倒在地下，胸背两处伤口中鲜血泉涌，一双眼珠睁得圆圆地，当真是死不瞑目。云中鹤抓住他尸身，拖了出去。他与南海鳄神虽然同列“四大恶人”，但两人素来不睦，南海鳄神曾几次三番阻他好事，只因武功不及，被迫忍让，这时见南海鳄神为老大所杀，心下大快。

众人均知南海鳄神是段延庆的死党，但一言不合，便即取了他性命，凶残狠辣，当真是世所罕见，眼看到这般情状，无不惴惴。

段誉觉到南海鳄神伤口中的热血流在自己脸上、颈中，想起做了他这么多时的师父，从来没给过他什么好处，他却数次来相救自己，今日更为己丧命，心下甚是伤痛。

段延庆冷笑道：“顺我者昌，逆我者亡！”提起钢杖，便向段誉胸口戳了下去。

忽听得一个女子的声音说道：“天龙寺外，菩提树下，化子邋遢，观音长发！”

段延庆听到“天龙寺外”四字时，钢杖凝在半空不动，待听完这四句话，那钢杖竟不住颤动，慢慢缩了回来。他一回头，与刀白凤的目光相对，只见她眼色中似有千言万语欲待吐露。段延庆心头大震，颤声道："观……观世音菩萨……"

刀白凤点了点头，低声道："你……你可知这孩子是谁?"

段延庆脑子中一阵晕眩，瞧出来一片模糊，似乎是回到了二十多年前的一个月圆之夜。

那一天他终于从东海赶回大理，来到天龙寺外。

段延庆在湖广道上遇到强仇围攻，虽然尽歼诸敌，自己却也身受重伤，双腿折断，面目毁损，喉头被敌人横砍一刀，声音也发不出了。他简直已不像一个人，全身污秽恶臭，伤口中都是蛆虫，几十只苍蝇围着他嗡嗡乱飞。

但他是大理国的皇太子。当年父皇为奸臣所弑，他在混乱中逃出大理，终于学成了武功回来。现在大理国的国君段正明是他堂兄，可是真正的皇帝应当是他而不是段正明。他知道段正明宽仁爱民，很得人心，所有文武百官，士卒百姓，个个拥戴当今皇帝，谁也不会再来记得前朝这个皇太子。如果他贸然在大理现身，势必有性命之忧，谁都会讨好当今皇帝，立时便会将他杀了。他本来武艺高强，足为万人之敌，可是这时候身受重伤，连一个寻常的兵士也敌不过。

他挣扎着一路行来，来到天龙寺外，唯一的指望，是要请枯荣大师主持公道。

枯荣大师是他父亲的亲兄弟，是他亲叔父，是保定帝段正明的堂叔父。枯荣大师是有道高僧，天龙寺是大理国段氏皇朝的屏障，历代皇帝避位为僧时的退隐之所。他不敢在大理城现身，便先去求见枯荣大师。可是天龙寺的知客僧说，枯荣大师正在坐枯禅，已入定五天，再隔十天半月，也不知是否出定，就算出定之后，也决计不见外人。他问段延庆有什么事，可以留言下来，或者由他去禀明方丈。对待这样一个人不像人、鬼不像鬼的臭叫化，知客僧这么说话，已可算得十分客气了。

但段延庆怎敢吐露自己的身份？他用手肘撑地，爬到寺旁的一株菩提树下，等候枯荣大师出定，但心中只想："这和尚说枯荣大师就算出定之后，也决计不见外人。我在大理多逗留一刻，便多一分危险，只要有人认出了我……我是不是该当立刻逃走？"他全身高烧，各处创伤又是疼痛，又是麻痒，实是难忍难熬，心想："我受此折磨苦楚，这日子又怎过得下去？我不如就此死了，就此自尽了罢。"

他只想站起身来，在菩提树上一头撞死了，但全身乏力，又饥又渴，躺在地下说什么也不愿动，没了活下去的勇气，也没求死的勇气。

当月亮升到中天的时候，他忽然看见一个白衣女子从迷雾中冉冉走近……

林间草丛，白雾弥漫，这白衣女子长发披肩，好像足不沾地般行来。她的脸背着月光，五官朦朦胧胧的瞧不清楚，但段延庆于她的清丽秀美仍是惊诧无已。他只觉得这女子像观音菩萨一般的端正美丽，心想："一定是菩萨下凡，来搭救我这落难的皇帝。圣天子有百灵呵护。观世音菩萨救苦救难，你保佑我重登皇位，我一定给你塑像立庙，世世供奉不绝。"

那女人缓缓走近，转过身去。段延庆见到了她的侧面，脸上白得没半分血色。忽然听得她轻轻的、喃喃的说起话来："我这么全心全意的待你，你……却全不把我放在心上。你有了一个女人，又有一个女人，把我们跪在菩萨面前立下的盟誓全都抛到了脑后。我原谅了你一次又一次，我可不能再原谅你了。你对我不起，我也要对你不起。你背着我去找别人，我也要去找别人。你们汉人男子不将我们摆夷女子当人，欺负我，待我如猫如狗、如猪如牛，我……我一定要报复，我们摆夷女子也不将你们汉人男子当人。"

她的话说得很轻，全是自言自语，但语气之中，却是充满了深深的怒意。

段延庆心中登时凉了下来：“她不是观世音菩萨。原来只是个摆夷女子，受了汉人的欺负。”摆夷是大理国的一大种族，族中女子大都颇为美貌，皮肤白嫩，远过汉人，只是男子文弱，人数又少，常受汉人的欺凌。眼见那女子渐渐走远，段延庆突然又想：“不对，摆夷女子虽是出名的美貌，终究不会如这般神仙似的体态，何况她身上白衣有如冰绡，摆夷女子哪里有这等精雅的服饰，这定然是菩萨化身，我……我可千万不能错过。”

他此刻身处生死边缘，只有菩萨现身打救，才能解脱他的困境，走投无路之际，不自禁的便往这条路上想去，眼见菩萨渐渐走远，他拼命爬动，想要叫唤：“菩萨救我！”可是咽喉间只能发出几下嘶哑的声音。

那白衣女子听到菩提树下有响声发出，回过身来，只见尘土中有一团人不像人、兽不像兽的东西在爬动，仔细看时，发觉是一个遍身血污、肮脏不堪的化子。她走近几步，凝目瞧去，但见这化子脸上、身上、手上，到处都是伤口，每处伤口中都在流血，都有蛆虫爬动，都在发出恶臭。

那女子这时心下恼恨已达到极点，既决意报复丈夫的负心薄幸，又自暴自弃的要极力作贱自己。她见到这化子的形状如此可怖，初时吃了一惊，转身便要逃开，但随即心想：“我要找一个天下最丑陋、最污秽、最卑贱的男人来和他相好。你是王爷，是大将军，我偏偏去和一个臭叫化相好。”

她一言不发，慢慢解去了身上的罗衫，走到段延庆身前，投身在他怀里，伸出像白山茶花花瓣般的手臂，搂住他的脖子……

淡淡的微云飘过来，掩住了月亮，似乎是月亮招手叫微云过来遮住它的眼睛，它不愿见到这样诧异的情景：这样高贵的一位夫人，竟会将她像白山茶花花瓣那样雪白娇艳的身子，去交给这样一个满身脓血的乞丐。

那白衣女子离去之后良久，段延庆兀自如在梦中，这是真的还是假的？是自己神智胡涂了，还是真的菩萨下凡？鼻中还能闻到她身上那淡淡的香气，一侧头，见到了自己适才用指头在泥地上划的七个字："你是观世音菩萨"？

他写了这七个字问她。那位女菩萨点了点头。突然间，几粒水珠落在字旁的尘土之中，是她的眼泪，还是观音菩萨杨枝洒的甘露？段延庆听人说过，观世音菩萨曾化为女身，普渡沉溺在欲海中的众生，那是最慈悲的菩萨。"一定是观世音菩萨的化身。观音菩萨是来点化我，叫我不可灰心气馁。我不是凡夫俗子，我是真命天子。否则的话，那怎么会？"

段延庆在求生不能、求死不得之际，突然得到这位长发白衣观音舍身相就，登时精神大振，深信天命攸归，日后必登大宝，那么眼前的危难自不致成为大患。他信念一坚，只觉眼前一片光明。次日清晨，也不再问枯荣大师已否出定，跪在菩提树下深深叩谢观音菩萨的恩德，折下两根菩提树枝以作拐杖，挟在胁下，飘然而去。

他不敢在大理境内逗留，远至南部蛮荒穷乡僻壤之处，养好伤后，苦练家传武功。最初五年习练以杖代足，再将"一阳指"功夫化在钢杖之上；又练五年后，前赴两湖，将所有仇敌一家家杀得鸡犬不留，手段之凶狠毒辣，实是骇人听闻，因而博得了"天下第一大恶人"的名头，其后又将叶二娘、南海鳄神、云中鹤三人收罗以为羽翼。他曾数次潜回大理，图谋复位，但每次都发觉段正明的根基牢不可拔，只得废然而退。最近这一次与黄眉僧下棋比拼内力，眼见已操胜算，不料段誉这小子半途里杀将出来，令他功败垂成。

此刻他正欲伸杖将段誉戳死，以绝段正明、段正淳的后嗣，突然间段夫人吟了那四句话出来："天龙寺外，菩提树下，化子邋遢，观音长发。”

这十六个字说来甚轻，但在段延庆听来，直如晴天霹雳一般。他更看到了段夫人脸上的神色，心中只是说：“难道……难道……她就是那位观音菩萨……”

只见段夫人缓缓举起手来，解开了发髻，万缕青丝披将下来，垂在肩头，挂在脸前，正便是那晚天龙寺外、菩提树下那位观音菩萨的形相。段延庆更无怀疑：“我只当是菩萨，却原来是镇南王妃。”

其实当年他过得数日，伤势略痊，发烧消退，神智清醒下来，便知那晚舍身相就的白衣女人是人，决不是菩萨，只不过他实不愿这个幻想化为泡影，不住的对自己说：“那是白衣观音，那是白衣观音！”

这时候他明白了真相，心中却立时生出一个绝大的疑窦：“为什么她要这样？为什么她看中了我这么一个满身脓血的邋遢化子？”他低头寻思，忽然间，几滴水珠落在地下尘土之中，就像那天晚上一样，是泪水？还是杨枝甘露？

他抬起头来，遇到了段夫人泪水盈盈的眼波，蓦地里他刚硬的心肠软了，嘶哑着问道：“你要我饶了你儿子的性命？”段夫人摇了摇头，低声道：“他……他颈中有一块小金牌，刻着他的生辰八字。”段延庆大奇：“你不要我饶你儿子的性命，却叫我去看他什么劳什子的金牌，那是什么意思？”

自从他明白了当年“天龙寺外、菩提树下”这回事的真相之后，对段夫人自然而然的生出一股敬畏感激之情，伸过杖去，先解开了她身上被封的重穴，然后俯身去看段誉的头颈，见他颈中有条极细的金链，拉出金链，果见链端悬着一块长方的小金牌，一面刻着“长命百岁”四字，翻将过来，只见刻着一行小字：“大理保定二年癸亥十一月廿三日生”。

段延庆看到“保定二年”这几个字，心中一凛：“保定二年？我就在这一年的二月间被人围攻，身受重伤，来到天龙寺外。啊哟，他……他是十一月的生日，刚刚相距十个月，难道十月怀胎，他……他……他竟然便是我的儿子？”

他脸上受过几处沉重刀伤，筋络已断，种种惊骇诧异之情，均无所现，但一瞬之间竟变得没半分血色，心中说不出的激动，回头去瞧段夫人时，只见她缓缓点了点头，低声说道：“冤孽，冤孽！”

段延庆一生从未有过男女之情、室家之乐，蓦地里竟知道世上有一个自己的亲生儿子，喜悦满怀，实是难以形容，只觉世上什么名利尊荣，帝王基业，都万万不及有一个儿子的可贵，当真是惊喜交集，只想大叫大跳一番，当的一声，手中钢杖掉在地下。

跟着脑海中觉得一阵晕眩，左手无力，又是当的一响，左手钢杖也掉在地下，胸中有一个极响亮的声音要叫了出来：“我有一个儿子！”一瞥眼见到段正淳，只见他脸现迷惘之色，显然对他夫人这几句话全然不解。

段延庆瞧瞧段正淳，又瞧瞧段誉，但见一个脸方，一个脸尖，相貌全然不像，而段誉俊秀的形貌，和自己年轻之时倒有七八分相似，心下更无半分怀疑，只觉说不出的骄傲：“你就算做了大理国皇帝而我做不成，那又有什么希罕？我有儿子，你却没有。”这时候脑海中又是一晕，眼前微微一黑，心道：“我实是欢喜得过了份。”

忽听得咕咚一声，一个人倒在门边，正是云中鹤。段延庆吃了一惊，暗叫：“不好！”左掌凌空一抓，欲运虚劲将钢杖拿回手中，不料一抓之下，内力运发不出，地下的钢杖丝毫不动。段延庆吃惊更甚，当下不动声色，右掌又是运劲一抓，那钢杖仍是不动，一提气时，内息也已提不上来，知道在不知不觉之中，已着了旁人的道儿。

只听得慕容复说道：“段殿下，那边室中，还有一个你急欲一见之人，便请移驾过去一观。”段延庆道：“却是谁人？慕容公子不妨带他出来。”慕容复道：“他无法行走，还得请殿下劳步。”

听了这几句话后，段延庆心下已然雪亮，暗中使了迷药的自是慕容复无疑，他忌惮自己武功厉害，生怕药力不足，不敢贸然破脸，要自己走动一下，且看劲力是否尚存，自忖进屋后时刻留神，既没吃过他一口茶水，亦未闻到任何特异气息，怎会中他毒计？寻思：“定是我听了段夫人的话后，喜极忘形，没再提防周遭的异动，以至被他做下了手脚。”淡淡的道：“慕容公子，我大理段氏不善用毒，你该当以‘一阳指’对付我才是。”

慕容复微笑道：“段殿下一代英杰，岂同泛泛之辈？在下这‘悲酥清风’，当年乃是取之西夏，只是略加添补，使之少了一种刺目流泪的气息。段殿下曾隶籍西夏一品堂麾下，在下以‘悲酥清风’相飨，却也不失姑苏慕容氏‘以彼之道，还施彼身’的家风。”

段延庆暗暗吃惊，那一年西夏一品堂高手以“悲酥清风”迷倒丐帮帮众无数，尽数将之擒去，后来西夏众武士连同赫连铁树将军、南海鳄神、云中鹤等反中此毒，为丐帮所擒，幸得自己夺到解药，救出众人。当时墙壁之上，确然题有“以彼之道，还施彼身”的字样，书明施毒者是姑苏慕容，慕容复手中自然有此毒药，事隔多时，早已不放在心上。他心下自责忒也粗心大意，当下闭目不语，暗暗运息，想将毒气逼出体外。

慕容复笑道：“要解这‘悲酥清风’之毒，运功凝气都是无用……”一句话未说完，王夫人喝道：“你怎么把舅母也毒倒了，快取解药来。”慕容复道：“舅妈，甥儿得罪，少停自当首先给舅妈解毒。”王夫人怒道：“什么少停不少停的？快，快拿解药来。”慕容复道：“真是对不住舅妈了，解药不在甥儿身边。”

段夫人刀白凤被点中的重穴原已解开，但不旋踵间又给“悲酥清风”迷倒。厅堂上诸人之中，只有慕容复事先闻了解药，段誉百毒不侵，这才没有中毒。

但段誉却也正在大受煎熬，心中说不出的痛苦难当。他听王夫人说道：“都是你这没良心的薄幸汉子，害了我不算，还害了你的亲生女儿。语嫣……语嫣……她……她……可是你的亲生骨肉。”那时他胸口气息一塞，险些便晕了过去。当他在邻室听到王夫人和慕容复说话，提到她和他父亲之间的私情时，他内心便已隐隐不安，极怕王语嫣又和木婉清一般，竟然又是自己的妹子。待得王夫人亲口当众说出，哪里还容他有怀疑的余地？刹那间只觉得天旋地转，若不是手足被缚，口中塞物，便要乱冲乱撞，大叫大嚷。他心中悲苦，只觉一团气塞在胸间，已无法运转，手足冰冷，渐渐僵硬，心下大惊：“啊哟，这多半便是伯父所说的走火入魔，内功越是深厚，来势越凶险。我……我怎会走火入魔？”

只觉冰冷之气，片刻间便及于手肘膝弯，段誉先是心中害怕，但随即转念：“语嫣既是我同父妹子，我这场相思，到头来终究归于泡影，我活在世上又有什么滋味？还不如走火入魔，随即化身为尘为灰，无知无识，也免了终身的无尽烦恼。”

段延庆连运三次内息，非但全无效应，反而胸口更增烦恶，当即不言不动，闭目而坐。

慕容复道：“段殿下，在下虽将你迷倒，却绝无害你之意，只须殿下答允我一件事，在下不但双手奉上解药，还向殿下磕头赔罪。”说得甚是谦恭。

段延庆冷冷一笑，说道：“姓段的活了这么一大把的年纪，大风大浪经过无数，岂能在人家挟制要胁之下，答允什么事。”

慕容复道：“在下如何敢对殿下挟制要胁？这里众人在此都可作为见证，在下先向殿下赔罪，再恭恭敬敬的向殿下求恳一事。”

说着双膝一曲，便即跪倒，咚咚咚咚，磕了四个响头，意态甚是恭顺。

众人见慕容复突然行此大礼，无不大为诧异。他此刻控纵全局，人人的生死都操于他一人之手，就算他讲江湖义气，对段延庆这位前辈高手不肯失了礼数，那么深深一揖，也已足够，却又何以卑躬屈膝的向他磕头。

段延庆也是大惑不解，但见他对自己这般恭敬，心中的气恼也不由得消了几分，说道：“常言道：礼下于人，必有所求。公子行此大礼，在下甚不敢当，却不知公子有何吩咐。”言语之中，也客气起来。

慕容复道：“在下的心愿，殿下早已知晓。但想兴复大燕，绝非一朝一夕之功。今日我先扶保殿下登了大理国的皇位。殿下并无子息，恳请殿下收我为义子。我二人同心共济，以成大事，岂不两全其美?”

段延庆听他说到“殿下并无子息”这六个字时，情不自禁的向段夫人瞧去，四目交投，刹那间交谈了千言万语。段延庆嘿嘿一笑，并不置答，心想：“这句话若在片刻之前说来，确是两全其美。可是此刻我已知自己有子，怎能再将皇位传之于你?”

只听慕容复又道：“大宋江山，得自后周柴氏。当年周太祖郭威无后，以柴荣为子。柴世宗雄才大略，整军经武，为后周大树声威。郭氏血食，多延年月，后世传为美谈。事例不远，愿殿下垂鉴。”段延庆道：“你当真要我将你收为义子?”慕容复道：“正是。”

段延庆心道：“此刻我身中毒药，唯有勉强答允，毒性一解，立时便将他杀了。”便淡淡的道：“如此你却须改姓为段了？你做了大理国的皇帝，兴复燕国的念头更须收起。慕容氏从此无后。你可都做得到么?”他明知慕容复定然另有打算，只要他做了大理国君，数年间以亲信遍布要津，大诛异己和段氏忠臣后，便会复姓

"慕容"，甚至将大理国的国号改为"大燕"，亦不足为奇。此刻所以要连问他三件为难之事，那是以进为退，令他深信不疑，如答允得太过爽快，便显得其意不诚、存心不良了。

慕容复沉吟片刻，踌躇道："这个……"其实他早已想到日后做了大理皇帝的种种措施，与段延庆的猜测不远，他也想到倘若答允得太过爽快，便显得其意不诚、存心不良，是以沉吟半晌，才道："在下虽非忘本不孝之人，但成大事者不顾小节，既拜殿下为父，自当忠于段氏，一心不二。"

段延庆哈哈大笑，说道："妙极，妙极！老夫浪荡江湖，无妻无子，不料竟于晚年得一佳儿，大慰平生。你这孩儿年少英俊，我当真老怀大畅。我一生最喜欢之事，无过于此。观世音菩萨在上，弟子感激涕零，纵然粉身碎骨，亦不足以报答你白衣观世音菩萨的恩德于万一。"心中激动，两行泪水从颊上流下，低下头来，双手合什，正好对着段夫人。

段夫人极缓极缓的点头，目光始终瞧着躺在地下的儿子。

段延庆这几句话，说的乃是他真正的儿子段誉，除了段夫人之外，谁也不明他的言外之意，都道他已答允慕容复，收他为义子，将来传位于他，而他言辞中的真挚诚恳，确是无人能有丝毫怀疑，"天下第一大恶人"居然能当众流泪，那更是从所未闻之事。

慕容复喜道："殿下是武林中的前辈英侠，自必一言九鼎，决无反悔。义父在上，孩儿磕头。"双膝一屈，又跪了下去。

忽听得门外有人大声说道："非也，非也！此举万万不可！"门帷一掀，一人大踏步走进屋来，正是包不同。

慕容复当即站起，脸色微变，转过头来，说道："包三哥有何话说？"

包不同道："公子爷是大燕国慕容氏堂堂皇裔，岂可改姓段氏？兴复燕国的大业虽然艰难万分，但咱们鞠躬尽瘁，竭力以赴。能成大事固然最好，若不成功，终究是世上堂堂正正的好汉子。公子爷要是拜这个人不像人、鬼不像鬼的家伙做义父，就算将来做得成皇帝，也不光采，何况一个姓慕容的要去当大理皇帝，当真是难上加难。”

慕容复听他言语无礼，心下大怒，但包不同是他亲信心腹，用人之际，不愿直言斥责，淡淡的道：“包三哥，有许多事情，你一时未能明白，以后我自当慢慢分说。”

包不同摇头道：“非也，非也！公子爷，包不同虽蠢，你的用意却能猜到一二。你只不过想学韩信，暂忍一时胯下之辱，以备他日的飞黄腾达。你是想今日改姓段氏，日后掌到大权，再复姓慕容，甚至于将大理国的国号改为大燕；又或是发兵征宋伐辽，恢复大燕的旧疆故土。公子爷，你用心虽善，可是这么一来，却成了不忠、不孝、不仁、不义之徒，不免于心有愧，为举世所不齿。我说这皇帝嘛，不做也罢。”

慕容复心下怒极，大声道：“包三哥言重了，我又如何不忠、不孝、不仁、不义了？”

包不同道：“你投靠大理，日后再行反叛，那是不忠；你拜段延庆为父，孝于段氏，于慕容氏为不孝，孝于慕容，于段氏为不孝；你日后残杀大理群臣，是为不仁，你……”

一句话尚未说完，突然间波的一声响，他背心正中已重重的中了一掌，只听得慕容复冷冷的道：“我卖友求荣，是为不义。”他这一掌使足阴柔内劲，打在包不同灵台、至阳两处大穴之上，正是致命的掌力。包不同万没料到这个自己从小扶持长大的公子爷竟会忽施毒手，哇的一口鲜血喷出，倒地而死。

当包不同挺撞慕容复之时，邓百川、公冶乾、风波恶三人站在门口倾听，均觉包不同的言语虽略嫌过份，道理却是甚正，忽见慕容复掌击包不同，三人大吃一惊，一齐冲进。

风波恶抱住包不同身子，叫道："三哥，三哥，你怎么了?"只见包不同两行清泪，从颊边流将下来，一探他的鼻息，却已停了呼吸，知他临死之时，伤心已达到极点。风波恶大声道："三哥，你虽没有了气息，想必仍要问一问公子爷：'为什么下毒手杀我?'"说着转过头来，凝视慕容复，眼光中充满了敌意。

邓百川朗声道："公子爷，包三弟说话向喜顶撞别人，你从小便知。纵是他对公子爷言语无礼，失了上下之份，公子略加责备，也就是了，何以竟致取他性命?"

其实慕容复所恼恨者，倒不是包不同对他言语无礼，而是恨他直言无忌，竟然将自己心中的图谋说了出来。这么一来，段延庆多半便不肯收自己为义子，不肯传位，就算立了自己为皇太子，也必布置部署，令自己兴复大燕的图谋难以得逞，情急之下，不得不下毒手，否则那顶唾手可得的皇冠，又要随风飞去了。他听了风邓二人的说话，心想："今日之事，势在两难，只能得罪风邓二人，不能令延庆太子心头起疑。"便道："包不同对我言语无礼，那有什么干系？他跟随我多年，岂能为了几句顶撞我的言语，便即伤他性命？可是我一片至诚，拜段殿下为父，他却来挑拨离间我父子的情谊，这如何容得?"

风波恶大声道："在公子爷心中，十余年来跟着你出死入生的包不同，便万万及不上一个段延庆了?"慕容复道："风四哥不必生气。我改投大理段氏，却是全心全意，决无半分他念。包三哥以小人之心，度君子之腹，我这才不得不下重手。"公冶乾冷冷的道："公子爷心意已决，再难挽回了?"慕容复道："不错。"

邓百川、公冶乾、风波恶三人你瞧瞧我，我瞧瞧你，心念相通，一齐点了点头。

邓百川朗声道："公子爷，我兄弟四人虽非结义兄弟，却是誓同生死，情若骨肉，公子爷是素来知道的。”慕容复长眉一挑，森然道：“邓大哥是要为包三哥报仇么？三位便是齐上，慕容复何惧？”邓百川长叹一声，说道：“我们向来是慕容氏的家臣，如何敢冒犯公子爷？古人言道：合则留，不合则去。我们三人是不能再侍候公子了。君子绝交，不出恶声，但愿公子爷好自为之。”

慕容复眼见三人便要离己而去，心想此后得到大理，再无一名心腹，行事大大不方便，非挽留不可，便道：“邓大哥，公冶二哥，风四哥，你们深知我的为人，并不疑我将来会背叛段氏，我对你们三人实无丝毫芥蒂，却又何必分手？当年家父待三位不错，三位亦曾答允家父，尽心竭力的辅我，这么撒手一去，岂不是违背了三位昔日的诺言么？”

邓百川面色铁青，说道：“公子不提老先生的名字，倒也罢了；提起老先生来，这等认他人为父、改姓叛国的行径，又如何对得起老先生？我们确曾向老先生立誓，此生决意尽心竭力，辅佐公子兴复大燕，光大慕容氏之名，却决不是辅佐公子去兴旺大理，光大段氏的名头。”这番话只说得慕容复脸上青一阵、白一阵，无言可答。

邓百川、公冶乾、风波恶三人同时一揖到地，说道：“拜别公子！”风波恶将包不同的尸身扛在肩上。三人出门大步而去，再不回头。

慕容复干笑数声，向段延庆道：“义父明鉴，这四人是孩儿的家臣，随我多年，但孩儿为了忠于大理段氏，不惜亲手杀其一人，逐其三人。孩儿孤身而入大理，足见忠心不贰，绝无异志。”

段延庆点头道：“好，好！甚妙。”

慕容复道：“孩儿这就替义父解毒。”伸手入怀，取了个小瓷瓶出来，正要递将过去，心中一动：“我将他身上‘悲酥清风’之毒一解，从此再也不能要胁于他了。今后只有多向他讨好，不能跟他勾心斗角。他最恨的是段誉那小子，我便将这小子先行杀了。”当下刷的一声，长剑出鞘，说道：“义父，孩儿第一件功劳，便是将段誉这小子先行杀了，以绝段正淳的后嗣，教他非将皇位传于义父不可。”

段誉心想：“语嫣又变成了我的妹子，我早就不想活了，你一剑将我杀死，那是再好也没有。”一来只求速死，二来内息岔了，便欲抗拒，也是无力，只有引颈就戮。

段正淳等见慕容复提剑转向段誉，尽皆失色。段夫人“啊”的一声惨呼。

段延庆道：“孩儿，你孝心殊为可嘉。但这小子太过可恶，多次得罪为父。他伯父、父亲夺我皇位，害得我全身残废，形体不完，为父定要亲手杀了这小贼，方泄我心头之恨。”

慕容复道：“是。”转身要将长剑递给段延庆，说道：“啊哟，孩儿胡涂了，该当先替义父解毒才是。”当即还剑入鞘，又取出那个小瓷瓶来，一瞥之下，却见段延庆眼中微孕得意之色，似在向旁边一人使眼色。慕容复顺着他眼光瞧去，只见段夫人微微点头，脸上流露出感激和喜悦的神情。

慕容复一见之下，疑心登起，但他做梦也想不到段誉乃段延庆与段夫人所生，段延庆宁可舍却自己性命，也决不肯让旁人伤及他这个宝贝儿子，至于皇位什么的，更是身外之物。慕容复首先想到的是：“莫非段延庆和段正淳暗中有什么勾结？他们究竟是大理段氏一家，又是堂兄弟，常言道疏不间亲，段家兄弟怎能将我这素无瓜葛的外人放在心上？”跟着又想：“为今之计，唯有替段延庆立下几件大功，以坚其信。”当下转头向段正淳道：“镇南王，你回到大理之后，有多久可接任皇位，做了皇帝之后，又隔多久再传位于我义父？”

段正淳十分鄙薄其为人，冷冷的道："我皇兄内功深湛，精力充沛，少说也要再做三十年皇帝。他传位给我之后，我总得好好的干一下，为民造福，少说也得做他三十年。六十年之后，我儿段誉也八十岁了，就算他只做二十年皇帝，那是在八十年之后……"

慕容复斥道："胡说八道，哪能等得这么久？限你一个月内登基为君，再过一个月，便禅位于延庆太子。"

段正淳于眼前情势早已十分明白，段延庆与慕容复想把自己当作踏上大理皇位的梯阶，只有自己将皇位传了给段延庆之后，他们才会杀害自己，此刻却碰也不敢碰，若有敌人前来加害自己，他们还会极力保护，但段誉却危险之极。他哈哈一笑，说道："我的皇位只能传给我儿段誉，要我提早传位，倒是不妨，但要传给旁人，却是万万不能。"

慕容复怒道："好罢，我先将段誉这小子一剑杀了，你传位给他的鬼魂罢！"说着刷的一声，又将长剑抽了出来。

段正淳哈哈大笑，说道："你当我段正淳是什么人？你杀了我儿子，难道我还甘心受你摆布？你要杀尽管杀，不妨将我们一伙人一起都杀了。"

慕容复一时踌躇难决，此刻要杀段誉，原只一举手之劳，但怕段正淳为了杀子之恨，当真豁出了性命不要，那时连段延庆的皇帝也做不成了。段延庆做不成皇帝，自己当然更与大理国的皇位沾不上半点边。他手提长剑，剑锋上青光幽幽，只映得他雪白的脸庞泛出一片惨绿之色，侧头向段延庆望去，要听他示下。

段延庆道："这人性子倔强，倘若他就此自尽，咱们的大计便归泡影。好罢，段誉这小子暂且不杀，既在咱们父子的掌中，便不怕他飞上天去。你将解药给我再说。"

慕容复道："是！"但随即寻思："延庆太子适才向段夫人使这眼色，到底是什么用意？这个疑团不解，便不该贸然给他解药。可是若再拖延，定然惹他大大生气，那便如何是好？”

恰好这时王夫人叫了起来：“慕容复，你说第一个给舅妈解毒，怎么新拜了个爹爹，便一心一意的去讨好这丑八怪？可莫怪我把好听的话骂出来，他人不像人……”

慕容复一听，正中下怀，向段延庆陪笑道：“义父，我舅母性子刚强，要是言语中得罪了你老人家，还请担代一二。免得她又再出言不逊，孩儿这就先给舅母解毒，然后立即给义父化解。”说着便将瓷瓶递到王夫人鼻端。

王夫人只闻到一股恶臭，冲鼻欲呕，正欲喝骂，却觉四肢劲力渐复，当下眼光不住在段正淳、段夫人，以及秦阮甘三女脸上转来转去，突然间醋意不可抑制，大声道：“复儿，快把这四个贱女人都给我杀了。”

慕容复心念一动：“舅母曾说，段正淳性子刚强，决不屈服于人威胁之下，但对他的妻子情妇，却瞧得比自己性命还重。我何不便以此要胁？”当即提剑走到阮星竹身前，转头向段正淳道：“镇南王，我舅母叫我杀了她，你意下如何？”

段正淳心中万分焦急，却实是无计可施，只得向王夫人道：“阿萝，以后你要我如何，我便即如何，一切听你吩咐便了。难道你我之间，定要结下终身不解的仇怨？你叫人杀了我的女人，难道我以后还有好心对你？”

王夫人虽然醋心甚重，但想段正淳的话倒也不错，过去十多年来于他的负心薄幸，恨之入骨，以致见到了大理人或是姓段之人都要杀之而后快，但此刻一见到了他面，重修旧好之心便与时俱增，说道：“好甥儿，且慢动手，待我想一想再说。”

慕容复道：“镇南王，只须你答允传位于延庆太子，你所有的正妃侧妃，我一概替你保全，决不让人伤害她们一根寒毛。”段正淳嘿嘿冷笑，不予理睬。

慕容复寻思："此人风流之名，天下知闻，显然是个不爱江山爱美人之徒。要他答允传位，也只有从他的女人身上着手。"提起长剑，剑尖指着阮星竹的胸口，说道："镇南王，咱们男子汉大丈夫，行事一言而决。只消你点头答允，我立时替大伙儿解开迷药，在下设宴赔罪，化敌为友，岂非大大的美事？倘若你真的不允，我这一剑只好刺下去了。"

段正淳向阮星竹望去，只见她那双本来妩媚灵动的妙目中流露出恐惧之色，心下甚是怜惜，但想："我答允一句本来也不打紧，大理皇位，又怎及得上竹妹？但这奸贼为了讨好延庆太子，立时便会将我誉儿杀了。"他不忍再看，侧过头去。

慕容复叫道："我数一、二、三，你再不点头，莫怪慕容复手下无情。"拖长了声音叫道："一——二——"段正淳回过头来，向阮星竹望去，脸上万般柔情，却实是无可奈何。慕容复叫道："三——，镇南王，你当真不答允？"段正淳心中，只是想着当年和阮星竹初会时的旖旎情景，突听"啊"的一声惨呼，慕容复的长剑已刺入了她胸中。

王夫人见段正淳脸上肌肉扭动，似是身受剧痛，显然这一剑比刺入他自己的身体还更难过，叫道："快，快救活她，我又没叫你真的杀她，只不过要吓吓这没良心的家伙而已。"

慕容复摇摇头，心想："反正已结下深仇，多杀一人，少杀一人，又有什么分别？"剑尖指住秦红棉胸口，喝道："镇南王，枉为江湖上说你多情多义，你却不肯说一句话来救你情人的性命！一、二、三！"这"三"字一出口，嗤的一声，又将秦红棉杀了。

这时甘宝宝已吓得面无人色，但强自镇定，朗声道："你要杀便杀，可不能要胁镇南王什么。我是锺万仇的妻子，跟镇南王又有什么干系？没的玷辱了我万劫谷锺家的声名。"

慕容复冷笑一声，说道："谁不知段正淳兼收并蓄，是闺女也好，孀妇也好，有夫之妇也好，一般的来者不拒。”几声喝问，又将甘宝宝杀了。

王夫人心中暗暗叫苦，她平素虽然杀人不眨眼，但见慕容复在顷刻之间，连杀段正淳的三个情人，不由得一颗心突突乱跳，哪里还敢和段正淳的目光相触，实想像不出此刻他脸色已是何等模样。

却听得段正淳柔声道：“阿萝，你跟我相好一场，毕竟还是不明白我的心思。天下这许多女人之中，我便只爱你一个，我虽拈花惹草，都只逢场作戏而已，那些女子又怎真的放在我心上？你外甥杀了我三个相好，那有什么打紧，只须他不来伤你，我便放心了。”他这几句话说得十分温柔，但王夫人听在耳里，却是害怕无比，知道段正淳恨极了她，要挑拨慕容复来杀她，叫道：“好甥儿，你可莫信他的话。”

慕容复将信将疑，长剑剑尖却自然而然的指向王夫人胸口，剑尖上鲜血一滴滴的落上她衣襟下摆。

王夫人素知这外甥心狠手辣，为了遂其登基为君的大愿，哪里顾得什么舅母不舅母？只要段正淳继续故意显得对自己十分爱惜，那么慕容复定然会以自己的性命相胁，不禁颤声道：“段郎，段郎！难道你真的恨我入骨，想害死我吗？”

段正淳见到她目中惧色、脸上戚容，想到昔年和她的一番恩情，登时心肠软了，破口骂道：“你这贼虔婆，猪油蒙了心，却去喝那陈年旧醋，害得我三个心爱的女人都死于非命，我手足若得了自由，非将你千刀万剐不可。慕容复，快一剑刺过去啊，为什么不将这臭婆娘杀了？”他知道骂得越厉害，慕容复越是不会杀他舅母。

王夫人心中明白，段正淳先前假意对自己倾心相爱，是要引慕容复来杀了自己，为阮星竹、秦红棉、甘宝宝三人报仇，现下改口斥骂，已是原恕了自己。可是她十余年来对段正淳朝思暮想，突然与情郎重会，心神早已大乱，眼见三个女子尸横就地，一柄血淋淋的长剑对着自己胸口，突然间脑中一片茫然。但听得段正淳破口斥骂，什么“贼虔婆”、“臭婆娘”都骂了出来，比之往日的山盟海誓，轻怜密爱，实是霄壤之别，忍不住珠泪滚滚而下，说道：“段郎，你从前对我说过什么话，莫非都忘记了？你怎么半点也不将我放在心上了？段郎，我可仍是一片痴心对你。咱俩分别了这许多年，好容易盼得重见，你……你怎么一句好话也不对我说？我给你生的女儿语嫣，你见过她没有？你喜欢不喜欢她？”

段正淳暗暗心惊：“阿萝这可有点神智不清啦，我倘若吐露了半句重念旧情的言语，你还有性命么？”当即厉声喝道：“你害死了我三个心爱的女子，我恨你入骨。十几年前，咱们早就已一刀两段，情断义绝，现下我更恨不得重重踢你几脚，方消心头之气。”

王夫人泣道：“段郎，段郎！”突然向前一扑，往身前的剑尖撞了过去。

慕容复一时拿不定主意，想将长剑撤回，又不想撤，微一迟疑间，长剑已刺入王夫人胸膛。慕容复缩手拔剑，鲜血从王夫人胸口直喷出来。

王夫人颤声道：“段郎，你真的这般恨我么？”

段正淳眼见这剑深中要害，她再难活命，忍不住两道眼泪流下面颊，哽咽道：“阿萝，我这般骂你，是为了想救你性命。今日重会，我真是说不出的欢喜。我怎会恨你？我对你的心意，永如当年送你一朵曼陀花之日。”

王夫人嘴角边露出微笑，低声道：“那就好了，我原……原知在你心中，永远有我这个人，永远撇不下我。我也是一样，永远撇不下你……你曾答允我，咱俩将来要到大理无量山中，我小时候跟妈妈一起住过的石洞里去，你和我从此在洞里双宿双飞，再也不出来。你还记得吗？”段正淳道：“阿萝，我自然记得，咱们明儿就去，去瞧瞧你妈妈的玉像。”王夫人满脸喜色，低声道：“那……那真好……那块石壁上，有一把宝剑的影子，红红绿绿的，真好看，你瞧，你瞧，你见到了吗……”声音渐说渐低，头一侧，就此死去。

慕容复冷冷的道：“镇南王，你心爱的女子，一个个都为你而死，难道最后连你的原配王妃，你也要害死么？”说着将剑尖慢慢指向段夫人胸口。

段誉躺在地下，耳听阮星竹、秦红棉、甘宝宝、王夫人一个个命丧慕容复剑底，王夫人说到无量山石洞、玉像、石壁剑影什么的，虽然听在耳里，全没余暇去细想，只听慕容复又以母亲的性命威胁父亲，教他如何不心急如焚？忍不住大叫：“不可伤我妈妈！不可伤我妈妈！”但他口中塞了麻核，半点声音也发不出来，只有出力挣扎，但全身内息壅塞，连分毫位置也无法移动。

只听得慕容复厉声道：“镇南王，我再数一、二、三，你如仍然不允将皇位传给延庆太子，你的王妃可就给你害死了。”段誉大叫：“休得伤我妈妈！”隐隐又听得段延庆道：“且慢动手，此事须得从长计议。”慕容复道：“义父，此事干系重大，镇南王如不允传位于你，咱们全盘大计，尽数落空。一——”

段正淳道：“你要我答允，须得依我一件事。”慕容复道：“答允便答允，不答允便不答允，我可不中你缓兵之计，二——，怎么样？”段正淳长叹一声，说道：“我一生作孽多端，大伙儿死在一起，倒也是死得其所。”慕容复道：“那你是不答允了？三——”

慕容复这“三”字一出口，只见段正淳转过了头，不加理睬，正要挺剑向段夫人胸口刺去，只听得段延庆喝道：“且慢！”

慕容复微一迟疑，转头向段延庆瞧去，突然见段誉从地下弹了起来，举头向自己小腹撞来。慕容复侧身避开，惊诧交集：“这小子既受‘醉人蜂’之刺，又受‘悲酥清风’之毒，双重迷毒之下，怎地会跳将起来?”

原来段誉初时想到王语嫣又是自己的妹子，心中愁苦，内息岔了经脉，待得听到慕容复要杀他母亲，登时将王语嫣之事抛在一旁，也不去念及自己是否走火入魔，内息便自然而然的归入正道。凡人修习内功，乃是心中存想，令内息循着经脉巡行，走火入魔之后，拼命想将入了歧路的内息拉回，心念所注，自不免始终是岔路上的经脉，越是焦急，内息在歧路中走得越远。待得他心中所关注的只是母亲的安危，内息不受意念干扰，立时便循着人身原来的途径运行。他听到慕容复呼出“三”字，早忘了自身是在捆缚之中，急跃而起，循声向慕容复撞去，居然身子得能活动。段誉一撞不中，肩头重重撞上桌缘，双手使力一挣，捆缚在手上的牛筋立时崩断。

他双手脱缚，只听慕容复骂道：“好小子!”当即一指点出，使出六脉神剑中的“商阳剑”，向慕容复刺去。慕容复侧身避开，还剑刺去。段誉眼上盖了黑布，口中塞了麻核，说不出话倒也罢了，却瞧不见慕容复身在何处，忙乱之中，也想不起伸手撕去眼上黑布，双手乱挥乱舞，生恐慕容复迫近去危害母亲。

慕容复心想：“此人脱缚，非同小可，须得乘他双眼未能见物之前杀了他。”当即一招“大江东去”，长剑平平向段誉胸口刺去。

段誉双手正自乱刺乱指，待听得金刃破风之声，急忙闪避，噗的一声，长剑剑尖已刺入他肩头。段誉吃痛，纵身跃起，他在枯井中又吸取了鸠摩智的深厚内力，轻轻一纵，便高达丈许，砰的一声，脑袋重重在屋梁一撞。他身在半空，寻思：“我眼睛不能见物，只有他能杀我，我却不能杀他，那便如何是好?他杀了我不打紧，我可不能相救妈妈和爹爹了。”双脚用力一挣，啪的一声响，捆在足踝上的牛筋也即寸断。

段誉心中一喜："妙极！那日在磨坊之中，他假扮西夏国的什么李将军，我用'凌波微步'闪避，他就没能杀到我。"左足一着地，便即斜跨半步，身子微侧，已避过慕容复刺来的一剑，其间相去只是数寸。段延庆、段正淳、段王妃三人但见青光闪闪的长剑剑锋在他肚子外平平掠过，凶险无比，尽皆吓得呆了，又见他这一避身法的巧妙实是难以形容。这也真是凑巧，况若他眼能见物，不使"凌波微步"，以他一窍不通的武功，绝难避过慕容复如此凌厉毒辣的一剑。

慕容复一剑快似一剑，却始终刺不到段誉身上，他既感焦躁，复又羞惭，见段誉始终不将眼上所蒙的黑布取下，不知段誉情急之下心中胡涂，还道他是有意卖弄，不将自己放在眼内，心想："我连一个包住了眼睛的瞎子也打不过，还有什么颜面偷生于人世之间？"他双眼如要冒将出火来，青光闪闪，一柄长剑使得犹似一个大青球，在厅堂上滚来滚去，霎时间将段誉裹在剑圈之中，每一招都是致命的杀着。

段延庆、段正淳、段夫人、范骅、华赫艮、崔百泉等人为剑光所逼，只觉寒气袭人，头上脸上毛发簌簌而落，衣袖衣襟也纷纷化为碎片。

段誉在剑圈中左上右落，东歪西斜，却如庭院闲步一般，慕容复锋利的长剑竟连衣带也没削下他一片。可是段誉步履虽舒，心中却是十分焦急："我只守不攻，眼睛又瞧不见，倘若他一剑向我妈妈爹爹刺去，那便如何是好？"

慕容复情知只有段誉才是真正的心腹大患，倒不在乎是否能杀得了段夫人，眼见百余剑刺出，始终无法伤到对方，心想："这小子善于'暗器听风'之术，听声闪避，我改使'柳絮剑法'，轻飘飘的没有声响，谅来这小子便避不了。"陡地剑法一变，一剑缓缓刺出。殊不知段誉这"凌波微步"乃是自己走自己的，浑不理会敌手如何出招，对方剑招声带隆隆风雷也好，悄没声息也好，于他全不相干。

以段延庆这般高明的见识，本可看破其中诀窍，但关心则乱，见慕容复剑招拖缓，隐去了兵刃上的刺风之声，心下吃了一惊，嘶哑着嗓子道："孩儿，你快快将段誉这小子杀了。若是他将眼上的黑布拉去，只怕你我都要死在他的手下。"

慕容复一怔，心道："你好胡涂，这不是提醒他么？"

果然是一言惊醒梦中人，段誉一呆之下，随即伸手扯开眼上黑布，突然间眼前一亮，耀眼生花，一柄冷森森的长剑刺向自己面门。他既不会武功，更乏应变之能，一惊之下，登时乱了脚步，嗤的一声响，左腿中剑，摔倒在地。

慕容复大喜，挺剑刺落。段誉侧卧于地，还了一剑"少泽剑"。慕容复忙后跃避开。段誉腿上虽鲜血泉涌，六脉神剑却使得气势纵横，顷刻间慕容复左支右绌，狼狈万状。

当日在少室山上，慕容复便已不是段誉敌手，此时段誉得了鸠摩智的深厚内功，六脉神剑使将出来更加威力难当。数招之间，便听得铮的一声轻响，慕容复长剑脱手，那剑直飞上去，插入屋梁。跟着波的一声，慕容复肩头为剑气所伤。他知道再逗留片刻，立将为段誉所杀，大叫一声，从窗子中跳了出去，飞奔而逃。

段誉扶着椅子站了起来，叫道："妈，爹爹，没受伤罢？"段夫人道："快撕下衣襟，裹住伤口。"段誉道："不要紧。"从王夫人尸体的手中取过小瓷瓶，先给父亲与母亲闻了，解开迷毒。又依父亲指点，以内力解开父母身上被封的重穴。段夫人当即替段誉包扎伤口。

段正淳纵起身来，拔下了梁上的长剑。这剑锋上沾染着阮星竹、秦红棉、甘宝宝、王夫人四个女子的鲜血，每一个都曾和他有过白头之约，肌肤之亲。段正淳虽然秉性风流，用情不专，但当和每一个女子热恋之际，却也是一片至诚，恨不得将自己的心掏出来，将肉割下来给了对方。眼看四个女子尸横就地，王夫人的头搁在秦红棉的腿上，甘宝宝的身子横架在阮星竹的小腹，四个女子生前个个曾为自己尝尽相思之苦，心伤肠断，欢少忧多，到头来又为自己而死于非命。当阮星竹为慕容复所杀之时，段正淳已决心殉情，此刻更无他念，心想誉儿已长大成人，文武双全，大理国不愁无英主明君，我更有什么放不下心的？回头向段夫人道："夫人，我对你不起。在我心中，这些女子和你一样，个个是我心肝宝贝，我爱她们是真，爱你也是一样的真诚！"

段夫人叫道："淳哥，你……你不可……"和身向他扑将过去。

段誉适才为了救母，一鼓作气的和慕容复相斗，待得慕容复跳窗逃走，他惊魂略定，突然想起："我刚刚走火入魔，怎么忽然好了？"一凛之下，全身瘫软，慢慢的缩成一团，一时间再也站不起来。

但听得段夫人一声惨呼，段正淳已将剑尖插入自己胸膛。段夫人忙伸手拔出长剑，左手按住他的伤口，哭道："淳哥，淳哥，你便有一千个、一万个女人，我也是一般爱你。我有时心中想不开，生你的气，可是……那是从前的事了……那也正是为了爱你……"但段正淳这一剑对准了自己心脏刺入，剑到气绝，已听不见她的话了。

段夫人回过长剑，待要刺入自己胸膛，只听得段誉叫道："妈，妈！"一来剑刃太长，二来分了心，剑尖略偏，竟然刺入了小腹。

段誉见父亲母亲同时挺剑自尽，只吓得魂飞天外，两条腿犹似灌满了醋，又酸又麻，再也无力行走，双手着地，爬将过去，叫道："妈妈，爹爹，你……你们……"段夫人道："孩儿，爹和妈都去了，你……你好好照料自己……”段誉哭道：“妈，妈，你不能死，不能死，爹爹呢？他……他怎么了？”伸手搂住了母亲的头颈，想要替她拔出长剑，深恐一拔之下反而害她死得快些，却又不敢。段夫人道：“你要学你伯父，做一个好皇帝……”

忽听得段延庆说道：“快拿解药给我闻，我来救你母亲。”段誉大怒，喝道：“都是你这奸贼，捉了我爹爹来，害得他死于非命。我跟你有不共戴天之仇！”霍的站起，抢起地下一根钢杖，便要向段延庆头上劈落。段夫人尖声叫道：“不可！”

段誉一怔，回头道：“妈，这人是咱们大对头，孩儿要为你和爹爹报仇。”段夫人仍是尖声叫道：“不可！你……你不能犯这大罪！”段誉满腹疑团，问道：“我……我不能……犯这大罪？”他咬一咬牙，喝道：“非杀了这奸贼不可。”又举起了钢杖。段夫人道：“你俯下头来，我跟你说。”

段誉低头将耳凑到她的唇边，只听得母亲轻轻说道：“孩儿，这个段延庆，才是你真正的父亲。你爹爹对不起我，我在恼怒之下，也做了一件对不起他的事。后来便生了你。你爹爹不知道，一直以为你是他的儿子，其实不是的。你爹爹并不是你真的爹爹，这个人才是，你千万不能伤害他，否则……否则便是犯了杀父的大罪。我从来没喜欢过这个人，但是……但是不能累你犯罪，害你将来死了之后，堕入阿鼻地狱，到不得西方极乐世界。我……我本来不想跟你说，以免坏了你爹爹的名头，可是没有法子，不得不说……”

在短短不到一个时辰之间，大出意料之外的事纷至沓来，正如霹雳般一个接着一个，只将段誉惊得目瞪口呆。他抱着母亲的身子，叫道：“妈，妈，这不是真的，不是真的！”

段延庆道：“快给解药我，好救你妈。”段誉眼见母亲吐气越来越是微弱，当下更无余暇多想，拾起地下的小瓷瓶，去给段延庆解毒。

段延庆劲力一复，立即拾起钢杖，嗤嗤嗤嗤数响，点了段夫人伤口处四周的穴道。段夫人摇了摇头，道："你不能再碰一碰我的身子。"对段誉道："孩儿，我还有话跟你说。"段誉又俯身过去。

段夫人轻声道："这个人和你爹爹虽是同姓同辈，却算不得是什么兄弟。你爹爹的那些女儿，什么木姑娘哪、王姑娘哪、锺姑娘哪，你爱哪一个，便可娶哪个……他们大宋或许不行，什么同姓不婚。咱们大理可不管这么一套，只要不是亲兄妹便是了。这许多姑娘，你便一起都娶了，那也好得很。你……你喜欢不喜欢？"

段誉泪水滚滚而下，哪里还想得喜欢或是不喜欢。

段夫人叹了口气，说道："乖孩子，可惜我没能亲眼见到你身穿龙袍，坐在皇帝的宝座上，做一个乖乖的……乖乖的小皇帝，不过我知道，你一定会很乖的……"突然伸手在剑柄上一按，剑刃透体而过。

段誉大叫："妈妈！"扑在她身上，但见母亲缓缓闭上了眼睛，嘴角边兀自带着微笑。

段誉叫道："妈妈……"突觉背上微微一麻，跟着腰间、腿上、肩膀几处大穴都给人点中了。一个细细的声音传入耳中："我是你的父亲段延庆，为了顾全镇南王的颜面，我此刻是以'传音入密'之术与你说话。你母亲的话，你都听见了？"段夫人向儿子所说的最后两段话，声音虽轻，但其时段延庆身上迷毒已解，内劲恢复，已一一听在耳中，知道段夫人已向儿子泄露了他出身的秘密。

段誉叫道："我没听见，我没听见！我只要我自己的爹爹、妈妈。"他说我只要自己的"爹爹、妈妈"，其实便是承认已听到了母亲的话。

段延庆大怒，说道："难道你不认我？"段誉叫道："不认，不认！我不相信，我不相信！"段延庆低声道："此刻你性命在我手中，要杀你易如反掌。何况你确是我的儿子，你不认生身之父，岂非大大的不孝？”

段誉无言可答，明知母亲的说话不假，但二十余年来叫段正淳为爹爹，他对自己一直慈爱有加，怎忍去认一个毫不相干的人为父？何况父母之死，可说是为段延庆所害，要自己认仇为父，更是万万不可。他咬牙道：“你要杀便杀，我可永远不会认你。”

段延庆又是气恼，又是失望，心想：“我虽有儿子，但儿子不认我为父，等如是没有儿子。”霎时间凶性大发，提起钢杖，便向段誉背上戳将下去，杖端刚要碰到他背心衣衫，不由得心中一软，一声长叹，心道：“我吃了一辈子苦，在这世上更无亲人，好容易有了个儿子，怎么又忍心亲手将他杀了？他认我也罢，不认我也罢，终究是我的儿子。”转念又想：“段正淳已死，我也已无法跟段正明再争了。可是大理国的皇位，却终于又回入我儿子的手中。我虽不做皇帝，却也如做皇帝一般，一番心愿总算是得偿了。”

段誉叫道：“你要杀我，为什么不快快下手？”

段延庆拍开了他被封的穴道，仍以“传音入密”之术说道：“我不杀我自己的儿子！你既不认我，大可用六脉神剑来杀我，为段正淳和你母亲报仇。”说着挺起了胸膛，静候段誉下手。这时他心中又满是自伤自怜之情，自从当年身受重伤，这心情便充满胸臆，一直以多为恶行来加以发泄，此刻但觉自己一生一无所成，索性死在自己儿子手下，倒也一了百了。

段誉伸左手拭了拭眼泪，心下一片茫然，想要以六脉神剑杀了眼前这个元凶巨恶，为父母报仇，但母亲言之凿凿，说这个人竟是自己的生身父亲，却又如何能够下手？

段延庆等了半晌，见段誉举起了手又放下，放下了又举起，始终打不定主意，森然道：“男子汉大丈夫，要出手便出手，又有何惧？”

段誉一咬牙，缩回了手，说道："妈妈不会骗我，我不杀你。"

段延庆大喜，哈哈大笑，知道儿子终于是认了自己为父，不由得心花怒放，双杖点地，飘然而去，对晕倒在地的云中鹤竟不加一瞥。

段誉心中存着万一之念，又去搭父亲和母亲的脉搏，探他二人的鼻息，终于知道确已没有回生之望，扑倒在地，痛哭起来。

哭了良久，忽听得身后一个女子的声音说道："段公子节哀。我们救应来迟，当真是罪该万死。"段誉转过身来，只见门口站了七八个女子，为首两个一般的相貌，认得是虚竹手下灵鹫四女中的两个，却不知她们是梅兰竹菊中的哪两姝。他脸上泪水纵横，兀自呜咽，哭道："我爹爹、妈妈，都给人害死啦！"

灵鹫四女中到来的是竹剑、菊剑。竹剑说道："段公子，我主人得悉公子的尊大人途中将有危难，命婢子率领人手，赶来赴援，不幸还是慢了一步。"菊剑道："王语嫣姑娘等人被囚在地牢之中，已然救出，安好无恙，请公子放心。"

忽听得远远传来一阵嘘嘘的哨子之声，竹剑道："梅姊和兰姊也都来啦！"过不多时，马蹄声响，十余人骑马奔到屋前，当先二人正是梅剑、兰剑。二女快步冲进屋来，见满地都是尸骸，不住顿足，连叫："啊哟！啊哟！"

梅剑向段誉行下礼去，说道："我家主人多多拜上段公子，说道有一件事，当真是万分对不起公子，却也是无可奈何。我主人食言而肥，愧见公子，只有请公子原谅。"

段誉也不知她说的是什么事，哽咽道："咱们是金兰兄弟，那还分什么彼此？我爹爹、妈妈都死了，我还去管什么闲事？"

这时范骅、华赫艮、傅思归、崔百泉、过彦之五人已闻了解药，身上被点的穴道也已解开。华赫艮见云中鹤兀自躺在地下，怒从心起，一刀砍下，“穷凶极恶”云中鹤登时身首分离。范、华等五人向段正淳夫妇的遗体下拜，大放悲声。

次日清晨，范骅等分别出外采购棺木。到得午间，灵鹫宫朱天部诸女陪同王语嫣、巴天石、朱丹臣、木婉清、锺灵等到来。他们中了醉人蜂的毒刺之后，昏昏沉沉，迄未苏醒。

当下段誉、范骅等将死者分别入殓。该处已是大理国国境，范骅向邻近州县传下号令。州官、县官听得皇太弟镇南王夫妇居然在自己辖境中“暴病身亡”，只吓得目瞪口呆，险些晕去，心想至少“荒怠政务，侍奉不周”的罪名是逃不去的了，幸好范司马倒也没如何斥责，当下手忙脚乱的纠集人伕，运送镇南王夫妇等人的灵柩。灵鹫诸女唯恐途中再有变卦，直将段誉送到大理国京城。王语嫣、巴天石等在途中方始醒转。

镇南王薨于道路、世子扶灵归国的讯息，早已传入大理京城。镇南王有功于国，甚得民心，众官百姓迎出十余里外，城内城外，悲声不绝。段誉、范骅、华赫艮、巴天石等当即入宫，向皇上禀报镇南王的死因。王语嫣、梅剑等一行人，由朱丹臣招待在宾馆居住。

段誉来到宫中，只见段正明两眼已哭得红肿，正待拜倒，段正明叫道：“孩子，怎……怎会如此？”张臂抱住了他。伯侄二人，搂在一起。

段誉毫不隐瞒，将途中经历一一禀明，连段夫人的言语也无半句遗漏，说罢又拜，泣道：“倘若爹爹真不是孩儿的生身之父，孩儿便是孽种，再也不能……不能在大理住了。”

段正明心惊之余，连叹：“冤孽，冤孽！”伸手扶起段誉，说道：“孩儿，此中缘由，世上唯你和段延庆二人得知，你原本不须向我禀明。但你竟然直言无隐，足见坦诚。我和你爹爹均无子嗣，别说你本就姓段，就算不是姓段，我也决意立你为嗣。我这皇位，本来是延庆太子的，我窃居其位数十年，心中常自惭愧，上天如此安排，当真再好也没有。”说着伸手除下头上黄缎便帽，头上已剃光了头发，顶门上烧着十二点香疤。

段誉吃了一惊，叫道：“伯父，你……”段正明道：“那日在天龙寺抵御鸠摩智，师父便已为我剃度传戒，此事你所亲见。”段誉道：“是。”段正明说道：“我身入佛门，便当传位于你父。只因其时你父身在中原，国不可一日无君，我才不得不秉承师父之命，暂摄帝位。你父不幸身亡于道路之间，今日我便传位于你。”

段誉惊讶更甚，说道：“孩儿年轻识浅，如何能当大位？何况孩儿身世难明，孩儿……我……还是遁迹山林……”

段正明喝道：“身世之事，从今再也休提。你父、你母待你如何？”

段誉呜咽道：“亲恩深重，如海如山。”

段正明道：“这就是了，你若想报答亲恩，便当保全他们的令名。做皇帝吗，你只须牢记两件事，第一是爱民，第二是纳谏。你天性仁厚，对百姓是不会暴虐的。只是将来年纪渐老之时，千万不可自恃聪明，于国事妄作更张，更不可对邻国擅动刀兵。”

耶律洪基连珠箭发，嗤嗤嗤嗤几声过去，射倒了六名南人，羽箭贯胸，钉在地下。

四十九

敝屣荣华　浮云生死　此身何惧

大理皇宫之中，段正明将帝位传给侄儿段誉，诫以爱民、纳谏二事，叮嘱于国事不可妄作更张，不可擅动刀兵。就在这时候，数千里外北方大宋京城汴梁皇宫之中，崇庆殿后阁，太皇太后高氏病势转剧，正在叮嘱孙子赵煦（按：后来历史上称为哲宗）："孩儿，祖宗创业艰难，天幸祖泽深厚，得有今日太平。但你爹爹秉政时举国鼎沸，险些酿成巨变，至今百姓想来犹有余怖，你道是什么缘故？"

赵煦道："孩儿常听奶奶说，父皇听信王安石的话，更改旧法，以致害得民不聊生。"

太皇太后干枯的脸微微一动，叹道："王安石有学问，有才干，原本不是坏人，用心自然也是为国为民，可是……唉……可是你爹爹，一来性子急躁，只盼快快成功，殊不知天下事情往往欲速则不达，手忙脚乱，反而弄糟了。"她说到这里，喘息半晌，接下去道："二来……二来他听不得一句逆耳之言，旁人只有歌功颂德，说他是圣明天子，他才喜欢，倘若说他举措不当，劝谏几句，他便要大发脾气，罢官的罢官，放逐的放逐，这样一来，还有谁敢向他直言进谏呢？"

赵煦道："奶奶，只可惜父皇的遗志没能完成，他的良法美意，都让小人给败坏了。"

太皇太后吃了一惊，颤声问道："什……什么良法美意？什……什么小人？"

赵煦道："父皇手创的青苗法、保马法、保甲法等等，岂不都是富国强兵的良法？只恨司马光、吕公著、苏轼这些腐儒坏了大事。"

太皇太后脸上变色，撑持着要坐起身来，可是衰弱已极，要将身子抬起一二寸，也是难能，只不住的咳嗽。赵煦道："奶奶，你别气恼，多歇着点儿，身子要紧。"他虽是劝慰，语调中却殊无亲厚关切之情。

太皇太后咳嗽了一阵，渐渐平静下来，说道："孩儿，你算是做了九年皇帝，可是这九年……这九年之中，真正的皇帝却是你奶奶，你什么事都要听奶奶吩咐着办，你……你心中一定十分气恼，十分恨你奶奶，是不是？"

赵煦道："奶奶替我做皇帝，那是疼我啊，生怕我累坏了。用人是奶奶用的，圣旨是奶奶下的，孩儿清闲得紧，那有什么不好？怎么敢怪奶奶了？"

太皇太后叹了口气，轻轻的道："你十足像你爹爹，自以为聪明能干，总想做一番大事业出来，你心中一直在恨我，我……我难道不知道吗？"

赵煦微微一笑，说道："奶奶自然知道的了。宫中御林军指挥是奶奶的亲信，内侍太监头儿是奶奶的心腹，朝中文武大臣都是奶奶委派的。孩儿除了乖乖的听奶奶吩咐之外，还敢随便干一件事、随口说一句话吗？"

太皇太后双眼直视帐顶，道："你天天在指望今日，只盼我一旦病重死去，你……你便可以大显身手了。"赵煦道："孩儿一切都是奶奶所赐，当年若不是奶奶一力主持，父皇崩驾之时，朝中大臣不立雍王，也立曹王了。奶奶的深恩，孩儿又如何敢忘记？只不过……只不过……"太皇太后道："只不过怎样？你想说什么，尽管说出来，又何必吞吞吐吐？”

赵煦道：“孩儿曾听人说，奶奶所以要立孩儿，只不过贪图孩儿年幼，奶奶自己可以亲理朝政。”他大胆说了这几句话，心中怦怦而跳，向殿门望了几眼，见把守在门口的太监仍都是自己那些心腹，守卫严密，这才稍觉放心。

太皇太后缓缓点了点头，道：“你的话不错。我确是要自己来治理国家。这九年来，我管得怎样？”

赵煦从怀中取出一卷纸来，说道：“奶奶，朝野文士歌功颂德的话，这九年中已不知说了多少，只怕奶奶也听得腻烦了。今日北面有人来，说道辽国宰相有一封奏章进呈辽帝，提到奶奶的施政。这是敌国大臣之论，奶奶可要听听？”

太皇太后叹道：“德被天下也好，谤满天下也好，老……老身是活不过今晚了。我……我不知是不是还能看到明天早晨的日头？辽国宰相……他……他怎么说我？”

赵煦展开纸卷，说道：“那宰相在奏章中说太皇太后：‘自垂帘以来，召用名臣，罢废新法苛政，临政九年，朝廷清明，华夏绥安。杜绝内降侥幸，裁抑外家私恩，文思院奉上之物，无问巨细，终身不取其一……’”他读到这里，顿了一顿，见太皇太后本已没半点光采的眸子之中，又射出了几丝兴奋的光芒，接下去读道：“……‘人以为女中尧舜！’”

太皇太后喃喃的道：“人以为女中尧舜，人以为女中尧舜！就算真是尧舜罢，终于也是难免一死。”突然之间，她那正在越来越模糊迟钝的脑中闪过一丝灵光，问道：“辽国的宰相为什么提到我？孩儿，你……你可得小心在意，他们知道我快死了，想欺侮你。”

赵煦年青的脸上登时露出了骄傲的神色，说道：“想欺侮我，哼，话是不错，可也没这么容易。契丹人有细作在东京，知道奶奶病重，可是难道咱们就没细作在上京？他们宰相的奏章，咱们还不是都抄了来？契丹君臣商量，说道等奶奶……奶奶千秋万岁之后，倘若文武大臣一无更改，不行新法，保境安民，那就罢了。要是孩儿有什么……哼哼，有什么轻举妄动……轻举妄动，他们便也来轻举妄动一番。”

太皇太后失声道：“果真如此，他们便要出兵南下？”

赵煦道：“不错！”他转过身来走到窗边，只见北斗七星闪耀天空，他眼光顺着斗杓，凝视北极星，喃喃说道：“我大宋兵精粮足，人丁众多，何惧契丹？他便不南下，我倒要北上去和他较量一番呢！”

太皇太后耳音不灵，问道：“你说什么？什么较量一番？”赵煦走到病榻之前，说道：“奶奶，咱们大宋人丁比辽国多上十倍，粮草多上三十倍，是不是？以十敌一，难道还打他们不过？”太皇太后颤声道：“你说要和辽国开战？当年真宗皇帝如此英武，御驾亲征，才结成澶渊之盟，你……你如何敢擅动刀兵？”

赵煦气忿忿的道：“奶奶总是瞧不起孩儿，只当孩儿仍是乳臭未干、什么事情也不懂的婴儿。孩儿就算及不上太祖、太宗，却未必及不上真宗皇帝。”太皇太后低声说道：“便是太宗皇帝，当年也是兵败北国，重伤而归，伤疮难愈，终于因此崩驾。”赵煦道：“天下之事，岂能一概而论。当年咱们打不过契丹人，未必永远打不过。”

太皇太后有满腔言语要说，但觉精力一点一滴的离身而去，眼前一团团白雾晃来晃去，脑中茫茫然的一片，说话也是艰难之极，然而在她心底深处，有一个坚强而清晰的声音在不断响着：“兵凶战危，生灵涂炭，可千万不能轻举妄动。”

过了一会，她深深吸口气，缓缓的道：“孩儿，这九年来我大权一把抓，没好好跟你分说剖析，那是奶奶错了。我总以为自己还有许多年好活，等你年纪大些，再来开导你，你更容易领会明白，哪知道……哪知道……”她干咳了几声，又道：“咱们人多粮足，那是不错的，但大宋人文弱，不及契丹人勇悍。何况一打上仗，军民肝脑涂地，不知要死多少人，要烧毁多少房屋，天下不知有多少人家要家破人亡，妻离子散。为君者胸中时时刻刻要存着一个‘仁’字，别说胜败之数难料，就算真有必胜把握，这仗嘛，也还是不打的好。”

赵煦道：“咱们燕云十六州给辽人占了去，每年还要向他进贡金帛，既像藩属，又似臣邦，孩儿身为大宋天子，这口气如何咽得下去？难道咱们永远受辽人欺压不成？”他声音越说越响：“当年王安石变法，创行保甲、保马之法，还不是为了要国家富强，洗雪历年祖宗之耻。为子孙者，能为祖宗雪恨，方为大孝。父皇一生励精图治，还不是为此？孩儿定当继承爹爹遗志。此志不遂，有如此椅。”突然从腰间拔出佩剑，将身旁一张椅子劈为两截。

皇帝除了大操阅兵，素来不佩刀带剑，太皇太后见这个小孩子突然拔剑斩椅，不由得吃了一惊，模模糊糊的想道：“他为什么要带剑？是要来杀我么？是不许我垂帘听政么？这孩子胆大妄为，我废了他。”她虽秉性慈爱，但掌权既久，一遇到大权受胁，立时便想到排除敌人，纵然是至亲骨肉，亦毫不宽贷，刹那之间，她忘了自己已然油尽灯枯，转眼间便要永离人世。

赵煦满心想的却是如何破阵杀敌、收复燕云十六州，幻想自己坐上高头大马，统率百万雄兵，攻破上京，辽主耶律洪基肉袒出降。他高举佩剑，昂然说道：“国家大事，都误在一般胆小怕事的腐儒手中。他们自称君子，其实都是贪生怕死、自私自利的小人，我……我非将他们重重惩办不可。”

太皇太后蓦地清醒过来，心道：“这孩子是当今皇帝，他有他自己的主意，我再也不能叫他听我话了。我是个快要死的老太婆，他是年富力壮的皇帝，他是皇帝，他是皇帝。”她尽力提高声音，说道：“孩儿，你有这番志气，奶奶很是高兴。”赵煦一喜，还剑入鞘，说道：“奶奶，我说的很对，是不是？”太皇太后道：“你可知什么是万全之策，必胜之算？”赵煦皱起眉头，说道：“选将练兵，秣马贮粮，与辽人在疆场上一决雌雄，有可胜之道，却无必胜之理。”太皇太后道：“你也知道角斗疆场，并无必胜之理。但咱们大宋却能不战而屈人之兵。”赵煦道：“与民休息，颁行仁政，即能不战而屈人之兵，是不是？奶奶，这是司马光他们的书生迂腐之见，济得什么大事？”

太皇太后叹了口气，缓缓的道：“司马相公识见卓越，你怎么说是书生迂腐之见？你是一国之主，须当时时披读司马相公所著的《资治通鉴》。千余年来，每一朝之所以兴、所以衰、所以败、所以亡，那部书中都记得明明白白。咱们大宋土地富庶，人丁众多，远胜辽国十倍，只要没有征战，再过十年、二十年，咱们更加富足。辽人悍勇好斗，只须咱们严守边境，他部落之内必定会自相残杀，一次又一次的打下来，自能元气大伤。前年楚王之乱，辽国精兵锐卒，死伤不少……”

赵煦一拍大腿，说道：“是啊！其时孩儿就想该当挥军北上，给他一个内外夹攻，辽人方有内忧，定然难以应付。唉，只可惜错过了千载一时的良机。”

太皇太后厉声道：“你念念不忘与辽国开仗，你……你……你……”突然坐起身来，右手食指伸出，指着赵煦。

在太皇太后积威之下，赵煦只吓得连退三步，脚步踉跄，险些摔倒，手按剑柄，心中突突乱跳，叫道：“快，你们快来。”

众太监听得皇上呼召，当即抢进殿来。赵煦颤声道：“她……她……你们瞧瞧她，却是怎么了？”他适才满口雄心壮志，要和契丹人决一死战，但一个病骨支离的老太婆一发威，他登时便骇得魂不附体，手足无措。一名太监走上几步，向太皇太后凝视片刻，大着胆子，伸出手去一搭脉息，说道：“启奏皇上，太皇太后龙驭宾天了。”

赵煦大喜，哈哈大笑，叫道：“好极，好极！我是皇帝了，我是皇帝了！”

他其实已做了九年皇帝，只不过九年来这皇帝有名无实，大权全在太皇太后之手，直到此刻，他才是真正的皇帝。

赵煦亲理政务，第一件事便是将礼部尚书苏轼贬去做定州知府。苏轼文名满天下，负当时重望。他是王安石的死对头，向来反对新法。元祐年间太皇太后垂帘听政，重用司马光和苏轼、苏辙兄弟。现下太皇太后一死，皇帝便贬逐苏轼，自朝廷以至民间，人人心头都罩上一层暗影：“皇帝又要行新政了，又要苦害百姓了！”当然，也有人暗中窃喜，皇帝再行新政，他们便有了升官发财的机会。

这时朝中执政，都是太皇太后任用的旧臣。翰林学士范祖禹上奏，说道：“先太皇太后以大公至正为心，罢王安石、吕惠卿新法而行祖宗旧政，故社稷危而复安，人心离而复合。乃至辽主亦与宰相议曰：‘南朝遵行仁宗政事，可敕燕京留守，使边吏约束，无生事。’陛下观敌国之情如此，则中国人心可知。今陛下亲万机，小人必欲有所动摇，而怀利者亦皆观望。臣愿陛下念祖宗之艰难，先太皇太后之勤劳，痛心疾首，以听用小人为刻骨之戒，守元祐之政，当坚如金石，重如山岳，使中外一心，归于至正，则天下幸甚！”

赵煦越看越怒，把奏章往案上一抛，说道：“‘痛心疾首，以听用小人为刻骨之戒’，这两句话说得不错。但不知谁是君子，谁是小人？”说着双目炯炯，凝视范祖禹。

范祖禹磕头道：“陛下明察。太皇太后听政之初，中外臣民上书者以万数，都说政令不便，苦害百姓。太皇太后顺依天下民心，遂改其法，作法之人既有罪当逐，陛下与太皇太后亦顺民心而逐之。这些被逐的臣子，便是小人了。”

赵煦冷笑一声，大声道：“那是太皇太后斥逐的，跟我又有什么干系?”拂袖退朝。

赵煦厌见群臣，但亲政之初，又不便将一群大臣尽数斥逐，当即亲下敕书，升内侍乐士宣、刘惟简、梁从政等人的官，奖赏他们亲附自己之功，连日托病不朝。

太监送进一封奏章，字迹肥腴挺拔，署名苏轼。赵煦道：“苏大胡子倒写得一手好字，却不知胡说些什么。”见疏上写道：“臣日侍帷幄，方当戍边，顾不得一见而行；况疏远小臣，欲求自通，难矣。”赵煦道：“我就不爱瞧你这大胡子，永世都不要再见你。”接着瞧下去：“然臣不敢以不得对之故不效愚忠。古之圣人将有为也，必先处晦而观明，处静而观动，则万物之物毕陈于前。陛下圣智绝人，春秋鼎盛……”赵煦微微一笑，心道：“这大胡子挺滑头，倒会拍马屁，说我‘圣智绝人’。不过他又说我‘春秋鼎盛’，那是说我年轻，年轻就不懂事。”接下去又看：“臣愿虚心循理，一切未有所为，默观庶事之利害与群臣之邪正，以三年为期，俟得其实，然后应而作，使既作之后，天下无恨，陛下亦无悔。由是观之，陛下之有为，惟忧太早，不患稍迟，亦已明矣。臣恐急进好利之臣，辄劝陛下轻有改变，故进此说，敢望陛下留神，社稷宗庙之福，天下幸甚。”

赵煦阅罢奏章，寻思：“人人都说苏大胡子是个聪明绝顶的才子，果然名不虚传。他情知我决意绍述先帝，复行新法，便不来阻梗，只是劝我延缓三年。哼，什么‘使既作之后，天下无恨，陛下亦无悔’。他话是说得婉转，意思还不是一样？说我倘若急功近利，躁进大干，不但天下有恨，我自己亦当有悔。”一怒之下，登时将奏章撕得粉碎。

数日后视朝，范祖禹又上奏章：“熙宁之初，王安石、吕惠卿造立三新法，悉变祖宗之政，多引小人以误国。勋旧之臣屏弃不用，忠正之士相继远引。又用兵开边，结怨外夷，天下愁苦，百姓流徙。”赵煦看到这里，怒气渐盛，心道：“你骂的是王安石、吕惠卿，其实还不是在骂我父皇？”又看下去：“蔡确连起大狱，王韶创取熙河，章惇开五溪，沈起扰交管，沈括等兴造西事，兵民死伤者不下二十万。先帝临朝悼悔，谓朝廷不得不任其咎……”赵煦越看越怒，跳过了几行，见下面是：“……民皆愁痛，比屋思乱，赖陛下与太皇太后起而救之，天下之民，如解倒悬……”赵煦看到此处，再也难以忍耐，一拍龙案，站起身来。

赵煦那时年方一十八岁，以帝皇之尊再加一股少年的锐气，在朝廷上突然大发脾气，群臣无不失色，只听他厉声说道：“范祖禹，你这奏章如此说，那不是恶言诽谤先帝么？”范祖禹连连磕头，说道：“陛下明鉴，微臣万万不敢。”

赵煦初操大权，见群臣骇怖，心下甚是得意，怒气便消，脸上却仍是装着一副凶相，大声道：“先帝以天纵之才，行大有为之志，正要削平蛮夷，混一天下，不幸盛年崩驾，朕绍述先帝遗志，有何不妥？你们却唠唠叨叨的聒噪不休，反来说先帝变法的不是！”

群臣班中闪出一名大臣，貌相清癯，凛然有威，正是宰相苏辙。赵煦心下不喜，心道：“这人是苏大胡子的弟弟，两兄弟狼狈为奸，狗嘴里定然长不出象牙。”只听苏辙说道：“陛下明察，先帝有众多设施，远超前人。例如先帝在位十二年，终身不受尊号。臣下上章歌颂功德，先帝总是谦而不受。至于政事有所失当，却是哪一朝没有错失？父作之于前，子救之于后，此前人之孝也。”

赵煦哼了一声，冷冷的道：“什么叫做‘父作之于前，子救之于后’？”苏辙道：“比方说汉武帝罢。汉武帝外事四夷，内兴宫室，财用匮竭，于是修盐铁、榷酤、均输之政。抢夺百姓的利源财物，民不堪命，几至大乱。武帝崩驾后，昭帝接位，委任霍光，罢去烦苛，汉室乃定。”赵煦又哼了一声，心道：“你以汉武帝来比我父皇！”

苏辙眼见皇帝脸色不善，事情甚是凶险，寻思："我若再说下去，皇上一怒之下，说不定我有性命之忧，但我若顺从其意，天下又复扰攘，千千万万生灵啼饥号寒，流离失所，我为当国大臣，心有何忍？今日正是我以一条微命报答太皇太后深恩之时。"又道："后汉时明帝察察为明，以谶决事，相信妄诞不经的邪理怪说，查察臣僚言行，无微不至，当时上下恐惧，人怀不安。章帝接位，深鉴其失，代之以宽厚恺悌之政，人心喜悦，天下大治，这都是子匡父失，圣人的大孝。"苏辙猜知赵煦于十岁即位，九年来事事听命于太皇太后，心中必定暗自恼恨，决意要毁太皇太后的政治而回复神宗时的变法，以示对父亲的孝心，因而特意举出"圣人之大孝"的话来向皇帝规劝。

赵煦大声道："汉明帝尊崇儒术，也没有什么不好。你以汉武帝来比拟先帝，那是什么用心？这不是公然讪谤么？汉武帝穷兵黩武，末年下哀痛之诏，深自诘责，他行为荒谬，为天下后世所笑，怎能与先帝相比？"越说越响，声色俱厉。

苏辙连连磕头，下殿来到庭中，跪下待罪，不敢再多说一句。

许多大臣心中都道："先帝变法，害得天下百姓朝不保夕，汉武帝可比他好得多了。"但哪一个敢说这些话？又有谁敢为苏辙辩解？

一个白须飘然的大臣越众而出，却是范纯仁，从容说道："陛下休怒。苏辙言语或有失当，却是一片忠君爱国的美意。陛下亲政之初，对待大臣当有礼貌，不可如诃斥奴仆。何况汉武帝末年痛悔前失，知过能改，也不是坏皇帝。"赵煦道："人人都说'秦皇、汉武'，汉武帝和暴虐害民的秦始皇并称，那还不是无道之极么？"范纯仁道："苏辙所论，是时势与事情，也不是论人。"

赵煦听范纯仁反覆辩解，怒气方息，喝道："苏辙回来！"苏辙自庭中回到殿上，不敢再站原班，跪在群臣之末，道："微臣得罪陛下，乞赐屏逐。"

次日诏书下来，降苏辙为端明殿学士，为汝州知州，派宰相去做一个小小的州官。

南朝君臣动静，早有细作报到上京。辽主耶律洪基得悉南朝太皇太后崩驾，少年皇帝赵煦斥逐持重大臣，显是要再行新政，不禁大喜，说道："摆驾即赴南京，与萧大王议事。"

耶律洪基又道："南朝在上京派有不少细作，若知我前去南京，便会戒备。咱们轻骑简从，迅速前往，却也不须知会南院大王。"当下率领三千甲兵，径向南行，鉴于上次楚王作乱之失，留守上京的官兵由萧后亲自统领。另有十万护驾兵马，随后分批南来。

不一日，御驾来到南京城外。这日萧峰正带了二十余卫兵在北郊射猎，听说辽主突然到来，飞马向北迎驾，远远望见白旄黄盖，当即下马，抢步上前，拜伏在地。

耶律洪基哈哈大笑，纵下马来，说道："兄弟，你我名为君臣，实乃骨肉，何必行此大礼？"当即扶起，笑问："野兽可多么？"萧峰道："连日严寒，野兽都避到南边去了，打了半日，也只打到些青狼、獐子，没什么大的。"耶律洪基也极喜射猎，道："咱们到南郊去找找。"萧峰道："南郊与南朝接壤，臣怕失了两国和气，严禁下属出猎。"耶律洪基眉头微微一皱，问道："那么也不打草谷了么？"萧峰道："臣已禁绝了。"耶律洪基道："今日咱兄弟聚会，破一破例，又有何妨？"萧峰道："是！"

号角声响，耶律洪基与萧峰双骑并驰，绕过南京城墙，直向南去。三千甲兵随后跟来。驰出二十余里后，众甲兵齐声吆喝，分从东西散开，像扇子般远远围了开去，但听得马嘶犬吠，响成一团，四下里慢慢合围，草丛中赶起一些狐兔之属。

耶律洪基不愿射杀这些小兽，等了半天，始终不见有熊虎等巨兽出现，正自扫兴，忽听得叫声响起，东南角上十余名汉子飞奔过来，瞧装束是南朝的樵夫猎户之类。辽兵赶不到野兽，知道皇上不喜，恰好围中围上了这十几名南人，当即吆喝驱赶，逼到皇帝马前。

耶律洪基笑道："来得好！"拉开镶金嵌玉的铁胎弓，搭上雕翎狼牙箭，连珠箭发，嗤嗤嗤嗤几声过去，箭无虚发，霎时间射倒了六名南人。其余的南人吓得魂飞天外，转身便逃，却又给众辽兵用长矛攒刺，逐了回来。

萧峰看得甚是不忍，叫道："陛下！"耶律洪基笑道："余下的留给你，我来看兄弟神箭！"萧峰摇摇头，道："这些人并无罪过，饶了他们罢！"耶律洪基笑道："南人太多，总得杀光了，天下方得太平。他们投错胎去做南人，便是罪过。"说着连珠箭发，又是一箭一个，一壶箭射不了一半，十余名汉人无一幸免，有的立时毙命，有的射中肚腹，一时未能气绝，倒在地下呻吟。众辽兵大声喝采，齐呼："万岁！"

萧峰当时若要出手阻止，自能打落辽帝的羽箭，但在众军眼前公然削了皇帝的面子，可说大逆不道，但脸上一股不以为然的神色，已不由自主的流露了出来。

耶律洪基笑道："怎样？"正要收弓，忽见一骑马突过猎围，疾驰而至。耶律洪基见马上之人作汉人装束，更不多问，弯弓搭箭，飕的一箭，便向那人射了过去。那人一伸手，竖起两根手指，便将羽箭夹住。此时耶律洪基第二箭又到，那人左手伸起，又将第二箭夹住，胯下坐骑丝毫不停，径向辽主冲来。耶律洪基箭发连珠，后箭接前箭，几乎是首尾相连。但他发得快，对方也接得快，顷刻之间，一个发了七枝箭，一个接了七枝箭。

辽兵亲卫大声吆喝，各挺长矛，挡在辽主之前，生怕来人惊驾。

其时两人相距已不甚远，萧峰看清楚来人面目，大吃一惊，叫道："阿紫，是你？不得对皇上无礼。"

马上乘者格格一笑，将接住的七枝狼牙箭掷给卫兵，跳下马来，向耶律洪基跪下行礼，说道：“皇上，我接你的箭，可别见怪。”耶律洪基笑道：“好身手，好本事！”

阿紫站起身来，叫道：“姊夫，你是来迎接我么？”双足一登，飞身跃到萧峰马前。

萧峰见她一双眼睛已变得炯炯有神，又惊又喜，叫道：“阿紫，怎地你的眼睛好了？”阿紫笑道：“是你二弟给我治的，你说好不好？”萧峰又向她瞧了一眼，突然之间，心头一凛，只觉她眼色之中似乎有一股难以形容的酸苦伤心，照说她双眼复明，又和自己重会，该当十分欢喜才是，何以眼色中所流露出来的心情竟如此凄楚？可是她的笑声之中，却又充满了愉悦之意。萧峰心道：“想必小阿紫在途中受了什么委屈。”

阿紫突然一声尖叫，向前跃出。萧峰同时也感到有人在自己身后突施暗算，立即转身，只见一柄三股猎叉当胸飞来。阿紫探出左手抓住，顺手一掷，那猎叉插入横卧在地一人的胸膛。那人是名汉人猎户，被耶律洪基射倒，一时未死，拼着全身之力，将手中猎叉向萧峰背心掷来。他见萧峰身穿辽国高官服色，只盼杀得了他，稍雪无辜被害之恨。

阿紫指着那气息已绝的猎户骂道：“你这不自量力的猪狗，居然想来暗算我姊夫！”

耶律洪基见阿紫一叉掷死那个猎户，心下甚喜，说道：“好姑娘，你身手矫捷，果然了得。刚才这一叉自然伤不了咱们的南院大王，但万一他因此而受了一点轻伤，不免误了朕的大事。好姑娘，该当如何赏你一下才是？”

阿紫道：“皇上，你封我姊夫做大官，我也要做个官儿玩玩。不用像姊夫那样大，可也不能太小，教人家瞧我不起。”耶律洪基笑道：“咱们大辽国只有女人管事，却没女人做官的。这样罢，你本来已是郡主了，我升你一级，封你做公主，叫做什么公主呢？

是了，叫做‘平南公主’！”阿紫嘟起了小嘴，道：“做公主可不干！”洪基奇道：“为什么不做？”阿紫道：“你跟我姊夫是结义兄弟，我若受封为公主，跟你女儿一样，岂不是矮了一辈？”

耶律洪基见阿紫对萧峰神情亲热，而萧峰虽居高位，却不近女色，照着辽人的常习，这样的大官，别说三妻四妾，连三十妻四十妾也娶了，想来对阿紫也颇具情意，多半为了她年纪尚小，不便成亲，当下笑道：“你这公主是长公主，和我妹子同辈，不是和我女儿同辈。我不但封你为‘平南公主’，连你的一件心愿，也一并替你完偿了如何？”

阿紫俏脸一红，道：“我有什么心愿？陛下怎么又知道了？你做皇帝的人，却也这么信口开河。”她向来天不怕、地不怕，对耶律洪基说话，也不拘什么君臣之礼。

辽国礼法本甚粗疏，萧峰又是耶律洪基极宠信的贵人，阿紫这么说，耶律洪基只是嘻嘻一笑，道：“这平南公主你若是不做，我便不封了。一、二、三，你做不做？”

阿紫盈盈下拜，低声道：“阿紫谢恩。”萧峰也躬身行礼，道：“谢陛下恩典。”他待阿紫犹如自己亲妹，她既受辽帝恩封，萧峰自也道谢。

耶律洪基却道自己所料不错，心道：“我让他风风光光的完婚，然后命他征宋，他自是更效死力。”萧峰心中却在盘算：“皇上此番南来，有什么用意？他为什么将阿紫的公主封号称为‘平南’？平南，平南，难道他想向南朝用兵吗？”

耶律洪基握住萧峰的右手，说道：“兄弟，咱二人多日不见，过去说一会话儿。”

二人并骑南驰，骏足坦途，片刻间已驰出十余里外。平野上田畴荒芜，麦田中都长满了荆棘杂草。萧峰寻思：“宋人怕我们出来打草谷，以致将数十万亩良田都抛荒了。”

耶律洪基纵马上了一座小丘，立马丘顶，顾盼自豪。萧峰跟了上去，随着他目光向南望去，但见峰峦起伏，大地无有尽处。

耶律洪基以鞭梢指着南方，说道：“兄弟，记得三十余年之前，父皇曾携我来此，向南指点大宋的锦绣山河。”萧峰道：“是。”

耶律洪基道：“你自幼长于南蛮之地，多识南方的山川人物，到底在南方住，是不是比咱们北国苦寒之地舒适得多？”萧峰道：“地方到处都是一般。说到‘舒适’二字，只要过得舒齐安适，心中便快活了。北人不惯在南方住，南人也不惯在北方住。老天爷既作了这般安排，倘若强要调换，不免自寻烦恼。”耶律洪基道：“你以北人而去住在南方，等到住惯了，却又移来北地，岂不心下烦恼？”萧峰道：“臣是浪荡江湖之人，四海为家，不比寻常的农夫牧人。臣得蒙陛下赐以栖身之所，高官厚禄，深感恩德，更有什么烦恼？”

耶律洪基回过头来，向他脸上凝视。萧峰不便和他四目相视，微笑着将目光移了开去。

耶律洪基缓缓说道：“兄弟，你我虽有君臣之分，却是结义兄弟，多日不见，却如何生分了？”萧峰道：“当年微臣不知陛下是我大辽国天子，以致多有冒渎，妄自高攀，既知之后，岂敢仍以结义兄弟自居？”耶律洪基叹道：“做皇帝的人，反而不能结交几个推心置腹、义气深重的汉子。兄弟，我若随你行走江湖，无拘无束，只怕反而更为快活。”

萧峰喜道：“陛下喜爱朋友，那也不难。臣在中原有两个结义兄弟，一是灵鹫宫的虚竹子，一是大理段誉，都是肝胆照人的热血汉子。陛下如果愿见，臣可请他们来辽国一游。”他自回南京后，每日但与辽国的臣僚将士为伍，言语性子，格格不入，对虚竹、段誉二人好生想念，甚盼邀他们来辽国聚会盘桓。

耶律洪基喜道：“既是兄弟的结义兄弟，那也是我的兄弟了。

你可遣急足分送书信，邀请他们到辽国来，朕自可各封他们二人大大的官职。”萧峰微笑道：“请他们来玩玩倒是不妨，这两位兄弟，做官是做不来的。”

耶律洪基沉默片刻，说道：“兄弟，我观你神情言语，心中常有郁郁不足之意。我富有天下，君临四海，何事不能为你办到？却何以不对做哥哥的说？”

萧峰心下感动，说道：“不瞒陛下说，此事是我平生恨事，铸成大错，再难挽回。”当下将如何误杀阿朱之事大略说了。

耶律洪基左手一拍大腿，大声道：“难怪兄弟三十多岁年纪，却不娶妻，原来是难忘旧人。兄弟，你所以铸成这个大错，推寻罪魁祸首，都是那些汉人南蛮不好，尤其是丐帮一干叫化子，更是忘恩负义。你也休得烦恼，我克日兴兵，讨伐南蛮，把中原武林、丐帮众人，一古脑儿的都杀了，以泄你雁门关外杀母之仇，聚贤庄中受困之恨。你既喜欢南蛮的美貌女子，我挑一千个、二千个来服侍你，却又何难？”

萧峰脸上露出一丝苦笑，心道：“我既误杀阿朱，此生终不再娶。阿朱就是阿朱，四海列国，千秋万载，就只一个阿朱。岂是一千个、一万个汉人美女所能代替得了的？皇上看惯了后宫千百名宫娥妃子，哪懂得‘情’之一字？”说道：“多谢陛下厚恩，只是臣与中原武人之间的仇怨，已然一笔勾销。微臣手底已杀了不少中原武人，怨怨相报，实是无穷无尽。战衅一启，兵连祸结，更是非同小可。”

耶律洪基哈哈大笑，说道：“宋人文弱，只会大言炎炎，战阵之上，实是不堪一击。兄弟英雄无敌，统兵南征，南蛮指日可定，哪有什么兵连祸结？兄弟，哥哥此次南来，你可知为的是什么事？”萧峰道：“正要陛下示知。”

耶律洪基笑道：“第一件事，是要与贤弟畅聚别来之情。贤弟此番西行，西夏国的形势险易，兵马强弱，想必都已了然于胸。以贤弟之见，西夏是否可取？”

萧峰吃了一惊，寻思：“皇上的图谋着实不小，既要南占大宋，又想西取西夏。”便道：“臣子此番西去，只想瞧瞧西夏公主招亲的热闹，全没想到战阵攻伐之事。陛下明鉴，臣子历险江湖，近战搏击，差有一日之长，但行军布阵，臣子实在一窍不通。”耶律洪基笑道：“贤弟不必过谦。西夏国王这番大张旗鼓的招驸马，却闹了个虎头蛇尾，无疾而终，当真好笑。其实当日贤弟带得十万兵去，将西夏公主娶回南京，倒也甚好。”萧峰微微一笑，心想：“皇上只道有强兵在手，要什么便有什么。”

耶律洪基说道：“做哥哥的此番南来，第二件事为的是替兄弟增爵升官。贤弟听封。”萧峰道：“微臣受恩已深，不敢再望……”耶律洪基朗声道：“南院大王萧峰听封！”萧峰只得翻身下鞍，拜伏在地。

耶律洪基说道：“南院大王萧峰公忠体国，为朕股肱，兹进爵为宋王，以平南大元帅统率三军，钦此！”

萧峰心下迟疑，不知如何是好，说道：“微臣无功，实不敢受此重恩。”耶律洪基森然道：“怎么？你拒不受命么？”萧峰听他口气严峻，知道无可推辞，只得叩头道：“臣萧峰谢恩。”洪基哈哈大笑，道：“这样才是我的好兄弟呢。”双手扶起，说道：“兄弟，我这次南来，却不是以南京为止，御驾要到汴梁。”

萧峰又是一惊，颤声道：“陛下要到汴梁，那……那怎么……”耶律洪基笑道：“兄弟以平南大元帅统率三军，为我先行，咱们直驱汴梁。日后兄弟的宋王府，便设在汴梁赵煦小子的皇宫之中。”萧峰道：“陛下是说咱们要和南朝开仗？”

洪基道：“不是我要和南朝开仗，而是南蛮要和我较量。南朝太皇太后这老婆子主政之时，一切总算井井有条，我虽有心南征，却也没十足把握。现下老太婆死了，赵煦这小子乳臭未干，居然派人整饬北防、训练三军，又要募兵养马，筹办粮秣，嘿嘿，这小子不是为了对付我，却又对付谁？”

萧峰道：“南朝训练士卒，那也不必去理他。这几年来宋辽互不交兵，两国都很太平。赵煦若来侵犯，咱们自是打他个落花流水。他若畏惧陛下声威，不敢轻举妄动，咱们也不必去跟这小子一般见识。”

耶律洪基道：“兄弟有所不知，南朝地广人稠，物产殷富，如果出了个英主，真要和大辽为敌，咱们是斗他们不过的。天幸赵煦这小子胡作非为，斥逐忠臣，连苏大胡子也给他贬斥了。此刻君臣不协，人心不附，当真是千载难逢的良机。此时不举，更待何时？”

萧峰举目向南望去，眼前似是出现一片幻景：成千成万辽兵向南冲去，房舍起火，烈焰冲天，无数男女老幼在马蹄下辗转呻吟，羽箭蔽空，宋兵辽兵互相斫杀，纷纷堕于马下，鲜血与河水一般奔流，骸骨遍野……

耶律洪基大声道：“我契丹列祖列宗均想将南朝收列版图，好几次都是功败垂成。今日天命攸归，大功要成于我手。好兄弟，他日我和你君臣名垂青史，那是何等的美事？”

萧峰双膝跪下，连连磕头，道：“陛下，微臣有一事求恳。”耶律洪基微微一惊，道：“你要什么？做哥哥的只须力之所及，无有不允。”萧峰道：“请陛下为宋辽两国千万生灵着想，收回南征的圣意。咱们契丹人向来游牧为生，纵得南朝土地，亦是无用。何况兵凶战危，难期必胜，假如小有挫折，反而损了陛下的威名。”

耶律洪基听萧峰的言语，自始至终不愿南征，心想自来契丹的王公贵人、将帅大臣，一听到“南征”二字，无不鼓舞踊跃，何以萧峰却一再劝阻？斜睨萧峰，只见他双眉紧蹙，若有重忧，寻思：“我封他为宋王、平南大元帅，那是我大辽一人之下、万人之上的高官，他为什么反而不喜？是了，他虽是辽人，但自幼为南蛮抚养长大，可说一大半是南蛮子。大宋于他乃是父母之邦，听我说要发兵去伐南蛮，他便竭力劝阻。以此看来，纵然我勉强他统兵南行，只怕他也不肯尽力。”便道：“我南征之意已决，兄弟不必多言。”

萧峰道：“征战乃国家大事，务请三思。倘若陛下一意南征，还是请陛下另委贤能的为是。以臣统兵，只怕误了陛下大事。”

耶律洪基此番兴兴头头的南来，封赏萧峰重爵，命他统率雄兵南征，原是顾念结义兄弟的情义，给他一个大大的恩典，料想他定然喜出望外，哪知他先是当头大泼冷水，又不肯就任平南大元帅之职，不由大为不快，冷冷的道：“在你心目中，南朝是比辽国更为要紧了？你是宁可忠于南朝，不肯忠于我大辽？”

萧峰拜伏于地，说道：“陛下明鉴。萧峰是契丹人，自是忠于大辽。大辽若有危难，萧峰赴汤蹈火，尽忠报国，万死不辞。”

耶律洪基道：“赵煦这小子已萌觊觎我大辽国土之意。常言道得好：先下手为强，后下手遭殃。咱们如不先发制人，说不定便有亡国灭种的大祸。你说什么尽忠报国，万死不辞，可是我要你为国统兵，你却不奉命？”

萧峰道：“臣平生杀人多了，实不愿双手再沾血腥，求陛下许臣辞官，隐居山林。”

耶律洪基听他说要辞官，更是愤怒，心中立时生出杀意，手按刀柄，便要拔刀向他颈中斫将下去，但随即转念：“此人武功厉害，我一刀斫他不死，势必为他所害。何况昔日他于我有平乱大功，又和我有结义之情，今日一言不合，便杀功臣，究竟于恩义有亏。”当下长叹一声，手离刀柄，说道：“你我所见不同，一时也难以勉强，你回去好好的想想，望你能回心转意，拜命南征。”

萧峰虽拜伏于地，但身侧之人便扬一扬眉毛、举一举指头，他也能立时警觉，何况耶律洪基手按刀柄、心起杀人之念？他知若再和耶律洪基多说下去，越说越僵，难免翻脸，当即说道：“遵旨！”站起身来，牵过耶律洪基的坐骑。

耶律洪基一言不发，一跃上马，疾驰而去。先前君臣并骑南行，北归时却是一先一后，相距里许。萧峰知道耶律洪基对己已生疑忌，倘若跟随太近，既令他心中不安，而他提及南征之事，又不能不答，索性远远堕后。

回到南京城中，萧峰请辽帝驻跸南院大王王府。耶律洪基笑道：“我不来打扰你啦，你清静下来，细想这中间的祸福利害。我自回御营下榻。”当下萧峰恭送耶律洪基回御营。

耶律洪基从上京携来大批宝刀利剑、骏马美女，赏赐于他。萧峰谢恩，领回王府。

萧峰甚少亲理政务，文物书籍，更是不喜，因此王府中也没什么书房，平时便在大厅中和诸将坐地，传酒而饮，割肉而食，不失当年与群丐纵饮的豪习。契丹诸将在大漠毡帐中本来也是这般，见大王随和豪迈，遇下亲厚，尽皆欢喜。

此刻萧峰从御营归来，天时已晚，踏进大厅，只见牛油大烛火光摇曳之下，虎皮上伏着一个紫衫少女，正是阿紫。

她听得脚步声响，一跃而起，扑过去搂着萧峰的脖子，瞧着他眼睛，问道：“我来了，你不高兴么？为什么一脸都是不开心的样子？”萧峰摇了摇头，道：“我是为了别的事。阿紫，你来了，我很高兴。在这世界上，我就只挂念你一个人，怕你遭到什么危难。你回到了我身边，眼睛又治好了，我就什么也没牵挂了。”

阿紫笑道：“姊夫，我不但眼睛好了，皇帝还封了我做公主，你很开心么？”萧峰道：“封不封公主，小阿紫还是小阿紫。皇上刚才又升我的官，唉！”说着一声长叹，提过一只牛皮袋子，拔去塞子，喝了两大口酒。大厅四周放满了盛酒的皮袋，萧峰兴到即喝，也不须人侍候。阿紫笑道："恭喜姊夫，你又升了官啦！"

萧峰摇了摇头，说道："皇上封我为宋王、平南大元帅，要我统兵去攻打南朝。你想，这征战一起，要杀多少官兵百姓？我不肯拜命，皇上为此着恼。"

阿紫道："姊夫，你又来古怪啦。我听人说，你在聚贤庄上曾杀了无数中原武林中的豪杰，也不见你叹一口气。中原武林那些蛮子欺侮得你这等厉害，今日好容易皇上让你吐气扬眉，叫你率领大军，将这些家伙尽数杀了，你怎么反而不喜欢啦？"

萧峰举起皮袋喝了一大口酒，又是一声长叹，说道："当日我和你姊姊二人受人围攻，若不奋战，便被人乱刀分尸，那是出于无奈。当日给我杀死的人中，有不少是我的好朋友，事后想来，心中难过得很。"

阿紫道："啊，我知道啦，当年你是为了阿朱，这才杀人。那么现下我请你为我去杀那些南朝蛮子，好不好呢？"

萧峰瞪了她一眼，怫然道："人命大事，在你口中说来，却如是宰牛杀羊一般。你爹爹虽是大理国人，妈妈却是南朝宋人。"

阿紫嘟起了嘴，转过了身，道："我早知在你心中，一千个我也及不上一个她，一万个活着的阿紫，也及不上一个不在人世的阿朱。看来只有我快快死了，你才会念着我一点儿。早知如此……我……我也不用这么远路来探望你。你……你几时又把人家放在心上了？"

萧峰听她话中大有幽怨之意，不由得怦然心惊，想起她当年发射毒针暗算自己，便是为要自己长陪在她身边，说道："阿紫，你年纪小，就只顽皮淘气，不懂大人的事……"阿紫抢着道："什么大人小孩的，我早就不是小孩啦。你答应姊姊照顾我，你……你只照顾我有饭吃，有衣穿，可是……可是你几时照顾到我的心事了？你从来就不理会我心中想什么。"萧峰越听越惊，不敢接口。

阿紫转背了身子，续道："那时候我眼睛瞎了，知道你决不会喜欢我，我也不来跟你亲近。现下我眼睛好了，你仍不来睬我。我……我什么地方不及阿朱了？相貌没她好看么？人没她聪明么？只不过她已经死了，你就时时刻刻惦念着她。我……我恨不得那日就给你一掌打死了，你也就会像想念阿朱一般的念着我……"

她说到伤心处，突然一转身，扑在萧峰怀里，大哭起来。萧峰一时手足无措，不知说什么才好。

阿紫呜咽一阵，又道："我怎么是小孩子？在那小桥边的大雷雨之夜，我见到你打死我姊姊，哭得这么伤心，我心中就非常非常喜欢你。我心中说：'你不用这么难受。你没了阿朱，我也会像阿朱这样，真心真意的待你好。'我打定了主意，我一辈子要跟着你。可是你又偏偏不许，于是我心中说：'好罢，你不许我跟着你，那么我便将你弄得残废了，由我摆布，叫你一辈子跟着我。'"

萧峰摇了摇头，说道："这些旧事，那也不用提了。"

阿紫叫道："怎么是旧事？在我心里，就永远和今天的事一样新鲜。我又不是没跟你说过，你就从来不把我放在心上。"

萧峰轻轻抚摩阿紫的秀发，低声道："阿紫，我年纪大了你一倍有余，只能像叔叔、哥哥这般的照顾你。我这一生只喜欢过一个女子，那就是你的姊姊。永远不会有第二个女子能代替阿朱，我也决计不会再去喜欢哪一个女子。皇上赐给我一百多名美女，我从来正眼也不去瞧上一眼。我关怀你，全是为了阿朱。"

阿紫又气又恼，突然伸起手来，啪的一声，重重打了他一记巴掌。萧峰若要闪避，这一掌如何能击到他脸上？只是见阿紫气得脸色惨白，全身发颤，目光中流露出凄苦之色，看了好生难受，终于不忍避开她这一掌。

阿紫一掌打过，好生后悔，叫道："姊夫，是我不好，你……你打还我，打还我！"

萧峰道："这不是孩子气么？阿紫，世上没什么大不了的事，用不着这么伤心！你的眼色为什么这样悲伤？姊夫是个粗鲁汉子，你老是陪伴着我，叫你心里不痛快！"

阿紫道："我眼光中老是现出悲伤难过的神气，是不是？唉，都是那丑八怪累了我。"萧峰问道："什么那丑八怪累了你？"阿紫道："我这对眼睛，是那个丑八怪、铁头人给我的。"萧峰一时未能明白，问道："丑八怪？铁头人？"阿紫道："那个丐帮帮主庄聚贤，你道是谁？说出来当真教人笑破了肚皮，竟然便是那个给我套了一个铁面具的游坦之。就是那聚贤庄二庄主游驹的儿子，曾用石灰撒过你眼睛的。也不知他从什么地方学来了一些古怪武功，一直跟在我身旁，拼命讨我欢心。我可给他骗得苦了。那时我眼睛瞎了，又没旁人依靠，只好庄公子长、庄公子短的叫他。现下想来，真是羞愧得要命。"

萧峰奇道："原来那丐帮的庄帮主，便是受你作弄的铁丑，难怪他脸上伤痕累累，想是揭去铁套时弄伤了脸皮。这铁丑便是游坦之吗？唉，你可真也太胡闹了，欺侮得人家这个样子。这人不念旧恶，好好待你，也算难得。"

阿紫冷笑道："哼，什么难得？他哪里安好心了？只想哄得我嫁了给他。"

萧峰想起当日在少室山上的情景，游坦之凝视阿紫的目光之中，依稀是孕育深情，只是当时没加留心，便道："你得知真相，一怒之下便将他杀了？挖了他的眼睛？"阿紫摇头道："不是，我没杀他，这对眼睛是他自愿给我的。"萧峰更加不懂了，问道："他为什么肯将自己的眼珠挖出来给你？"

阿紫道："这人傻里傻气的。我和他到了缥缈峰灵鹫宫里，寻到了你的把弟虚竹子，请他给我治眼。虚竹子找了医书来看了半天，说道必须用新鲜的活人眼睛换上才成。灵鹫宫中个个是虚竹子的下属，我既求他换眼，便不能挖那些女人的眼睛。我叫游坦之到山下去掳一个人来。这家伙却哭了起来，说道我治好眼睛，看到了他真面目，便不会再理他了。我说不会不理他，他总是不信。哪知道他竟拿了尖刀，去找虚竹子，愿意把自己的眼睛换给我。虚竹子说什么也不肯答允。那铁头人便用刀子在他自己身上、脸上划了几刀，说道虚竹子倘若不肯，他立即自杀。虚竹子无奈，只好将他的眼睛给我换上。”

她这般轻描淡写的说来，似是一件稀松寻常之事，但萧峰听入耳中，只觉其中的可畏可怖，较之生平种种惊心动魄的凶杀斗殴，实尤有过之。他双手发颤，啪的一声，掷去了手中酒袋，说道：“阿紫，是游坦之甘心情愿的将眼睛换了给你？”阿紫道：“是啊。”萧峰道：“你……你这人当真是铁石心肠，人家将眼睛给你，你便受了？”

阿紫听他语气严峻，双眼一眨一眨的，又要哭了出来，突然说道：“姊夫，你的眼睛倘若盲了，我也甘心情愿将我的好眼睛换给你。”

萧峰听她这两句话说得情辞恳挚，确非虚言，不由得心中感动，柔声道：“阿紫，这位游君对你如此情深一往，你在福中不知福，除他之外，世上哪里再去找第二位有情郎君去？他现下是在何处？”

阿紫道：“多半还是在灵鹫宫。他没了眼睛，这险峻之极的缥缈峰如何下来？”

萧峰道：“啊，说不定二弟又能找到哪一个死囚的眼睛再给他换上。”阿紫道：“不成的，那小和尚……不，虚竹子说道，我的眼睛只是给丁春秋那老贼毒坏了眼膜，筋脉未断，因此能换。铁丑的眼睛挖出时，筋脉都断，却不能再换了。”萧峰道：“你快去陪他，从此永远不再离开他。”阿紫摇头道：“我不去，我只跟着你，那个丑得像妖怪的人，我多瞧一眼便要作呕了，怎能陪着他一辈子？”萧峰怒道：“人家面貌虽丑，心地可比你美上百倍！我不要你陪，不要再见你！”阿紫顿足哭道：“我……我……”

只听得门外脚步声响，两名卫士齐声说道：“圣旨到！”跟着厅门打开。萧峰和阿紫一齐转身，只见一名皇帝的使者走进厅来。

辽国朝廷礼仪，远不如宋朝的繁复，臣子见到皇帝使者，只是肃立听旨便是，用不着什么换朝服，摆香案，跪下接旨。那使者朗声说道：“皇上宣平南公主见驾。”

阿紫道：“是！”拭了眼泪，跟着那使者去了。

萧峰瞧着阿紫的背影，心想：“这游坦之对她钟情之深，当真古今少有。只因阿紫情窦初开之时，恰和我朝夕相处，她重伤之际，我又不避男女之嫌，尽心照料，以致惹得她对我生出一片满是孩子气的痴心。我务须叫她回到游君身边。人家如此对她，她如背弃这双眼已盲之人，老天爷也是不容。”耳听得那使者和阿紫的脚步声渐渐远去，终于不再听闻，又想到耶律洪基命他伐宋的旨意。

“皇上叫阿紫去干什么？定是要她劝我听命伐宋。我如坚不奉诏，国法何存？适才在南郊争执，皇上手按刀柄，已启杀机，想是他顾念君臣之情，兄弟之义，这才强自克制。我如奉命伐宋，带兵去屠杀千千万万宋人，于心却又何忍？何况爹爹此刻在少林寺出家，若听到我率军南下，定然大大不喜。唉，我抗拒君命乃是不忠，不顾金兰之情乃是不义，但若南下攻战，残杀百姓是为不仁，违父之志是为不孝。忠孝难全，仁义无法兼顾，却又如何是好？罢，罢，罢！这南院大王是不能做了，我挂印封库，给皇上来个不别而行。却又到哪里去？莽莽乾坤，竟无我萧峰的容身之所。”

他提起牛皮酒袋，又喝了两口酒，寻思：“且等阿紫回来，和她同上缥缈峰去，一来送她和游君相聚，二来我在二弟处盘桓些时，再作计较。”

阿紫随着使者来到御营，见到耶律洪基，冲口便道："皇上，这平南公主还给你，我不做啦！"

耶律洪基宣阿紫来，不出萧峰所料，原是要她去劝萧峰奉旨南征，听她劈头便这么说，不禁皱起了眉头，怫然道："朝廷封赏，是国家大事，又不是小孩儿的玩意，岂能任你要便要，不要便不要？"他一向因萧峰之故，爱屋及乌，对阿紫总是和颜悦色，此刻言语却说得重了。阿紫哇的一声，放声哭了出来。耶律洪基一顿足，说道："乱七八糟，乱七八糟，真不成话！"

忽听得帐后一个娇媚的女子声音说道："皇上，为什么着恼？怎么把人家小姑娘吓唬哭了？"说着环珮玎珰，一个贵妇人走了出来。

这妇人眼波如流，掠发浅笑，阿紫认得她是皇帝最宠幸的穆贵妃，便抽抽噎噎的说道："穆贵妃，你倒来说句公道话，我说不做平南公主，皇上便骂我呢。"

穆贵妃见她哭得楚楚可怜，多时不见，阿紫身材已高了些，容色也更见秀丽，向耶律洪基横了一眼，抿嘴笑道："皇上，她不做平南公主，你便封她为平南贵妃罢。"

耶律洪基一拍大腿，道："胡闹，胡闹！我封这孩子，是为了萧峰兄弟，一个平南大元帅，一个平南公主，好让他们风风光光的成婚。哪知萧峰不肯做平南大元帅，这姑娘也不肯做平南公主。是了，你是南蛮子，不愿意我们去平南，是不是？"语气中已隐含威胁之意。

阿紫道："我才不理你们平不平南呢！你平东也好，平西也好，我全不放在心上。可是我姊夫……姊夫却要我嫁给一个瞎了双眼的丑八怪。"洪基和穆贵妃听了大奇，齐问："为什么？"阿紫不愿详说其中根由，只道："我姊夫不喜欢我，逼我去嫁给旁人。"

便在这时，帐外有人轻叫："皇上！"耶律洪基走到帐外，见是派给萧峰去当卫士的亲信。那人低声道："启禀皇上：萧大王在库门上贴了封条，把金印用黄布包了，挂在梁上，瞧这模样，他……他……他是要不别而行。”

耶律洪基一听，不由得勃然大怒，叫道：“反了，反了！他还当我是皇帝么？”略一思索，道：“唤御营都指挥来！”片刻间御营都指挥来到身前。耶律洪基道：“你率领兵马，将南院大王府四下围住了。”又下旨：“传令紧闭城门，任谁也不许出入。”他生恐萧峰要率部反叛，不住口的颁发号令，将南院大王部下的大将一个个传来。

穆贵妃在御帐中听得外面号角之声不绝，马蹄杂沓，显是起了变故。契丹人于男女之间的界限看得甚轻，她便走到帐外，轻声问耶律洪基道：“陛下，出了什么事？干么这等怒气冲天的？”耶律洪基怒道：“萧峰这厮不识好歹，居然想叛我而去。这厮心向南朝，定是要向南蛮报讯。他多知我大辽的军国秘密，到了宋朝，便成我的心腹大患。”穆贵妃沉吟道：“常听陛下说道，这厮武功好生了得，倘若拿他不住，给他冲出重围，倒是一个祸胎。”耶律洪基道：“是啊！”吩咐卫士：“传令飞龙营、飞虎营、飞豹营，火速往南院大王府外增援。”御营卫士应命，传令下去。

穆贵妃道：“陛下，我有个计较。”在他耳边低声说了一阵。耶律洪基点头道：“却也使得。此事若成，朕重重有赏。”穆贵妃微笑道：“但教讨得陛下欢心，便是重赏了。陛下这般待我，我还贪图什么？”

御营外调动兵马，阿紫坐在帐中，却毫不理会。契丹人大呼小叫的奔驰来去，她昔日见得多了，往往出去打一场猎，也是这么乱上一阵，浑没想到耶律洪基调动兵马，竟然是要去捉拿萧峰。她坐在一只骆驼鞍子上，心乱如麻：“我对姊夫的心事，他又不是不知道，可是他……他竟半点也没将我放在心上，要我去陪伴那个丑八怪。我……我宁死也不去，不去，不去，偏偏不去！”心中这般想着，右足尖不住踢着地毡上织的老虎头。

忽然间一只手轻轻按上了她肩头，阿紫微微一惊，抬起头来，遇到的是穆贵妃温柔和蔼的眼光，只听她笑问：“小妹妹，你在出什么神？在想你姊夫，是不是？”

阿紫听她说到自己心底的私情，不禁晕红了双颊，低头不语。穆贵妃和她并排而坐，拉过她一只手，轻轻抚摸，柔声道：“小妹妹，男人家都是粗鲁暴躁的脾气，尤其像咱们皇上哪，南院大王哪，那是当世的英雄好汉，要想收服他们的心，可着实不容易。”阿紫点了点头，觉得她这几句话甚是有理。穆贵妃又道：“我们宫里女人成百成千，比我长得美丽的，比我更会讨皇上欢心的，可也不知有多少。皇上却最宠爱我，一半虽是缘份，一半也是上京圣德寺那位老和尚的眷顾。小妹子，你姊夫现下的心不在你身上，你也不用发愁。待我跟皇上回上京之时，你同我们一起去，到圣德寺去求求那位高僧，他会有法子的。”

阿紫奇道：“那老和尚有什么法子？”穆贵妃道：“此事我便跟你说了，你可千万不能跟第二个人说。你得发个誓，决不能泄漏秘密。”阿紫便道：“我若将穆贵妃跟我说的秘密泄漏出去，乱刀分尸，不得好死。”穆贵妃沉吟道：“不是我信不过你，只是这件事牵涉太也重大，你再发一个重些的誓。”阿紫道：“好！我要是泄漏了你告知我的秘密，叫我……叫我给我姊夫亲手一掌打死。”说到这里，心中有些凄苦，也有些甜蜜。

穆贵妃点头道：“给自己心爱的男人一掌打死，那确是比给人乱刀分尸还惨上百倍。这我就信你了。好妹子，那位高僧佛法无边，神通广大，我向他跪求之后，他便给我两小瓶圣水，叫我通诚暗祝，悄悄给我心爱的男人喝下一瓶。那男人便永远只爱我一人，到死也不变心。我已给皇上喝了一瓶，这还剩下一瓶。”说着从怀中取出一个醉红色的小瓷瓶来，紧紧握在手中，唯恐跌落。其实地下铺着厚厚的地毡，便掉在地下，也不打紧。

阿紫既惊且喜，求道："好姊姊，给我瞧瞧。"她自幼便在星宿派门下，对这类蛊惑人心的法门向来信之不疑。穆贵妃道："瞧瞧是可以，却不能打翻了。"双手捧了瓷瓶，郑而重之的递过去。阿紫接了过来，拔去瓶塞，在鼻边一嗅，觉有一股淡淡的香气。穆贵妃伸手将瓷瓶取过，塞上木塞，用力揿了几下，只怕药气走失，说道："本来嘛，我分一些给你也是不妨。可是我怕万一皇上日后变心，这圣水还用得着。"

阿紫道："你说皇上喝了一瓶之后，便对你永不变心了？"穆贵妃微笑道："话是这么说，可不知圣水的效果是不是真有这么久。否则那圣僧干么要给我两瓶？我更担心这圣水落入了别的嫔妃手中，她们也去悄悄给皇上喝了，皇上就算对我不变心，却也要分心……"

正说到这里，只听得耶律洪基在帐外叫道："阿穆，你出来，我有话对你说。"穆贵妃笑道："来啦！"匆匆奔去。嗒的一声轻响，那小瓷瓶从怀中落了出来，竟然没有察觉。

阿紫又惊又喜，待她一踏出帐外，立即纵身而前，拾起瓷瓶，揣入怀中，心道："我快拿去给姊夫喝了，另外灌些清水进去，再还给穆贵妃，反正皇上已对她万分宠幸，这圣水于她也无甚用处。"当即揭开后帐，轻轻爬了出去，一溜烟的奔向南院大王王府。

但见王府外兵卒众多，似是南院大王在调动兵马。阿紫走进大厅，只见萧峰背负双手，正在滴水檐前走来走去，似是老大的不耐烦。

他一见阿紫，登时大喜，道："阿紫，你回来就好，我只怕你给皇上扣住了，不得脱身呢。咱们这就动身，迟了可来不及啦。"阿紫奇道："到哪里去？为什么迟了就来不及？皇上又为什么要扣住我？"

萧峰道："你听听！"两人静了下来，只听王府四周马蹄之声不绝，夹杂着铁甲锵锵，兵刃交鸣，东南西北都是如此。阿紫道：

“干什么？你要带兵去打仗么？”

萧峰苦笑道：“这些兵都不归我带了。皇上起了疑我之意，要来拿我。”阿紫道：“好啊，咱们好久没打架了，我和你便冲杀出去。”萧峰摇头道：“皇上待我恩德不小，封我为南院大王，此番又亲自前来，给我加官晋爵。此时所以疑我，不过因我决意不肯南征之故。我若伤他部属，有亏兄弟之义，不免惹得天下英雄耻笑，说我萧峰忘恩负义，对不起人。阿紫，咱们这就走罢，悄悄的不别而行，让他拿我不到，也就是了。”

阿紫道：“嗯，咱们便走。姊夫，却到哪里去？”萧峰道：“去缥缈峰灵鹫宫。”阿紫的脸色登时沉了下来，道：“我不去见那丑八怪。”萧峰道：“事在紧急，去不去缥缈峰，待离了险地之后再说。”

阿紫心道：“你要送我去缥缈峰，显是全没将我放在心上，还是乘早将圣水给你喝了，只要你对我倾心，自会听我的话。若有迁延，只怕穆贵妃赶来夺还。”当下说道：“也好！我去拿几件替换衣服。”

匆匆走到后堂，取过一只碗来，将瓷瓶中圣水倒入碗内，又倒入大半碗酒，心中默祷：“菩萨有灵，保佑萧峰饮此圣水之后，全心全意的爱我阿紫，娶我为妻，永不再想念阿朱姊姊！”回到厅上，说道：“姊夫，你喝了这碗酒提提神。这一去，咱们再也不回来了。”

萧峰接过酒碗，烛光下见阿紫双手发颤，目光中现出异样的神采，脸色又是兴奋，又是温柔，不由得心中一动：“当年阿朱对我十分倾心之时，脸上也是这般的神气！唉，看来阿紫果真对我也是一片痴心！”当即将大半碗酒喝了，问道：“你取了衣服没有？”

阿紫见他喝了圣水，心中大喜，道：“不用拿衣服了，咱们走罢！”

萧峰将一个包裹负在背上，包中装着几件衣服，几块金银，低声道：“他们定是防我南奔，我偏偏便向北行。”携着阿紫的手，轻轻开了边门，张眼往外一探，只见两名卫士并肩巡视过来。萧峰藏身门后，一声咳嗽，两名卫士一齐过来查看。萧峰伸指点出，早将二人点倒，拖入树荫之下，低声道：“快换上这两人的盔甲。”阿紫喜道：“妙极！”两人剥下卫士盔甲，穿戴在自己的身上，手中各持一柄长矛，并肩巡查过去。阿紫将头盔戴得低低的压住了眉毛，偷眼看萧峰时，见他缩身弯腰而行，不禁心下暗笑。两人走得二十几步，便见一名御营亲兵的十夫长带着十名亲兵，巡查过来。萧峰和阿紫站立一旁，举矛致敬。

那十夫长点了点头，便即行过，火把照耀之下，见阿紫一身衣甲直拖到地，不大称身，不由得向她多瞧一眼，又见她腰刀的刀鞘也拖在地下，心中有气，挥拳便向她肩头打去，喝道：“你穿的什么衣服？”阿紫只道事泄，反手一勾，勾住他手腕，左足向他腰眼里踢去。那十夫长叫声“啊哟”，直跌了出去。

萧峰道：“快走！”拉着她手腕，即前抢出。那十名亲兵大声叫了起来：“有奸细！有刺客！”还不知这二人乃是萧峰和阿紫。两人冲得一程，只见迎面十余骑驰来，萧峰举起长矛，横扫过去，将马上乘者纷纷打落，右手一提，将阿紫送上马背，自己飞身上了一匹马，拉转马头，直向北门冲去。

这时南院大王王府四周的将卒已得到讯息，四面八方围将上来。萧峰纵马疾驰，果然不出他所料，辽兵十分之八布于南路，防他逃向南朝，北门一带稀稀落落的没多少人。这些将士一见萧峰，心下先自怯了，虽是迫于军令，上前拦阻，但给萧峰一喝一冲，不由得纷纷让路，远远的在后呐喊追赶。待御营都指挥增调人马赶来，萧峰和阿紫已自去得远了。

萧峰纵马来到北门，见城门已然紧闭，城门前密密麻麻的排着一百余人，各挺长矛，挡住去路。萧峰倘若冲杀过去，这百余名辽兵须拦他不住，但他只求脱身，实不愿多伤本国军士，左手一伸，将阿紫从马背上抱了过来，右足在镫上一点，双足已站上了马背，跟着提了一口气，飞身便往城头扑去。这一扑原不能跃上城头，但他早已有备，待身子向下沉落，右手长矛已向城墙插去，一借力间，飞身上了城头。

向城外一望，只见黑黝黝地并无灯火，显是无人料他会逾城向北，竟无一兵一卒把守。萧峰一声长啸，向城内朗声叫道："你们去禀告皇上，说道萧峰得罪了皇上，不敢面辞。皇上大恩大德，萧峰永不敢忘。"

他揽住阿紫的腰，转过身来，只要一跳下城头，那就海阔从鱼跃，天空任鸟飞，再也无拘无束了。

心下微微一喜，正要纵身下跃，突然之间，小腹中感到一阵剧痛，跟着双臂酸麻，揽在阿紫腰间的左臂不由自主的松开，接着双膝一软，坐倒在地，肚中犹似数千把小刀乱剜乱刺般剧痛，忍不住"哼"了一声。阿紫大惊，叫道："姊夫，你怎么了？"萧峰全身痉挛，牙关相击，说道："我……我……中了……中了剧……剧毒……等一等……我运气……运气逼毒……"当即气运丹田，要将腹中的毒物逼将出来。哪知不运气倒也罢了，一提气间，登时四肢百骸到处剧痛，丹田中内息只提起数寸，又沉了下去。萧峰耳听得马蹄声奔腾，数千骑自南向北驰来，又提一口气，却觉四肢已全无知觉，知道所中之毒厉害无比，不能以内力逼出，便道："阿紫，你快快去罢，我……我不能陪你走了。"

阿紫一转念间，已恍然大悟，自己是中了穆贵妃的诡计，她骗得自己拿圣水去给萧峰服下，这哪里是圣水，其实是毒药。她又惊又悔，搂住萧峰的头颈，哭道："姊夫……是我害了你，这毒药是我给你喝的。"萧峰心头一凛，不明所以，问道："你为什么要害死我？”阿紫哭道：“不，不！穆贵妃给了我一瓶水，她骗我说，如给你喝了，你就永远永远的喜欢我，会……会娶我为妻。我实在傻得厉害，姊夫，我跟你一起死，咱们再也不会分开。”说着抽出腰刀，便要往自己颈中抹去。

萧峰道：“且……且慢！”他全身如受烈火烤炙，又如钢刀削割，身内身外同时剧痛，难以思索，过了好一会，才明白阿紫言中之意，说道：“我不会死，你不用寻死。”

只听得两扇厚重的城门轧轧的开了。数百名骑兵冲出北门，呐喊布阵。一队队兵马自南而来，络绎出城。萧峰坐在城头，向北望去，见火把照耀数里，几条火龙还在蜿蜒北延，回头南望，小半个城中都是火把，心想：“皇上将御营的兵马尽数调了出来，来拿我一人。”只听得城内城外的将卒齐声大叫：“反贼萧峰，速速投降。”

萧峰腹中又是一阵剧痛，低声道：“阿紫，你快快设法逃命去罢。”阿紫道：“我亲手下毒害死了你，我怎能独活？我……我……我跟你死在一起。”萧峰苦笑道：“这不是杀人的毒药，只是令我身受重伤，无法动手而已。”

阿紫喜道：“当真？”转身将萧峰拉着伏到自己背上。可是她身形纤小，萧峰却是特别魁伟，阿紫负着他站起身来，萧峰仍是双足着地。便在这时，十余名契丹武士已爬上城来，一手执刀，一手高举火把，却都畏惧萧峰，不敢迫近。

萧峰道：“抗拒无益，让他们来拿罢！”阿紫哭道：“不，不！谁敢动你一根寒毛，我便将他杀了。”萧峰道：“不可为我杀人。假如我肯杀人，奉旨领兵南征便是，又何必闹到这个田地？”提高嗓子道：“如此畏畏缩缩，算得什么契丹男儿？同我一起去见皇上。”

众武士一怔，一齐躬身，恭恭敬敬的道：“是！咱们奉旨差遣，对大王无礼，尚请大王莫怪！”萧峰为南院大王虽时日无多，但厚待部属，威望著于北地，契丹将士十分敬服。在人群之中，大家随声附和，大叫“反贼萧峰”，一到和他面面相对，自然生出敬畏之心，不敢稍有无礼了。

萧峰扶着阿紫的肩头，挣扎着站起身来，五脏六腑，却痛得犹如互相在扭打咬啮一般，众兵士站在丈许之外，还刀入鞘，眼看他一步步从石级走下城头。众将士一见萧峰下来，不由自主的都翻身下马，城内城外将士逾万，霎时间鸦雀无声。

萧峰在火光下见到这些诚朴而恭谨的脸色，胸口蓦地感到一丝温暖：“我若南征，这里万余将士，只怕未必有半数能回归北国。倘若我真能救得这许许多多生灵，皇上纵然将我处死，那也是死而无恨。就只怕皇上杀了我后，又另派别人领军南征。”想到这里，胸口又是一阵剧痛，身子摇摇欲坠。

一名将军牵过自己的坐骑，扶着萧峰上马。阿紫也乘了匹马，跟随在后。一行人前呼后拥，南归王府。众将士虽然拿到萧峰，算是立了大功，却殊无欢忭之意。但听得铁甲锵锵，数万只铁蹄击在石板街上，响成一片，却无半句欢呼之声。

一行人行经北门大街，来到白马桥边，萧峰纵马上桥。阿紫突然飞身而起，双足在鞍上一登，嗤的一声轻响，没入了河中。萧峰见此意外，不由得一惊，但随即心下喜欢，想起最初与这顽皮姑娘相见之时，她沉在小镜湖底诈死，水性之佳，实是少见，连她父母都被瞒过了，这时她从水中遁走，那再好也没有了，只是从此只怕再无相见之日，心头却又怅怅，大声道：“阿紫，你何苦自寻短见？皇上又不会难为你，何必投河自尽？”

众将士听萧峰如此说，又见阿紫沉入河中之后不再冒起，只道她真是寻了短见。皇帝下旨只拿萧峰一人，阿紫是寻死也好，逃走也好，大家也不放在心上，在桥头稍立片刻，见河中全无动静，又都随着萧峰前行。

耶律洪基从箭壶中抽出一枝雕翎狼牙箭，双手一弯，折为两段，投在地下，说道："答允你了。"

五十

教单于折箭　六军辟易
奋英雄怒

到得王府，耶律洪基不和萧峰相见，下令御营都指挥使扣押。那都指挥使心想萧大王天生神力，寻常监牢如何监他得住？当下心生一计，命人取过最大最重的铁链铁铐，锁了他手脚，再将他囚在一只大铁笼中。这只大铁笼，便是当年阿紫玩狮时囚禁猛狮之用，笼子的每根钢条都是粗如儿臂。

铁笼之外，又派一百名御营亲兵，各执长矛，一层层的围了四圈，萧峰在铁笼中如有异动，众亲兵便能将长矛刺入笼中，任他气力再大，也无法在刹那之间崩脱铁锁铁铐，破笼而出。王府之外，更有一队亲兵严密守卫。耶律洪基将原来驻守南京的将士都调出了南京城，以防他们忠于萧峰，作乱图救。

萧峰靠在铁笼的栏干上，咬牙忍受腹中剧痛，也无余暇多想。直过了十二个时辰，到第二日晚间，毒药的药性慢慢消失，剧痛才减。萧峰力气渐复，但处此情境，却又如何能够脱困？他心想烦恼也是无益，这一生再凶险的危难也经历过不少，难道我萧峰一世豪杰，就真会困死于这铁笼之中？好在众亲兵敬他英雄，看守虽绝不松懈，但好酒好饭管待，礼数不缺。萧峰放怀痛饮，数日后铁笼旁酒坛堆积。

耶律洪基始终不来瞧他，却派了几名能言善辩之士来好言相劝，说道皇上宽洪大度，顾念昔日的情义，不忍加刑，要萧峰悔罪求饶。萧峰对这些说客正眼也不瞧上一眼，自管自的斟酒而饮。

如此过了月余，那四名说客竟毫不厌烦，每日里只是搬弄陈腔滥调，翻来覆去的说个不停，说什么“皇上待萧大王恩德如山，你只有听皇上的话，才有生路”，什么“皇上神武，明见万里之外，远瞩百代之后，圣天子宸断是万万不会错的，你务须遵照皇上所指的路走”等等，等等。这些说客显然明知决计劝不转萧峰，却仍是无穷无尽的喋喋不休。

一日萧峰猛地起疑：“皇上又不是胡涂人，怎会如此婆婆妈妈的派人前来劝我？其中定有蹊跷！”沉思半晌，突然想起：“是了，皇上早已调兵遣将，大举南征，却派了些不相干的人将我稳住在这里。我明明已无反抗之力，他随时可以杀我，又何必费这般心思？”

萧峰再一思索，已明其理：“皇上自逞英雄，定要我口服心服，他亲自提兵南下，取了大宋的江山，然后到我面前来夸耀一番。他生恐我性子刚强，一怒之下，绝食自尽，是以派了这些猥琐小人来对我胡说八道。”

他早将一己的生死安危置之度外，既困于笼中，无计可以脱身，也就没放在心上。他虽不愿督军南征，却也不是以天下之忧为忧的仁人志士，想到耶律洪基既已发兵，大劫无可挽回，除了长叹一声、痛饮十碗之外，也就不去多想了。

只听那四名说客兀自絮絮不已，萧峰突然问道：“咱们契丹大军，已渡过黄河了罢？”四名说客愕然相顾，默然半晌。一名说客道：“萧大王此言甚是，咱们大军克日便发，黄河虽未渡过，却也是指顾间的事。”萧峰点头道：“原来大军尚未出发，不知哪一天是黄道吉日？”四名说客互使眼色。一个道：“咱们是小吏下僚，不得与闻军情。”另一个道：“只须萧大王回心转意，皇上便会亲自来与大王商议军国大事。”

萧峰哼了一声，便不再问，心想：“皇上倘若势如破竹，取了大宋，便会解我去汴梁相见。但如败军而归，没面目见我，第一个要杀的人便是我。到底我盼他取了大宋呢，还是盼他败阵？嘿嘿，萧峰啊萧峰，只怕你自己也是不易回答罢！”

次日黄昏时分，四名说客又摇摇摆摆的进来。看守萧峰的众亲兵老是听着他们的陈腔滥调，早就腻了，一见四人来到，不禁皱了眉头，走开几步。一个多月来萧峰全无挣扎脱逃之意，监视他的官兵已远不如先前那般戒慎提防。

第一名说客咳嗽一声，说道：“萧大王，皇上有旨，要你接旨，你若拒不奉命，那便罪大恶极。”这些话萧峰也不知听过几百遍了，可是这一次听得这人说话的声音有些古怪，似是害了喉病，不禁向他瞧了一眼，一看之下，登时大奇。

只见这说客挤眉弄眼，脸上作出种种怪样，萧峰定睛一看，见此人相貌与先前不同，再凝神瞧时，不由得又惊又喜，只见这人稀稀落落的胡子都是黏上去的，脸上搽了一片淡墨，黑黝黝的甚是难看，但焦黄胡子下透出来的，却是樱口端鼻的俏丽之态，正是阿紫。只听她压低嗓子，含含糊糊的道：“皇上的话，那是永远不会错的，你只须遵照皇上的话做，定有你的好处。喏，这是咱们大辽皇帝的圣谕，你恭恭敬敬的读上几遍罢。”说着从大袖中取出一张纸来，对着萧峰。

其时天色已渐昏暗，几名亲兵正在点亮大厅四周的灯笼烛光。萧峰借着烛光，向那纸上瞧去，只见上面写着八个细字：“大援已到，今晚脱险。”萧峰哼的一声，摇了摇头。阿紫说道：“咱们这次发兵，军马可真不少，士强马壮，自然是旗开得胜，马到成功，你休得担忧。”萧峰道：“我就是为了不愿多伤生灵，皇上才将我囚禁。”阿紫道：“要打胜仗，靠的是神机妙算，岂在多所杀伤。”

萧峰向另外三名说客瞧去时，见那三人或摇折扇，或举大袖，遮遮掩掩的，不以面目示人，自然是阿紫约来的帮手了。萧峰叹了口气，道：“你们一番好意，我也甚是感激，不过敌人防守严密，攻城掠地，殊无把握……”

话犹未了，忽听得几名亲兵叫了起来：“毒蛇！毒蛇！哪里来的这许多蛇！”只见厅门、窗格之中，无数毒蛇涌了进来，昂首吐舌，蜿蜒而进，厅中登时大乱。萧峰心中一动：“瞧这些毒蛇的阵势，倒似是我丐帮兄弟亲在指挥一般！”

众亲兵提起长矛、腰刀，纷纷拍打。亲兵的管带叫道：“伺候萧大王的众亲兵不得移动一步，违令者斩！”这管带极是机警，见群蛇来得怪异，只怕一乱之下，萧峰乘机脱逃。围在铁笼外的众亲兵果然屹立不动，以长矛矛尖对准了笼内的萧峰，但各人的目光却不免斜过去瞧那些毒蛇，蛇儿游得近了，自是提起长矛拍打。

正乱间，忽听得王府后面一阵喧哗：“走水啦，快救火啊，快来救火！”那管带喝道：“凯虎儿，去禀报指挥使大人，是否将萧大王移走！”凯虎儿是名百夫长，应声转身，正要奔出，忽听有人在厅口厉声喝道：“莫中了奸细的调虎离山之计，若有人劫狱，先将萧峰一矛刺死。”正是御营都指挥使。他手提长刀，威风凛凛的站在厅口。

突然间青影一闪，有人将一条青色小蛇掷向他的面门。那指挥使举刀去格，却听得嗤嗤之声不绝，有人射出暗器，大厅中烛火全灭，登时漆黑一团。那指挥使“啊”的一声大叫，身中暗器，向后便倒。

阿紫从袖中取出宝刀，伸进铁笼，喀喀喀几声，砍断了萧峰铁镣上的铁链。萧峰心想：“这兽笼的钢栏极粗极坚，只怕再锋利的宝刀一时也是难以砍斩。”便在此时，忽觉脚下的土地突然陷了下去。阿紫在铁笼外低声道：“从地道逃走！”跟着萧峰双足被地底下伸上来的一双手握住，向下一拉，身子已被扯了下去，却原来大理国的钻地能手华赫艮到了。他以十余日的功夫，打了一条地道，通到萧峰的铁笼之下。

华赫艮拉着萧峰，从地道内倒爬出去，爬行之速，真如在地面行走一般，顷刻间爬出百余丈，扶着萧峰站起身来，从洞中钻了出去。只见洞口三个人满脸喜色的迎将上来，竟是段誉、范骅和巴天石。段誉叫道："大哥!"扑上抱住萧峰。

萧峰哈哈一笑，道："久闻华司徒神技，今日亲试，佩服佩服。"

华赫艮喜道："得蒙萧大王金口一赞，实是小人生平第一荣华!"

此处离南院大王府未远，四下里都是辽兵喧哗叫喊之声。但听得有人吹着号角，骑马从屋外驰过，大声叫道："敌人攻打东门，御营亲兵驻守原地，不得擅离!"范骅道："萧大王，咱们从西门冲出去!"萧峰点头道："好！阿紫她们脱险没有?"

范骅尚未回答，阿紫的声音从地洞口传了过来："姊夫，你居然还惦记着我。"声音中充满了喜悦之情。喀喇一响，便从地洞中钻了上来，颏下兀自黏着胡子，满头满脸都是泥土灰尘，污秽之极。但在萧峰眼中瞧来，自从识得她以来，实以此刻最美。她拔出宝刀，要替萧峰削去铐镣。但那铐镣贴肉锁住，刀锋稍歪，便会伤到皮肉，甚是不易切削，她将宝刀交给段誉，道："哥哥，你来削。"段誉接过宝刀，内力到处，切铁铐如切败木。

这时地洞中又钻上来三人，一是锺灵，一是木婉清，第三个是丐帮的一名八袋弟子，乃是弄蛇的能手，适才大厅上群蛇乱窜，便是他闹的玄虚。这人见萧峰安然无恙，喜极流涕，道："帮主，你老人家……"

萧峰久已没听到有人称他为"帮主"，见到这丐帮弟子的神情，心下也自伤感，说道："这可难为你了。"他一言嘉奖，那八袋弟子又是感激，又觉荣耀，泪水直落下来。

范骅道："大理国人马已在东门动手，咱们乘乱走罢！萧大王最好别出手，以免被人认了出来。"萧峰道："甚是！"九人从大门中冲出去。萧峰回头一望，原来那是一座残败的瓦屋，外观半点也不起眼。阿紫以契丹话大叫："走水啦！走水啦！"范骅、华赫艮等学着她的声音，跟着大叫。范骅、巴天石等眼见街道上没有辽兵，便到处纵火，霎时间烧起了七八个火头。

九人径向西奔。段誉等早已换上契丹人的装束，这时城中已乱成一团，倒也无人加以注目，有时听到大队契丹骑兵追来，九人便在阴暗的屋角一躲。奔出十余条街，只听得北方号角响起，人声喧哗，大叫："不好了，敌兵攻破北门，皇上给敌人掳了去啦！"

萧峰吃了一惊，停步道："辽帝被擒么？三弟，辽帝是我结义兄长，他虽对我不仁，我却不能对他不义，万万不可伤他……"阿紫笑道："姊夫放心，这是灵鹫宫属下三十六洞洞主、七十二岛岛主，我教了他们这几句契丹话，叫他们背得熟了，这时候来大叫大嚷，大放谣言，扰乱人心。南京城中驻有重兵，皇帝又有万余亲兵保护，怎生擒得了他？"萧峰又惊又喜，道："二弟的属下也都来了么？"

阿紫道："岂但小和尚的属下而已，小和尚自己来了，连小和尚的老婆也来了。"萧峰问道："什么小和尚的老婆？"阿紫笑道："姊夫你不知道，虚竹子的老婆，便是西夏国公主，只不过她的脸始终用面幕遮着，除了小和尚一人之外，谁也不给瞧。我问小和尚：'你老婆美不美？'小和尚总是笑而不言。"

萧峰在外奔逃之际，忽然闻此奇事，不禁颇为虚竹庆幸，向段誉瞧了一眼。段誉笑道："大哥不须多虑，小弟毫不介怀，二哥也不算失信。这件事说来话长，咱们慢慢再谈。"

说话之间，众人又奔了一段路，只见前面广场上一座高台大火烧得甚旺，台前旗杆上两面大旗也都着火焚烧。萧峰知道这广场是南京城中的大校场，乃辽兵操练之用，不知何时搭了这座高台，自己却是不知。

巴天石对段誉道："陛下，烧了辽帝的点将台、帅字旗，于辽军大大不吉，耶律洪基伐宋之行，只怕要另打主意了。"段誉点头道："正是。"

萧峰听他口称"陛下"，而段誉点了点头，心中又是一奇，道："三弟，你……你做了皇帝吗？"段誉黯然道："先父不幸中道崩殂，皇伯父避位为僧，在天龙寺出家，命小弟接位。小弟无德无能，居此大位，实在惭愧得紧。"

萧峰惊道："啊哟，伯父去世了？三弟！你是大理国一国之主，如何可以身入险地，为了我而干冒奇险？若有丝毫损伤，我……我……如何对得起大理全国军民？"

段誉嘻嘻一笑，说道："大理乃僻处南疆的一个小国，这'皇帝'二字，更是僭号。小弟胡里胡涂，望之不似人君，哪里有半点皇帝的味道？给人叫一声'陛下'，实在是惭愧得紧。咱俩情逾骨肉，岂有大哥遭厄，小弟不来与大哥同处患难之理？"

范骅道："萧大王这次苦谏辽帝，劝止伐宋。敝国上下，无不同感大德。辽帝倘若取得大宋，第二步自然来取大理。敝国兵微将弱，如何挡得住契丹的精兵？萧大王救大宋便是救大理，大理纵然以倾国之力为大王效力，也是理所当然。"

萧峰道："我是个一勇之夫，不忍两国攻战，多伤人命，岂敢自居什么功劳？"

正说之间，忽见南城火光冲天而起，一群群百姓拖男带女，夹在兵马间涌了过来，都道："南朝少林寺的和尚连同无数好汉，攻破南门。"又有人道："南院大王萧峰作乱，降了宋朝，已将大辽的皇帝杀了。"更有几名契丹人咬牙切齿的道："这萧峰叛国投敌，咱们恨不得咬他的肉来吞入肚里。"一人慌慌张张的问道："万岁爷真给萧峰这奸贼害死了么？”另一人道：“怎么不真？我亲眼见到萧峰骑了匹白马，冲到万岁爷身前，一枪便在万岁爷胸口刺了个窟窿。”另一个老者道：“萧峰这狗贼为什么恁地没良心？他到底是咱们契丹人，还是汉人？”一个汉子道：“听说他是假扮契丹人的南朝蛮子，这狗贼奸恶得紧，真连禽兽也不如！”

阿紫听得这些人辱骂萧峰，怒从心起，举起马鞭，便向身旁那契丹人抽去。萧峰举手一挡，格开鞭子，摇了摇头，低声道：“且由得他们说去。”又问：“真的有少林寺众高僧到来么？”

那八袋弟子道：“好教帮主得知：段姑娘从南京出来，便遇到本帮吴长老，说起帮主为了大宋江山与千万百姓，力谏辽帝侵宋，以致为辽帝所囚。吴长老不信，说帮主既是辽人，岂有心向大宋之理？当下潜入南京，亲自打听，才知段姑娘所言果然不虚。吴长老当即传出本帮‘青竹令’，将帮主的大仁大义，遍告中原各路英雄。中原武林为帮主的仁义所感，由少林众高僧带头，一起援救帮主来了。”

萧峰想起当日在聚贤庄上与中原群雄为敌，杀了不少英雄好汉，今日中原群雄却来相救自己，心下又是难过，又是感激。

阿紫道：“丐帮众化子四下送信，消息传得还不快吗？啊哟，不好，可惜，可惜！”段誉问道：“可惜什么？”阿紫道：“我那座神木王鼎，在大厅中点了香引蛇，匆匆忙忙的忘了带出来。”段誉笑道：“这种旁门左道的东西，忘了就忘了，带在身边干么？”阿紫道：“哼，什么旁门左道？没有这件宝贝，那许多毒蛇便不会进来得这么快，我姊夫也没这么容易脱身啦。”

说话间，只听得乒乒乓乓，兵刃相交之声不绝，火光中见无数辽兵正在互相格斗。萧峰奇道：“咦，怎么自己人……”段誉道：“大哥，头颈中缚了块白巾的是咱们的人。”阿紫取过一块白布，递给萧峰，道：“你系上罢！”

萧峰一瞥间，见众辽兵难分敌我，不知去杀谁好。乱砍乱杀之际，往往成了真辽兵自相残杀的局面。那些颈缚白巾的假辽兵，却是一刀一枪都招呼在辽国的兵将身上。萧峰眼见辽人一个个血肉横飞，尸横就地，拿着白布，不禁双手发颤，心中有个声音在大嚷：“我是契丹人，不是汉人！我是契丹人，不是汉人！”这块白布说什么也系不到自己颈中。

便在此时，轧轧声响，两扇厚重的城门缓缓开了。段誉和范骅拥着萧峰，一冲而出。

城门外火把照耀，无数丐帮帮众牵了马匹等候，眼见萧峰冲出，登时欢声如雷：“乔帮主！乔帮主！”火光烛天，呼声动地。

只见两条火龙分向左右移动，一乘马在其间直驰而前。马上一个老丐双手高举头顶，端着那根丐帮帮主的信物打狗棒，正是吴长老。他驰到萧峰身前，滚鞍下马，跪在地下，说道：“吴长风受众兄弟之托，将本帮打狗棒归还帮主。我们实在胡涂该死，猪油蒙了心，冤枉好人，累得帮主吃了无穷的苦。大伙儿猪狗不如，只盼帮主大人不记小人过，念着我们是一群没爹没娘的孤儿，重来做本帮之主。大伙儿受了奸人煽惑，说帮主是契丹胡狗，真是该死之极。大伙儿已将那奸徒全冠清乱刀分尸，为帮主出气。”说着将打狗棒递向萧峰。

萧峰心中一酸，说道：“吴长老，在下确是契丹人。多承各位重义，在下感激不尽，帮主之位，却是万万不能当的。”说着伸手扶起吴长风。

吴长风脸色迷惘，抓头搔耳，说道：“你……你又说是契丹人？你……你定是不肯做帮主？乔帮主，你瞧开些罢，别再见怪了！”

但听得城内鼓声响起，有大队辽兵便要冲出。段誉叫道：“吴长老，咱们快走！辽兵势大，一结成了阵势，那可抵挡不住。”

萧峰也知丐帮和中原群雄所以一时占得上风，只不过攻了对方个措手不及，倘若真和辽兵硬斗，千百名江湖汉子，如何能是数万辽国精锐之师的敌手？何况这一仗打起来，双方死伤均重，大违自己本愿，便道："吴长老，帮主之事，慢慢再说不迟。你快传令，命众兄弟向西退走。"

吴长风道："是！"传下号令，丐帮帮众后队作前队，向西疾驰。不久虚竹子率领着灵鹫宫属下诸女，以及三十六洞、七十二岛的异士，杀将过来与众人会合。奔出数里后，大理国的众武士在傅思归、朱丹臣等人率领之下也赶到了。但少林群僧和中原群豪却始终未到。隐隐听得南京城中杀声大起。

萧峰道："少林派和中原豪杰在城中给截住了，咱们稍待片刻。"过了半晌，城中喊杀声越来越响。段誉道："大哥在此稍待，我去接应他们出来。"领着大理众武士，回向南京城去。

其时天色渐明，萧峰心下忧虑，不知中原群豪能否脱险，但听得杀声大振，大理国众武士回冲，过了良久，始终不见群豪脱险来聚。

丐帮一名探子飞马来报："数千名铁甲辽兵堵住了西门，大理国武士冲不进去，中原群豪也冲不出来。"虚竹右手一招，叫道："咱们灵鹫宫去打个接应。"领着二千余名三山五岳的好汉、灵鹫九部诸女，冲回来路。

萧峰骑在马上，遥向东望，但见南京城中浓烟处处，东一个火头，西一个火头，不知已乱成怎么一副样子。等了半个时辰，又有一名探子来报："大理段皇爷、灵鹫宫虚竹子先生杀开一条血路，已冲入城中去了。"

以往遇有战斗，萧峰总是身先士卒，这一次他却远离战阵，空自焦急关心，甚为不耐，说道："我去瞧瞧！"阿紫、木婉清、锺灵三女齐劝："辽人只欲得你而甘心，千万不可去冒险。"萧峰道："不妨！"纵马而前，丐帮帮众随后跟来。

到得南京城西门外，只见城墙下、城墙头、护城河两岸伏着数百名死尸，有些是辽国兵将，也有不少是段誉和虚竹二人的下属。城门将闭未闭，两名岛主手挥大刀，守在城门边，正在猛砍冲过来的辽兵，不许关闭城门。

忽听得南首、北首蹄声大作，萧峰惊道："不好，大队辽兵分从南北包抄，咱们可别困在这里。"抢过一柄铁枪折断了，飞身跃起，枪头在城墙上一戳，借力再跃，枪头又在城墙上一戳，几下纵跃，上了城头，向城内望去时，只见西城方圆数里之间，东一堆、西一堆，中原豪杰被无数辽兵分开了围攻，几乎已成各自为战之局。群豪武功虽强，但每一人要抵敌七八人至十余人，斗得久了，总不免寡不敌众。

萧峰站在城头，望望城内，又望望城外，如何抉择，实是为难万分：群豪为搭救自己而来，总不能眼睁睁瞧着他们一个个死于辽兵刀下，但若跃下去相救，那便公然和辽国为敌，成了叛国助敌的辽奸，不但对不起自己祖宗，那也是千秋万世永为本国同胞所唾骂。逃出南京，那是去国避难，旁人不过说一声"萧峰不忠"，可是反戈攻辽，却变成极大的罪人了。

萧峰行事向来干脆爽净，决断极快，这时却当真进退维谷，一瞥眼间，只见城墙边七八名契丹武士围住了两名少林老僧狠斗。一名少林僧手舞戒刀，口中喷血，显是身受重伤，萧峰凝神看去，认得他是玄鸣；另一名少林僧挥动禅杖拼命掩护，却是玄石。两名辽兵挥动长刀，砍向玄鸣。玄鸣重伤之下，无力挡架。玄石倒持禅杖，杖尾反弹上来，将两柄长刀撞了回去。猛听得玄鸣"啊"的一声大叫，左肩中刀。玄石横杖过去，将那辽兵打得筋折骨裂，但这一来胸口门户大开，一名契丹武士举矛直进，刺入玄石小腹。玄石禅杖压将下来，那契丹武士登时头骨粉碎，竟还比他先死片刻。玄鸣戒刀乱舞，已是不成招数，眼泪直流，大叫："师弟，师弟！"

萧峰只瞧得热血沸腾，再也无法忍耐，大叫一声："萧峰在此，要杀便来杀我，休得滥伤无辜！"从城头一跃而下，双腿起处，人未着地，已将两名契丹武士踢飞，左足一着地，随即拉过玄鸣，右手接过玄石的禅杖，叫道："在下援救来迟，实是罪孽深重。"挥禅杖将两名契丹武士震开数丈。

玄石苦笑道："我们诬指居士是契丹人，罪孽更大，善哉，善哉！如今水落石……"下面这"出"字没吐出口，头一侧，气绝而死。

萧峰护着玄鸣，向左侧受人围攻的几个大理武士冲去。辽国兵将见南院大王突然神威凛凛的现身，都不由得胆怯。萧峰舞动禅杖，远挑近打，虽不杀人性命，但遇上者无不受伤。众辽兵纷纷退开。萧峰左冲右突，顷刻间已将二百余人聚在一起。他朗声叫道："众位千万不可分开！"率领了这二百余人四下游走，一见有人被围，便即迎上，将被围者接出，犹似滚雪球一般，越滚越大，到得千人以上时，辽兵已无法阻拦。当下萧峰和虚竹、段誉，以及少林寺玄渡大师所率的中原群豪聚在一起，冲向城门。

萧峰手持禅杖，站在城门边上，让大理国、灵鹫宫、中原群豪三路人马一一出城。辽国兵将远远站着呐喊，竟无人胆敢上前冲杀。

萧峰直待众人退尽，这才最后出城，出城门时回头一望，但见尸骸重叠，这一战不知已杀伤了多少性命，眼见两名灵鹫宫的女将倒在血泊中呻吟滚动，萧峰回进城门，抓着二女的背心，提将出来。

猛听得鼓声如雷，两队骑兵从南北杀将过来。萧峰一颗心登时沉了下去，这两队骑兵每一队都在万人以上，己方久战之后，不是受伤，便已疲累，如何抵敌？叫道："丐帮众兄弟断后！将坐骑让给受了伤的朋友们先退！"丐帮帮众大声应诺，纷纷下马。萧峰又叫："结成打狗大阵！"群丐口唱"莲花落"，排成一列列人墙。萧峰叫道："玄渡大师、二弟、三弟，快率领大部朋友向西退却，让丐帮断后！"

日光初升，只照得辽兵的矛尖刀锋，闪闪生辉，数万只铁蹄践在地上，直是地摇山动。

虚竹和段誉见了辽兵的兵势，情知丐帮的"打狗大阵"无论如何阻拦不住，二人分站萧峰左右，说道："大哥，咱们结义兄弟，有难同当，生死与共！"萧峰道："那你快叫本部人马退去！"

虚竹、段誉分别传令。岂知灵鹫宫的部属固不肯舍主人而去，大理国的将士也决不肯让皇帝身居险地，自行退却。眼见辽兵越冲越近，射来弩箭已落在萧峰等人十余丈外，玄渡本已率领中原群豪先行退开，这时群豪见情势凶险，竟有数十人奔了回来助战。

萧峰暗暗叫苦，心想："这些人一个个武功虽高，聚在一起，却是一群乌合之众，不谙兵法部署，如何与辽兵相抗？我一死不打紧，大伙儿都被辽兵聚歼于南京城外，那可……那可……"

正没做理会处，突然间辽军阵中锣声急响，竟然鸣金退兵，正自疾冲而来的辽兵一听到锣声，当即带转马头，后队变前队，分向南北退了下去。萧峰大奇，不明所以，却听得辽军阵后喊声大振，又见尘沙飞扬，竟是另有军马袭击辽军背后，萧峰更是奇怪："怎么辽军后又有军马，难道有什么人作乱？皇上腹背受敌，只怕情势不妙。"他一见辽军遭困，不由自主的又关心起耶律洪基来。

萧峰跃上马背，向辽军阵后瞧去，只见一面面白旗飘扬，箭如骤雨，辽兵纷纷落马。萧峰恍然大悟："啊，是我的女真部族朋友到了，不知他们如何竟会得知讯息？"

女真猎人箭法了得，勇悍之极，每一百人为一小队，跨上劣马，荷荷呼喊，狂奔急冲，霎时间便冲乱了辽兵阵势。女真部族人数不多，但骁勇善战，更攻了个辽兵出其不意。辽军统帅眼见情势不利，又恐萧峰统率人马上前夹攻，急忙收兵入城。

范骅是大理国司马，精通兵法，眼见有机可乘，忙向萧峰道："萧大王，咱们快冲杀过去，这时正是破敌的良机。"萧峰摇了摇头。范骅道："此处离雁门关甚远，若不乘机击破辽兵，大有后患。敌众我寡，咱们未必能全身而退。"萧峰又摇了摇头。范骅大惑不解，心想："萧大王不肯赶尽杀绝，莫非还想留下他日与辽帝修好的余地?"

烟尘之中，一群群女真人或赤裸上身、或身披兽皮，乘马冲杀而来，弩箭嗤嗤射出，当者披靡。辽军后队千余人未及退入城中，都被女真人射死在城墙之下。女真蛮人剃光了前边头皮，脑后拖着一条辫子，个个面目狰狞，满身溅满鲜血，射死敌人之后，随即挥刀割下首级，挂在腰间，有些人腰间累累的竟挂了十余个首级。群豪在江湖上见过的凶杀着实不少，但如此凶悍残忍的蛮人却是第一次见到，无不骇然。

一名高大的猎人站在马背之上，大声呼叫："萧大哥，萧大哥，完颜阿骨打帮你打架来了!"

萧峰纵骑而出，两人四手相握。阿骨打喜道："萧大哥，那日你不别而行，兄弟每日记挂，后来听探子说你在辽国做了大官，倒也罢了，但想辽人奸猾，你这官只怕做不长久。果然日前探子报道：你被那狗娘养的皇帝关在牢里，兄弟急忙带人来救，幸好哥哥没死没伤，兄弟甚是喜欢。"萧峰道："多谢兄弟搭救!"一言未毕，城头上弩箭纷纷射将下来，两人距离城墙尚远，弩箭射他们不着。

阿骨打怒喝："契丹狗子！我自和哥哥说话，却来打扰!"拉开长弓，嗤嗤嗤三箭，自城下射了上去，只听得三声惨呼，三名辽兵中箭，自城头翻将下来。辽兵射他不到，他的强弓硬弩却能及远，三发三中。城头上众辽兵齐声发喊，纷纷收弦，竖起盾牌。但听得城中鼓声冬冬，辽军又在聚兵点将。

阿骨打大声道："众儿郎听者，契丹狗子又要钻出狗洞来啦，咱们再来杀一个痛快。"女真人大声鼓噪，有若万兽齐吼。

萧峰心想这一仗若是打上了，双方死伤必重，忙道："兄弟，你前来救我，此刻我已脱险，何必再和人厮打？你我多时不见，且到个安静所在，兄弟们饮个大醉。"完颜阿骨打道："也说得是，咱们走罢！"

却见城门大开，一队铁甲辽兵骑马急冲出来。阿骨打骂道："杀不完的契丹狗子！"弯弓搭箭，一箭飕的射出，正中当先那人脸孔，登时倒撞下马。其余女真人也纷纷放箭，都是射向辽兵脸面，这些人箭法既精，箭头上又喂了剧毒，中者哼也没哼一声，立时便即毙命。片刻间城门口倒毙了数百人。人马甲胄，堆成个小丘，将城门堵塞住了。其余辽兵只吓得心胆俱裂，紧闭城门，再也不敢出来。

完颜阿骨打率领族人，在城下耀武扬威，高声叫骂。萧峰道："兄弟，咱们去罢！"阿骨打道："是！"戟指城头，高声说道："契丹狗子听了，幸好你们没伤到我萧大哥的一根寒毛，今日便饶了你们性命。否则我把城墙拆了，将你们契丹狗子一个个都射死了！"

当下与萧峰并骑向西，驰出十余里，到了一个山丘之上。阿骨打跳下了马，从马旁取下皮袋，递给萧峰，道："哥哥，喝酒。"萧峰接了过来，骨嘟嘟的喝了半袋，还给阿骨打。阿骨打将余下的半袋都喝了，说道："哥哥，不如便和兄弟共去长白山边，打猎喝酒，逍遥快活。"

萧峰深知耶律洪基的性情，他今日在南京城下被完颜阿骨打打败，又给他狠狠的辱骂了一番，大失颜面，定然不肯就此罢休，非提兵再来相斗不可。女真人虽然勇悍，究竟人少，胜败实未可料，终究以避战为上，须得帮他们出些主意，又想起在长白山下的那些日子，除了替阿紫治伤外，再无他虑，更没争名争利之事，此后在女真部中安身，倒也免却了无数烦恼，便道："兄弟，这些中原来的英雄豪杰，都是为救我而来，我将他们送到雁门关后，再来和兄弟相聚。"

阿骨打大喜，说道："中原蛮子啰里啰唆，多半不是好人，我也不愿和他们相见。"说着率领着族人，向北而去。

中原群豪见这群番人来去如风，剽悍绝伦，均想："这群番人比辽狗还要厉害，幸亏他们是乔帮主的朋友，否则可真不好惹！"

各路人马渐渐聚在一起，七张八嘴，纷纷谈论适才南京城下的这场恶战。

萧峰躬身到地，说道："多谢各位大仁大义，不念萧某的旧恶，千里迢迢的赶来相救，此恩此德，萧某永难相报。"

玄渡道："乔帮主说哪里话来？以前种种，皆因误会而生，武林同道，患难相助，理所当然。何况乔帮主为了中原的百万生灵，不顾生死安危，舍却荣华富贵，仁德泽被天下，大家都要感谢乔帮主才是。"

范骅朗声道："众位英雄，在下观看辽兵之势，恐怕输得不甘，还会前来追击。不知众位有何高见？"群雄大声叫了起来："这便跟辽兵决一死战，难道还怕了他们不成！"范骅道："敌众我寡，平阳交锋，于咱们不利。依在下之见，还是向西退却，一来和宋兵距得近了，好歹有个接应；二来敌兵追得越远，人数越少，咱们便可乘机反击。"

群豪齐声称是。当下虚竹率领灵鹫宫下属为第一路，段誉率领大理国兵马为第二路，玄渡率领中原群豪为第三路，萧峰率领丐帮帮众断后。四路人马，每一路之间相隔不过数里，探子骑着快马来回传递消息，若有敌警，便可互相应援。迤逦行了一日。当晚在山间野宿，整晚并无辽兵来攻，众人渐感放心。

次晨一早又行，萧峰问阿紫道："那位游君还在灵鹫宫中么？"阿紫小嘴一撇，说道："谁知道呢？多半是罢，他瞎着双眼，又怎能下山？"语意中对他没半分关怀之情。

这一日行到小五台山下的白乐堡埋锅造饭。范骅沿途伏下一批批豪士，扼守险要的所在，断桥阻路，以延缓辽兵的追击。

到第三日上，忽见东边狼烟冲天而起，那正是辽兵追来的讯号。群雄都是心头一凛，有些少年豪杰便欲回头，相助留下伏击的小队，却为玄渡、范骅等喝住。

这日晚间，群豪在一座山坡上歇宿。睡到午夜，忽然有人大声惊呼。群豪一惊而醒，只见北方烧红了半边天。萧峰和范骅对瞧一眼，心下均隐隐感到不吉。范骅低声道："萧大王，你瞧是不是辽军绕道前来夹攻？"萧峰点了点头。范骅道："这一场大火，不知烧了多少民居，唉！"萧峰不愿说耶律洪基的坏话，却知他在女真人手下吃了个败仗，心下极是不忿，一口怒气，全发泄在无辜百姓身上，这一路领军西来，定是见人杀人，见屋烧屋。

大火直烧到天明，兀自未熄。到得下午，只见南边也烧起了火头。烈日下不见火焰，浓烟却直冲霄汉。

玄渡本来领人在前，见到南边烧起了大火，勒马候在道旁，等萧峰来到，问道："乔帮主，辽军分三路来攻，你说这雁门关是否守得住？我已派人不断向雁门关报讯，但关上统帅懦弱，兵威不振，只怕难抗契丹的铁骑。"萧峰无言以对。玄渡又道："看来女真人倒能对付得了辽兵，将来大宋如和女真人联手，南北夹攻，或许能令契丹铁骑不敢南下。"

萧峰知他之意，是要自己设法和女真人的首领完颜阿骨打联系，但想自己实是契丹人，如何能勾结外敌来攻打本国，突然问道："玄渡大师，我爹爹在宝刹可好？"玄渡一怔，道："令尊皈依三宝，在少林后院清修，咱们这次来到南京，也没知会令尊，以免引动他的尘心。”萧峰道：“我真想见见爹爹，问他一句话。”玄渡嗯了一声。

萧峰道：“我想请问他老人家：倘若辽兵前来攻打少林寺，他却怎生处置？”玄渡道：“那自是奋起杀敌，护寺护法，更有何疑？”萧峰道：“然而我爹爹是契丹人，如何要他为了汉人，去杀契丹人？”玄渡沉吟道：“原来帮主果然是契丹人。弃暗投明，可敬可佩！”

萧峰道：“大师是汉人，只道汉为明，契丹为暗。我契丹人却说大辽为明，大宋为暗。想我契丹祖先为羯人所残杀，为鲜卑人所胁迫，东逃西窜，苦不堪言。大唐之时，你们汉人武功极盛，不知杀了我契丹多少勇士，掳了我契丹多少妇女。现今你们汉人武功不行了，我契丹反过来攻杀你们。如此杀来杀去，不知何日方了？”

玄渡默然，隔了半晌，念道：“阿弥陀佛，阿弥陀佛。”

段誉策马走近，听到二人下半截的说话，喟然吟道：“烽火燃不息，征战无已时。野战格斗死，败马号鸣向天悲。乌鸢啄人肠，衔飞上挂枯树枝。士卒涂草莽，将军空尔为。乃知兵者是凶器，圣人不得已而用之。”萧峰赞道：“‘乃知兵者是凶器，圣人不得已而用之。’贤弟，你作得好诗。”段誉道：“这不是我作的，是唐朝大诗人李白的诗篇。”

萧峰道：“我在此地之时，常听族人唱一首歌。”当即高声而唱：“亡我祁连山，使我六畜不蕃息。失我焉支山，使我妇女无颜色。”他中气充沛，歌声远远传了出去，但歌中充满了哀伤凄凉之意。

段誉点头道：“这是匈奴人的歌。当年汉武帝大伐匈奴，抢夺了大片地方，匈奴人惨伤困苦，想不到这歌直传到今日。”萧峰道：“我契丹祖先，和当时匈奴人一般苦楚。”

玄渡叹了口气，说道：“只有普天下的帝王将军们都信奉佛法，以慈悲为怀，那时才不会再有征战杀伐的惨事。”萧峰道：

“可不知何年何月，才有这等太平世界。”

一行人续向西行，眼见东南北三方都有火光，昼夜不息，辽军一路烧杀而来。群雄心下均感愤怒，不住叫骂，要和辽军决一死战。

范骅道：“辽军越追越近，咱们终于将退无可退，依兄弟之见，咱们不如四下分散，教辽军不知向哪里去追才是。”

吴长风大声道：“那不是认输了吗？范司马，你别长他人志气，灭自己威风，胜也好，败也好，咱们总得与辽狗拼个你死我活。”

正说之间，突然飕的一声，一枝羽箭从东南角上射将过来，一名丐帮弟子中箭倒地。跟着山后一队辽兵大声呐喊，扑了出来。原来这队辽兵马不停蹄的从间道来攻，越过了断后的群豪。这一支突袭的辽军约有五百余人。吴长风大叫：“杀啊！”当先冲了过去。群雄蓄愤已久，无不奋勇争先。群雄人数既较这小队辽军为多，武艺又远为高强，大呼酣战声中，砍瓜切菜般围杀辽兵，只小半个时辰，将五百余名辽兵杀得干干净净。有十余名契丹武士攀山越岭逃走，也都被中原群豪中轻功高明之士，追上去一一杀死。

群豪打了一个胜仗，欢呼呐喊，人心大振。范骅却悄悄对玄渡、虚竹、段誉等人说道：“咱们所歼的只是辽军一小队，这一仗既接上了，第二批辽军跟着便来。咱们快向西退！”

话声未了，只听得东边轰隆隆、轰隆隆之声大作。群豪一齐转头向东望去，但见尘土飞起，如乌云般遮住了半边天。霎时之间，群豪面面相觑，默不作声，但听得轰隆隆、轰隆隆闷雷般的声音远远响着。显是大队辽军奔驰而来，从这声音中听来，不知有多少万人马。江湖上的凶杀斗殴，群豪见得多了，但如此大军驰驱，却是闻所未闻，比之南京城外的接战，这一次辽军的规模又不知强大了多少倍。各人虽然都是胆气豪壮之辈，陡然间遇到这般天地为之变色的军威，却也忍不住心惊肉跳，满手冷汗。

范骅叫道：“众位兄弟，敌人势大，枉死无益。留得青山在，不怕没柴烧，咱们今日暂且避让，乘机再行反击。”当下群豪纷纷上马，向西急驰，但听得那轰隆隆的声音，在身后老是响个不停。

这一晚各人不再歇宿，眼见离雁门关渐渐近了。群豪催骑而行，知道只要一进雁门关，扼险而守，敌军虽众，破关便极不容易。一路上马匹纷纷倒毙，有的展开轻功步行，有的便两人一骑。行到天明，离雁门关已不过十余里地，众人都放下了心，下马牵缰，缓缓而行，好让牲口回力。但身后轰隆隆、轰隆隆的万马奔腾之声，却也更加响了。

萧峰走下岭来，来到山侧，猛然间看到一块大岩，心中一凛：“当年玄慈方丈、汪帮主等率领中原豪杰，伏击我爹爹，杀死了我母亲和不少契丹武士，便是在此。”一侧头，只见一片山壁上斧凿的印痕宛然可见，正是玄慈将萧远山所留字迹削去之处。

萧峰缓缓回头，见到石壁旁一株花树，耳中似乎听到了阿朱当年躲在树后的声音：“乔大爷，你再打下去，这座山峰也要给你击倒了。”

他一呆，阿朱情致殷殷的几句话，清清楚楚的在他脑海中响起：“我在这里已等了你五日五夜，我只怕你不能来。你……你果然来了，谢谢老天爷保佑，你终于安好无恙。”

萧峰热泪盈眶，走到树旁，伸手摩挲树干，见那树比之当日与阿朱相会时已高了不少。一时间伤心欲绝，浑忘了身外之事。

忽听得一个尖锐的声音叫道：“姊夫，快退！快退！”阿紫奔近身来，拉住萧峰衣袖。

萧峰一抬头，远远望出去，只见东面、北面、南面三方，辽军长矛的矛头犹如树林般刺向天空，竟然已经合围。萧峰点了点头，道：“好，咱们退入雁门关再说。”

这时群豪都已聚在雁门关前。萧峰和阿紫并骑来到关口，关门却兀自紧闭。关门上一名宋军军官站在城头，朗声说道："奉镇守雁门关指挥使张将军将令：尔等既是中原百姓，原可入关，但不知是否勾结辽军的奸细，因此各人抛下军器，待我军一一搜检。身上如不藏军器者，张将军开恩，放尔等进关。"

此言一出，群豪登时大哗。有的说："我等千里奔驰，奋力抵抗辽兵，怎可怀疑我等是奸细？"有的道："我们携带军器，是为了相助将军抗辽。倘若失去了趁手兵器，如何和辽军打仗？"更有性子粗暴之人叫骂起来："他妈的，不放我们进关么？大伙儿攻进去！"

玄渡急忙制止，向那军官道："相烦禀报张将军知道：我们都是忠义为国的大宋百姓。敌军转眼即至，再要搜检什么的，耽误了时刻，那时再开关，便危险了。"

那军官已听了人丛中的叫骂之声，又见许多人穿着奇形怪状的衣饰，不类中土人士，说道："老和尚，你说你们都是中土良民，我瞧有许多不是中国人罢？好！我就网开一面，大宋良民可以进关，不是大宋子民，可不得进关。"

群豪面面相觑，无不愤怒。段誉的部属是大理国臣民，虚竹的部属更是各族人民都有，或西域、或西夏、或吐蕃、或高丽，倘若只有大宋臣民方得进关，那么大理国、灵鹫宫两路人马，大部份都不能进去了。

玄渡说道："将军明鉴：我们这里有许多同伴，有的是大理人，有的是西夏人，都跟我们联手，和辽兵为敌，都是朋友，何分是宋人不宋人？"这次段誉率部北上，严守秘密，决不泄漏是一国之主的身份，以防宋朝大臣起心加害，或掳之作为人质，兼之大理与辽国相隔虽远，却也不愿公然与之为敌，是以玄渡并不提及关下有大理国极重要的人物。

那军官怫然道："雁门关乃大宋北门锁钥，是何等要紧的所在？辽兵大队人马转眼就即攻到，我若随便开关，给辽兵乘机冲了进来，这天大的祸事，有谁能够担当？"

吴长风再也忍耐不住，大声喝道："你少啰唆几句，早些开了关，岂不是什么事也没有了？"那军官怒道："你这老叫化，本官面前，哪有你说话的余地？"他右手一扬，城垛上登时出现了千余名弓箭手，弯弓搭箭，对准了城下。那军官喝道："快快退开，若再在这里妖言惑众，扰乱军心，我可要放箭了。"玄渡长叹一声，不知如何是好。

雁门关两侧双峰夹峙，高耸入云，这关所以名为"雁门"，意思说鸿雁南飞之时，也须从双峰之间通过，以喻地势之险。群豪中虽不乏轻功高强之士，尽可翻山越岭逃走，但其余人众难逾天险，不免要被辽军聚歼于关下了。

只见辽军限于山势，东西两路渐渐收缩，都从正面压境而来。但除了马蹄声、铁甲声、大风吹旗声外，却无半点人声喧哗，的是军纪严整的精锐之师。一队队辽军逼关为阵，驰到弩箭将及之处，便即停住。一眼望去，东西北三方旌旗招展，实不知有多少人马。

萧峰朗声道："众位请各在原地稍候，不可移动，待在下与辽帝分说。"不等段誉、阿紫等劝止，已单骑纵马而出。他双手高举过顶，示意手中并无兵刃弓箭，大声叫道："大辽国皇帝陛下，萧峰有几句话跟你说，请你出来。"说这几句话时，鼓足了内力，声音远远传了出去。辽军十余万将士没一个不听得清清楚楚，不由得人人变色。

过得半晌，猛听得辽军阵中鼓角声大作，千军万马如波浪般向两侧分开，八面金黄色大旗迎风招展，八名骑士执着驰出阵来。八面黄旗之后，一队队长矛手、刀斧手、弓箭手、盾牌手疾奔而前，分列两旁，接着是十名锦袍铁甲的大将簇拥着耶律洪基出阵。

辽军大呼："万岁，万岁，万万岁！"声震四野，山谷鸣响。

关上宋军见到敌人如此军威，无不栗然。

耶律洪基右手宝刀高高举起，辽军立时肃静，除了偶有战马嘶鸣之外，更无半点声息。耶律洪基放下宝刀，大声笑道："萧大王，你说要引辽军入关，怎么关门还不大开？"

此言一出，关上通译便传给镇守雁门关指挥使张将军听了。关上宋军立时大噪，指着萧峰指手划脚的大骂。

萧峰知道耶律洪基这话是行使反间计，要使宋兵不敢开关放自己入内，心中微微一酸，当即跳下马来，走上几步，说道："陛下，萧峰有负厚恩，重劳御驾亲临，死罪，死罪。"

刚说了这几句话，突然两个人影从旁掠过，当真如闪电一般，猛向耶律洪基欺了过去，正是虚竹和段誉。他二人眼见情势不对，知道今日之事，唯有擒住辽帝作为要胁，才能保得大伙周全，一打手势，便分从左右抢去。

耶律洪基出阵之时，原已防到萧峰重施当年在阵上擒杀楚王父子的故技，早有戒备。亲军指挥使一声吆喝，三百名盾牌手立时聚拢，三百面盾牌犹如一堵城墙，挡在辽帝面前。长矛手、刀斧手又密密层层的排在盾牌之前。

这时虚竹既得天山童姥的真传，又尽窥灵鹫宫石壁上武学的秘奥，武功之高，实已到了随心所欲、无往而不利的地步；而段誉在得到鸠摩智的毕生修为后，内力之强，亦是震古铄今，他那"凌波微步"施展开来，辽军将士如何阻拦得住？

段誉东一晃、西一斜，便如游鱼一般，从长矛手、刀斧手间相距不逾一尺的缝隙之中硬生生的挤将过去。众辽兵挺长矛攒刺，非但伤不到段誉，反因相互挤得太近，兵刃多半招呼在自己人身上。

虚竹双手连伸，抓住辽兵的胸口背心，不住掷出阵来，一面向耶律洪基靠近。两员大将纵马冲上，双枪齐至，向虚竹胸腹刺来。虚竹突然跃起，双足分落二将枪头。两员辽将齐声大喝，抖动枪杆，要将虚竹身子震落。虚竹乘着双枪抖动之势，飞身跃起，半空中便向洪基头顶扑落。

一如游鱼之滑，一如飞鸟之捷，两人双双攻到。耶律洪基大惊，提起宝刀，疾向身在半空的虚竹砍去。

虚竹左手手掌一探，已搭住他宝刀刀背，乘势滑落，手掌翻处，抓住了他右腕。便在此时，段誉也从人丛中钻将出来，抓住了耶律洪基左肩。两人齐声喝道："走罢！"将耶律洪基魁伟的身子从马背上提落，转身急奔。

四下里辽将辽兵眼见皇帝落入敌手，大惊狂呼，一时都没了主意。几十名亲兵奋不顾身的扑上来想救皇帝，都被虚竹、段誉飞足踢开。

二人擒住辽帝，心中大喜，突见萧峰飞身赶来，齐声叫道："大哥！"哪知萧峰双掌骤发，呼呼两声，分袭二人。二人都是大吃一惊，眼见掌力袭来，犹如排山倒海一般，只得举掌挡架，砰砰两声，四掌相撞，掌风激荡，萧峰向前一冲，已乘势将耶律洪基拉了过去。

这时辽军和中土群豪分从南北涌上，一边想抢回皇帝，一边要作萧峰、虚竹、段誉三人的接应。

萧峰大声叫道："谁都别动，我自有话向大辽皇帝说。"辽军和群豪登时停了脚步，双方都怕伤到自己人，只远远呐喊，不敢冲杀上前，更不敢放箭。

虚竹和段誉也退开三步，分站耶律洪基身后，防他逃回阵中，并阻契丹高手前来相救。

这时耶律洪基脸上已无半点血色，心想："这萧峰的性子甚是刚烈，我将他囚于狮笼之中，折辱得他好生厉害。此刻既落在他手中，他定要尽情报复，再也不肯饶我性命了。”却听萧峰道：“陛下，这两位是我的结义兄弟，不会伤害于你，你可放心。”耶律洪基哼了一声，回头向虚竹看了一眼，又向段誉看了一眼。

萧峰道：“我这个二弟虚竹子，乃灵鹫宫主人，三弟是大理段公子。臣也曾向陛下说起过。”耶律洪基点了点头，说道：“果然了得。”

萧峰道：“我们立时便放陛下回阵，只是想求陛下赏赐。”

耶律洪基几乎不相信自己的耳朵，心想：“天下哪有这样的便宜事？啊，是了，萧峰已然回心转意，求我封他三人为官。”登时满面笑容，说道：“你们有何求恳，我自是无有不允。”他本来语音发颤，这两句话中却又有了皇帝的尊严。

萧峰道：“陛下已是我两个兄弟的俘虏，照咱们契丹人的规矩，陛下须得以彩物自赎才是。”耶律洪基眉头微皱，问道：“要什么？”萧峰道：“微臣斗胆代两个兄弟开口，只是要陛下金口一诺。”洪基哈哈一笑，说道：“普天之下，我当真拿不出的物事却也不多，你尽管狮子大开口便了。”

萧峰道：“是要陛下答允立即退兵，终陛下一生，不许辽军一兵一卒越过宋辽疆界。”

段誉一听，登时大喜，心想：“辽军不逾宋辽边界，便不能插翅来犯我大理了。”忙道：“正是，你答应了这句话，我们立即放你回去。”转念一想：“擒到辽帝，二哥出力比我更多，却不知他有何求？”向虚竹道：“二哥，你要契丹皇帝什么东西赎身？”虚竹摇了摇头，道：“我也只要这一句话。”

耶律洪基脸色甚是阴森，沉声道：“你们胆敢胁迫于我？我若不允呢？”

萧峰朗声道：“那么臣便和陛下同归于尽，玉石俱焚。咱二人当年结义，也曾有过但愿同年同月同日死的誓言。”

耶律洪基一凛，寻思：“这萧峰是个天不怕、地不怕的亡命之徒，向来说话一是一，二是二，我若不答允，只怕要真的出手向我冒犯。死于这莽夫之手，那可大大的不值得。”当下哈哈一笑，朗声道：“以我耶律洪基一命，换得宋辽两国数十年平安。好兄弟，你可把我的性命瞧得挺重哪！”

萧峰道：“陛下乃大辽之主。普天之下，岂有比陛下更贵重的？”

耶律洪基又是一笑，道：“如此说来，当年女真人向我要黄金三十车、白银三百车、骏马三千匹，眼界忒也浅了？”萧峰略一躬身，不再答话。

耶律洪基回过头来，只见手下将士最近的也在百步之外，无论如何不能救自己脱险，权衡轻重，世上更无比性命更贵重的事物，当即从箭壶中抽出一枝雕翎狼牙箭，双手一弯，啪的一声，折为两段，投在地下，说道：“答允你了。”

萧峰躬身道：“多谢陛下。”

耶律洪基转过身来，举步欲行，却见虚竹和段誉四目炯炯的瞧着自己，并无让路之意，回头再向萧峰瞧去，见他也默不作声，登时会意，知他三人是怕自己食言，当即拔出宝刀，高举过顶，大声说道：“大辽三军听令。”

辽军中鼓声擂起，一通鼓罢，立时止歇。

耶律洪基说道：“大军北归，南征之举作罢。”他顿了一顿，又道：“于我一生之中，不许我大辽国一兵一卒，侵犯大宋边界。”说罢，宝刀一落，辽军中又擂起鼓来。

萧峰躬身道：“恭送陛下回阵。”

虚竹和段誉往两旁一让，绕到萧峰身后。

耶律洪基又惊又喜，又是羞惭，虽急欲身离险地，却不愿在萧峰和辽军之前示弱，当下强自镇静，缓步走回阵去。

辽军中数十名亲兵飞骑驰出，抢来迎接。耶律洪基初时脚步尚缓，但禁不住越走越快，只觉双腿无力，几欲跌倒，双手发颤，额头汗水更是涔涔而下。待得侍卫驰到身前，滚鞍下马而将坐骑牵到他身前，耶律洪基已是全身发软，左脚踏入脚镫，却翻不上鞍去。两名侍卫扶住他后腰，用力一托，耶律洪基这才上马。

众辽军见皇帝无恙归来，大声欢呼："万岁，万岁，万万岁！"

这时雁门关上的宋军、关下的群豪听到辽帝下令退兵，并说终他一生不许辽军一兵一卒犯界，也是欢声雷动。众人均知契丹人虽然凶残好杀，但向来极是守信，与大宋之间有何交往，极少背约食言，何况辽帝在两军阵前亲口颁令，倘若日后反悔，大辽举国上下都要瞧他不起，他这皇帝之位都怕坐不安稳。

耶律洪基脸色阴郁，心想我这次为萧峰这厮所胁，许下如此重大诺言，方得脱身以归，实是丢尽了颜面，大损大辽国威。可是从辽军将士欢呼万岁之声中听来，众军拥戴之情却又似乎出自至诚。他眼光从众士卒脸上缓缓掠过，只见一个个容光焕发，欣悦之情见于颜色。

众士卒想到即刻便可班师，回家与父母妻儿团聚，既无万里征战之苦，又无葬身异域之险，自是大喜过望。契丹人虽然骁勇善战，但兵凶战危，谁都难保一定不死，今日得能免去这场战祸，除了少数想在征战中升官发财的悍将之外，尽皆欢喜。

耶律洪基心中一凛："原来我这些士卒也不想去攻打南朝，我若挥军南征，却也未必便能一战而克。"转念又想："那些女真蛮子大是可恶，留在契丹背后，实是心腹大患，我派兵去将这些蛮子扫荡了再说。"当即举起宝刀，高声说道："北院大王传令下去，后队变前队，班师南京！"

军中皮鼓号角响起，传下御旨，但听得欢呼之声，从近处越传越远。

耶律洪基回过头来，只见萧峰仍是一动不动的站在当地。耶律洪基冷笑一声，朗声道："萧大王，你为大宋立下如此大功，高官厚禄，指日可待。"

萧峰大声道："陛下，萧峰是契丹人，今日威迫陛下，成为契丹的大罪人，此后有何面目立于天地之间？"拾起地下的两截断箭，内功运处，双臂一回，噗的一声，插入了自己的心口。

耶律洪基"啊"的一声惊呼，纵马上前几步，但随即又勒马停步。

虚竹和段誉只吓得魂飞魄散，双双抢近，齐叫："大哥，大哥！"却见两截断箭插正了心脏，萧峰双目紧闭，已然气绝。

虚竹忙撕开他胸口的衣衫，欲待施救，但箭中心脏，再难挽救，只见他胸口肌肤上刺着一个青郁郁的狼头，张口露齿，神情极是狰狞。虚竹和段誉放声大哭，拜倒于地。

丐帮中群丐一齐拥上来，团团拜伏。吴长风捶胸叫道："乔帮主，你虽是契丹人，却比我们这些不成器的汉人英雄万倍！"

中原群豪一个个围拢，许多人低声议论："乔帮主果真是契丹人吗？那么他为什么反而来帮助大宋？看来契丹人中也有英雄豪杰。"

"他自幼在咱们汉人中间长大，学到了汉人大仁大义。"

"两国罢兵，他成了排难解纷的大功臣，却用不着自寻短见啊。"

"他虽于大宋有功，在辽国却成了叛国助敌的卖国贼。他这是畏罪自杀。"

"什么畏不畏的？乔帮主这样的大英雄，天下还有什么事要畏惧？"

耶律洪基见萧峰自尽，心下一片茫然，寻思："他到底于我大辽是有功还是有过？他苦苦劝我不可伐宋，到底是为了宋人还是为了契丹？他和我结义为兄弟，始终对我忠心耿耿，今日自尽于雁门关前，自然决不是贪图南朝的功名富贵，那……那却又为了什么？"他摇了摇头，微微苦笑，拉转马头，从辽军阵中穿了过去。

蹄声响处，辽军千乘万骑又向北行。众将士不住回头，望向地下萧峰的尸体。

只听得鸣声哇哇，一群鸿雁越过众军的头顶，从雁门关上飞了过去。

辽军渐去渐远，蹄声隐隐，又化作了山后的闷雷。

虚竹、段誉等一干人站在萧峰的遗体之旁，有的放声号哭，有的默默垂泪。

忽听得一个少女的声音尖声叫道："走开，走开！大家都走开。你们害死了我姊夫，在这里假惺惺的洒几点眼泪，又有什么用？"她一面说，一面伸手猛力推开众人，正是阿紫。虚竹等自不和她一般见识，被她一推，都让了开去。

阿紫凝视着萧峰的尸体，怔怔的瞧了半晌，柔声说道："姊夫，这些都是坏人，你别理睬他们，只有阿紫，才真正的待你好。"说着俯身下去，将萧峰的尸体抱了起来。萧峰身子长大，上半身被她抱着，两脚仍是垂在地下。阿紫又道："姊夫，你现下才真的乖了，我抱着你，你也不推开我。是啊，要这样才好。"

虚竹和段誉对望了一眼，均想："她伤心过度，有些神智失常了。"段誉垂泪道："小妹，萧大哥慷慨就义，人死不能复生，你……你……"走上几步，想去抱萧峰的尸体。

阿紫厉声道："你别来抢我姊夫，他是我的，谁也不能动他。"

段誉回过头来，向木婉清使了个眼色。木婉清会意，走到阿紫身畔，轻轻说道："小妹子，萧大哥逝世，咱们商量怎地给他安葬……"

突然阿紫尖声大叫，木婉清吓了一跳，退开两步。阿紫叫道："走开，走开！你再走近一步，我一剑先杀了你。"

木婉清皱了眉头，向段誉摇了摇头。

忽听得关门左侧的群山中有人长声叫道："阿紫，阿紫，我听到你声音了，你在哪里？你在哪里？"叫声甚是凄厉，许多人认得是做过丐帮帮主、化名为庄聚贤的游坦之。

各人转过头向叫声来处望去，只见游坦之双手各持一根竹杖，左杖探路，右杖搭在一个中年汉子的肩头上，从山坳里转了出来。那中年汉子却是留守灵鹫宫的乌老大。但见他脸容憔悴，衣衫褴褛，一副无可奈何的神情，虚竹等登时明白，游坦之是逼着他领路来寻阿紫，一路之上，想必乌老大吃了不少苦头。

阿紫怒道："你来干什么？我不要见你，我不要见你。"

游坦之喜道："啊，你果然在这里，我听见你声音了，终于找到你了！"右杖上运劲一推，乌老大身不由主的向前飞奔。两人来得好快，顷刻之间，便已到了阿紫身边。

虚竹和段誉等正在无法可施之际，见游坦之到来，心想此人甘愿以双目送给阿紫，和她渊源极深，或可劝得她明白，当下又退开了几步，不欲打扰他二人说话。

游坦之道："阿紫姑娘，你很好罢？没人欺侮姑娘罢？"一张丑脸之上，现出了又是喜悦、又是关切的神色。

阿紫道："有人欺侮我了，你怎么办？"游坦之忙道："是谁得罪了姑娘？姑娘快跟我说，我去跟他拼命。"阿紫冷笑一声，指着身边众人，说道："他们个个都欺侮了我，你一古脑儿将他们都杀了罢！"

游坦之道："是。"问乌老大道："老乌，是些什么人得罪了姑娘？"乌老大道："人多得很，你杀不了的。"游坦之道："杀不了也要杀，谁教他们得罪了阿紫姑娘。"

阿紫怒道："我现下和姊夫在一起，此后永远不会分离了。你给我走得远远的，我再也不要见你。"

游坦之伤心欲绝，道："你……你再也不要见我……"

阿紫高声道："啊，是了，我的眼睛是你给我的。姊夫说我欠了你的恩情，要我好好待你。我可偏不喜欢。"蓦地里右手伸出，往自己眼中一插，竟然将两颗眼珠子挖了出来，用力向游坦之掷去，叫道："还你！还你！从今以后，我再也不欠你什么了。免得我姊夫老是逼我，要我跟你在一起。"

游坦之虽不能视物，但听到身周众人齐声惊呼，声音中带着惶惧，也知是发生了惨祸奇变，嘶声叫道："阿紫姑娘，阿紫姑娘！"

阿紫抱着萧峰的尸身，柔声说道："姊夫，咱们再也不欠别人什么了。以前我用毒针射你，便是要你永远和我在一起，今日总算如了我的心愿。"说着抱着萧峰，迈步便行。

群豪见她眼眶中鲜血流出，掠过她雪白的脸庞，人人心下惊怖，见她走来，便都让开了几步。只见她笔直向前走去，渐渐走近山边的深谷。众人都叫了起来："停步，停步！前面是深谷！"

段誉飞步追来，叫道："小妹，你……"

但阿紫向前直奔，突然间足下踏一个空，竟向万丈深谷中摔了下去。

段誉伸手抓时，嗤的一声，只抓到她衣袖的一角，突然身旁风声劲急，有人抢过，段誉向左一让，只见游坦之也向谷中摔落。段誉叫声："啊哟！"向谷中望去，但见云封雾锁，不知下面究有多深。

群豪站在山谷边上，尽皆唏嘘叹息。武功较差者见到山谷旁尖石嶙峋，有如锐刀利剑，无不心惊。玄渡等年长之人，知道当年玄慈、汪帮主等在雁门关外伏击契丹武士的故事，知道萧峰之母的尸身便葬在这深谷之中。

忽听关上鼓声响起，那传令的军官大声说道："奉镇守雁门关都指挥使张将军将令：尔等既非辽国奸细，特准尔等入关，唯须安份守己，毋得喧哗，是为切切。”

关下群豪破口大骂：“咱们宁死也不进你这狗官把守的关口！”“若不是狗官昏懦，萧大侠也不致送了性命！”“大家进关去，杀了狗官！”众人戟指关头，拍手顿足的叫骂。

虚竹、段誉等跪下向谷口拜了几拜，翻山越岭而去。

那镇守雁门关指挥使见群豪声势汹汹，急忙改传号令，又不许众人进关，待见群豪骂了一阵，渐渐散去，上山绕道南归，这才宽心。即当修下捷表，快马送到汴梁，说道亲率部下将士，血战数日，力敌辽军十余万，幸陛下洪福齐天，朝中大臣指示机宜，众将士用命，格毙辽国大将南院大王萧峰，杀伤辽军数千，辽主耶律洪基不逞而退。

宋帝赵煦得表大喜，传旨关边，犒赏三军，指挥使以下，各各加官进爵。赵煦自觉英明武勇，远迈太祖太宗，连日赐宴朝臣，宫中与后妃欢庆。歌功颂德之声，洋洋盈耳，庆祝大捷之表，源源而来。

段誉与虚竹、玄渡、吴长风等群豪分手，自与木婉清、锺灵、华赫艮、范骅、巴天石、朱丹臣等人回归大理。

进入大理国境，王语嫣已和大理国的侍卫武士候在边界迎接。段誉说起萧峰和阿紫的情事，众人无不黯然神伤。一行人径向南行，段誉不欲惊动百姓，命众人不换百官服色，仍作原来的行商打扮。

这一日将到京城，段誉要去天龙寺拜见枯荣大师和皇伯父段正明，眼见天色渐黑，离天龙寺尚有六十余里，要找个地方歇脚。忽听得树林中有个孩子的声音叫道：“陛下，陛下，我已拜了你，怎么还不给我吃糖？”

众人一听，都感奇怪：“怎地有人认得陛下？”走向树林去看时，只听得林中有人说道："你们要说：'愿吾皇万岁，万岁，万万岁！'才有糖吃。"

这语音十分熟悉，正是慕容复。

段誉和王语嫣吃了一惊，两人手挽着手，隐身树后，向声音来处看去，只见慕容复坐在一座土坟之上，头戴高高的纸冠，神色俨然。

七八名乡下小儿跪在坟前，乱七八糟的嚷道："愿吾皇万岁，万岁，万万岁！"一面乱叫，一面跪拜，有的则伸出手来，叫道："给我糖，给我糕饼！"

慕容复道："众爱卿平身，朕既兴复大燕，身登大宝，人人皆有封赏。"

坟边垂首站着一个女子，却是阿碧。她身穿浅绿衣衫，明艳的脸上颇有凄楚憔悴之色，只见她从一只篮中取出糖果糕饼，分给众小儿，说道："大家好乖，明天再来玩，又有糖果糕饼吃！"语音呜咽，一滴滴泪水落入了竹篮之中。

众小儿拍手欢呼而去，都道："明天又来！"

王语嫣知道表哥神智已乱，富贵梦越做越深，不禁凄然。

段誉见到阿碧的神情，怜惜之念大起，只盼招呼她和慕容复同去大理，妥为安顿，却见她瞧着慕容复的眼色中柔情无限，而慕容复也是一副志得意满之态，心中登时一凛："各有各的缘法，慕容兄与阿碧如此，我觉得他们可怜，其实他们心中，焉知不是心满意足？我又何必多事？"轻轻拉了拉王语嫣的衣袖，做个手势。

众人都悄悄退了开去。但见慕容复在土坟上南面而坐，口中兀自喃喃不休。

（全书完）

后　记

在改写修订《天龙八部》时，心中时时浮起陈世骧先生亲切而雍容的面貌，记着他手持烟斗侃侃而谈学问的神态。中国人写作书籍，并没有将一本书献给某位师友的习惯，但我热切的要在“后记”中加上一句：“此书献给我所敬爱的一位朋友——陈世骧先生。”只可惜他已不在世上。但愿他在天之灵知道我这番小小心意。

我和陈先生只见过两次面，够不上说有深厚交情。他曾写过两封信给我，对《天龙八部》写了很多令我真正感到惭愧的话。以他的学问修养和学术地位，这样的称誉实在是太过份了。或许是出于他对中国传统形式小说的偏爱，或许由于我们对人世的看法有某种共同之处，但他所作的评价，无论如何是超过了我所应得的。我的感激和喜悦，除了得到这样一位著名文学批评家的认可、因之增加了信心之外，更因为他指出，武侠小说并不纯粹是娱乐性的无聊作品，其中也可以抒写世间的悲欢，能表达较深的人生境界。

当时我曾想，将来《天龙八部》出单行本，一定要请陈先生写一篇序。现在却只能将陈先生的两封信附在书后，以纪念这位朋友。当然，读者们都会了解，那同时是在展示一位名家的好评。任何写作的人，都期望他的作品能得到好评。如果读者看了不感到欣赏，作者的工作变成毫无意义。有人读我的小说而欢喜，在我当然是十分高兴的事。

陈先生的信中有一句话："犹在觅四大恶人之圣诞片，未见。"那是有个小故事的。陈先生告诉我，夏济安先生也喜欢我的武侠小说。有一次他在书铺中见到一张圣诞卡，上面绘着四个人，夏先生觉得神情相貌很像《天龙八部》中所写的"四大恶人"，就买了来，写上我的名字，写了几句赞赏的话，想寄给我。但我们从未见过面，他托陈先生转寄。陈先生随手放在杂物之中，后来就找不到了。夏济安先生曾在文章中几次提到我的武侠小说，颇有溢美之辞。我和他的缘份更浅，始终没能见到他一面，连这张圣诞卡也没收到。我阅读《夏济安日记》等作品之时，常常惋惜，这样一位至性至情的才士，终究是缘悭一面。

《天龙八部》于一九六三年开始在《明报》及新加坡《南洋商报》同时连载，前后写了四年。中间在离港外游期间，曾请倪匡兄代写了四万多字。倪匡兄代写那一段是一个独立的故事，和全书并无必要连系，这次改写修订，征得倪匡兄的同意而删去了。所以要请他代写，是为了报上连载不便长期断稿。但出版单行本，没有理由将别人的作品长期据为己有。在这里附带说明，并对倪匡兄当年代笔的盛情表示谢意。

曾学柏梁台体而写了四十句古体诗，作为《倚天屠龙记》的回目，在本书则学填了五首词作回目。作诗填词我是完全不会的，但中国传统小说而没有诗词，终究不像样。这些回目的诗词只是装饰而已，艺术价值相等于封面上的题签——初学者全无功力的习作。

一九七八·十

陈世骧先生书函

一九六六·四·廿二

金庸吾兄：去夏欣获瞻仰，并蒙锡尊址，珍存，返美后时欲书候，辄冗忙仓促未果。《天龙八部》必乘闲断续读之，同人知交，欣嗜各大著奇文者自多，杨莲生、陈省身诸兄常相聚谈，辄喜道钦悦。惟夏济安兄已逝，深得其意者，今弱一个耳。青年朋友诸生中，无论文理工科，读者亦众，且有栩然蒙“金庸专家”之目者，每来必谈及，必欢。间有以《天龙八部》稍松散，而人物个性及情节太离奇为词者，然亦为喜笑之批评，少酸腐蹙眉者。弟亦笑语之曰，“然实一悲天悯人之作也……盖读武侠小说者亦易养成一种泛泛的习惯，可说读流了，如听京戏者之听流了，此习惯一成，所求者狭而有限，则所得者亦狭而有限，此为读一般的书听一般的戏则可，但金庸小说非一般者也。读《天龙八部》必须不流读，牢记住楔子一章，就可见‘冤孽与超度’都发挥尽致。书中的人物情节，可谓无人不冤，有情皆孽，要写到尽致非把常人常情都写成离奇不可；书中的世界是朗朗世界到处藏着魍魉与鬼蜮，随时予以惊奇的揭发与讽刺，要供出这样一个可怜芸芸众生的世界，如何能不教结构松散？这样的人物情节和世界，背后笼罩着佛法的无边大超脱，时而透露出来。而在每逢动人处，我们会感到希腊悲剧理论中所谓恐怖与怜悯，再说句更陈腐的话，所谓‘离奇与松散’，大概可叫做‘形式与内容的统一’罢。”话说到此，还是职业病难免，终于掉了两句文学批评的书袋。但因是喜乐中谈说可喜的话题，结果未至夫子煞风景。青年朋友（这是个物理系高材生）也聪明，居然回答我说，“对的，是如您所说，《天龙八部》不能随买随看随忘，要从头全部再看才行。”这样客厅中茶酒间谈话，又一阵像是讲堂的问答结论，教书匠命运难逃，但这比讲堂快乐多了。本有时想把类似的意见正式写篇文章，总是未果。此番离加州之前，史诚之兄以新出《明报月刊》相示，说到写文章，如上所述，登在《明报月刊》上，虽言出于诚，终怕显得“阿谀”，至少像在自家场地锣鼓上吹擂。只好先通讯告兄此一段趣事也。

弟四月初抵此日本京都，被约来在京大讲课“诗与批评”三个月后返美。曾绕台北稍停。前在中研院集刊拙作，又得多份。本披砂析发之学院文章，惟念兄才如海，无书不读，或亦将不细遗。此文雕钻之作，宜以覆瓮堆尘，聊以见兄之一读者，尚会读书耳。

又有一不情之请：《天龙八部》，弟曾读至合订本第三十二册，然中间常与朋友互借零散，一度向青年说法，今亦自觉该从头再看一遍。今抵是邦，竟不易买到，可否求兄赐寄一套。尤是自第三十二册合订本以后，每次续出小本上市较快者，更请连续随时不断寄下。又有《神雕侠侣》一书，曾稍读而初未获全睹，亦祈赐寄一套。并赐知书价为盼。原靠书坊，而今求经求到佛家自己也。赐示：“京都市左京区吉田上阿达町37洛水ハイツ”以上舍址，寄书较便。如平常信，厌日本地名之长，以“京都市京都大学中国文学系转”亦可。

匆颂

著安

弟陈世骧拜上

一九七〇·十一·二十

良镛吾兄有道：港游备承隆渥，感激何可言宣。当夕在府渴欲倾聆，求教处甚多。方急不择言，而在座有嘉宾故识，攀谈不绝，瞬而午夜更传，乃有入宝山空手而回之叹。此意后常与友人谈为扼腕，希必复有剪烛之乐，稍释憾而补过也。当夜只略及弟为同学竟夕讲论金庸小说事，弟尝以为其精英之出，可与元剧之异军突起相比。既表天才，亦关世运。所不同者今世犹只见此一人而已。此意亟与同学析言之，使深为考索，不徒以消闲为事。谈及鉴赏，亦借先贤论元剧之名言立意，即王静安先生所谓“一言以蔽之曰，有意境而已”。于意境王先生复定其义曰，“写情则沁人心脾，景则在人耳目，述事则如出其口。”此语非泛泛，宜与其他任何小说比而验之，即传统名作亦非常见，而见于武侠中为尤难。盖武侠中情、景、述事必以离奇为本，能不使之滥易，而复能沁心在目，如出其口，非才远识博而意高超者不办矣。艺术天才，在不断克服文类与材料之困难，金庸小说之大成，此予所以折服也。意境有而复能深且高大，则惟须读者自身才学修养，始能随而见之。细至博弈医术，上而恻隐佛理，破孽化痴，俱纳入性格描写与故事结构，必亦宜于此处见其技巧之玲珑，及景界之深，胸怀之大，而不可轻易看过。至其终属离奇而不失本真之感，则可与现代诗甚至造形美术之佳者互证，真赝之别甚大，识者宜可辨之。此当时讲述大意，并稍引例证，然言未尽于万一，今稍撮述。犹在觅四大恶人之圣诞片，未见。先作此函道候。另有拙文由中大学报印出，托宋淇兄转上，聊志念耳，兹颂

年禧

嫂夫人同此问候

弟世骧上十一月廿日

内子附笔问好

舍址：48 Highgate Rd. Berkley

Calif. 94707 U. S. A.

金庸吾兄：去夏欣获识荆，并蒙锡尊址，珍存，返美后时欲书候，辄见忙仓促未果。天龙八部必乘间断续读之。同人知交，欣嗜兄大著之文者自多，杨莲生、陈省身诸兄常相聚谈，辄喜道钦悦。惟夏济安兄已逝，深得其意者，今弱一个耳。青年朋友诸生中，无论文理工科，读者亦众，且有栩然蒙「金庸专家」之目者，每来必谈，必欢。间有以天龙八部稍松散，而人物个性及情节太离奇为词者，然亦为喜笑之批评，如殷殷爱冒者。弟亦笑语之曰，「然实一悲天悯人之作」……盖读武侠小说者亦易养成一种泛泛的习惯，可说读流了，如听京戏者之听流了，此习惯一成，所求者狭而有限，则所得者亦狭而有限，此为读一般的书，听一般的戏则可，读金庸小说非一般者也。读天龙八部必须不流读，牢记住楔子一章，就可见「冤孽与超度」都发挥尽致。书中的人物情节，可谓无人不冤，有情皆孽，要写到尽致非

把常人常情都當成新奇不可了，書中的世界是朗朗世界到處
藏着魍魎與鬼蜮，隨時可以驚奇的揭發與諷刺。」要供出這樣
一個可憐無名人物生的世界，那樣將不教佈精彩招數了。這樣的人物
性格和世界，背後一體罩着佛法的寬大袈裟般，時而露出了
來。而在每逢動人處，我們會感到奇怪恐懼劇情論中所謂
恐怖與憐憫，再從另更深廣的話，所謂「新奇與精彩招數」，大概
可叫做「形式與內容的統一」之吧。」話說到此，這是職業病發作，
終於掉了兩句文學批評的書袋。但這是畫蛇添足，談說本書的
話題，結果甚至失去整個圖景。（這是個物理系高材生）青年朋友還聽我回答我說：
「對的，是好像說，大體上都不願隨便翻看隨看隨忘，要把頭全
部一冊看才行。」這樣大廳中一茶話何說話，又一陣像是滿堂的
問答結論，教書匠命運新犯，但這比講堂上快樂多了。本書的
根據點似的意見而寫成篇文章……，說是未果。此番新加出之版，

史識之見，以寄去《明報月刊》相示，說到寫文章，如上所述，登在《明報月刊》上，欲言未能誠，終怕駭得「河漢」，至少像在自家鑼鼓上吹擂。只好先通訊告兄此一段孤懷了。

弟四月初抵日本京都，被約來在京大講課「詩與批評」三個月。過台北稍停。前在中研院院刊發刊拙作，又得多作。今年擬研析髮之學院文章——，懷念其才如海，無書不讀，或亦材不偶遺。此文雕鏤之作，宜以覆瓿糊壁，聊以見之讀者，尚合讀書耳——。

又有一不情之請：《天龍八部》，弟曾讀至合訂本第三十二冊，然中間常為朋友互借，零散一度，向青年說法，今亦自覺該從頭再讀一遍。今於是邦，難免不易買到，而不得不求兄賜寄一套。尤望自第三十二冊合訂本以後，每次續出小本上市較快者，更請陸續隨時不斷寄下。又有《神鵰俠侶》一書，曾稍讀而未獲全覩，亦祈賜寄一套（並賜知書價多少）。在美書坊，今後求能求到，係在自己也。賜示：「京都市左京區吉田上阿達町37洛水ハイツ」以上全址，寄書較便。如平常中信，就日本地名之長，以「京都市，京都大學中國文學系轉」亦可。

金庸兄

弟 陳世驤 拜上

五月九日

多謝

良鏞吾兄有道：港遊備承隆渥，感激何可言宣。當年在滬欲傾聆、求教處甚多。方急不擇言，而主之屋有嘉賓故識，攀談不絕，辭而午夜更傳，乃有入寶山空手而回之嘆。此意必常與友人談及抱憾，希必復有剪燭之樂，稍釋憾而補過之。當夜只畧及，亦為同學黃文清論金庸小說事，而嘗以爲其精英之出可與元劇之異軍突起相比。既表天才，亦關世運。所不同者今世猶只見此一人而已。此意正與同學析言之，使深為考索，不徒以消閒為事。談及鑒賞，亦借先賢論元劇之名言立意，即王靜安先生所謂「一言以蔽之曰，有意境而已。」於

意境王先生復定之，其義曰，「寫情則沁人心脾，景
則在人耳目，述事則如出其口。」此語我深之，宜與代
任何小說比而驗之，即傳統名作亦非常見，而見
於武俠中為尤難。蓋武俠中情、景、述事必以新奇
為本，能不使之流易，而復能沁心在目，如出其口，非
才識博而意高超者不辦矣。藝術天才，在不
斷克服文類與材料之困難，金庸小說之大成，
此予所以折服也。意境有而後能深且高大，則惟須讀
者自身才學修養，始能隨而見之。細至博士究醫術上而

惻隱佛理、破孽化癡、俱納入性格描寫片段事結構、
必亦宜於此處見其技巧之玲瓏、及景界之深、胸懷
之大、而不可輕易看過。至其修辭新奇而不失本
真之感、則可與現代詩甚至造形藝術之佳者互證、
真庸之別甚大、識者宜可辨之。此當於附述大意、
希稍引例證、然言未盡於萬一、今稍擬述。猶在覓
四大惡人之聖誕屆、未見。先作此函道候。另有拙
文由中大學報印出、托宗淇兄轉上、聊德念耳、並頌
年禧
嫂夫人同此問候

弟世驤 二十月廿

內子湘筆問好

舍址
48 Highgate Rd.
Berkley, Calif.
94707
U.S.A.